# 赫哲族莫日根故事

黄[illegible]　吴璇　主编



黑龙江人民出版社

**图书在版编目（CIP）数据**

赫哲族莫日根故事 / 吴璇，黄任远主编. -- 哈尔滨 : 黑龙江人民出版社，2023.8
ISBN 978-7-207-13071-6

Ⅰ. ①赫… Ⅱ. ①吴… ②黄… Ⅲ. ①赫哲族 — 民间故事 — 作品集 — 中国 Ⅳ. ①I277.3

中国国家版本馆CIP数据核字（2023）第165403号

**责任编辑：常　松**
**责任校对：岳　媛**
**封面设计：张　涛**

**赫哲族莫日根故事**

HEZHEZU MORIGEN GUSHI

吴璇　黄任远　主编

| | |
|---|---|
| **出版发行** | 黑龙江人民出版社 |
| **地　　址** | 哈尔滨市南岗区宣庆小区 1 号楼 |
| **印　　刷** | 黑龙江艺德印刷有限责任公司 |
| **开　　本** | 787 × 1092　1/16 |
| **印　　张** | 20 |
| **插　　页** | 8 |
| **字　　数** | 320千字 |
| **版　　次** | 2023年8月第1版 |
| **印　　次** | 2023年8月第1次印刷 |
| **书　　号** | ISBN 978-7-207-13071-6 |
| **定　　价** | 80.00元 |

故事讲述者吴连贵（1979 年同江照相馆摄）

吴连贵给采录者黄任远讲述故事（1980 年韩福德摄）

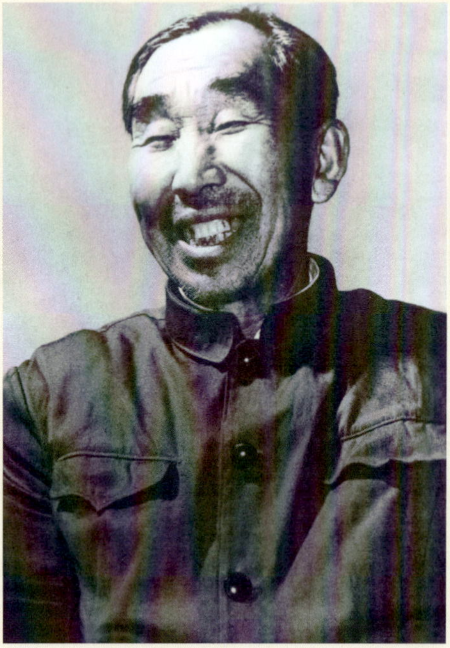

故事讲述者葛德胜（1981 年么福祥摄）

故事讲述者葛长胜（1956 年照相馆摄）

葛德胜向采录者韩福德、黄任远讲述故事（1981 年么福祥摄）

故事讲述者尤金良（1982 年同江照相馆摄）

故事采录者凌纯声（1970 年摄）

故事采录者王士媛（1991 年摄）

故事讲述者吴进才（1976 年迟伟臣摄）

故事讲述者尤树林（1987 年 5 月孙晓敏摄）

尤金良给采录者黄任远讲故事（1999 年于晓飞摄）

尤金良在乌日贡节给表演者讲述故事（2001 年黄任远摄）

# 前 言

在黑龙江、松花江、乌苏里江两岸，千百年来居住着勤劳骁勇的渔猎民族——赫哲族，是我国东北边疆少数民族之一，仅有5354人（2010年统计数），主要居住在三江流域的同江市街津口乡、八岔乡，饶河县四排乡、佳木斯市敖其镇敖其村、抚远市抓吉村。在历史的长河中，他们以江河文化为背景，以渔猎文化为基础，用其勤劳的双手和奇智大勇，创造了独具民族特色和地方特色的民族文化，被学术界称为“北部亚洲渔猎文化的活化石”[1]和“人类文化多样性的一个活标本”[2]，是其民族的活生生的口碑历史、百科全书，是中华文化的重要组成部分，是中华民族的宝贵精神财富。

在民间广泛传承的莫日根故事，赫哲语称之为“莫日根说胡力”[3]，是一种古老的民间文学样式，是史诗伊玛堪删去唱词部分的压缩本，是千百年传承下来的文学瑰宝，是其民族重要的口头非物质文化遗产之一。“莫日根”是北方少数民族所共有的语词，原系对渔猎能手的美称，在满语、蒙古语、东突厥语中都是“智者”的意思。在史籍《清文汇书》中解释为：“贤圣之贤、智。围场射着的多，捕捉拿的多，比众之人。”在赫哲语中，“莫日根”主要被认为是男性人物的美称，常作为“英雄”的同义词来使用。“莫昆达”

[1] 马名超：《马名超民俗文化论集》，黑龙江人民出版社，1997年版，第227页。

[2] 朗樱：《黑龙江流域少数民族英雄叙事诗·赫哲族卷》，黑龙江人民出版社，2012年版。

[3] 莫日根说胡力：赫哲语，英雄故事。

是首领和部落长之意。在北方少数民族中间，广泛传承着关于莫日根故事，可以感受到其民族历史和文明发展的轨迹和烙印；可以唤起听众对民族的爱，对祖国的爱。莫日根故事深受群众喜欢，百听不厌，反映了赫哲族特有的生存方式、原始思维、生活智慧、民族精神，是其历史的记忆和文化的积淀，对于弘扬传统文化，振奋民族精神，增强民族认同感和凝聚力，具有不可替代的积极作用，是中华文明绵延传承的生动见证，是连结民族情感、维系国家统一的重要基础。

这些赫哲族莫日根故事的采录整理，大致分两个阶段：

第一个阶段，是 1930 年春夏之际，刚从法国留学归国的青年博士凌纯声担任南京中央研究院研究员，深入到东北松花江下游的赫哲族村屯进行为期 3 个月的民俗学田野调查，采录到 19 部赫哲族故事，有 18 部是口述笔录，整理后发表在专著《松花江下游的赫哲族》之中。凌先生在书中谈及记录故事的目的：是“探求他们过去的生活各方面的情况，搜求他们过去的文化，以为研究现代文化的参证”，[1] 为后人留下了不可多得的宝贵文化遗产。

第二个阶段，是 1980 年以后，黑龙江省民间文艺家协会主席王士媛组织民间文学抢救小组，深入到赫哲族聚居地采录史诗伊玛堪，同时采录到许多莫日根故事。这些故事和伊玛堪比较，它们有许多共同的主题和情节，都以莫日根为主人公，讲述了其英雄西征复仇、胜利凯旋的业绩，不同之处是故事多数没有伊玛堪中的唱段、衬词，全靠口头叙述，以情感人，贴近生活，广泛传承。

研究这些莫日根故事，发现它和民族原始信仰、神灵观念、渔猎生产、民风习俗等有着千丝万缕的联系：

一是和英雄崇拜相联系。在赫哲人民心中，莫日根能战胜自然恶魔、保护部族、为民除害、制服恶霸、造福后人，是他们心目中的英雄和民族精神的化身，展现了英雄时代的人物形象。正是这种崇拜英雄的观念，产生了香叟、马尔托、木竹林、木都力、西尔达鲁、安徒、苏布格、莫尔高、阿尔奇五、

[1] 凌纯声：《松花江下游的赫哲族》，民族出版社，2012 年版，第 545 页。

杜步秀等莫日根故事，记录了民族英雄的业绩，表现了英雄人物的非凡勇武力量和顽强生存意志，坚忍不拔的斗争精神；反映了人们对美好生活的向往和追求。这些故事篇幅较长，独树一帜，别具风采，很受听众欢迎。

二是和萨满文化相联系。该族信仰萨满教，认为万物有灵，信仰动物崇拜、自然崇拜、神灵崇拜，英雄崇拜。其故事中常有神灵相助、跳神祭祀、追魂救人等情节，反映了其民族的原始信仰观，独具特色的萨满文化以及他们的宇宙观、灵魂观、神灵观等，由此可见萨满文化对赫哲族莫日根的深刻影响，证实了萨满文化在我国北方民族原始文化中的渗透力。

三是和渔猎生产相联系。极大部分故事中都有打猎技巧、叉鱼本领、扎猛兽、射天鹅、叉鳇鱼等描述，具有民族性、历史性、地方性、原生性，具有教育后代，起到人生教科书的意义。

四是和思想追求相联系。故事反映了莫日根的斗争精神和丰功伟绩；反映了其对家乡的热爱，对美好生活的理想和追求。这些思想闪耀智慧和光芒，给人以思想启迪，给人以美的享受。

分析莫日根故事的艺术特点，主要有三点：

第一，源于生活，生动活泼。故事口述者运用“因斗利”[1]技巧，使故事中英雄莫日根栩栩如生，富于渔猎生活气息。这种平和自然、淡而有味的讲述风格，展现了莫日根的聪敏智慧和勇武神力；展现了其民族骁勇不屈的性格；展现了部落英雄的形象，具有很强的艺术感染力。

第二，情节巧妙，引人入胜。故事情节既出人意料，又符合情理，形象生动、有血有肉，如神叉手能叉叉命中，神猎手用扎枪扎住猛兽，还能穿滑雪板越岭，划小木船过江，反映了故事主人公渔猎技能，给人以古朴、粗犷、纯真的艺术感受。

第三，使用谚语，贴切自然。故事中常使用谚语、歇后语，贴切自然，简练通俗，语言口语化，不拖泥带水，原始古朴、幽默清新。讲述者有些话像格言一样，言浅意深，意味隽永。

---

[1] 因斗利：赫哲语，指说唱技巧，意为形容。

当前，从中央到地方各级政府都十分重视发扬优秀传统文化，抢救保护少数民族文化遗产，铸牢中华民族共同体意识。我们主编这本《赫哲族莫日根故事》，目的是让读者能够看到这个民族所留下的历史脚印、英雄事迹和民俗风情，让其文化遗产能够“活起来”“传下去”，能对非物质文化遗产抢救保护工作起到一定推动作用。

当这本书即将问世时，故事的口述者已逝世多年了。他们是：莫特额、齐九龄、何山、董广才、尤贵连、古驼力、毕张氏、三福、吴连贵、卢明、葛德胜、葛长胜、尤树林、吴进才、尤金良等。他们是民族中德高望重的老人，他们是“本民族文化的保存者和传播者，又是本民族文化的创作者”[1]。他们在“季节性劳作和节庆活动中发挥着集体记忆、教育和娱乐的功能”[2]，其传承保护，功不可没！我们作为编者，向你们致以崇高敬意和感谢！你们的名字永留史册！你们的故事世代传承！

吴　璇　黄任远

2023 年 1 月 26 日于黑龙江省非遗保护中心

[1] 于晓飞，黄任远：《赫哲族与阿伊努族文化比较研究》，黑龙江人民出版社，2002 年版，第 59 页。
[2] 2011 年 11 月 23 日新华社消息，联合国教科文组织在巴厘岛开会批准赫哲族伊玛堪为“急需保护的非物质文化遗产名录”，此句是对伊玛堪的评语。

# 目　录

# 莫日根[1]

黑龙江边，常常能从很深的地底下，挖出一片片通红的石头和沙土。老人们说，这是早先天上日鸟多的时候烤红的。说起这件事，还流传着一个莫日根射日鸟的故事呢。

早先，天上有三只日鸟，它们挂在天当腰，毒辣辣的，像火盆一样。老百姓真被坑苦了，晒得透不过气，热得吃不下饭，睡不好觉。地里的禾苗刚冒芽，就被晒死了；江河里的水，全被晒干了；山上的树，晒得枯焦焦的，都死了；所有飞禽野兽，也都聚在海边，藏在洞里，白天不敢出来。

在黑龙江下游一个村子里，住着一家老两口。他们养了一个儿子，儿子长到十六岁，膀大腰粗，臂力过人。他一使劲，能推倒一座大山；他一喝水，能喝干一条大河；他一蹬脚，就蹬出一个深潭。村子里的人都叫他莫日根。

父亲看到自己的儿子长大了，对他说：“儿啊！如今天下老百姓都在受苦受难。我看你的力气挺大，要好好练功，将来为老百姓做件好事，把天上的日鸟射掉两只，留一只照亮就行了！”

莫日根说：“爸爸，那我明天就去射日鸟！”

父亲说：“你的射箭功夫还不过硬，我看还得练上一阵子！”

---

［1］莫日根：赫哲语，英雄或打猎能手，在文中是人名。

莫日根遵照父亲的话，天天练习弓箭。一晃过去了一年，莫日根拉断了九十九支弓，射了九万九千支箭，练出了射箭的硬功夫。他一拉弓弦，大风呼啸，箭头碰处，无坚不摧。

莫日根跟父亲说：“阿玛[1]，让我去射日鸟吧！”父亲点头同意了。他出发那天，村里的乡亲父老，一直把莫日根送出村子十里多地。

莫日根大步朝东方走去。他爬过了九十九座高山，迈过了九十九条大河，穿过了九十九个峡谷，来到了东海边。他登上了一座大山，山脚下就是茫茫的大海。莫日根在山顶上盖了一间草房避雨，三只日鸟一出来，就把草房烤着了。他用木头盖了一间房，三只日鸟一出来，木屋又烧了。这回莫日根用山上的石头盖了间石头屋，烧不着了。

莫日根在山顶上等着。当三只日鸟刚刚在海边露头的时候，莫日根左右开弓，射出了两支神箭，顿时射落了两只日鸟。第三只日鸟吓得躲在云里，不敢露面了。

莫日根笑着说：“你不用害怕！我不射你。不过你得答应为百姓做好事，白天一早出来照亮，晚上再回去休息。”

第三只日鸟连连答应说：“好，好！我一定照办，决不偷懒！你啥时候叫我出来，我就啥时候出来！”

莫日根说：“这样吧，以后每天早晨公鸡一叫，你就飞起来。”

“莫日根，我一定照办！”

从此以后，人们过上了安生的日子。种子种到地里，生长了，又开花又结果；江河里积起了水，滚滚不停地流淌了；山上的树木地上的草，都绿了，大地变了颜色；各种飞禽在天上飞，各种野兽在地上跑，人间是一片生机勃勃的景象。

现在，每当要闹天头[2]的时候，人们站在高处，还能够看到三只日鸟。一个挂在天上，另两个在东西两边，紧贴着地，真像天上那个日头的耳朵。

---

[1] 阿玛：赫哲语，父亲。
[2] 闹天头：东北方言，指天气不好。

老年人指着那两只日鸟说："这就是当年莫日根用箭射落的两只日鸟。它们还想重新飞到天上去，可是翅膀被莫日根射断了，想飞也飞不起来。你看，这会儿，它们变成了日耳[1]，还在那里发脾气呢！"

流传地区：黑龙江省同江市街津口
搜集时间：1980 年 4 月
讲　　述：尤树林（赫哲族）
　　　　　吴连贵（赫哲族）
搜集整理：尤志贤（赫哲族）
　　　　　黄任远

[1] 日耳：东北方言，指太阳的耳朵，一种自然现象，民间又称"双挂耳"。

# 香　叟

从前，在松花江的中游，住着一对哥俩。一天，哥哥收拾了一下东西，准备坐快马子[1]去北海娶媳妇。临走时他对弟弟说："我这次出门，最多十天回来，要是过了十天不回来，你就到北海来找我！"

弟弟香叟在家，等到过了十天，哥哥还没回来，他有点坐不住了，走到外屋，把一口锅里的肉倒在一只长条木盆上，骑在木盆上吃，从这头吃到那头，肉吃得精光，只剩下一些碎骨头。吃饱之后，他张嘴祷告，让神灵把他送到哥哥那里。

原来，哥哥到了北海，有个姑娘提了三个条件：如果能把乌鲁古力[2]、胡萨[3]、尼克特[4]这三样抓来供神，她就答应嫁给他。可是过了十天，哥哥一样也没抓到。

弟弟替哥哥去抓了。他来到一个陡峭的大石砬子跟前，看见上面有个洞，乌鲁古力躲在洞里。当香叟走到距洞前有五十来步时，乌鲁古力突然冲出洞口，朝他扑来。香叟一箭，正好射中它的心窝。

---

[1] 快马子：东北方言，用独木做的小船。
[2] 乌鲁古力：赫哲语，猛兽。
[3] 胡萨：赫哲语，天鹅。
[4] 尼克特：赫哲语，野猪。

他把乌鲁古力捆好背在身上往前走，不一会儿到了一个泡子跟前，看见一只白色的胡萨。那只胡萨看见来人，正要扑拉翅膀飞，也被香叟一箭射中，抓住了。

香叟背着猎物走到山坡上，看见尼克特正在拱地。当尼克特发觉有人想跑时，香叟一箭，正好射在它的心窝，又抓住了。

香叟把这三样猎物送到，温金德都就穿上神衣跳神，祭祀神灵之后，就答应嫁给香叟的哥哥，跟着哥俩回家了。

香叟在家住了几天，煞愣[1]地造了一只大帆船，船头刻上一只阔力。香叟干完活，对哥哥说："明天我要走了，去寻找父母，复仇西征，你和嫂子在家等我的消息吧！"

第二天，香叟坐船向西出发了。

船走了几天，飞来一只阔力[2]，落在桅杆上，对香叟说："我的小叔子，我是你嫂子变的，特来告诉你，坐船只顾自己走，不要管闲事！"香叟回答："嫂子，你不用说了，我知道了！"

香叟往前走，碰到城主傅劳洪，刚一照量[3]，两人言语冲撞，交手打起来。一直打到晌午，傅劳洪只有招架之功，没有还手之力。傅劳洪的弟弟傅克奥替他哥哥打了一阵，也败下阵来。这时，从城里飞来一只阔力，劝哥俩和香叟和好，结拜兄弟。这只阔力是傅劳洪兄弟的妹妹傅兰。

兄弟俩听了妹妹的话，拉着香叟进了城，到了家，摆上酒席。

酒席上，傅劳洪答应把妹妹傅兰嫁给香叟，但有一个条件：香叟必须抓住山里的那只金鹿。

香叟带着弓箭来到了那座山。在山沟子旁的漂垡甸子[4]，看见了金鹿。他猫下腰，慢慢溜过去，碰到树叶发出沙沙的动静，他赶紧用手捂住；碰到树枝扯衣服角，弄出响声，他连忙扶住树枝。

---

[1] 煞愣：东北方言，形容做事干净利落。
[2] 阔力：赫哲语，一种像鹰和雕的大鸟，通常都是女子变的。
[3] 照量：东北方言，估量、比试。
[4] 漂垡甸子：东北方言，沼泽地。

当他离金鹿只有五十步远的时候，这只金鹿抬头说："我在这里住了千年，见到过多少英雄好汉，还没有一个像你这样，闯到我的跟前。看来我今天遇到了强敌，得赶紧跑了。"金鹿说完，拔腿要跑，香叟使尽全身力气，拉开弓，射了一箭。这一箭不偏不斜，正中金鹿的心窝，金鹿一蹿高，就摔死在地上了。

香叟用皮条一捆，往肩上一扛，好家伙，足足有七八百斤。

香叟把金鹿扛回去，供了神灵，和傅兰成了亲，接着又西征了。傅劳洪和他同行，两人坐船走，途中遇到一只阔力报信，前面是白路莫日根的地盘。

不一会，来到离城十多里路的地方，飞来一只阔力，自称是白露德都，城主白路的妹妹，要叫他们尝尝她的利害。她说完，撞断了桅杆，撞碎了船，香叟和傅劳洪掉入江里。

他俩上了岸，走到城门口，碰到城主白路莫日根。香叟和白路抱在一起，打得难解难分，不知不觉，打到了一座高山上。

这时，白路莫日根来了精神，嘴里喊着："窝胡来着，克衣切克着"[1]，使足了劲，运足了气，扯住香叟莫日根的膀子用力一摔，挂在了一棵桦树杈上，痛得他顿时昏迷过去。

傅劳洪在后面追赶他俩，也来到了神树下。白路祷告神树显灵，又将傅劳洪挂在了神树上。

这时，从南面飞来了两只阔力，她们是香叟的嫂子和傅劳洪的妻子，赶来相救。她们用足全身力气，撞击神树，神树晃了两晃，香叟和傅劳洪却被震昏了。

香叟的嫂子温金德都一看不行，连忙吩咐三个德都在附近暗中保护香叟他俩，自己飞到北海去找师姐赫金德都相救。

不一会，从北面又飞来两只阔力，他们叫苏彦和浓江德都。这姐妹两个飞到神树跟前，看见有两个人挂在树上，还都活着，觉得怪可怜的，便商量救他们。这两只阔力飞上高空，把嘴靠到一起，集中了全身力量，亮开翅膀，

[1] 窝胡来着，克衣切克着：赫哲语，发誓的一种语言。

往下冲了下来，一头撞在神树上，只听“锵”的一声，火星直冒，两只阔力顿时昏死过去。

大约到了中午，从北边飞来一只阔力，嘴像金铜一样闪光，眼睛有茶碗那么大，洁白的脖子，五色花点的身子，直发亮光。这只阔力就是温金德都请来的师姐赫金德都。只见她飞上高空，张开铜嘴，把茶碗般的眼睛一瞪，祷告说：“我的诸位神灵，请你们都来助我一臂之力！”祷告完，她猛一使劲，挤出两滴眼泪，变成跟她一样的两只阔力，一起飞上高空。

三只阔力把嘴靠在一起，向神树冲去。只见空中顿时乌云翻滚，霹雷闪电，吐出万道金光，向神树劈去。一阵巨响，震得地动山摇，神树被劈倒在地上了。阔力转了一圈便飞走了。

过了不一会儿，香叟和傅劳洪都苏醒过来。他俩在那些德都的照料下，很快就恢复了健康。

住了几天，几个德都都变成阔力飞走了。香叟和傅劳洪又去找白路算账。

在城门口，香叟一碰到白路就说：“掏掏你的耳朵听着，你的神树没有用，我又活着来找你比武来了，看你还有什么章程[1]！”

白路说：“你这小子，被我扔到神树上挂了三天，要不是赫金德都救了你，你早就没命了。今天你能躲过神树，也难逃出我的双拳。”

说完以后，白路和香叟抱在一起，摔打起来。

这时，空中飞来一只阔力，对白路说：“我的大哥，我是你妹妹，请你快快松手和好吧，千万不要再打了！”可是白路不听，那只阔力便飞走了。

香叟这时暗暗祷告卓禄玛发、卓禄玛玛[2]，暗中帮他，打败白路。不一会儿，空中飞来九朵云，到了香叟头上，变成一股烟，附在香叟莫日根身上。香叟顿时觉得全身有劲，越打越猛。

白路被打得左一个跟头，右一个跟头，眼看就不行了。他跪下求饶说：“香叟莫日根，你留我一条命吧，我以后跟着你，打仗时候给你打头阵，走路时

[1] 章程：东北方言，能耐、本事。
[2] 卓禄玛发、卓禄玛玛：赫哲语，神灵名，石头老人、石头老太太。

候在后面伺候你。”

香叟说：“我用不着你，想求饶，没门儿！”他三拳两脚，把白路打死了。

城主死了，全城的人都降伏了。

香叟和傅劳洪正在喝酒庆贺，香叟的嫂子温金德都和妻子傅兰德都护送白露德都来到这里，并向他们讲述了赫金德都营救白露德都的经过。

原来白露德都劝说哥哥和香叟和好，哥哥白路不听，把她话当耳边风，硬打硬拼，结果丧了命。哥哥一死，白露德都无脸见人，跑到南山让山神把她变成石头。这事让傅兰德都听说，连忙去找温金，又让温金领着去找赫金。在傅兰和温金两位德都苦苦央求下，终于打动了赫金的心，答应相救。

赫金跟她俩飞到南山，把所有的神灵都请来附在自己的身上，使足了全身力量，从高空猛地冲下来，四周发出隆隆的雷声，把石头劈得粉碎，把白露从石头堆里救了出来。

香叟一听，赫金不仅救了自己和傅劳洪，还救了白露德都等人，决定亲自登门感谢。

他骑马翻过了几座山，就到了北海边。北海里雾气腾腾，无边无岸，水天相连。香叟松了缰绳，对马说：“你在这里吃草，等着我。”马低下头，啃起地上的草来。

香叟站在海边，嘴里叫着诸位神灵说：

赫哩啦赫哩啦赫咪——
供奉的诸位神灵，
请你们显显神灵，
如果我能报父母之仇，
如果我未来能当额真[1]，
让我轻轻跳一下，
就能顺利跳过海去。

[1]额真：赫哲语，首领。

不大一会儿，从东南方飞来了一朵云彩，把香叟莫日根托了起来，又刮来了一阵大风，把他送上天去。他闭上眼睛，只觉得两耳生风，飞了一阵，才觉得风停，睁开眼一看，已到了一个柞树岗。那地方前面不远，有一座像金子一样闪光的山；东边不远，有一座像银子一样闪光的山。他顺着两山中间的大道走去。

香叟走了一程，看到路旁一棵树上，挂着弓和箭。他拿了下来，继续往前走。快到沟塘子旁边，又看见两只鹿，正在啃草。有一只鹿把脖子一伸，说：

赫味——赫哩赫味——赫味——
你真称得上是一个
厉害的莫日根。
我住在这里有千年了，
见过许多的莫日根。
没有一个像你，
能靠得我这么近。
你要是有能耐的话，
让你看见我跑的身影。
你要是没有能耐的话，
连个影子也看不清。

正说到这里，香叟莫日根叨咕[1]着向神灵说：

赫哩啦——赫哩啦——
我这次为了报答赫金姑娘的恩情，
特意来打这两只鹿。
要是我有福分的话，

[1] 叨咕：东北方言，叙述。

请诸位神灵保佑我，
把这两只鹿一箭射中！

说到这里，他用力一拉弓箭，只见这两只鹿蹦了三蹦，都倒在地上了。他一看，一箭射中了两只鹿，这真是神灵的保佑呀！

他拿出皮条把两只鹿捆好，扛起来，顺着山岗，向大道走去。走了一里多地，他看见前面有一座放光的金房子。

他走到金房子的西头，把两只鹿放在托落[1]的下面。这时，他看见门口站着一个姑娘，便走向前去，行了个礼，问道："你们这里有个叫赫金的吗？"

这个姑娘一伸舌头，笑着跑到屋里去了。不一会儿，从屋里走出了一位老太太，说："你这位莫日根来这里干什么？"

香叟莫日根说：

赫尼哪——赫尼哪——
我家住在松花江中游，
我叫香叟莫日根。
父母被人俘虏去，
只剩下我哥俩孤苦伶仃。
为了替父母报仇，
我前去西征。
有个白路莫日根，
靠他父母的神灵，
把我挂在神树杈上，
差一点要了我的命。
多亏好心的赫金姑娘，
去救了我的性命。

[1] 托落：赫哲语，祭祀时放神偶的神板。

这次我打了两只鹿，
一是送来谢恩，
二是前来求婚。

正说着，从金山上走来了一个老头，他来到香叟莫日根面前，打量了他一眼，说：

赫哩啦——赫哩啦——
香叟莫日根，
我说给你听。
你若打算娶我家姑娘赫金，
不做到这两件事可不行。
第一件——
是用无底的水桶，
把水挑到山顶。
第二件——
是把深泉里的木都力[1]，
抓来割肉祭莫神灵。

香叟莫日根听爱新老人这么一说，心想：这两个条件可真厉害！没底的水桶怎么能挑水，千年的蛟龙怎么能擒住？不过我总得去试试。

这时候，香叟的护身神在他耳边说：“放心吧，我会变成水桶底来帮助你！”

不一会，老人让赫金挑了一副没底的水桶，装上了一挑子水，挑着往山顶上走去。香叟莫日根一见，也挑了一副没底的水桶，装上了一挑子水，挑着往山顶上赶去。

[1] 木都力：赫哲语，龙，文中译为蛟龙。

到了山顶上，香叟一瞧，赫金水桶的水，仍旧是满满的，一点也没漏掉。赫金回头看看香叟挑的水桶，水竟也是满满的。赫金姑娘一伸舌头，笑了笑，跑下山回家了。

赫金走后，香叟的护身神戳咕[1]他说："要想抓深泉里的蛟龙，只有去求赫金姑娘帮忙。她有一个金锁链，能把蛟龙擒住。你去求求她吧！"

香叟来到赫金房里，跪在地上说："我的救命恩人赫金！我求你答应一件事儿。"

"答应你什么事？"

"把你的金锁链借给我擒蛟龙！"

赫金见他跪着不起，就到屋里拿了金锁链，交给香叟莫日根，说："你拿去放在暖泉里，这金锁链会自己锁住蛟龙的鼻子。你往外拉时，泉里会泛花喷水。把蛟龙拉出水面，你捆上它的爪子，把它带回来。"说到这里，她见香叟还跪着，就笑着说："你快起来，还跪着干什么？"说完把他扶了起来。

香叟莫日根拿出金锁链，走到蛟龙住的深泉旁。只见泉里雾气腾腾，里面喷着一丈多高的水柱，泉外边沟塘子里哗哗地流着水。

香叟莫日根拿出金锁链，拴在一根皮条上，扔到泉里去。不一会儿，泉里泛起的水花更高了。他屏住气，继续往下放。突然，泉里面一声吼叫，露出了蛟龙的脑袋。它见了香叟说：

赫哩啦——赫哩啦——
香叟莫日根，
你住在松花江中游，
为什么跑来抓我，
我和你无冤无仇！
这个爱新老头，
真是混账的老头，

[1] 戳咕：东北方言，暗中怂恿。

为了嫁他老姑娘，
把我也拴在里头。

蛟龙说完，嘴里喷出一丈多高的水柱，把香叟莫日根的衣服全浇透了。

香叟把蛟龙往泉边拉，拉到了地上。一看，蛟龙的眼睛有茶碗大，头上长着一双角，直放着光。香叟拿出皮条，便把它捆了起来。他想：怎么往回拿呢？拖着走，怕把蛟龙拖死；扛着走吧，它十丈多长，太不方便。想来想去，想到了神灵古大玛发[1]，便向东南喊道：

赫哩啦——赫哩啦——
古大玛发，
古大玛发，
请你快来助我一臂之力，
把蛟龙运到赫金家。

不一会儿，东南方刮来了一朵云彩，带着嗖嗖的风声，一眨眼就到了他身边。香叟莫日根一看，古大玛发真的赶来了。

这位古大玛发向香叟点了点头，摘下腰带，拿出一根像手腕粗的皮绳，把蛟龙捆了三道，一转眼背着蛟龙飞走了。

香叟莫日根随后向赫金家走去。到了金房子跟前，他一眼就看见那条蛟龙，放在房西头托落的下面。

傅兰姑娘和赫金姑娘高兴地迎了上来，把他请进了屋。赫金姑娘又戴上神帽，穿上神衣，围上腰铃，拿着神鼓，敲了起来。她围着蛟龙转了三圈，唱道：

赫哩啦——赫哩啦——赫咪赫咪——

[1] 古大玛发：赫哲语，护身神灵。

爱新[1]玛发——我的父亲，
莫翁[2]玛玛——我的母亲！
你们说的两件事情，
香叟莫日根都已做成。
他的求婚请求，
女儿也就只好答应了。

她回头又对蛟龙说：

赫哩——赫哩——
蛟龙呀蛟龙，
今天留下你的性命。
不过得把你的爪子，
割下一节骨；
把你的鼻子，
割下一小块；
把你的舌头，
割下一小截。
快快伸出舌头吧，
不老实就要了你的命。

蛟龙一想，还是保命要紧呀！割下一截舌头不要紧，割下一小块鼻子也不碍事，慢慢都会长上，反正只要留我一命就行。它一张嘴，便把舌头伸出来了。

赫金姑娘走到跟前，用刀子把舌头割下一小截，又把鼻子割下一块，把

[1] 爱新：赫哲语，金。
[2] 莫翁：赫哲语，银。

爪子割下一节骨。完了，她跟蛟龙说：“你回你的暖泉去吧！”

蛟龙把头一抬，从嘴里喷出水来，不一会变成了雾和云。蛟龙驾着云雾，飞回暖泉里养身体去了。

赫金把割下来的龙舌头、龙鼻子、龙爪一小块一小块地割碎了祭祀神灵。然后，赫金和香叟一起进屋喝起酒来。

喝着酒，赫金说：“香叟，两件事你已办成，你的要求，我也答应。现在你兄弟傅劳洪已造好一百五十只船，载上这里的百姓回老家苏苏绥哈[1]，就等着你回去启程。”

香叟一听，几件事都办成了，十分高兴，他吃完了饭，收拾一下行装就先走了。

当他来到海边时，他的马还在吃草等着他呢。

他骑上马，一路飞跑，不一会就到了江边。香叟下了马，上了大船，和傅劳洪等人喝酒，说：“我的大舅哥，你把城里的百姓运回老家，告诉我哥哥，把一切管理好。我和德都们继续西征。”

傅劳洪告别香叟，领着船向东方走了。

香叟骑马往西走，快到晌午了，他走到一家门前停下马。进到屋里，只见一位老太太在炕上坐着。一见香叟，她问：“你这个莫日根，从哪来，上哪去呀？”

香叟说：“我从松花江中游来，到前面的城去。路过这里，肚子饿了，请给我做点吃的。”

老太太下炕走到外屋，不大一会儿，饭菜就做好了，摆了两桌。

香叟心想，这老太太招待我一个人吃饭，怎么拿这么多饭菜。正想着，对屋门吱啦一声开了，六七个德都都走了进来。香叟一看，原来是自己的妻子和嫂子、表妹。

就这样，香叟和她们在一起吃喝休息了三天。

第四天早上，赫金对香叟说：“你此去要走一百多里，那是城主泰勒管

[1] 苏苏绥哈：赫哲语，地名。

辖的地盘，他已经知道你要去，备好了弓箭。泰勒有一个弟弟和一个妹妹，本领很强。你如果遇到危急的事，请招呼我父母的神灵相助。”

赫金说完，变成阔力，领着一帮女的都飞走了。

香叟一个人骑马向西奔去。

他刚来到城门口，就遇到了城主泰勒。

泰勒骂道：“住在松花江中游的香叟，别看你一连征服了数城，就你这小样，我可不服你。你要知趣，就立即滚回去；你要敢和我作对，就要你的性命！”

香叟没有吭声，下马就和泰勒交手。

这时，城的上空两方的阔力也争斗起来，像黑云一片。这一方是香叟的妻子、表妹和嫂子，那一方是泰勒的媳妇、兄弟媳妇和妹妹。泰勒的媳妇一霎时变成几百只阔力包围了赫金德都她们。赫金不慌不忙，从怀里掏出一块手绢，往空中一扔，立马变成百余只阔力飞去迎战。傅兰一看还是对方阔力多，也从怀里掏出一块手绢，向上一抛，变成了一百多只阔力，飞去迎战。

几百只阔力在空中搏斗，不一会泰勒一方的阔力都纷纷被击落了。

香叟和泰勒两个正打得难解难分。突然，泰勒身上喷出滚烫的开水，浇得香叟疼痛难忍，手上脸上都烫坏了。

香叟一看不好，往后一跳，大声叫起古大玛发的神灵：“古大玛发，你快显显神灵，帮我降服泰勒这个妖人！”

他叫唤刚停，南面空中飘来一朵云彩，像闪电似的奔来。到了香叟头顶，云彩站住了，上面站着古大玛发。古大玛发叫香叟闪开，用手轻轻一提，就把泰勒提到半空，一松手，把泰勒摔到北山上摔死了。

泰勒的弟弟哲格德罗为兄复仇，和香叟交战。才打了几个回合，哲格德罗发觉自己不是香叟的对手，就用绝招——胸口喷火，来烧香叟。

香叟连连招架，扑灭喷过来的火苗。正在香叟扑打火苗时，古大玛发又飞了过来，把哲格德罗提起，摔到南山去了。

香叟进了城去，对泰勒手下的人说：“你们这些莫日根，有哪个敢出来和我比武！”

那些莫日根见城主兄弟俩都被打得没影了，再打还有什么用，就向香叟求饶：“饶了我们吧！你叫我们干啥就干啥。”

香叟说：“泰勒兄弟作恶多端，今天丧命是罪有应得，自作自受。你们只要不做坏事，就没有事。”

莫日根们把香叟请到屋子里休息，放桌喝酒。

这时，空中飞来了几只阔力，其中一只喊着香叟的名字说：“我是你嫂子温金，我们把泰勒兄弟的媳妇和他们妹妹抓住送来，是杀是留，由你做主！”

香叟说：“请你们先入席，那三个德都过会儿再说。”

香叟刚说完，这些阔力都恢复了原形。她们分别是温金、赫金、傅兰、浓江、苏彦，还有傅劳洪哥俩的媳妇。

等大家喝到差不多的时候，香叟站起来说：“我这次西征复仇，在众位德都的帮助下，取得了胜利，降服了仇敌，替父母报了仇。眼下大家好好歇息几天，然后一起坐船回老家去。众位莫日根，请你们立即备好供品，我要祭奠父母的神灵，另外三天内赶造一百只船，要是造不出来，拿你们的脑袋来见。”

城里的莫日根点头答应：“我们一定照办！”

傅兰德都问香叟：“那关在笼子里的三个德都究竟如何处置？”

香叟沉着脸，没有吱声。

赫金上前说：“我看把她们带回老家去吧！那位哲格得罗姑娘长得不错，可以嫁给您。”

香叟点点头说：“你是我的救命恩人，你说的我都听，你说咋办就咋办吧！”

三个德都从铁笼子里放了出来，和大家一起喝酒。

泰勒的媳妇掉着泪说：“香叟莫日根，谢谢你！日后我们一定为你做牛做马，报答你不杀之恩。我们的小姑子至今还未嫁人，我想做主，将她嫁给你这位莫日根！”

香叟高兴地说：“你们都这么说，那我就把哲格得罗留在身边吧！”

香叟和几位德都在城中住了三天。第四天早上，几位莫日根来报告：“一百只木帆船造好了，但是晚了一点，愿接受处罚！”

香叟说：“虽然晚了一点，但已经完成，就不处罚了！你们回去请造船的好好喝一顿。”

这边，香叟和几位德都又在一起喝酒。喝到有了几分醉意，对大家说：“你们这次很辛苦，我在此深表谢意。下面我向大家宣布，我的这几位妻子从大到小排位，分别是：大夫人赫金、二夫人傅兰、三夫人白露、四夫人哲格得罗、五夫人苏彦、六夫人浓江。”

香叟接着对二十位莫日根兄弟说：“众位莫日根兄弟，我请你们带着老少，带着妻子和我们一起走，到我的家乡去打猎叉鱼，过好日子！”

众位莫日根点头答应。

这时有人来报告，船都装好了，请香叟下令开船。

香叟跑到江边一看，一切就绪，就领着妻子上船，下令开船出发。

当船经过傅劳洪住的城时，傅劳洪的弟弟傅克奥赶到岸边迎接，设酒宴招待。

酒席上，傅克奥告诉香叟说：“我哥哥领着一百五十只船早到了你的老家，领着建了好几个村庄，造好了许多房子。”

喝完酒临上船，香叟问傅克奥：“你还有什么事？”傅克奥回答：“请你给我留下十个莫日根管理城中事务。”

香叟说：“那怎么不行呢？”说完立即吩咐留下了十个莫日根和他们的家小，随后拔锚开船，直奔老家而去。

香叟到了老家，在欢迎他的酒席上说：“谢谢大家帮我报了父母的仇，谢谢大家帮我重建了家园！明天我们一起到南山去，打一百只鹿；到西山去，打一百只野猪，用来祭祀父母、祭祀神灵……”

第二天一早，香叟带领傅劳洪和十个莫日根拿了弓和箭，一起上山去了。一连打了三天，打了不少猎物，运回家中。

香叟的妻子们把屋里屋外收拾得干干净净。在供神的房西头神板下面，摆上了百只鹿、百头狍子、百头野猪、百只野鸡……已经超过了他要的数量。他安排了人，扒皮的扒皮，割肉的割肉，洗的洗，煮的煮。

肉煮好了，盛在桦木盆里，又端到神桌上供奉。

香叟的嫂子和妻子们，穿上神衣，系上腰铃，戴上神帽，敲起神鼓，跳起萨满舞。香叟把各种肉切着小块往空中扔去，口里喊着各种神灵的名，祭祀神灵[1]。祭祀完了，他们一起围着街道，尽情地唱，尽情地跳。全城百姓也都跟在后面跳。

跳完之后，把各种肉摆了数十桌，全城的男女老幼都坐在一起，大吃大喝，庆贺西征复仇胜利，庆贺香叟返回故乡。

喝到差不离的时候，香叟对大家说："今天庆祝胜利，祭祀神灵，请大家吃好吃饱。我们城里，现有一万多人，有的种地，有的盖房，有的捕鱼，有的打猎，人人劳动，个个尽力。我有今天的日子，全靠了大夫人赫金，我想把她的父母接来，在家供养。"

赫金说："我本想帮你报完父母之仇，就回家去伺候双亲。看您这份心意，我只好留下来不走了。"

香叟又对傅劳洪说："你回家去，需要多少船和人，尽管开口，不要抹不开[2]说。"

傅劳洪说："我只要五十条船，每条船带十户百姓，回去建设家园。"

香叟满口答应，让他自己去领。

从此，香叟莫日根被乡亲们选为三江部落首领，带领部落乡亲和和气气、快快乐乐、安居乐业。

流传地区：黑龙江省同江市、饶河县
搜集时间：1981 年 3 月
讲　　述：葛德胜（赫哲族）
采录整理：黄任远

---

[1] 萨满跳神仪式有的是跳神治病，有的是消灾免祸，有的是为求子，有的为死者送魂，有的祈求渔猎丰收，有的占卜吉凶祸福。
[2] 抹不开：东北方言，不好意思。

# 马 尔 托

早年，在顺江的中游，住着一个小伙子，名叫马尔托。马尔托五岁那年，父母就去世了。他跟着邻居叔叔伯伯们上山打猎，下江捕鱼，学会了一套捕鱼打猎的本领。村里的男女老少都夸他是个莫日根。

有一天，他做了个梦。在梦里父母对他说："马尔托，你长大了，该出去闯荡闯荡了。"

第二天，马尔托把家里的兽肉全都放在一只大锅里煮上了。等煮熟了，他把肉盛到一只只木碗里，供祭家里的木头神。

他点上一香火，磕头叨咕："爱米[1]神、查尼[2]神、西瓦如玛玛[3]神呀，我要出远门了，请你们保佑我一路平安，等我当了首领重返家园，再来供奉诸位神灵！"

说着，忽然这些木头神一下子都变成了活的，走下托落，拿起木碗，大口吃起祭物来。不一会儿，肉都吃光了，木头神又回到托落上站着。

马尔托瞧着挺奇怪，不过他没有吱声。他收拾行装就走出门，向左邻右

[1] 爱米：赫哲语，护身神。
[2] 查尼：赫哲语，保卫门洞的神。
[3] 西瓦如玛玛：赫哲语，保卫神。

舍告别了。

马尔托来到了江边，这时，江边正好停着一只大帆船，船上坐着一位白胡子老头，他走上前去问道：“老爷爷，你们的船要上哪里去呀？我跟着捎个脚行吗？”

老头子说：“马尔托，我特意来接你的，快上船吧！”

马尔托挺奇怪，上了船又问：“老爷爷，你怎么知道我的名字？这船从哪来？”

老头子笑了笑，摸了摸嘴上的白胡子，说：“昨晚我做了个梦，梦里有两个神灵告诉我，有个叫马尔托的莫日根要出门，借我的船送一趟。我答应了他们，今天一早，就照着神灵告诉的地点，把船划来了。”

马尔托一听明白了，这是父母的神灵给安排的船。他打开背上的皮口袋，拿出了酒葫芦和肉，送到老头子面前。

老头子接过酒葫芦，用手指头蘸了点酒，往空中洒了三下，往江里洒了三下，嘴里叨咕着：“出！出！出！”[1]

祭神完了，老头子问马尔托：“小伙子，你还有什么事吗？”

“一切安排好了，我们出发吧！”

“行，开船！”

老头子拨正了船头，和马尔托坐在船上喝起酒来，一边唠嗑，一边看着两岸风光。这时，江上起了风，船跑得更快了。

再说沿江的两边有个大屯，屯里有上千户人家，家家都是捕鱼打猎的。屯里有个残暴的首领，名叫一新。他自己从不打猎，可是家里虎皮、豹皮应有尽有；他自己从不捕鱼，可是家里餐餐鱼肉不断。

这一天，一新首领听到江水发出呼呼的响声，知道有个莫日根来了。他赶紧穿上罕达犴[2]皮做的皮裤，吩咐手下的武士做好了准备。不一会儿，江面上起了一阵烟雾，待烟雾刮到跟前，马尔托莫日根的船已经靠了岸。

---

[1] 赫哲族风俗习惯，喝酒前要祭天地，祭江神，求他们保佑平安幸福。

[2] 罕达犴：驯鹿，又称四不像。

马尔托莫日根下了船，双脚踩到沙地上，马上踩出了一个又一个深坑。

一新首领领着一帮持枪握刀的武士，来到村口，指着马尔托问道："你是哪来的莫日根？"

马尔托答道："我是黑龙江下游的马尔托，这次路过你们屯，想和你们的莫日根比一比武。"

一新首领说："我是这里的英雄，你想活命就快点走开吧，不想活命就上来！"

马尔托莫日根说："尊敬的英雄，早已听说你的德行了，今天我就要和你较量较量！"

"不怕死的就来和我比试吧！"一新首领脱去袍皮大褂，紧了紧腰上的牛皮带，扑上前来。

马尔托一动也不动地站着，待他上来，就抱在一起摔起跤来。他们一直从上午摔到天黑，谁也没有胜谁。一新首领说："今天不比了，明天再比。"说完，领着一帮武士回村里去了。

马尔托回到船上，和老头一起喝了酒、吃了饭，睡了一宿好觉。

第二天一早起来，马尔托吃完饭就下船，直奔村子里去找英雄比武。在半路上，他碰到一位老太太，就上前打听一新首领家的住处。

老太太说："一新首领是一个很残暴的人，小伙子，你找他会送死的！"

马尔托说："不要紧！"

老太太问："你这个小伙子，叫什么名字呀？"

马尔托说："我叫马尔托。"

老太太说："但愿神灵保佑你战胜这个莫罕[1]，为民除害！"说完，她领着马尔托来到十多间全是用大石头垒的大房跟前。马尔托回头正要感谢这位老太太，却已不见她的人影了。

马尔托莫日根上前敲门，石门一开，一新首领从里面走了出来，一见马尔托就说："你来得正好，今天不是你死就是我活！"

---

[1] 莫罕：赫哲语，英雄，和莫日根相同。

两个人紧了紧各自的腰带，便在门口摔起跤来。他俩一会儿你举起我，一会儿我举起你，打得地动山摇。

他俩摔来摔去，只见地上的草，一会儿变黄了，一会儿变绿了[1]。两人不吃不喝，打了很久，也分不出高低胜败。这时候，从空中飞来了一只鹰，它停在一棵大树上，一边招呼:“马尔托莫日根,你快跳出圈子,我来帮你打！”

马尔托未听分明，抬头一看是只鹰，就没有理会它，继续和首领摔打，摔打了好久，他俩还是不分胜败。

这时停在树上的鹰，又对马尔托招呼说：“马尔托，马尔托！你快跳出摔跤圈！”

马尔托莫日根这回听清楚了。他想，一定是父母的神灵又来帮助自己了，就一下子用力把首领摔到地上，跳出了摔跤圈。

说时迟，那时快，鹰便像箭一样飞了下来，用嘴一下子叼出一新首领的眼珠，痛得他在地上瞎蹦。马尔托冲上前去，把他举过头顶，一用力，扔到了村子外的大江里。大浪马上把他吞没了。

马尔托莫日根为民除了害，村子里人都欢欢喜喜地前来给马尔托敬酒，请他留在这里当首领。这时,那只鹰变成了一个美貌的姑娘,也走到他的面前。马尔托见了很惊奇，问她究竟是人还是鹰。那位姑娘告诉他，她是被那个已死一新首领抢来的，逼她做他的妻子。她誓死不从，被关在大木笼里。马尔托父母的神灵使她变成了鹰，从大木笼里钻出来，又帮马尔托战胜了首领。

马尔托莫日根听了姑娘的话，十分喜欢她。三天之后，便同她拜了天地成了亲。后来一起回到老家，祭祀父母的神灵。他把一头牛、一头猪、一只羊供在神板上，点上达子香，嘴里祈祷：

“我西征凯旋归来，
今天把神灵祭奠。
我敲响萨满神鼓，

---

[1] 一会儿变黄了，一会儿变绿了：此句表示一会儿变秋天，一会儿变春天。

把各位神灵召唤。
腾尼莫蹲特[1]神灵，
波尔布肯[2]向导神，
木克蹲特[3]管鱼神，
会飞的阿都[4]神，
看家的珠连[5]神，
在众神灵保护下，
我结束远征西行。
恢复部落的荣誉，
找到了失散双亲。
感谢各位神灵！
接受丰盛祭品！”

马尔托把乡亲们都请到了自己的大屯里来居住，一起过上了太平安乐的生活。他的英明，四方传扬，永久流传。

流传地区：黑龙江省同江市
搜集时间：1979 年 9 月
讲　　述：尤树林（赫哲族）
搜集整理：黄任远

[1] 腾尼莫蹲特：赫哲语，统管人间的神。
[2] 波尔布肯：赫哲语，向导神。
[3] 木克蹲特：赫哲语，主管渔猎之神。
[4] 阿都：赫哲语，会驼萨满飞的神。
[5] 珠连：赫哲语，能帮助萨满击退敌人。

# 木 竹 林

从前，在松花江南岸有一座城，住着孤苦伶仃的姐弟俩。姐姐叫萨其尼，十八岁了。她长得十分漂亮，像八月十五的月亮一样美。她有一双巧手，会揉皮子，会做衣服，会酿酒，会叉鱼，又会绣花。她绣的葡萄鸟来叼，绣的花儿蝴蝶围着飞。

弟弟木竹林，十六岁了。他长得虎背熊腰，鹰眼鹰腿，看得远，跑得快，是个打猎的能手。有一次，木竹林上山打猎迷了路，跑到一个山洞，碰到了一位白胡子老人。这位老人教他练武艺，木竹林很有天赋，不到三天，全都学会了，记住了。

木竹林回家后，每天能打到很多猎物。他们吃不了，常常将猎物送给乡亲们。可是日子一长，附近山头的野兽，都让木竹林打光了。

一天晚上睡觉前，木竹林对姐姐说:“你看，跑了一天，啥猎物也没打着。姐呀，明儿个你早点叫醒我，我想到远点走哩！好多打点狍子、野鹿回来。”

姐姐“嗯”了一声。木竹林因为一天也没住脚，连跑好几趟沟塘子，累得腰酸背疼的，一下就睡过头了。

第二天早上，木竹林醒来一看，天都大亮了。朝南炕一瞧，姐姐还蒙着狍子被睡觉呢。木竹林急了，打猎得趁有露水去，去晚了，野兽吃饱肚子，找地方卧下了，上哪打去！他招呼说：“姐姐呀，天都大亮了，你还不起来赶紧做饭！”

“噢，我就起来！”姐姐答应了一声，可是等了半天，还没有起炕。木竹林忙三急四地穿上了鱼皮衣服，狍皮裤子，就上了外屋，自己动手热饭。

他吃完后，拿起弓箭就要往外走。姐姐从里屋突然跑了出来，一把抓住木竹林的胳膊，连拉带拽地说啥也不让他出门。

“姐呀，你今天咋的啦？”

姐姐说：“弟，昨个夜里，我做了个梦。梦见一只老雕飞到我家，落在房顶上，房盖也被它踩坏了，漏出一个大窟窿。那老雕长得可吓人啦！两只眼睛像两盏灯，嘴像个冰穿[1]，忽然，它张开翅膀扑过来，我就惊醒了。这不是个好预兆，你今天听我的话，就留在家里吧！”

木竹林听姐姐说着，看看天色不早，说：“姐姐，那是梦，没什么事，我今天早点回来就是了。”他说完就骑上马跑了，怎么招呼也不站下。

萨其尼心里不好受，流着眼泪上了炕，呆呆地坐了老半天，才收拾屋子，做针线活。

到晌午的时候，萨其尼听到屋外忽然有很大的声响，震得草屋都摇晃起来了。

萨其尼正寻思时，从屋外弯腰进来了一个有一丈多高的黑脸大汉。

萨其尼低头做活，没有理睬那陌生人。

黑脸大汉往北炕上一坐，“咔嚓”一声，把一根柞木炕沿坐断了。他把身子往炕里挪了挪，从腰里掏出一个像面口袋一样的大烟袋，一口气抽了三袋烟，呛得满屋子都烟雾腾腾的。

不一会，他说话了：“姑娘，一会儿你跟我走吧！”

萨其尼抬头问：“你是谁呀？”

黑脸大汉说：“我是住在江下边莫坤达[2]的儿子，我是来向你求婚的。”

萨其尼气得脸都红了，大声说：“你快给我滚！我弟弟是有名的莫日根，

---

[1] 冰穿：赫哲渔民冬天打鱼凿冰窟窿的工具，又长又尖。
[2] 莫坤达：赫哲语，族长。

他回来可饶不了你！”

“哈哈哈，可惜你这位兄弟没在家。你快跟我走吧！”

萨其尼想夺门跑走，被黑脸大汉上前一把抱住，用块皮子卷巴卷巴，扛在肩上就走了。

黑脸大汉扛着萨其尼走过了一条小河，来到了一片桦树林子跟前。这时，在一棵大树上，停着一只乌合萨利[1]。每当姐姐做饭的时候，这只猫头鹰总是飞去讨肉吃，刮风下雨，从不耽误。姐姐一见，也总是给它肉吃。它在大树上看到了姐姐，便飞到她头前，低声说：“格格，格格，你有难处，我帮你送个信儿吧！”

萨其尼小声对它说：“猫头鹰，请你给我弟弟捎个口信，告诉他姐姐遭了不幸。如果弟弟不信，你就拿出这个镯子作证！”萨其尼把手镯往上一扔，正好套到猫头鹰的脖子上。猫头鹰长叫一声，带着手镯飞走了。

木竹林莫日根骑马进山，走了一阵，看不见一只野兽。到日头快平西了，才看见个小狍子，抓住了。他掏出刀子，正蹲在地上剥皮开膛，忽见一只猫头鹰飞来，停在前面一棵小树上。

木竹林停下手里的活，拿起弓箭要射这只猫头鹰。猫头鹰机灵地躲到一棵大树的树杈子后面去了，木竹林绕到大树背后，又举箭想射它。猫头鹰又一下子躲到另一棵大树杈后面去了。

木竹林心想：这只猫头鹰这么瘦，射下来也没有多少肉，算了，留它一条命吧！想着，他放下弓箭又去收拾狍子肉去了。

猫头鹰大胆地飞到木竹林头上说：“木竹林莫日根，我是从远道飞来，专给你送个口信。你不要装聋不爱听，也不要听了不高兴。实话告诉你吧！你的姐姐萨其尼被一个非牙克[2]人抢走了，你赶快去救她！你要不信，这里有你姐姐的手镯为证！”说完，把脑袋一低，手镯落到了木竹林的手里。

木竹林仔细一看，果真是自己姐姐的手镯。知道家中出凶险了，他啥都

[1] 乌合萨利：赫哲语，猫头鹰。
[2] 非牙克：黑龙江下游少数民族称谓。

不顾，扔下刀对猫头鹰说："心地善良的猫头鹰，谢谢你！我把这只狍子肉都送给你吧！"

猫头鹰说："救你姐姐要紧，我给你带路，你就跟着我去追吧！"

木竹林骑上马，跟在猫头鹰后面往前跑。他江道熟，抄小路，一直奔东北方向撵下去了。木竹林撵了一夜，当天快蒙蒙亮时，撵上了黑脸大汉。

"非牙克人，站住！"

黑脸大汉一惊，放下萨其尼，回头朝木竹林扑来。木竹林和他抱在一起，摔打起来。他俩拳来拳往，跌倒爬起，黑脸大汉被木竹林摔得鼻青脸肿，大牙也掉了。

黑脸大汉还不服气，从地上爬起来，从靴子里拔出一把刀子，朝木竹林刺去。木竹林一躲，黑脸大汉由于冲得太猛，撞到一块尖石头上，一命呜呼了。

姐弟俩谢了猫头鹰，一起骑上马回家去了。

过了三天，黑脸大汉的弟弟，一个长得五大三粗、像只黑瞎子的莫日根，前来为哥哥报仇。他带了三十多个兵，包围了木竹林的家，大声嚷道："木竹林，你这个小子，害了我的大哥，今天我要用你的头，祭我哥哥的神灵！"

木竹林出门说："这位兄弟，你说的话不对！分明是你哥哥强抢我的姐姐，我撵去和他说理比武，他比不过我，拿刀想加害于我，我躲得快，他自己撞死了，怎么能说我害死了你哥哥？"

那个莫日根说："少说废话，来，咱们比上一比！"

"好！"木竹林不吃他的一套，动手和他较量起来。一打就打了三十回合。那个莫日根渐渐支撑不住，跳出了摔跤圈，骑上马跑了。

木竹林也没去追赶，回头对站着的三十多个兵说："你们的头领自己跑了，你们不用慌，愿意留下就留下，不愿留下就回去！"

这些兵早就听说过木竹林莫日根的大名，今日听木竹林莫日根一说，个个都表示愿意跟木竹林在一起。

当天晚上，木竹林莫日根和姐姐萨其尼领着这些兵，一口气赶到了非牙克人住的城市。

这时候，已经夜深了，城门紧闭进不去。木竹林和士兵商量："今晚没法攻城了，我们就在这里打个小宿[1]吧！”

大伙说：“好！”

萨其尼说：“晚上天气凉，睡外面会着凉的，我想法让大家住到屋里去。”

大家你看着我，我看着你，很奇怪，周围全是树林荒草，没有半间房屋，上哪去住房呀？

这时，只见萨其尼从自己包袱里拿出了一叠纸来，用剪子剪了些纸人，用嘴一吹，顿时变成了一个个活人。他们扛木头的扛木头，盖房的盖房，割草的割草，一会儿就盖起了十多个撮罗子[2]。士兵们全都住进去了。

城上的守城兵，看到树林子里灯火通明，人声喧闹，赶紧报告了部落长。部落长一听，十分犯愁。这时，身旁的女儿西恩尼对父亲说：“爸爸，你不用犯愁，明天我出城迎战，替大哥二哥报仇！”

西恩尼今年十七岁，是一位美丽的姑娘，眼睛像秋水闪光，脸蛋像苹果通红，而且武艺出众，比她两个哥哥还强十倍。

第二天一早，西恩尼飞马出城，来到木竹林住的地方挑战。萨其尼见是一位姑娘，就自己迎上前去，把她大哥抢人和木竹林比武，造成误伤的事说了一遍，然后对她说：“你这位姑娘，还是做我兄弟的媳妇吧！”

西恩尼听了，哪肯答应，拿着扎枪刺来。萨其尼将手中纸棍往空中一扔，变成无数棍棒，朝她头上打去。西恩尼只有招架功夫，没有还手能力。

西恩尼一看萨其尼这般厉害，可想她弟弟也非一般人，嫁给这样的莫日根，一生也算行了，就说，“让我和他亲自比武一下，是英雄我就答应，不是英雄就休怪本姑娘无情！”

萨其尼收回棍棒，跑到木竹林莫日根身边，如此这般地说了。木竹林在一旁对西恩尼的外貌早已动心，听姐姐一说，正合心意，飞马跑了过去。

他俩一照面，没说一句就交锋起来。你来我去，打了十余个回合，西恩尼见木竹林一表人才，武艺不凡，就故意停自己手中的扎枪，让木竹林

---

[1] 小宿：东北方言，指睡觉。

[2] 撮罗子：赫哲语，尖顶窝棚。

抓住。

接着，西恩尼领着木竹林姐弟进了城，拜见了部落长，并说明了事情的缘由。部落长是个十分正直的老人，他弄明白了事情真相，责怪了二儿子，爽快地同意了木竹林莫日根和西恩尼的婚事。

在举行婚礼的那天，全城的人都来祝贺，邻近城市的首领也送来了贺礼，人们像过盛大节日一样，穿上了崭新的民族服装，为新郎新娘唱起了祝福歌：

阿郎——嘎嘎嘎阿尔哪！
世上最美丽的花，
是我们的新娘西恩尼；
世上最勇敢的莫日根，
是我们的新郎木竹林。
你们是称心如意的一对，
你们是无比幸福的一双！
祝福你们——
子孙满堂！
祝福你们——
白头到老！
神鹰在蓝天飞翔，
达子雪开满山岗。
木竹林英雄英名，
传遍了部落三江。
……

流传地区：黑龙江省同江市
搜集时间：1979 年 9 月
讲　　述：吴连贵（赫哲族）
搜集整理：黄任远

# 木 都 力

从前，在松花江下游的洪江霍通里住着姐弟两人。

姐姐叫木克尼，长得像春天盛开的迎春花似的。弟弟叫木都力，捕鱼狩猎是能手，大家称他莫日根。

一天，木都力莫日根收到了一封乌鸦捎来的信。他打开一看，是另一个霍通老头写的信。信上说他给自己的女儿比武找婿，谁武功高强，就把女儿嫁给谁。

木都力莫日根拿着信去找姐姐商量，姐姐说："咱们到那个霍通[1]去看看吧！你的年龄也不小了，也到找媳妇的时候了。"

第二天，木都力莫日根把帆船修理好了，准备了途中吃的肉干、鱼干，和姐姐还有几个霍通里的年轻小伙子，一起乘上帆船出发了。

这天，刮着东风，扯上船帆后，这个帆船就在江上飞了起来。

前面的一个村子里住着一个孤儿，名字叫昂金。他的父亲和木都力的父亲一样，也是地方的首领。七年前，父亲被西面一个霍通的首领抓走了，家里只剩下了他和母亲。娘俩用父亲被人抓走前捕的鱼做的鱼干、鱼松，吃了几年。

[1] 霍通：赫哲语，城堡。

昂金的父亲被抓走的第三年，母亲得了病，在这个时候昂金已经十一岁了。

母亲对昂金说："看样子，我的病治不好了！我死以后，我给你晒的鱼干、鱼松，全都在鱼楼里放着，够你吃三年的了。这三年过去以后，你也大了，自己也能捕鱼、狩猎养活自己了。你父亲只给你留下一副弓箭，挂在西边的墙上，你别忘了去给你父亲复仇……"说着说着就咽气了。

昂金抱住母亲的脖子又哭又叫、又摇晃，母亲没有气了，哭也活不过来了。他找了一块板子，把母亲停放在那个板子上面。第二天，昂金自己钉了一个棺材。没有抬棺材的人，也没有扛棺材的人，自己在门前不远的地方把棺材埋了。

他母亲死的时候，只给他留下了一件皮衣服、一条皮裤子，别的东西什么也没有。六月的天气已火热，皮衣服皮裤子怎么能穿呢？他把皮衣服皮裤子全都脱下，一丝不挂的光着腚在江边捕鱼。

说话的工夫四年过去了，昂金十五岁了。这天早上，他正光着腚在江边捕鱼的时候，从江东面传来吵吵嚷嚷的说话声，过了一会儿，他跑上江崖，看见了远处有一艘大帆船，挂着帆，正在往这边来。

帆船来到了跟前，帆船上面的小伙子们，看见昂金光腚站在那里，全都耻笑他。昂金已经十五岁了，知道害羞了。听到帆船上的小伙子们耻笑，他在嘴里嘟囔："耻笑我？让你们知道我昂金的厉害！"

他跑回自己的家里，把弓箭拿出来，擦擦灰尘，来到屋子外面。一看，帆船已经往西走了很远。他跑到江边，瞄准帆绳，射了一箭。这一箭准确地射中了船帆绳。"咔嚓"响了一下，船帆哗地掉了下来。帆船没有了篷帆，横着停在了江上。

木都力莫日根这时候正在帆船里睡觉，听到小伙子们说一个光腚孩子用箭把帆船绳子射断了，船不能走了。木都力生气地对小伙子们说："你们下去四五个人，把那个孩子给我抓来！我问问他，为什么把我的帆船绳子射断了？"

这时，从帆船上跳下来六七个小伙子，跑着去抓昂金。昂金东一脚、西一拳，打的这六七个人全都鼻青脸肿了，腿瘸了的也有，鼻子流血的也有，全都抱着脑袋跑回帆船上去了。

他们对木都力说："那个光腚孩子非常厉害！我们去了六七个人，谁也不能靠跟前，全都被他打伤了。"木都力莫日根一看，这帮小伙子鼻子淌着血，瘸了腿，非常生气。他从船上跳了下来，向光腚孩子那里跑去，什么话也没说，伸出拳头就打。这个光腚莫日根十分机灵，一会儿跑到前面给他一拳，一会儿跑到后面踢他屁股一脚，一会儿从木都力胯下钻过去，一会儿又从他的手下滑过去。木都力怎么使了劲都抓不住他，生气地嘟囔："一会儿我抓住你时，把你扔到江里去！"这样说也还是抓不住。从早上开始快到中午了，木都力莫日根像牛一样喘着气，还是没抓住昂金。木都力莫日根对昂金说："咱们歇一会儿吧！我喘不过气来了。"昂金莫日根说："你愿意歇就歇！"木都力莫日根在那里坐着喘着气，那个昂金莫日根看上去咋也没咋地。这时候在帆船里的木都力的姐姐木克尼德都开门露出了脸。她看见昂金莫日根光着腚，害羞得脸一阵红，一阵白，嘟囔着说：

"我的弟弟木都力听我说啊，
他是可怜的孤儿，
你别和他打仗。
咱们留下他做伙伴吧，
他会好好地扶助你！"

木都力莫日根听姐姐木克尼这么一说，心想也对。这时，木克尼德都叫来一个小伙子，给他一个包袱说："给我弟弟，让他送给那个小伙子穿。"木都力莫日根接过包袱打开一看，里面有一件衣服，一条裤子，还有一顶帽子。木都力把包袱交给昂金说："你穿吧，这是我姐姐给的。我姐姐说，看你是个孤儿很可怜的，让你和我们一起生活，咱们结拜成兄弟吧！"昂金一看，送给自己穿，不穿也不好，穿上试试看。穿上了，这衣服、裤子、鞋和帽子好像量着他的身体做的似的，既合身还好看。他高兴地唱起来：

“木都力莫日根哥哥，
木克尼德都姐姐，
你们的恩情我在心里牢牢地记住呀。
你们上哪去我也上哪去呀！”

昂金唱完，跑回了家，到他家的西头，朝着一个卧牛石唱着说：

“我和木都力莫日根一起坐帆船走了，
我用这块石头把门压住。
神灵们你们好好地看守家门。
英雄的灵魂路过时，
让他们走门前边。
鬼怪来时让绕着走，
别让他们来家门跟前！”

这时，昂金用所有的力气把石头抬起来就一扔，滚着压门去了。昂金收拾一下就上了帆船。现在昂金衣服、裤子全都穿上了，也没有人笑话他了。

这时木都力莫日根说：“昂金！你看你把帆绳射断了，怎么能把帆扯上去？”昂金说：“这个容易！”他拿着绳子断了的一头，像猴子一样灵巧地爬上了桅杆，把两个断了的绳头拴在一起，吐一口唾沫，接好了。[1]那绳子接得特别结实，好像没断似的，接头也看不到。这时，帆船上的小伙子一齐用力往上拽帆船。船帆扯上去，帆船快跑，松花江水冒白烟，黑龙江水哗哗响，风吹着帆，船劈着浪，绕着浅滩，飞似的向前奔去。姐姐木尼克对木都力说：“我对你没撒谎吧！把这个小伙子带着，能帮你很多的忙。你看，他把断了的帆绳接得多么好。你想，今天的风比咱们来的时候还小，他掌舵，比咱们来的时候还快。这小伙子的本领多高强！”

---

[1] 这种唾沫使用习俗在世界上许多民族都有，认为它有魔力，反映了当时人们的理想和愿望。

这帆船走了两天两夜。第三天早上到了老头住的霍通。因为老头招婿，霍通的江边上，停着很多帆船，那些桅杆就像撑杆一样密密麻麻地立着。木都力他们的帆船在码头停下了。这个老头说了，谁能跳到江里找到一个金护身神偶，就把女儿嫁给谁。

一个从江西边霍通来的莫日根，跳进江里找去了。过了一会儿，江中心冒出了烟囱似的水柱，那个莫日根把头露出来就说："我完了，那个金护身神偶在一尺长的鳌花鱼肚子下面。鳌花鱼有 12 个刺，它把我扎伤了。"这莫日根刚说完就沉到江里死了。因为出了这件事情，连续三天没有一个人说去找金护身神偶的。在这个时候，木都力莫日根他们到了。姐姐对弟弟说："现在一个人也不说下江去，咱们怎么办？"昂金莫日根他们一起来到老头家说了一声，然后回到帆船上，昂金莫日根把衣服换了，说："我下江去捞金护身神偶去吧！"木克尼德都给他一把锋利的刀子让他护身。昂金莫日根拿着刀子跳进了江里。

昂金莫日根跳进江里去捞小金人，过了两袋烟的工夫，还没上来。码头上站着的人全都担心，木都力莫日根也十分担心。姐姐木克尼心里有数，说："没有事，别害怕，他一会儿能上来。"果真，过了一会儿，从水里冒出来了三回像烟囱那么高的水柱。接着，昂金莫日根的脑袋从水里露出来了。他左手拿着闪闪发光的金护身神偶，右手拿着刀子，在水面上滑着回到了帆船上。他把衣服换下来，和木都力一起把金护身神偶送到老头子那里去了。

从别的霍通来的莫日根小伙子们，因为昂金得了金护身神偶高兴得又拍手，又拍大腿。昂金莫日根说："你们大家谁也别走啊！老头已经准备了酒菜。我今天进到江里捞出了那个东西，全都是大家帮助的力量，不是我一个人的力量。咱们谁也不能走，一起吃喝玩儿吧！"大家听了全都高兴，全都说昂金莫日根够朋友，谁也没走。大家来到了老头家里，吃喝了三天。

第四天，放上桌子大家刚要开始喝酒的时候，木都力的姐姐木克尼走进了老头的屋里，见面就问："你说的话还算不算数？"这个老头说："算数！"木克尼说："你说的话算数，借这个酒桌，让他俩结婚吧！"

在这个时候，老头的姑娘走进屋里对她父亲说："爸爸！这位姐姐说得对，我愿意。说了不办，大家笑话。”她父亲说：“咱们怎么说的就怎么办！”

在老头屋子里坐着的全都是有头有脸的，大家都说：“对！对！明天是双日子。明天让他们俩结婚吧！”

有的人说：“金护身神偶是昂金莫日根捞上来的，姑娘跟他才对。可是，听说木都力的姐姐早就给昂金做衣服了，有意思了。让姑娘跟昂金的哥哥木都力吧！”老翁一听说得有理。这样，答应为姑娘和木都力，木克尼和昂金结婚做准备。

他们结婚的这天，霍通里的男女老少全都前来祝贺。在老头家门前摆上桌子喝酒。酒桌上，什么菜都有，天上飞的禽也有，江里边的鱼也有，山上的兽肉也有，树上长的木耳也有。

娶亲时来说唱伊玛堪的老头喝上几杯酒，高兴的为新郎新娘唱起祝福歌：

“天上的明月为你们指路，
天上的星星为你们祝福，
森林里的百鸟为你们歌唱，
江里的鱼儿为你们跳舞。
你们像大山一样，
永远也不会老，
你们像松树一样，
四季都常青！”

两对夫妻拜过天地，拜过灶神，拜过祖宗三代牌位之后，人们全都坐下喝起酒来。有的喝醉了，走不动爬着回去了。过了一天以后，还是喝，愿意喝酒的人又全都来了。

这两对新婚夫妻在这个霍通里住了七天，一起商量要出发去杀父母的仇人。

出发这天，停在江边的帆船上的莫日根们全都说：“木都力、昂金，让我们跟你们一起去吧，人多力量大呀。”木都力莫日根说：“你们愿意就跟我们一起走吧。”帆船的篷帆全都扯上去了。木都力莫日根的帆船走在前面，后面一大帮帆船跟着往西进发。

帆船一连走了几天几夜。一天，到了一个霍通。这个霍通的首领，是前几天捞金护身神偶时淹死的那个莫日根的弟弟。为了这事，这个首领和那个老头结了仇。听他们说老头的姑娘路过他的霍通，他想借这个机会杀死哥哥的仇人。

木都力莫日根他们的帆船到了霍通的码头，把船帆落下来停下了，想要进霍通里买吃的。首领不让开大门。木都力莫日根这帮人在大门外面叫喊：“快把大门开开呀，我们要进去买点儿吃的。你们不开大门，我们要砸门了！”看守大门的兵用箭射，不让他们靠前。

木都力莫日根拿着弓箭从帆船上下来，走到霍通的大门口。这时从大门里面走出来了一个莫日根，他就是这个霍通的首领。两个人一见面，话也不说，抱住就摔打起来。两个人摔打了十几个回合，谁也没胜谁，谁也没输给谁。在这个时候，从霍通里面飞起来一个神鹰。这个神鹰是那个首领的妹妹。这个女子，非常厉害。你看她：

“大雁似的矫健，
天鹅似的美丽，
喜鹊似的聪明，
神鹰似的神气。
绣起花来，
比真花还美丽；
叉起鱼来，
一叉叉得三四尾；
打猎时，
一扎枪扎死一头黑熊；
比武时，
十个莫日根也打不过。”

木都力的妻子一看，这不好，对姐姐说："从霍通里面飞起来了一个神鹰，不好！它一伏击下来，木都力要吃亏。我现在上去帮他去呀！"说完，打了一下滚，变成了一个神鹰，飞着向那个从霍通里面飞起来的神鹰冲去了。两个神鹰碰到一处就像火炭似的溅着火星。两个神鹰冲击着往北去了，慢慢看不见了。木克尼德都害怕自己弟弟的妻子吃亏，打一个滚，也变成一个神鹰，在后面追去了。

木都力莫日根和那个霍通首领还在摔打着，不分胜负。昂金莫日根害怕哥哥被人打败，把腰带紧一紧，从帆船下来了，大声说："哥哥，你往旁边站一站，我和他摔打试试看！"木都力莫日根往旁边站了，昂金莫日根和那个首领开始摔打起来了。他俩转了几下，昂金莫日根一用劲把那个首领往上举起来用力往地上一扔，那个首领摔死了。

第三天，天上飞来了三只神鹰。她们是木克尼德都、木都力的妻子、那个首领的妹妹。三个德都一起上了帆船。首领的妹妹听说哥哥死了，开始哭起来。两个姐姐劝阻着说："好姑娘，别哭！别把这个事情搁在心上。打仗还有不死人的吗？咱们全都是姐妹，你和我们在一起吧，别想别的了！"这个德都点着头答应了，把帆船上的人全都请到家里喝酒。

木都力莫日根和首领的妹妹结为了夫妻，他们在这个霍通热闹了三四天。

流传地区：黑龙江省同江市
搜集时间：1980 年 9 月
讲　　述：吴连贵（赫哲族）
搜集整理：黄任远

# 莫 尼 特

从前，南山有个狼精，经常到附近村屯祸害人，闹得百姓生活不得安宁。

有一年秋天，猎人莫尼特领着他七岁的儿子上山打秋皮。另外他还有个目的，设法追踪狼窝消灭狼精，为当地百姓除害。

一天，莫尼特在山脚边打了一头野猪。爷俩一起动手扒了野猪皮，架上火，用小吊锅煮起了野猪肉。

煮了一会儿，锅里冒出了一阵阵猪肉的香味。

孩子拉着莫尼特的手问：“阿玛[1]，肉烀熟了吧？”

莫尼特说：“好孩子，乖！等煮熟了再吃吧！”

孩子到一边玩去了。过了一会儿，儿子又跑回来，见阿玛不在，就伸手到吊锅里抓了一小块肉，蹲着吃了起来。孩子刚吃完，肚子就痛了。孩子一边捂着肚子一边喊：“阿玛，阿玛，我肚子痛呀！”

莫尼特听到儿子招呼，跑了回来，抱起孩子问：“怎么啦？哪里不好受？”

“阿玛，我的肚子痛呀！”

“你吃什么东西啦？”

“我刚才吃了一小块肉，吃完就痛开了。”

---

[1] 阿玛：赫哲语，父亲。

“你这孩子，不听话，叫你先别吃，你就先吃上了！”

孩子痛得昏了过去，像死了一样。

莫尼特没有吃，把一吊锅肉都倒了。不一会儿，天黑了。莫尼特手里握着激达[1]，猫在撮罗子前面不远的地方。

到了半夜的时候，他听到不远处有沙沙的动静。不一会儿，一只大白狼走到撮罗子跟前，围着绕了三圈，接着用爪子扒门。

莫尼特在暗处瞅得真切，没等狼扑近自己孩子，手中的激达早就飞了过去，一家伙扎在大白狼的肚子上。

大白狼一声尖叫，就跑没影了。

第二天，莫尼特背着昏迷不醒的孩子回了家。

把孩子往炕上一撂，莫尼特就去找村里新来的萨满[2]，想问问那狼把自己的激达带哪去了，自己孩子是什么病。

到了萨满家门口，莫尼特见门口围了一大帮人。

他走上前问：“这里出了什么事啦？”

有人回答他说：“萨满昨晚得了病，一个人关着门在屋里直哼哼，也不让人进去。”

莫尼特说：“我从前也学过萨满，会给人治点小病，让我进去给他看看吧。”

莫尼特用力拉开了挂着的门，闯进了屋里。

他一看，萨满正跪在西墙边木头神下祈祷呢，他的一把激达还在萨满的肚子上叉着。

莫尼特上前一把抓住激达，对萨满说：“原来你是只狼呀！想害我的孩子，我看你还往哪里跑！”他说着把激达往外一拔，肠子也跟着出来了，不一会儿，萨满就咽了气，变成了一只死狼。

---

[1] 激达：赫哲语，扎枪。

[2] 萨满：赫哲语，能与门跳人治病，能和神灵对话的人。

莫尼特拿着激达往家走，管屯子的嘎深达[1]追上来，问：“莫尼特，你为什么要杀死萨满？”

莫尼特说：“他不是萨满，是只恶狼！”

接着，莫尼特当着乡亲们的面，一五一十地把自己在山上打猎遇到的事说了一遍。

这时，有人已把那只死狼抬了出来。众人一看，都说：“莫尼特为民除了害，真是咱村的莫日根！”

嘎深达弄明白了真相，也赞扬莫尼特做得对，做得好。

这时候，莫尼特的儿子从家里跑来找他了。原来狼精一死，妖法破了，孩子的病也好了。

莫尼特扎死狼精后，这一带渔民和猎人过上了太太平平的生活。

流传地区：黑龙江省同江市、饶河县

搜集时间：1981 年

讲　　述：尤树林（赫哲族）

葛德胜（赫哲族）

搜集整理：黄任远

---

[1] 嘎深达：赫哲语，村长。

# 额 托 力

从前，有个名叫额托力的老头。他从小就在渔船上打转，大半辈子都是在渔船上度过的。他投的鱼叉，只要一出手，总不离鱼头和鱼身交界的格鳃，把拽出水面，管保一个叉眼不见。他剥下的鱼皮，整整齐齐，半个窟窿也没有，缝出的衣裳，又平又好看。方圆百里，额托力称得上是一名还不错的巴图鲁[1]。

有一回，额托力用鱼叉叉中一条大鱼。那鱼不知有多大，撞翻了渔船，带走了鱼叉。额托力一个猛子，钻进水底，顺着那条大鱼尾巴，一直撵了二三十里。他躲在鱼尾掀起的浪夹缝里，那儿有个小窝儿，可以在里边喘气。大鱼忍着疼，咕噜钻进水底，腾地浮上江面，翻上覆下地搅和老半天，最后不行了，让额托力三把两把就扣上了笼头。十几个小伙子，帮他连拱带拽，才把那大鱼拖上了岸。

村里打鱼人都没见过这么大的鱼，量量身腰，足有两条快马子那么长。额托力骑在鱼脊梁骨上，脚都够不着地面。村里的渔民听说额托力生擒一条大江鱼，都赶来看稀罕事[2]。鱼，奇是真奇，谁也叫不上名来。

---

[1] 巴图鲁：赫哲语，打鱼能手。
[2] 稀罕事：东北方言，稀奇的事。

这时，正赶巧下江上来一条皇船，是京城里派人来收贡品的。当年，三江的好出产，都得给皇家交贡，又是“贡珠”，又是“贡貂”，数也数不完。这回，收贡差官一见大鱼，喜得眉开眼笑，派人马上装进官舱，又让额托力押运，跟着去到了京城。

皇上见额托力远道送来大鱼，心中大悦。就问他说：“勇敢的打鱼人，你是如何擒得这条神鱼的？”

额托力一五一十，把他打鱼经过，讲了一遍。皇上听罢，连连称赞说：“朕万万也没想到，极北边塞之地，竟有你这样的渔家王！”

额托力对皇上说：“回禀圣上，这条鱼直到如今，还没个名呢，请皇上给起个名吧！”

皇上赶忙提笔，在宣纸上先写个“鱼”字，然后皱皱眉头，接着又写一个“皇”字。题完，皇上把笔搁在龙书案上，抬头跟额托力说：“朕见此鱼，非同一般，堪称天下‘鱼中之皇’，往后，就叫它鳇鱼好了。”

额托力连连点头，答道：“中！中！鳇鱼，鱼中之皇，这名字还挺不错呢！”

皇上夸奖额托力的勇敢，便让身边穿黄马褂的官员，取过一把宝刀，赠给了额托力，封他为当地头人，并对他说：“以后每年都要上交鳇鱼，作为献给皇家的贡物。”额托力哪敢违背，只好说：“是，是，年年献上！”

从此，三江渔民修起了鳇鱼圈[1]，每年把用性命换来的头等名贵鳇鱼，一路风尘地送上京城。

流传地区：黑龙江省同江市
搜集时间：1981 年 5 月
讲　　述：齐全禄（赫哲族）
搜集整理：黄任远

[1] 鳇鱼圈：把捕到的鳇鱼放到一起圈养的大水塘。

# 寒 葱

传说早先有老两口，快到五十岁了，还没有一男半女。老太婆想孩子快要想疯了，天天到山里去给飞由合色翁[1]磕头，风雨不误，祈求树神赏给她一个儿子。老太婆的虔诚感动了树神。一天，当老太婆又来磕头时，树神开口了："老太婆，你在山里拔些寒葱回去，洗干净了煮汤喝，保你生个孩子。"

老太婆高兴极了，连连磕头说："谢谢树神恩赏！"树神说："不用谢，快去拔寒葱吧！"老太婆照着树神的话，在山里拔了一大把寒葱，回家煮了满满一大锅。晚上，老头子打鱼回来，见到锅里尽是寒葱，挺生气，说："老太婆，你不会是在山里着了魔吧？寒葱咋当饭吃？"

老太婆笑笑说："死老头，别着急！"她把自己遇到的事给老头子讲了，老头子听了半信半疑。

过了四五个月，老太婆果真显怀了。老头子又惊又喜，什么活都抢着自己干，让老太婆在炕上歇着。到了十足月，老太婆果然生了一个大胖小子。这小子一生下来，长得很精神，脖子上还戴着一副金锁链。

老太婆说："给孩子起个名字吧！"老头子想了一阵，说："你是吃寒

[1] 飞由合色翁：赫哲语，树神。

葱才有的他，我看，就叫他寒葱吧！”

转眼十八年过去了，寒葱长成了一名体格结实的小伙。他跟着父母学会了用扎枪扎野兽，用鱼叉叉鱼。当老两口去世时，小伙已经成了远近闻名的莫日根。

有一天，寒葱莫日根上山打猎时，碰到了一只库玛卡[1]。他射出一箭，那只鹿一回头，竟把箭咬住，扭头就跑。

寒葱莫日根觉得很奇怪，他紧紧追赶，一直翻过七座山，跨过七条河，爬过七道坡，最后追到了一个大山洞前面，鹿却不见了，山洞里走出来一个白胡子老人。

寒葱急忙上前问道：“老大爷，您看见一只鹿跑过去了吗？”

白胡子老人说：“寒葱莫日根，鹿是我变的，把你领到这里来有事！”

寒葱问：“什么事？”

白胡子老人说：“北边有一条青龙，最近飞到这里来祸害百姓。我想找个莫日根把它除掉。不知道你敢不敢？”

寒葱昂起头，说：“打猎人不走平道，打鱼人不怕浪高，如果是为了大家能过上好日子，我寒葱就是死心里也痛快！”

“好小伙！真是个有志气的莫日根！不过，那青龙十分厉害，你得学会降服青龙的本领。”

寒葱一听，知道老人是个神仙，便拜倒在地，请他教授本领。老人就叫他在深山里住了下来，教他登山，他练出了一登能跳十丈远的腿上功夫；老人教他抛撒金锁链，他练会了百抛百中的绝招；老人教他箭法，他练会了一箭射双雕的好本领。

过了一个月，白胡子老人对他说：“小伙子，你练得差不多了！青龙已经到了你家乡，你赶快回去救乡亲吧！”

寒葱赶到家，果真听说昨天从北方飞来了一条青龙。那青龙跟部落的头人说：“三天之内，快把珍宝和美女给我献来！谁要是敢违抗我的命令，我

[1] 库玛卡：赫哲语，鹿。

就发起大水来，把你们全淹死，一个也不剩。”

部落头人吓得没了主意，见寒葱莫日根回家来，赶紧跑去找他商量。

寒葱说：“额真[1]，让乡亲们放心好了，由我来对付这条青龙。”

这天晚上，寒葱把父亲留给他的激达和鱼叉在磨石上磨了又磨，磨得十分锋利，亮得能照得见人影，拿根头发丝放在枪尖叉头上，一吹就断了。

第二天，天刚放亮，寒葱就带着扎枪、鱼叉和金锁链出发了。当他到青龙住的莲花河边时，只见青龙正在吐水，那水柱喷得老高老高，掉下来就变成了瓢泼大雨。

寒葱躲在暗处，看得一清二楚。他知道机不可失，就举起手中的弓箭，连射了两箭，顿时射瞎了青龙的双眼。青龙痛得直打滚，嘴里吐出浊水，尾巴掀起巨浪。一霎时乌云密布，大雨下个不停，平地都漫起了三尺水。

寒葱紧了紧腰带，又拿起扎枪勇猛地冲了上去。青龙虽然瞎了眼，但听觉嗅觉都很灵敏，张牙舞爪，与寒葱斗了起来。寒葱瞧准时机，一个飞步，跳上了龙身，一手用金锁链捆住了龙头，一手拿扎枪使劲地猛扎青龙。青龙痛得一会儿飞上天，一会儿落下地，最后精疲力尽，满嘴白沫，讨饶说：“莫日根，请你饶了我吧！”

寒葱说：“今天非除掉你不可！不除掉你，百姓不得安生！”

青龙急忙挣扎着飞上天去，想逃命。寒葱拉紧了金锁链，一点也不松手，又用扎枪往青龙头上扎了致命的一下。青龙就从半空掉下来，再也不能动弹了，转眼之间，变成了一座大山。

寒葱莫日根在搏斗中，也被青龙的利爪抓得浑身是伤，血流不止。他亲眼看到青龙变成大山，被自己降服了，心里十分高兴，含笑死去，变成了一片葱绿的寒葱，像支支利箭，直指着大山。

[1] 额真：赫哲语，首领。

人们为了纪念这位为民除害的莫日根，把这座青龙变的大山叫作青龙山，把山脚下长满寒葱的地方叫作寒葱沟[1]。

流传地区：黑龙江省同江市街津口
搜集时间：1980 年 6 月
讲　　述：尤青山（赫哲族）
搜集整理：黄任远

[1] 寒葱沟：地名，在黑龙江省同江市青龙山脚下。

# 西尔达鲁

从前，三江口住着个厚道的赫哲人，名叫满格木莫日根。三江有吃不尽的鱼，有穿不完的鱼皮衣，有打不尽的珍禽异兽，满格木的日子过得很不错。谁知有一天，他上山出猎，被山主害死了，山主还霸占了这里的山林。满格木的儿子名叫西尔达鲁莫日根，他发誓要为父亲报仇。

一只仙鹤飞来了，对他说："嘎隆，嘎隆，西尔达鲁莫日根，北山上有个乌鲁古力[1]身高八尺，长有丈二，你先把它制服，才能为父报仇。嘎隆，嘎隆！"仙鹤扇忽几下闪光的金翅，飞走了。

西尔达鲁说走就走，背起阿玛留下来的勃力[2]，挎上鱼皮箭囊，装满石簇羽箭，直奔北山。

他来到老林深处，看见那里有个大洞，从洞里扒出来的石头、沙土堆成了山。那洞足有两只胳膊张开那么宽，高也有六七尺。洞口外，到处都是骨头架子。洞里有个黑乎乎的怪物，正趴着呼呼大睡，喘出的气就像风箱吹风一样。西尔达鲁看得真切，这就是乌鲁古力！他抓起一块大石头，跺跺脚，高声喊道："乌鲁古力，滚出来！"只听见洞里一个声音哈哈大笑说："我

[1] 乌鲁古力：赫哲语，猛兽。
[2] 勃力：赫哲语，弓。

早知道你是满格木莫日根的儿子，才十四岁，叫我出去，会把你吓昏的！”

说罢，乌鲁古力一声吼叫，震得树叶哗哗飘落。就在乌鲁古力刚从洞口露脸的时候，西尔达鲁一个箭步跑上前去，举起大石头，“咔嚓”一声，打掉了它左边的獠牙。还没容这个庞然大物定神，他手疾眼快，又向乌鲁古力右边的獠牙猛下子砸去。只听又是“咔嚓”一声，獠牙飞出半箭远，打得乌鲁古力嗷嗷嗥叫。

乌鲁古力爬出洞，西尔达鲁轻轻一跳，就骑上了它的脊背，狠狠揪住它头上的黑毛，喝道：“你还敢逞凶不？”

乌鲁古力失去了獠牙，满口流血，痛得刺骨钻心，头顶好像压座石山，它支撑不住，连声求饶：“不再逞凶！不再逞凶！勇敢的西尔达鲁，我给你当坐骑吧！”

“我问你，山主在哪里？”

“你找他？我驮着你去。”

乌鲁古力驮着西尔达鲁，飞进了古隆戈尔[1]大山。耳边一阵风声过去，他就来到一座满是砾石砌的山坡。林间空地上，一群马鹿被惊得慌忙逃窜。西尔达鲁从小就跟阿玛学会一手好箭法。他手疾眼快，弯弓搭箭，只听呼啸一声箭响，一只长角鹿应声倒下，像山石一样滚下山坡。这时从山背后传来一声怪叫，出来一个骑马的丑鬼来。他高声狞叫：“这里山是我的，树是我的，野兽是我的，这里……”西尔达鲁明白他就是山主，大喝一声：“胡说！山是亘古生长，獐狍野鹿也不是山主喂养！”

山主见猎人是个小孩子，哪放在眼里。心想：凭我的法力，多少进山的英雄好汉都被我摔死了，你算得了什么。它嚷道：“我摔你三下，若不把你摔到山涧里去，就准你在山里打猎。你若把我摔出去，我就认输。”

“好吧！你先动手吧！”

山主伸出魔掌想把西尔达鲁抓起来，摔下山去，没想到，少年像鱼胶粘在身上一样，摔不出，累得它张口呼哧带喘，无计可施。

---

[1] 古隆戈尔：赫哲语，山名。

这时，该西尔达鲁摔他了。山主硬邦邦地说：“摔吧！”他站在那里，就像石桩似的。西尔达鲁的两只手，就像阔力[1]的利爪，他的手指又像根骨针，痛得山主龇牙咧嘴不停叫唤。西尔达鲁轻轻一提，把山主举到半空，转了两圈，照着山涧一撒手，只听山主“哎哟”一声惨叫，一命呜呼了。

忽然，西边奔过来三匹马。马背上有人嚎叫：“你小子，竟敢摔死我们的山主，快拿你命来！”原来那是山主的几个打手。他们一齐逼向西尔达鲁莫日根。

西尔达鲁随手拔起身旁一棵碗口粗的柞树，当做武器。双方你来我往，越打越烈。西尔达鲁手中的柞树，被削得越来越短……

就在这时，闪出一匹青鬃马来，马上驮着一位扎着青布包头，身穿花边青袄，腰系狍皮围裙，斜背弓箭的姑娘，她喊道：“你们住手！”

一个打手抢先嚷道：“这小子把我们的山主摔死了，我们是来替山主报仇的。”

姑娘见西尔达鲁魁梧英俊，力战三个恶人，武艺出众，不由得心生敬慕，连忙说道：“请问莫日根的大名？”

“我是满格木的儿子，是替父亲报仇来的！”

“真巧，我的父亲也被山主害了，我也是来报仇的！”

几个打手一听，他们是一路的，这一个已经很难对付，又来了一个，更难招架，赶紧打马逃下山去了。

姑娘听说山主已死，说：“山主色勒莫日根有个妹妹，叫色勒小姐，恐怕要来找你麻烦，你可要小心呀！”说完，姑娘像流星一般，催马而去。

西尔达鲁连忙跨上乌鲁古力的脊背，奔回家来。母亲和姐姐正在门前张望，远远望见从山坡上跑下来一只野兽。到了近前，只见西尔达鲁从它的脊背上跳了下来。母亲和姐姐见到西尔达鲁，又惊又喜。

母亲听说他摔死了山主，说：“孩子，你可闯下大祸了，山主家的人不能饶你！”

---

[1] 阔力：赫哲语，神鹰。

西尔达鲁安慰母亲说："不要怕，我去找他们！"

西尔达鲁一连睡了两天，才跨上乌鲁古力，往山主住的地方跑去。他正走时，只听得林子里头传来了一个声音："噢，你摔死了我哥哥，我正要去找你，你倒自己送死来了！"

西尔达鲁抬头一看，见是一只青鹰，箭一般地向他飞了过来。时迟，那时快，从地上又飞起一只青鹰，迎上去挡住了她。前头那只青鹰说："你来干啥呀？"

地上那只青鹰不理睬她，对西尔达鲁说："莫日根！她就是色勒小姐，你快进屯子去吧！我来对付她。"

西尔达鲁骑着乌鲁古力向屯中奔去。那边，山主的弟弟色勒莫汗早已准备好迎战，一心想打死这个摔死哥哥的人。他问西尔达鲁莫日根："你要文打，还是武打？"

"文打怎样？武打怎样？"

"武打，双方棍来枪去；文打，你我二人摔个你死我活！"

"那就文打吧！"

"你先吧！"

西尔达鲁也不示弱，说："你先摔我好了！"

色勒莫汗想：今天非摔死你这个小子！他急急忙忙地像饿狼扑食一般，两手抓住西尔达鲁的肩头，立刻就抡了起来。一连抡了三圈，西尔达鲁紧紧地抓住不撒手，怎么也扔不出去。

该西尔达鲁摔他了。西尔达鲁牢牢地抓住他的肩头，说道："你们哥俩霸占山地猎场，祸害无辜百姓，作恶太甚！今天，我要和你算总账，为我父亲报仇！"说着说着，色勒莫汗的身躯好似被旋风搅起，飞快地在空中旋转起来，只听得一声惨叫，色勒莫汗已被摔出四五丈远，脑浆迸裂，触地身亡了。

西尔达鲁招呼屯里的渔家猎户，对他们说："色勒弟兄两个已经被我摔死，今后，你们可以到猎场去射鹿捕貂了。"众人称谢不已。一位老头对西尔达鲁说道："莫日根除了一霸，为死去的猎人报了仇，你真是咱们三江一带的英雄豪杰！"

色勒小姐在空中也与青鹰斗了一场，吃了败仗向南山飞去，青鹰也随即赶到，色勒小姐说："咱俩无冤无仇，你为什么要害我？"

青鹰说："我阿玛到山里打猎，被你哥哥给害死了。我今天也是来报仇的！"

色勒小姐无话可说，两人又各抡对方三圈，谁也扔不出去谁。一直抡到太阳快落山了。色勒小姐觉得力量不支，心里发慌，央求道："姑娘！饶命吧！别抡了！"

"那么，你一切都得听我的！"

"行！听你的！"

"把你的带子解下来！"

色勒小姐无可奈何，只好解下自己的带子，低头就缚。青鹰把她的手脚绑了，用一根木棒一撅，搭在肩头，挑在背后，直奔屯子。

她见了西尔达鲁，青鹰把色勒小姐往地上一放，说："是杀是留由你，我给你抓住了！"

西尔达鲁莫日根给色勒小姐松了绑，说："只要你服从就行了！"

"我服，愿意给你们做饭、牵马！"色勒小姐求饶说。

西尔达鲁说："不用，你回家去吧！"色勒小姐连忙感谢留命之恩。

消息传到七八十里以外的西屯，色勒的丈夫洛洪处莫日根大为震怒，一心要杀死西尔达鲁，为丈人一家报仇。

一天，两人相遇，仇人相见，分外眼红，没说上几句就摔了起来。洛洪处的本事倒也出众，你摔我三下，我抡你三回，折腾了半天，仍然不分胜负。两个人休息了一会儿，洛洪处吸了一袋烟，又抓起西尔达鲁转圈子，往外扔，还是扔不出去，心中暗暗佩服：这小子不迷糊，抓住我不撒手。

又轮到西尔达鲁摔洛洪处了。西尔达鲁这时候虽然也有些疲惫，但是他心中暗想：咱俩本无冤仇，你硬要为恶人山主效力，我怎能容你横行，这回我一定要打到你上德尔喀阿林[1]。他用十指猛然间钳住了洛洪处的双肩。西

[1] 德尔喀阿林：赫哲语，望乡台，指死人住处。

尔达鲁运足这种非凡神力，就是石头也会被攥得变形。洛洪处的琵琶骨已经被捏碎了，痛得“哎哟！哎哟！”叫个不停，不一会就痛死了。

“哎哟！我来迟了，好小子，你站住，看奶奶的！”这时，从空中传来的一只青鹰的叫喊声，她是色勒小姐。

“你休想伤人，我来了！”跟着，空中又传来了另一只青鹰的喊声。霎时间，两只青鹰便忽上忽下，左盘右旋，尖嘴并叼，利爪互搏，扇翅相劈，斗了起来，斗得难分难解。

到后来，色勒小姐还是被斗败了。她逃到屯子的东南方。那里有一个大水泡子，有一里多长，两丈多深。色勒小姐变成青鹰，就躲到了水里。在后面紧追的青鹰是德都变的，她立刻潜入水中，把她提出水面，绑了起来，照样用一根木棒挑在背后，进了屯子。

西尔达鲁见又是青鹰德都前来助战，心中十分感激。德都邀请西尔达鲁莫日根明天到她家里去做客，西尔达鲁高兴地答应了。

西尔达鲁到了德都家，德都的老妈妈对西尔达鲁说：“孩子，我没有别的，身边就德都这么一个闺女，叫她给你做个饭、倒个水吧！不过，有两个条件，做到了才能拜天地。一是村南有两个石人，你要把它们两个换一下位置；二是德都她阿玛生前留下了一面铜镜，你要把它射穿。另外，村里的莫日根都可以跟你比赛这两件事，谁胜谁就是我家德都的女婿。”

消息传开，也有几个小伙子想试一试。比赛开始了，男女老少都来看德都择婿。有的小伙子来到石人跟前，躬身张臂，用尽气力去抱那石人，可是石人却连动也不动，有的小伙子连试也不敢试。

轮到西尔达鲁了。那石人比他还要高大。西尔达鲁叉开两腿，伸长双臂，运足气力，说声“起！”只见那石人底部离开了地面，立刻被他挪动了位置；随即又把另一个石人，照样抱起换了位置。众人赞叹不已，喝彩鼓掌。有几个人来到石人跟前，见地面上的脚印，足有半拃深。

接着，大家一齐拥向一棵大桦树。只见一面盆口大小的铜镜挂在树干上，这面铜镜足有一指厚。按习惯，比赛的人要在百步开外射箭。有的小伙子本事比较好的，想试一试。可是，射中了的，也只是“噹啷”一声，箭头把铜镜画了个印，一滑就落地了。

最后，看西尔达鲁的了。这位少年莫日根，拿起弓来拉了拉，气力还没有使足，弓已经断了。这样，一连拉断了三张弓。西尔达鲁的姐姐也在看他射铜镜，便连忙向老妈妈深深地施了一礼，请求说："请妈妈赏给他好弓好箭！"

这时候，还没等额尼发话，德都已经把阿玛留下来的好弓和箭，递到西尔达鲁姐姐的面前。

西尔达鲁接过弓箭，拉了拉弓，又掂了掂石镞箭，觉得十分应手。他面向铜镜，心中叨念：若能与德都结为夫妻，一箭就穿。叨念完了，他手一勾，一翻腕子，胸脯往前一挺，运足全身的气力，把弓拉圆了。先是耳边传来了"嗖"的一声，随即又是噬啷一响，人们定睛看时，石镞箭已经穿透了铜镜，扎进树干有一拃多深。众人又是一阵喝彩声，都说西尔达鲁和德都姑娘是天生的一对。

德都的额尼坐在大石板上，满面堆笑，连连点头。西尔达鲁莫日根连忙过来，给她叩头。

一对英雄男女就这样结成了终身伴侣，人们赞不绝口。伊玛堪歌手把他们的故事编成说唱，到处传唱，一直传到今天。

流传地区：黑龙江省饶河县

搜集时间：1958 年

讲　　述：葛长胜（赫哲族）

搜集整理：赵振才

# 毕尔达巧克乔

从前，黑龙江下游有个部落，部落里有个孩子叫毕尔达巧克乔。他一生下来就长得快，长得壮实，而且很有力气。他四五岁就能跟父亲去捕鱼；七八岁就能跟父亲去打猎。他扔出一块石头，能打死一只狍子；扔下一柄鱼叉，能叉住一条大鳇鱼。

有一次，他父亲领他到山里去打猎，爷俩遇上一只老黑熊。父亲对儿子说："巧克乔，你敢不敢去杀死黑熊？"

"我敢！"

毕尔达巧克乔拿着扎枪，面对黑熊一点儿也不害怕。父亲一看他儿子两手不哆嗦，果真勇敢，就告诉巧克乔："等黑熊扑到你跟前，你要用扎枪扎黑熊前胸长白毛那块地方。"巧克乔按他父亲教给的办法，杀死了这只凶猛的黑熊。

毕尔达老头每年秋天，都要到黑龙江口去捕大马哈鱼。捕完这个渔期，捕到的鱼就够一年吃的了。巧克乔对父亲说："阿玛！让我也去吧！"

父亲说："你还小！"

"别看我人小，我什么也不怕！"

"总得留个男子汉看家啊，你在家好好照顾妈妈和妹妹，不要让乌鲁古力跑来吃人。"

巧克乔只好留在家里。

毕尔达老头和乡亲们一块出去捕鱼。渔期过去了好久，他们还没有回来。巧克乔向过路人打听。过路人说，毕尔达老头他们被凶恶的乌鲁古力给害死了。巧克乔一家人十分悲痛。一天，他就对妈妈说："我要去找乌鲁古力为父报仇！"

"巧克乔，你人还小，等你长大了，再去吧！"

巧克乔说："爸爸说我是男子汉，乡亲们都夸我是阿依莫日根[1]、男子汉，哪有害怕乌鲁古力的道理？别看我人小，我自有惩治魔鬼的办法，一定能为父亲报仇！"

"那你就去吧！"

巧克乔先是坐桦皮船顺江而下，接着爬山越岭，来到一个地方。当他穿过一片柞树林时，忽然听见有人叫他："小莫日根，你上哪去呀？"

巧克乔停下脚步一瞧，什么人也没有，便继续往前走，走着走着又听见有人喊他："毕尔达巧克乔莫日根，你要上哪去呀？"

巧克乔说："我为阿玛和乡亲们报仇去！"

"你的仇人是谁？"

"是海边吃人的乌鲁古力！"

"啊！那咱交个朋友吧！你帮我，我帮你。"

"你是什么人？"

"我是柞树。"

"你要我帮你做什么呢？"

"橡子被风刮到大石板上了，我求你把橡子放在泥土里。"

巧克乔按柞树的请求办了。柞树对巧克乔说："谢谢你，小莫日根！我送你一颗橡子，带在身边，当你遇到困难，它会帮助你的。"话音一落，一颗橡子就落到巧克乔的手里。

"谢谢你的帮助！"

---

[1] 阿依莫日根：赫哲语，少年英雄。

巧克乔带上了橡子，继续往前走。他走着走着，走累了，就坐在一棵倒木上歇息，旁边是一堆灰。正在这时，又听到有人叫他：“小莫日根！你上哪去呀？”

“我为阿玛和乡亲们报仇去！”

“你家里没有男子汉吗？”

“我就是男子汉！你是什么人？”

“我是猎刀，就在你的身边啊。”

巧克乔看看周围没有人，只见灰堆里有一把小猎刀。他拾起来，擦去了泥土，又用沙子擦掉了锈斑。小猎刀就对巧克乔说：“谢谢你，好心的小莫日根！让我也去帮助你吧。”

“你能帮我干什么呢？”

“把我带上吧，你会有用的。”

“好吧！”

巧克乔带上了小猎刀，继续往前走。走着走着，遇到一条江汊子。他想找一处水浅的地方蹚过去，见到江叉边只有一棵倒木枝杈，压住了一只牛尾巴鱼。巧克乔抬起了倒木枝杈，牛尾巴鱼得救了。它对巧克乔说：“谢谢你，好心的小莫日根，你干什么去呀？”

“去为我阿玛和乡亲们报仇！”

“仇人是谁呀？”

“是吃人的乌鲁古力。”

“哎呀！你一个人去怎么行呢？小莫日根。”牛尾巴鱼一边把巧克乔送过江汊子，一边对他说：“把我脊梁骨上那根鱼刺拿去吧！你会有用的。”

“好吧！”

巧克乔带上了鱼刺，又走了。他走着走着，碰上了一棵老鸹眼树。

“小莫日根，你干什么去呀？”

“去为我阿玛和乡亲们报仇！”

“你的仇人是谁？”

“就是吃人的乌鲁古力。”

“小莫日根，把我也带上吧。”

“你能干什么呢？”

“对你一定有用的。”

“好吧！”

巧克乔拄着老鸹眼树棍，继续往前走，走不远又听到有人叫他：“小莫日根，你等等！”

巧克乔问：“你是谁呀？”

“我是大耳茅菜，我也要跟你一块去。”

“你去能干什么呢？”

“把我带上吧，你会有用的。”

“好吧！”

巧克乔莫日根走着走着，看见一块恰勒奇[1]，在一百步远的一丛草中，又找到了另一块。他把两块恰勒奇放在一起，说：“这回好了，谁到山里来打猎，就可以穿它了。”

这时有个声音问他：“小莫日根，你上哪去呀？”

“我上海边去！”

“你去干什么呢？”

“去为我阿玛和乡亲们报仇！”

“路还远着呢！”

“不停下脚步，就一定会到的。”

“让我来帮助你吧！”

“你能帮我什么呢？”

“你站在上面，我就能把你送到要去的地方。”

“这可是真的吗？”

“是真的！”

“谢谢你啦！”

[1] 恰勒奇：赫哲语，滑雪板。

“不用谢，不用谢！”

巧克乔站到恰勒奇上，它就长出一双翅膀，飞了起来。飞着飞着，一会高一会低，飞过了森林，飞过了草甸子，飞到一座大石砬子上，停了下来。在迎面半山腰上有个大洞，那就是乌鲁古力住的地方。

这时，老鸹眼树棍说：“莫日根，你歇歇，我替你先看看去！”它朝洞里一瞧，说：“乌鲁古力不在洞里。”

“乌鲁古力上哪去了呢？”

“不知道。”

大耳茅菜说：“让我去听听，看有什么动静。”

滑雪板也说：“咱们都快躲起来，等乌鲁古力一回来，就一起揍它。”

大伙说：“行啊。”

老鸹眼树棍站在洞口去瞭望，大耳茅菜趴在洞口听动静，橡子蹦到篝火堆旁，鱼刺走到泉水里，小猎刀跑到乌鲁古力的座位上，滑雪板守在洞门旁。巧克乔莫日根也挑了一个地方，躲起来歇息。

待了一会儿，不见动静，巧克乔莫日根等得有些焦急了，就问老鸹眼树棍：“老鸹眼，你看看远处，乌鲁古力有没有回来？”

老鸹眼树棍说：“乌鲁古力没回来。”

又过了一会儿，巧克乔莫日根问大耳茅：“大耳茅，你听见动静没有？”

大耳茅菜仔细听了一会儿，说：“乌鲁古力刚刚回来了。”

乌鲁古力果真回来了，它鼻子挺好使，走到洞口，嗅了一嗅，自言自语地说：“怎么有生人味儿？哪来的生人味儿？”

乌鲁古力走进洞里，来到篝火堆旁，想把篝火升旺一些。它去吹火的工夫，橡子一下子蹦到火堆里爆了，把乌鲁古力的眼睛给崩瞎了。乌鲁古力痛得嗷嗷叫，它捂着流着血的眼睛，跑到泉水边去洗。它洗眼睛时，牛尾巴鱼的刺狠狠地对着乌鲁古力的脸扎去，痛得它在地上直打滚，滚到自己的座位上。小猎刀马上跳到乌鲁古力的心口窝上，猛地刺去。乌鲁古力痛得挺不住了，就逃出洞外，这时，守在洞门口的滑雪板把乌鲁古力绊倒了，还狠狠地打了它一顿。

乌鲁古力问："你们是什么人？"

巧克乔莫日根说："我是你害死的毕尔达的儿子，我要为阿玛和乡亲们报仇！"

乌鲁古力听说是毕尔达的儿子来报仇，想挣扎起来一口吞掉他，可是这时候它已经不能动弹了。巧克乔过来，举起扎枪，把它刺死了。

巧克乔莫日根报了仇，往回走的时候，一看缺了个橡子，就喊："橡子，橡子！"滑雪板说："橡子为帮助你报仇，已经崩死了。"

巧克乔十分悲痛，说："小有小的用处，许多弱小的力量凑到一起，力量就强大了。你们大伙帮助我打败了吃人的乌鲁古力，为我阿玛和乡亲们报了仇。我永远忘不了你们，忘不了橡子！"

恰勒奇又长出翅膀，飞呀，飞呀，把巧克乔送回了自己的家乡。

流传地区：黑龙江省饶河县
搜集时间：1958 年 8 月
讲　　述：尤安喜（赫哲族）
翻　　译：葛长胜（赫哲族）
整　　理：隋书今

# 安　徒

早年，在顺江中游的地方，住着一个小伙子，名叫安徒莫日根。他小时候就失去了父母，据说他们是被西方部落首领抓去做阿哈[1]了。

一天，安徒来到江边，看见有只船顺流划来。他仔细一看，划桨、拉纤的都是姑娘。隔了一会儿，又来了一只船，和前一只船一样，拉纤、划桨的也都是姑娘。姑娘们一看见安徒，都发呆似的放下手上的活。这时候，船舱里有个小伙子伸出头来，认出了安徒。原来安徒是他的表兄，姑娘中最漂亮的那一个，还是安徒的表妹。安徒非常高兴，请他们到自己家里做客。家里来了这么多的客人，安徒却不会做好饭菜。他只好说："姑娘们，请你们自己动手吧！家里有什么就做什么吃吧！"姑娘们动起手来了，做饭的做饭，做菜的做菜，一会儿便高高兴兴地吃起来。客人们就这样在安徒家里，住了三天三夜，安徒和他的表弟，也喝了三天三夜的酒，喝得酩酊大醉。客人们不能久留，他们要继续上路，还劝说安徒跟他们一起走。安徒很高兴，一切安排好以后，便和表弟、表妹上了船，顺流而下。

船行了几天，安徒走出船舱观望，见船走得太慢，就向神做了祷告。祷告毕，忽然刮起大风来了，船像是被风吹飞了一样。

---

[1] 阿哈：赫哲语，奴隶。

有一天，他们划船到了一个城市。他们停船靠岸，登上了陆地，往城里走去。在城里，遇见一群人，有个老头说：“我有个女儿，今年十八岁了，前来说亲的人太多，不知道把女儿嫁给哪一个好。我想用比武择婿的方式，把女儿嫁给武艺最强的小伙子。”他又提出了比武的方法：谁能把恰克陈[1]、爱新达鸟[2]、库玛卡[3]捉来，他就把女儿嫁给谁。人们听了挠挠头，摸摸脖子，没有一个敢应声前往。这时候，安徒从人群中走出来说道：“如果没有人去，我想试试！”

安徒朝正南方向出发了。一天他来到一个到处是死人骨头的地方，非常凄凉。安徒踏着尸骨往前走不远，看见一棵几个人抱不过来的老枯树。枯树干上有个深洞。安徒捡起一块死人的头骨，扔到洞里去，不过一会儿，便从洞里飞出一只凶猛的大雕来。大雕说话了：“你来抓我吗？那好，我们就来较量一下，我虽然老了，但是也不会轻易让你制服的。”说完，大雕就直扑到安徒身上来了。安徒两手利索地抓住大雕两翼，翻滚在地，一会儿大雕翻到上头，一会儿安徒压在上头，摔打起来。这样过好大工夫，大雕支撑不住了，只得认输。安徒把大雕的两腿和两翼捆绑起来，背回城里来。

城里的人们听说安徒把大雕抓回来了，既惊奇，又钦佩。老头也很高兴。

第二天，安徒朝着东南方向走了，过了几天又把金鲑鱼顺利抓来了。

这回只剩下抓梅花鹿了，安徒向西南方向走去。走了几天，他来到一座大山跟前。他抬头望去，看见东山坡上有只梅花鹿正在吃草。安徒便趴在草地上慢慢往前爬去。梅花鹿发觉有人，拔腿就跑，跳跃如飞。安徒紧紧追了上去。正在这时，有个小伙子拦住了安徒。安徒问：“你来做什么？”小伙子说“我有事要和你谈谈。”安徒问：“什么事？”小伙子说：“我叫浩图莫日根，很愿意和你交个朋友。”安徒说：“我没有空，有要紧的事去做。”浩图问他什么事，安徒告诉他要追梅花鹿。浩图说：“这个好办，我去替你

[1] 恰克陈：赫哲语，雕。
[2] 爱新达鸟：赫哲语，金鲑鱼。
[3] 库玛卡：赫哲语，鹿。

捉梅花鹿！”说完，小伙子像闪电一样，朝梅花鹿跑的方向追去。

过了一会儿，浩图回来了，他真的把梅花鹿抓来了。临别时，小伙子对安徒说：“送给你这只金镯子，千万不能给别人。以后有什么困难，可以召唤我，我会来帮助你的。”

浩图离去之后，忽然从西南方飞来一只大雕。大雕开口说话了：“刚才不是有个小伙子，送给你一只金镯子吗？那是我的金镯子，请你还给我！”安徒没有理睬它，自顾自走了。

安徒背着梅花鹿回来了，老头非常高兴，便把女儿嫁给了安徒。嘿！这一来，全城的人们都忙碌起来，热热闹闹办起酒席来了。

在宴席上，安徒给每个来宾敬酒。人们纷纷向安徒祝贺。当他把酒敬至一个叫奇布九莫日根的小伙那里时，小伙子故意难为安徒，三次敬酒，三次都装作没有接住，将酒杯扔在地上。安徒很气愤，对小伙子说：“你这小子真不识抬举！你有能力到外面，咱俩当场较量一下。”小伙子也不示弱，他们到外面打起来了。

打了几天，不分胜负。这时，空中飞来一只大雕。大雕对奇布九莫日根说：“你和他何必费这么大劲，快躲到一旁，我来和他试试，让他知道我们不是好惹的。”说完，从空中飞下来了。这更加恼怒了安徒，他两腿用力一站，两腿陷入土中。安徒把一条腿抬起来，地皮立即飞散。这时从他脚后跟处也飞起一只大雕来。安徒的大雕飞上空中，向奇布九的助手迎战。战不数合，安徒的大雕将奇布九的助手摔死在地。摔死的大雕，原来是奇布九妻子的化身。

替安徒作战的大雕对安徒说：“你知道我是谁吗？我是你的表妹，从你离家之后，我一直没有离开过你。”她又对奇布九说：“你有能力再来和我试试。”奇布九很来火，马上迎战，不一刻，安徒的表妹把奇布九用嘴叼死了。

一场战斗之后，大家又继续喝酒。大家对安徒都很敬佩。但是，安徒并没有跟老头的女儿结婚。他把老头的女儿，让给了他的表弟。从这以后，他的表弟就成为这个城的城主。

安徒莫日根告别了表弟一家出发了。他决心替父母复仇。走了几天，他来到了一个城市。原来这个城就是奇布九莫日根管辖的。安徒莫日根到了这里，人们便为他设宴接风。正在饮酒之间，他的表妹抓来了一个姑娘。原来她就是奇布九的妹妹。这姑娘很喜欢英雄安徒，愿意嫁给他。安徒很高兴，就在这里娶了他的第一个妻子。

结婚三天以后，安徒又出发了，过了几天来到一个新地方。前面是一座高山，山坡上有一座房子。安徒在房子周围细看，很奇怪，没有别的，都是女人用的水桶、扁担、柳条篮、锤床等。安徒走进屋里，有个很漂亮的姑娘坐在炕上做针线活。她一见安徒，忙从炕上下来，招待安徒，点烟、倒水，又给做饭，还陪着安徒喝酒。酒过三杯，安徒向女的求婚，姑娘点头就答应了。这是安徒的第二个妻子，她的名字叫尼莫内。

安徒和尼莫内过了几天幸福的日子，然后又赶他的路。过了几天，他又来到一个城市。城市的中间立着一根大神杆，在神杆上落着一只大雕。大雕一见安徒，便告诉城中的人们，赶快准备迎战。安徒刚走到一户人家门前，从屋里就出来两个粗壮高大的打手，看来是哥俩。他们就和安徒较量起来。打了几天几夜，安徒渐渐力不能支，便暗暗求好友浩图莫日根前来帮助。他祷告毕，顿时狂风大作，飞沙走石，浩图赶来，把这哥俩给带走了。这样，安徒就把全城都降服了。过了几天，尼莫内姑娘和安徒表妹也赶了来，她们又抓来一个姑娘，给安徒做第三个妻子。

过了几天，安徒又往前走去。一天，他来到一个山岗上，稍做休息，抽烟瞭望，忽见西边有一只帆船在江上漂泊。安徒上前，打了招呼。船靠岸了，船上坐有七个男人，是七个兄弟。

七兄弟中的兄长说："我们来和你比赛谁跑得快。离这儿往南几里路，有一棵金树，跑到那里以后，再转回到这里越过江，看谁先跑到江北沙滩上。如果你占先，你可以从我们这儿过去；如果我们占先，那就请你从这儿退回去，别说我们对你不够客气！"安徒同意了他们的条件。讲好以后，七兄弟便像一溜烟似的跑去了，安徒哪里跟得上啊！这时，尼莫内变了一只鸟飞来了，送给他一块方手绢，告诉他把手绢摇摆几下，就能飞起来。尼莫内一说完就飞走了。安徒很高兴，把方手绢摇摆了几下，果然飞起来了，很快飞到这棵金树跟前，等了好久，七兄弟才跑到。七兄弟见安徒早已到了，很是惊奇，但他们还不认输。安徒让他们先跑，然后又把方手绢摇摆几下，又飞起来了，很快飞到了江北沙滩上。

安徒在沙滩上等七兄弟回来，等了好久，还不见他们到来。安徒不耐烦了，将方手绢放在江岸上，自己顺着江岸羊肠小道走去。走不多远，看见前面有一座茅房。走进屋去，见炕上坐着一个半红半白脸的姑娘。那姑娘殷勤招待安徒，过一会儿，去外面转了一圈，哭着回来了。安徒很奇怪，问她为什么哭。姑娘告诉安徒说："我是七兄弟的妹妹，刚才七兄弟回到江北，看见台上放着金光，便去磕头，结果头被埋到里面，拔不出来了。"安徒听了，前去看看，果真那放置手绢的地方放着金光，七兄弟的头并排埋在地里。安徒上前将手绢收下，金光消散，七兄弟的头才从地里拔出来。七兄弟向安徒赔罪致歉，并请安徒去家做客。酒至兴头，七兄弟的兄长对安徒说："我们只有一个妹妹，为了报答恩人，甘愿把妹妹嫁给你。她将来或许对你也有点帮助。"并且告诉安徒，将来遇到什么困难，只要召唤七兄弟，七兄弟一定前往助一臂之力。安徒也不好意思拒绝，便在这里娶了第四个妻子。

安徒还是赶自己的路。一日，他到了一棵大树下，看见一只大雕落在树上。大雕说："你知道我是谁吗？我是你的第三个妻子，我已经在这里等你三天了。前面有一个城，住着一个叫做木楚库莫日根的，这人力大无穷，他知道你要到来了，要害死你，你可千万要小心！"说完，就飞走了。

安徒往前走，果真有一群女人抬着轿车，说是他们的城主吩咐，特地前来欢迎。女人们请安徒上轿车，又请安徒喝水、抽烟。安徒心想，水可以不喝，烟可以不抽，坐坐轿车又有何不可。安徒上了轿车，刚刚坐定，他们就把轿车的门上了锁，拴了个大石头，扔到江中去了。

安徒被扔到江中，忽然听见空中有人喊他。这是他第三个妻子，她说："我告诉过你，谁知你不听我的话。现在让我想办法来救你。"说完，大雕从空中飞了下来，抓住轿车从水中往上吊，可是大雕提不动，只好落到江岸一棵树上发愁。

正在这时，又飞来四只大雕，其中一只说话了："安徒！我是你的第二个妻子，她们是你另外两个妻子和你的表妹。知道你遇难，大家特地前来搭救。"说完，五只大雕飞入云霄，然后落下来从江中一起吊轿车，可是她们费尽气力，还是吊不动。

不一会，从北方飞来一只小鹅，停在大雕们落的那棵树上。小鹅说："你们不认识我，我是安徒的妹妹。母亲生下我后，他们把我装到皮口袋里，挂到树上，便走了。我哭了，哭声感动了北海的石头妈妈和石头爸爸，被二老收养。听说哥哥现在遇大难，我赶来搭救他。"

话毕，小鹅飞入云端，变成了大雕，飞下来吊起轿车又飞上空中。在空中吊着轿车，绕城飞了三周，然后飞至城中，把轿车扔了下来。轿车被摔坏了，安徒被救出来了。

这时，安徒的好友浩图也到来了。他一来便跟木楚库打了起来。打了几天，不分胜败。安徒的妹妹就让浩图躲一躲，自己来和木楚库争斗。说完，小鹅飞入空中变成大雕，飞下来抓住了木楚库，往北方飞去。

战斗结束了，浩图和安徒进城饮酒祝贺。过了几天，浩图告别而去。安徒的妻子们和表妹又来了，她们不知从哪儿又抓来一个姑娘，让她和安徒结了婚，安徒娶了第五个妻子。

安徒不能久留，又开始赶路。一日，空中又有人说话："我是来给你送信的，你的朋友浩图遇到劲敌，他现在求救于你。他的对手是俩兄弟，他们力大过人。这哥俩还有个妹妹，本领更大，不仅能变大雕，而且能把身上的毛拔下来，变成许许多多的大雕。"安徒发起愁来，这么远的路程怎么去呢？他向天地祷告求助，然后两腿蹲下，拍拍两膝跳了起来。

哎呀！真是神的助力，他飞起来了，好像离弦的箭，一会他已到了目的地。安徒只见浩图被哥俩打翻在地，怒吼一声，和哥俩打了起来。他们打了几天，安徒眼看要被哥俩战败。他忽然想起七兄弟，祷告他们前来援救。顿时，平地起了一阵狂风，七兄弟立马来到。安徒退到一旁，七兄弟上前把哥俩抓住，就架走了。

第二天一大早，安徒继续赶路。傍晚时，看见一个村落。村民为了表示欢迎，杀猪宰羊大做酒菜，轮流向安徒敬酒。这时，安徒的妹妹和妻子们也都赶来，在这里大家团聚一起，热闹了一场。

一天，安徒来到一座高山顶上。他看见在远处江岸边，停留着一只船。安徒奔过去，到了船跟前，见有两个壮年人坐在船头喝酒。安徒问："你们是做什么的？"但他们没有理睬他。安徒又说："你们太无礼了，有能力下来较量一下。"两个人从船上跳了下来，把安徒打昏了。安徒迷迷糊糊，不知道自己是死是活。当他看到自己头上长了草[1]，这才晓得自己是死了。

安徒的灵魂一直往前走着。这时空中飞来一只雕，这是他第二个妻子的化身。大雕从空中飞下来，捉住安徒的灵魂放回到安徒的身上，安徒苏醒过来了。第二个妻子对他说："你差一点死过去了。"妻子又送给他一块会飞的手绢，让他拿着这个，赶快追赶那两个小子报仇。安徒拿起手绢，就飞去追赶仇敌。

他没过几天就赶上那两个小子了，不由分说双方又摔打了起来。那哥俩用刀劈下来，安徒用手绢一挡，刀子断了。这一回安徒战胜了哥俩，坐上了他们的船，到了一个屯子。原来这个屯子就是那哥俩统治的。村民知道他们的首领战败了，也就全降服了安徒。

这天，安徒来到最后一个村子。安徒的亲友们也几乎是同时到了这里。这个村子就是安徒父母被关押的地方。村子里立着一根大旗杆，旗杆上落着一只大雕。大雕见安徒来了，向村民和主人说："安徒来了，火速准备迎战。"安徒这面有他的五个妻子、胞妹和表妹，再加上好友浩图莫日根和七兄弟。敌人阿日根呆、莫日根呆这面，有三百六十只老雕和三百六十名好汉。双方一打，安徒一方赢了。阿日根呆和莫日根呆亲自出马，拼命挣扎，这哥俩长得十分粗壮魁梧，够安徒一个人对付的。哥俩一边打，一边往高山退去，又暗暗祷告神灵帮助。哥俩祷告毕，从空中掉下两套盔甲来，他们穿起盔甲，又和安徒干起来。过不了多时，忽然下起暴雨来，一会儿雨过天晴，太阳又暴晒起来。哥俩穿着盔甲，不在乎这个。可是安徒却受不住了，先是被雨淋

[1] 头上长了草：意思是说人已经死了。

得像落汤鸡一样，后又被暴晒得满头大汗。安徒也暗暗做了祷告。祷告毕，空中忽然丢下一套毛皮盔甲，安徒立即穿起来，和哥俩再打。过不多时，下起漫天大雪来，接着刮起大烟炮[1]。安徒若无其事；可是那哥俩却冻得抖手抖脚，受不了了。

这时，空中有只大雕说："你们哥俩先躲躲，我来和这小子试试。"这是阿日根呆的妻子变的。

她飞入云霄，朝着安徒头上冲了下来。安徒用右腿向后一踢，从他脚后跟也飞起一只大雕，和阿日根呆妻子在空中斗了起来。战不数合，阿日根呆妻子向北逃走，安徒的大雕追赶而去。

两只大雕飞走以后，哥俩又和安徒交手。正打得难分难解的时候，空中有人对安徒说："你知道我是哪一个吗？我是七兄弟的妹妹，特来帮助你。你要用力把这俩家伙往你家的方向甩。"安徒听了妻子的话，用尽力气把哥俩往自己家的方向甩去。说来也奇怪，哥俩一下子就被他甩得无影无踪了。安徒歇息了一会儿，然后进了村子。走进一家，见有一位老太婆坐着在摇都力[2]，都力中的小孩哭叫得很厉害。安徒生气了，要打那个小孩，那小孩跳下地来，便跟安徒打了起来。安徒越同他打，小孩变得越大，安徒和他打也够费力气的。

这时，空中又来人了，原来七兄弟的妹妹回来了，她说："你难道在这儿打一辈子吗？你先躲在一旁，我来替你打这个小东西。"说完，七兄弟的妹妹飞入云中，连续冲下去三次，可是小孩都躲过去了。七兄弟的妹妹飞上空中，哈哈大笑，并对安徒说："我抓住他的哈您[3]了，扔给你，你把它接住。"妻子从空中扔下一个小玩意来。小孩以为灵魂真的被她抓去了，便求饶了。

安徒战胜了小东西以后，降服了这个城市。他走到一个房子跟前，看见有个老太婆在那里捣米。她见来人骂道："你们这些坏蛋，我的儿子就要来

[1] 大烟炮：东北方言，即刮漫天的飞雪。
[2] 都力：赫哲语，摇车。
[3] 哈您：赫哲语，魂魄。

了，到时候再和你们算账。”安徒认一认，正是他的母亲，母亲也认出安徒了。母亲抱着儿子大哭了一场。安徒终于找到了父母，也给父母报了仇。安徒的妻子们和妹妹们也都赶来了，大家团聚，真是好不热闹。

大家在这里庆祝了一番以后，都上了船，男男女女齐回家乡，重建家园，过上捕鱼打猎的幸福的生活。

流传地区：黑龙江省同江市
搜集时间：1958 年 7 月
讲　　述：吴进才（赫哲族）
翻　　译：尤志贤（赫哲族）
采录整理：尤志贤（赫哲族）
　　　　　刘忠波、凤明嘎
　　　　　何景山（赫哲族）

# 乌 杜 鲁

在好多好多年以前，大顶子山下住着兄妹两人。他们的父母早就去世了。哥哥名叫乌杜鲁莫日根，体格魁梧，力大无比，打猎捕鱼是一把好手。妹妹叫娃芹德都，是个非常漂亮的姑娘，从小跟着哥哥学会了打猎捕鱼的本领。乌杜鲁二十岁时娶了一个媳妇，名叫巴芹德都，也长得十分出众。

有一天，附近有个叫温达利的莫日根，看中了乌杜鲁的妹妹和媳妇，领着人马前来抢亲。乌杜鲁气得拿着扎枪和这帮人打了起来。乌杜鲁的媳妇见他们人多势众，怕丈夫吃亏，跑上前去一把拉住乌杜鲁的手，回过头来对温达利莫日根说："你想要我们做媳妇也不难，但我有三个条件，你要都能做到，我们就跟你去！"

温达利莫日根说："我温达利是远近有名的莫日根，别说三个条件，就是八个、十个条件，也只管提出来！"

巴芹德都说："第一个条件是一箭射来沼泽地上的三只白胡萨[1]，第二个条件是一枪扎死东南山下的黑瞎子[2]，第三个条件是弯弓射箭，三箭都能射中靶心。"

[1] 胡萨：赫哲语，天鹅。
[2] 黑瞎子：东北方言，熊。

温达利莫日根听了这三个条件后，说：“好说，好说，我一定给你们办到！”

温达利领着一帮手下的人，来到了那片沼泽地，自己背着弓箭轻轻地朝那三只白天鹅爬去。当他还离白天鹅有半里多路，就被它们发现了，它们飞起来唱着说：

赫哩啦——赫哩啦——赫咪——
温达利莫日根，
你真是白日做梦！
你想霸占人家的妻子，
跑来想射死我们，
你真是厚颜无耻的孬种！

唱完，三只白天鹅，像闪电一样飞走了。等温达利莫日根拔箭要射，白天鹅早不见踪影了。

温达利败兴地回来，再去抓那只黑瞎子。当他们走到离黑瞎子还有一百多步时，又被它发现了。黑瞎子站起来唱着说；

赫哩啦——赫哩啦——赫咪——
温达利莫日根，
你想霸占人家的姑娘。
跑来想抓住我，
你可是自不量力，
你真是痴心妄想！

黑瞎子唱完，不等温达利莫日根搭腔，就扑了上去，一掌将他的扎枪打得无影无踪，一转身又将六七个手下的人咬死。温达利一看不好，回身给黑瞎子跪下了。黑瞎子上前扑来，温达利乘机从它的胯裆下逃了过去，捡了条命。

去做第三个条件时，温达利只射中了头一箭，第二、第三两箭，连个靶边也没碰上。但是温达利莫日根贼心不死，他对巴芹德都说："如果乌杜鲁莫日根能做到这三个条件，我就认输，如果乌杜鲁也做不到，我还是要抢亲！"

巴芹德都说："这好办，乌杜鲁，你让他见识见识你的本领！"

乌杜鲁麻利[1]地来到了沼泽地，慢慢往前爬行，遇到水草拦路，他轻轻拨开；发出动静时，他轻轻学鸟叫；直到离天鹅只有二十多步，才被它们发现了。三只白天鹅唱道：

赫哩啦——赫哩啦——赫哸——
我们在这里住了上千年，
还没见到过像他这样的好汉。
乌杜鲁莫日根，
本领确实不凡。
今天我们可真的倒霉，
遇到了生命危险！
……

三只白天鹅唱着唱着一下子飞了起来，想要逃命。乌杜鲁不慌不忙地搭上箭、弯起弓，"嗖"的一下，把三只白天鹅一齐射落了。温达利莫日根听到手下的报告，真像是吃了当头一棒。

乌杜鲁又来到了黑瞎子住的山洞前，只见洞口白骨累累、臭气熏天。黑瞎子在洞里看见了乌杜鲁的到来，唱道：

赫哩啦——赫哩啦——赫哸——
我住在山洞里一千多年，
还没有见到像他这样的好汉。

---

[1] 麻利：东北方言，动作敏捷。

别的莫日根一百步外就看到，
他已到洞边三十步才发现。
太晚了，太晚了，
今天怕有丢命的危险！
……

说时迟那时快，黑瞎子一边唱一边窜出洞，朝乌杜鲁扑来。乌杜鲁往旁边一闪，它扑了个空。等黑瞎子回过头来，乌杜鲁一扎枪，将它的心窝插了一个大窟窿，结束了性命。

接着乌杜鲁莫日根去射靶。等他连着三箭射中靶心后，温达利莫日根竟仗着人多，命令手下的人强行抢亲。可是他的手下谁也不听他的，谁也没有动手。

温达利拔出刀来进行威吓，手下的人却举起扎枪，一齐对准了他。他们说："你做坏事该到头了！自己答应的条件，自己又推翻，你算什么东西！"

温达利莫日根一看不好，只好打退堂鼓，偷偷地溜走了。

从此，乌杜鲁莫日根在三江一带出了名，老百姓推他当了首领。人们过上了捕鱼狩猎、安居乐业的生活。

流传地区：黑龙江省饶河县
搜集时间：1981 年 4 月
讲　　述：葛德胜（赫哲族）
搜集整理：姚中嶜

# 乌 力 格

在拉哈苏苏[1]有一个部落，老百姓靠狩猎捕鱼为生，日子过得还安生。

有一天，突然刮起了从未有过的狂风暴雨，刮跑了鹿群，冲坏了地窨子。部落首领把没出门打猎、捕鱼的人，都召集在村西一棵大树下，向天神祷告磕头。忽然，那棵大树说话了，说在很远很远的抓吉山上，有一个山峡神，能帮助部落驱除妖魔灾祸。

让谁去呢？强壮的猎手们外出打猎还都没回来，剩下的都是些老人、年轻妇女和孩子。

“爷爷，让我去吧！”有个少年跪倒在首领的面前说。

大伙一看，是乌力格莫日根。这孩子刚一会走路时，就能下江抓鱼、上山追兔。七八岁时，他就能空手抓住二三百斤重的野猪。他父亲还传授他一手好箭，一手神叉的本领。

“爷爷，您就答应我吧！”他又请求说。

“去吧，我的好孙子！为了祖先，为了部落还活着的人！”

当即，乌力格莫日根告别了母亲和乡亲们，带上了弓箭和鱼叉，骑上了跑起来比风还快的青龙马，顺着爷爷指点的方向奔去。

[1] 拉哈苏苏：赫哲语，废墟，黑龙江省同江市旧名。

莫日根马不停蹄地跑呀跑。他饿了，嚼几口带着的鱼条和鹿干；渴了，喝一点山泉水。荆棘划破了他的鱼皮衣和狗皮裤，怪石磨穿了他的鹿皮靴，他的鲜血滴在走过的路上。

莫日根正急着赶路，忽然听到“嘎”的一声，从怪石中窜出一只黑熊来，说：“哈哈，大胆的小子，竟敢踏进我山门，趁早把心肝留下，让我尝鲜。”

莫日根一听，顿时火起：“狂妄的畜生，你占据山林，残害生灵，今天就是你的末日。”说完，忽然射来一道金光，照得黑熊不能动弹，莫日根便一叉刺去，正中黑熊的心窝。一声嚎叫，这个足有三头老牛那么大的黑熊，便躺在地上一动不动了。莫日根正在纳闷，只听太阳亲切地说：“莫日根啊莫日根，小心啊，前面的路更险、更难。”这时莫日根才知道，原来他是得到了太阳神的帮助。他谢过了太阳神，又继续奔向了抓吉山。

他不知走了多少白天和夜晚，闯了多少山岭和险关。正走时，有一道阴云弥漫的山涧，横在他的面前。莫日根正在观望，“呼啦啦”一声，一只巨大的老雕直向他头顶扑下来。“嘎咕，真是好运气，上天送我一顿美餐。”它张开那尖刀似的利爪，翅膀一收，闪电似的扎向莫日根。莫日根手疾眼快，“嗖”的一箭射过去。不料这老雕一抖翅膀，箭被它拨到一旁。正在这时，忽然飞来一条闪着银光的带子，紧紧地把老雕缠住了。莫日根趁机一箭，一下射穿了老雕的咽喉。这时天边闪出了一轮明月，轻声地说：“莫日根啊莫日根，快割下老雕的翅膀，它能把你送过山涧的那边。”莫日根拔出随身带着的腰刀，唰唰两下割下了山雕的翅膀。刚骑上马，这马就腾起空来，莫日根一阵惊喜，转眼间已飞过了山涧。莫日根谢过了月亮神，借着她洒的银辉，顶着满天星斗，又往前赶路。

他不知又走了多少天，正走着，见到有一片黑水截断了去路。那黑水狂风飞卷，恶浪滔天，看不到一条渡船。这可真叫乌力格莫日根犯难了。正在这个时候，轰隆一声巨响，水中浮起一个黑黝黝的怪物，鼾声鼾气地说：“你来得正好！给我充饥吧！”说着伸长脖子，就要把莫日根连人带马吞进肚去。这青龙马受了惊，吓得一跳，倒也巧，正好落在这个怪物的身上。怪物恼羞成怒，一声巨吼，猛地翻身，想把莫日根和他的马一齐压在身下。莫日根纵马一跃，随即回手一叉，听得“噹”的一声响，冒起了成串火星。原来这怪物是甲鱼成精，背硬如岩石。就在这时，忽听“咔嚓”一声霹雳，飞来一把亮晃晃铮铮的金斧，拖着一道火光，把这个甲鱼精劈成两半。随后，天上现出了一道彩虹，紧跟着就听有人说：“莫日根啊莫日根，快快上七彩桥，我送你到抓吉山。”莫日根抬头一看，原来是彩虹神。他伏身谢过，随后上了七彩桥，不过片刻，就远远地望见一座直插青天的高山。彩虹神把莫日根送上了山顶，看见有一位银须白发的玛发[1]坐在一棵万年松下。他头上有紫气缭绕，祥云缥缈，旁边站有童子二人，一男一女，看上去跟莫日根年纪相仿。

莫日根下马上前，深深地鞠了一躬。老翁含着笑问道：“你从哪里来的？到这荒山来做什么？”莫日根便把住在混同江边乡亲们遭灾，自己前来求神的事，说了一遍。

老翁见莫日根诚实、勇敢，就从袖中拿出一把闪着青光的宝剑，说道：“带上这把剑回去除妖吧！”说完就与二童子一齐隐入祥云中去了。莫日根心中揣摩，这莫不是我要找的那个神仙？这时就听空中有人说道：“我是卡尼科玛发[2]，只因乡亲们盼你心切，我便不留你了，快回去吧。”莫日根一听，伏身拜了三拜，上了他的青龙马，下了山。

说来也怪，自从莫日根有了这把宝剑，他这匹青龙马，蹄下生风，没几天就回到了自己的家园……

莫日根来到江边，便碰上了降灾的妖怪，与它打了起来。他用宝剑向这个怪物拦腰斩去，这怪物很机灵，一翻滚，没伤着，却拿着一柄银锥，冲上前来。就这样，银锥和宝剑一往一来，杀得烟尘滚滚，日月无光。后来妖怪受了重伤，渐渐抵挡不住，往东北方向逃去。莫日根这时也多处受伤，身子越来越沉。他追赶到江边的一座崖上，只觉一阵头晕，又不能让妖怪逃走，便用尽力气把宝剑扔了出去。妖怪“哎呦”一声，向前爬了几步，趴在混同江北岸，一动不动了。

---

[1] 玛发：赫哲语，老头。
[2] 卡尼科玛发：赫哲语，山峡神。

“乌力格莫日根……”乡亲们叫着他的名字，都跑了过来。可是莫日根却再也听不见了。他已经慢慢地变成了江边的一块大石头。

流传地区：黑龙江省同江市街津口村
搜集时间：1981 年 10 月
讲　　述：尤树林（赫哲族）
搜集整理：孙玉森（赫哲族）

# 牟出空

在开天辟地的时候，江边住个单身汉，他孤身一人，冷清清地度日。他的爹妈被外来部落的人捆得紧绷绷的，押上风船掳走，不知道去向了。爹妈临走时，把他偷偷藏在烟筒窟窿里，流着泪跟儿子说："留下你这条根，以后，可别忘替爹妈报仇啊！"爹妈走后，几年没有音信。

这小子名叫牟出空。他爹妈走后没过几天，就顺着烟筒爬了出来，从那以后他天天使弓箭射雁打雀子吃。他长大成人后，就外出撵狍子射鹿，天天在山里游荡，也没个落脚的地方。

有一天，牟出空莫日根懒得动弹，寻思就不出猎了，在草窝棚里修弓箭，歇一天。干过一气，蒙上狗皮，正躺着，忽见门开了，进来一个疯疯癫癫的媳妇和牟出空说道："这么晚，咋还不睡呀？"

牟出空抬眼，见媳妇生得又俊又俏，真是天上难找，地上难寻，只是满面忧愁，像有什么心事。他就一骨碌身坐起来，问那媳妇有啥事。媳妇说："阿哥救命！我男人要杀死我！"

原来，她也是腰鲁古满固江边上人。丈夫叫弗里迪莫日根，是个力举千斤的好汉。他有个兄弟，叫弗里条莫日根，也是个膀阔腰粗的硬汉子。前几年，这哥儿俩把媳妇父母的城池给强占了，掳过她来做妻子，天天打骂。媳妇实在挨不过，就偷偷骑上快马，趁雪天逃出了虎口。牟出空见媳妇怪可怜的，就问她："你逃出来，你丈夫能饶了你吗？"

"唉！他随后就撵来啦！"

"别怕，我来抵挡他！"说罢，牟出空就把拾掇好的扎枪和弓箭握在手里，想试试弗里迪到底是个什么样的好汉。

隔不大工夫，就听一阵蹄响，老远飞来一个骑马的人，他就是那媳妇的男人弗里迪。弗里迪莫日根催马赶到门前，见拴马桩上系着一匹大白马，搭眼就知道是他老婆骑的。他刚想往窝棚里闯，就见牟出空早抢前一步，从屋里飞身窜出，两个人抱在一起，就在地上交手摔打起来。

摔着摔着，就见地面的雪化了，冰也消了，树叶一会儿变青，一会儿又黄了。他俩不吃不喝，狍皮衣裤也都滚得稀烂，还是难分难解。摔过一冬又一春，也不见高低胜败。这时，牟出空想喘口气再说，就喊声"住手"，顺势蹦出圈外，想进窝棚喝口水。这时，逃难来的媳妇从怀里掏出个桦皮盒，里边装着几粒苏布顿[1]，给牟出空吃下肚，随手又解下自己身上系的腰带，给他扎在身上。刚系完，就见那牟出空躺在地上翻几个跟斗，挺挺腰杆，猛一下两腿变得又粗又壮，身子也高大起来，两只胳膊顿时也长得像柞木杠那样，又坚又硬。这时，外边的弗里迪正在叫号，牟出空跨出门，他俩便又交手摔打起来。

一晃，牟出空莫日根和弗里迪莫日根这两个好汉，又干了一春一冬，弗里迪招架不过，倒地败阵了。他知道自己敌对不过人家，甘心一死，闭起眼睛正在那里等待挨揍呢，可是好半天都没有动静。斜眼一看，牟出空正在那里喘粗气。喘过一阵，牟出空喊道："起来，我有两句话要跟你说！"

弗里迪起身，伏在地上给牟出空连连磕头，谢好汉不杀之恩，甘愿终生为他效力。牟出空呵呵笑道："你是个好汉！我愿和你做个兄弟，怎样？"

那弗里迪又想磕头，却被一把拦住了。牟出空含泪说道："我要去为爹妈报仇，就要出征。你赶快找你兄弟弗里条莫日根去伐木造船。以后，你坐在船头上，一路上大声吆喝："牟出空出世啦！记住了没有？"

[1] 苏布顿：赫哲语，神丹。

弗里迪连说：“记下了！记下了！”

这时，只见牟出空用手把他抓起来，往半空一举，猛力一甩，把弗里迪连人带马，一下就扔回江边去了。

弗里迪到家，见他兄弟领着人正修补船呢。哥俩急忙安舵上浆，扯旗挂篷，一会就修好个虎头风船。弟兄两个站在桅杆底下，一个使舵，一个撑竿，顺着江水，就把牟出空莫日根接上船，然后调回船头，一直朝着西边一座城池划去。船紧走，弗里迪就跟着紧喊，船慢走，他就跟着慢喊：“牟出空出世啦！”

别的摆船人也随着弗里条莫日根喊：“牟出空出世啦！”呼叫声惊天动地，响遍了大江两岸。

就这样，船篷张着，灌了风，也不知越过多少城池，会过多少好汉。弗里迪弟兄一边划一边喊，大江上下，都知道世上出了个英雄，大号叫牟出空莫日根。

船走了十日，这天他们来到个叫折格德洛特伊鲁罗的大城。城主是两兄弟，都是神勇过人的英雄。弗里迪弟兄两个早就有所耳闻，知道这里是道连船都别想轻易过去的关口。一近江界，弗里迪再也不敢喊叫，他告诉牟出空说：“这座山城，可难得过去！人家是哥儿俩，你才孤身一人呢！”

牟出空听了，脸上没有半点惧色。他站在船头，忽见空中飞来一群鹰。它们是城主的妻子、姐妹们变的，暗地前来打探，盘旋半天，又飞回去了。

牟出空对着大江起誓发愿说：“牟出空大仇不报，找不着爹妈，就尸沉江底不为人！”说完，就换上渔船，弗里迪弟兄一前一后，雁摆翅似的摇起双桨。牟出空掏出怀里的酒壶，朝船头船尾洒了几滴酒，然后扬起头猛喝个壶底朝天。这时，弗里迪稳住双桨，指着前边雾气蒙蒙的黑山脚下告诉牟出空道：“眼前就是鲤鱼窝！亘古以来，无风三尺浪，刮风水连天，还敢往前走？”

那牟出空夺过双桨，面对江涛高喊道：“如若不死，我就要替爹妈报仇！”

说话间，就见江面卷起暴风，整整六天六夜不停，连江心的石头都推上江坎。这时，只见水底翻上个圆圆的大鳖，将渔船稳稳驮起；左右各有一条千斤阿静[1]，使脊背扛住船身；船尾上，排着一群蛤蟆，在那使力推着。就这样，渔船在江心翻上跌下，由水兽护着，一直往前划过去，天上响雷闪电，也来助威。

牟出空在船头正站着，忽然之间，木船撞在江里探出的狼牙礁上，立时稀碎。这下，只剩牟出空莫日根独自一人了。他一拍大腿，寻思这回仇也难报，命也不保了。谁料，就在他这么一拍的工夫，也不知道从哪来股神力，越过了千层大浪，把他一下子扔到了对岸。四外撒摸[2]，空无一人，只好孤坐岸边，一袋接一袋抽起烟来。

歇过半晌，他一抬眼，见不远有个大屯，能有百十户人家。他到近前一看，屯当中有座高大的房屋，围着柞木栅栏。树棵上，落几只鹰，下头还有几个把门的。那群人变的鹰，回到城里，早向额真报过信儿，说牟出空连兔子那般大的马都没骑，背后连张打雀子的弓箭都没带，不是神通广大的好汉。

额真老大，名叫折格德洛，老二叫泰伊罗洛，都跨马由东门出来，特意前来和牟出空对敌交战。那折格德洛和牟出空刚一见面，不容分说，就交手搂抱在一块，拼死命地摔打起来。这一对阵，也忘了冬天夏天，只觉得草地一会儿转青，一会儿变黄，冷一阵，热一阵，说话就过了三年光景，谁都没吃没喝。

单说，有这么一天，天空飞来一只鹰，在头顶上转来转去，老也不肯离开。牟出空听见有人喊他，知道那是弗里迪的妻子。她知道城主折格德洛是大江南北闻名的“火神”，他和牟出空交手时，早把那个牟出空穿的鱼皮衣裤烧个精光，那媳妇才变成鹰，赶来相助。牟出空一听，便松手跳出圈外。只听空中又喊一声：“接住！桦皮盒子！”

他接住一看，果真是个雕花桦皮盒子。牟出空早听人说过，它是装人真魂儿的，那弗里迪媳妇，一直到东海，才偷来这个桦皮盒，里边装着火神折格德洛兄弟两个的真魂儿，特意前来报答救命恩情。盒子一到牟出空手中，

[1] 阿静：赫哲语，鳇鱼。
[2] 撒摸：东北方言，瞧、看、望。

那折格德洛弟兄俩，立刻跪下来求饶。牟出空哪肯听他，知道他俩就是掳走爹妈的仇敌，就抢前几步，左右两手一边抓起一个，朝山岩上使劲一扔，就跟摔两个野鸭蛋似的，那两个城主立时颅骨破裂、脑浆流出，粉身碎骨了。

牟出空摔死折格德洛弟兄二人，从沙滩上拣起条鞭子，就往屯中走去。屯里人听说好汉牟出空来了，就抬出桌子，摆满兽肉鱼肉，前来迎接，个个跪拜在地。城主的媳妇，也前来降顺，没一个敢支棱毛儿[1]的。

牟出空大仇已报，就喊来头目朱申达，问他："我的爹妈现在哪里？"

朱申达说道："那次征城，抢来的男女奴隶，都住在屯子西头地窨子里受苦。"

牟出空便头也不回，拎起皮鞭，往屯子西边找去。走不多远，见个茅草盖顶的小地窨子，里边有两位老人正在捣米，年纪都有百岁开外。老太太见"腾腾"走过个汉子，就扔下木棒槌，坐下来张口大骂："除了我儿牟出空前来，不管哪个登门，也决不随他，宁愿一死！"说完趴伏在地上大哭不止。邻里人，个个衣衫褴褛，都过来洒泪劝说，看样子，都是服苦役的下人奴隶。

牟出空莫日根满心酸痛，拉住老太太问："你儿多大年岁？身在哪里？"

老太太见眼前站着的汉子，面目和善，就从头至尾讲述一遍。牟出空知道眼前两位老人，就是失散多年的生身爹妈，连忙赶近几步，扑在二老怀里，抱头痛哭起来。

牟出空向爹妈、乡人行过大礼，起身将一个个捣米的石器，抛到江底，赶忙去找朱申达星夜排船，装好了吃用器皿，便带领父母和乡里人们，一起顺水回自己的腰鲁古满固江南岸老家去了，在那里，他当上了众人称颂的额真。

搜集地点：黑龙江省桦川县苏苏屯

搜集时间：1962 年 8 月

讲　　述：尤芦氏（赫哲族）

搜集整理：马名超

---

[1] 支棱毛儿：东北方言，故意找事。

# 舍尔德勒

这是一个英雄莫日根的故事。

传说舍尔德勒生下来没过几年，他父母住的城池，就被西方部落的首领抢劫一空。他父母被掳走了，临上船，头目嫌舍尔德勒年纪太小，带着赘脚，就把他扔进猪圈里。可是，猪不去伤害他，反给他喂奶吃。头目见了觉得奇怪，又把他投进马圈里。谁想到，马也不用蹄子踩他，还总站在旁边替他遮风挡雨。那头目没有办法，只好把他抛进大江里。正当浪涛要把舍尔德勒吞没的时候，忽然游来一条大鳇鱼，把他驮进了江底。从此，他饿了就吃江鱼，渴了就喝江水，慢慢地，舍尔德勒长成一个精壮的好猎手。

舍尔德勒回到自己的城池，一个人都没看见，只好收拾个小马架，对付着住下，天天出外打猎。

一天，他正拾掇弓箭，忽见房门一开，进来个小狍子。它长得格外好看，一半身子金乎乎的，另一半身子漂白漂白的，一根杂毛也没有。那狍子进屋，啥话也没说，一骨碌身儿，就变成个俏皮姑娘。她自己对小伙子指名道姓，说她叫哈真德都，是舍尔德勒的妹妹。

猎手舍尔德勒凭空得个妹妹，心里可高兴透了，更是起早贪黑地出猎。家里的皮子、肉，都无处可放了，可他也总没个闲手的时候。

这一天，他打中一头金角鹿，浑身上下有成百个花点儿。舍尔德勒很喜爱它。他把它背到个暖泉子旁边，给它洗伤口。洗着，洗着，流血的伤口就合上了。金角鹿也活蹦乱跳，像没中箭一样。舍尔德勒放它走，它却围前围后不肯离开。他就把自己打到的山兽都搁在金角鹿的脊梁上。他正打算下山，可一转身工夫，突然从身后飞来一支箭，不偏不斜，正从他后心穿进，前胸穿出，血淋淋的苗温[1]和哈新衣[2]插在箭头上，带着风声，奔远处飞去了。

舍尔德勒一哼不哼，麻溜儿脱下鱼皮鞋，拽出一团子草，赶忙塞住血窟。他又解下鱼皮绑腿，把伤口缠巴一下，找准利箭飞去的尾翎儿，拼死拼命地撵下去了。箭在前边飞，他就在后边赶，穿山越岭，一直撵到北海岔巴罕地界，再找，说啥也见不到飞箭的踪影了。

舍尔德勒紧捂伤口，望着满是漂筏的北海，又气又恨。他在海边上睡一宿。来日天明，他起身赶紧往家走。一路上，不吃不喝，过好几天才到了家。妹妹哈真德都见哥哥回来，就问："哥哥，你怎么了？"

哥哥也不吱声。再问，还是不见答应。哈真德都就去下米做饭，给哥舀碗米汤。他一喝，咣当躺倒在地，就一动不动，人事不省了。妹妹再怎么喊，也不应声。

这时，听大道上过来一辆木轮大车，车厢坐个姑娘，十八九岁模样。面貌清秀，车上坐个干巴老头给赶车。走到门口，车停下来，大姑娘就进屋了。妹妹光顾着哭喊，没看着进门的稀客，也没让坐下，也没给装烟。姑娘讪不搭地，起身出门，登车就走了。

一见这样，神板上的色翁[3]，都一齐跳下来，蹦蹦跶跶地唱道：

赫里勒——赫里勒——
哈真姑娘怎么像石头？
远来的稀客到家门，

---

[1] 苗温：赫哲语，心。
[2] 哈新衣：赫哲语，肝。
[3] 色翁：赫哲语，神灵，这里指神偶。

你连坐也不让坐，
烟也不让抽一口，
一句冷热话儿都没有。
哈真姑娘你呀你，
你知道来的那是谁呀？
她就是救命的恰真德都，
活生生叫你给气走啦！

哈真妹子听罢，就光着袜底儿，跑到岗顶上，跟斗把式地撵上去。她赶到大车前边，扑通跪下央告说："我哥哥被害了，心肝都叫人家掏走啦！请恰真萨满快救救他吧！"

大姑娘稳当当坐在车上，一声不响。只见赶车的甘吉色翁说话了："是不是请恰真德都的？"

说着，就磨回头，把车赶到舍尔德勒家门前。恰真德都说："我给莫日根寻找心肝去！三天不回来，等我六天；六天再不回来，就等九天；九天还不回来，我也没命啦。"

她说完，就穿起舍尔德勒的克啊什克衣[1]，带上弓箭，在地上一骨碌身儿，变成一只小鹰，展翅朝着北海飞去了。

小鹰飞过大岭、泽地，来到北海荒岛上一个石窟。那里趴着一只千年猪精，在洞口正拱呢。小鹰落地，摇身一变，就又归原，成了个俊俏姑娘。她搭上箭，使出全身力气，但怎么也拉不满弓弦。这时，恰真德都紧握手中箭，不住叨念起来：

赫里勒——赫里勒——
神灵的宝弓神箭，
求你快来帮帮我！

[1] 克啊什克衣：赫哲语，狍皮衣。

舍尔德勒要报仇，
英雄的心肝要找着，
恰真德都是死还是活，
单看能不能射杀哈瑟罗[1]！

话音未落，恰真德都一箭离弦，就把千年野猪哈瑟罗射倒在地。哈瑟罗的双眼，是一对琉璃珠子。恰真德都到处去找被它盗走的心肝，寻了半天，终于找到了。可是心肝早已干瘪，连血色都没有了。这时，恰真德都抠出哈瑟罗的两颗琉璃眼珠，扔进就近一个水泡子里。接着，又把舍尔德勒的心肝也放进水里，立时烟雾腾腾，水泡子像开锅似的。炼过三日，把那干瘪心肝炼成一块又硬又坚的大青石。恰真德都把它刻成个透明锃亮的石心。她自己在地面一滚，又变成小鹰，飞回舍尔德勒家，把石心安放进英雄舍尔德勒的胸口里了。

躺在炕上的舍尔德勒睁眼一看，连说几声“好睡！好睡！”就一下子坐起来了。

舍尔德勒死后复生，闻名天下。石心，使他变得更加勇敢，实心实意地带着山里人，行围射猎。他还娶了恰真德都做了妻子。全屯热热闹闹庆贺三天。随后，他领着妹妹和妻子，开船出征，为父母亲报仇去了。

搜集地点：黑龙江省桦川县苏苏屯、万里霍通
搜集时间：1962 年 8 月
讲　　述：尤芦氏（赫哲族）
整　　理：马名超

[1] 哈瑟罗：赫哲语，野猪精。

# 威 尔 迪

从前，在安波比拉[1]这个地方，住着姐弟俩。姐姐叫威兰德都，弟弟叫威尔迪莫日根。

一天，姐姐威兰带着弟弟去拎水。到了河边，淘气的弟弟把水瓢扔进了水里，唱了起来：

赫哩啦——赫哩啦——
水瓢呀水瓢，
桦树皮水瓢。
上边刻着山和水，
下边刻着花和草。
水瓢呀水瓢，
我姐姐亲手做的水瓢，
你顺水漂吧，漂吧，
给我找个好姐夫去吧！

[1] 安波比拉：赫哲语，河名，安波河。

这时，离他们不远，有三个莫日根划着威胡[1]在叉鱼。水瓢顺水往下漂来，左转右转。第一个小伙子没抓住，第二个小伙子伸手也没够着。水瓢拐来拐去，贴到第三个莫日根的船帮上去了，小伙子顺手捞起来，放进了自己的船舱。

姐姐见了，责怪弟弟说："你怎么这么不懂事呢！以后再这样，姐姐就不喜欢你啦。"说完，姐姐便拎起大勒库库其乌[2]，领着弟弟回家去了。第二天中午，弟弟正在门口劈柴火，一个小伙子向他家走来。威尔迪认出他是昨天捞到水瓢的那个小伙子。小伙子拍了拍威尔迪的脑袋，说："小弟弟你快到河边去，把船上的鱼都拿回来。"弟弟就照他的话跑到河边，一个指头拎一条鱼，十个指头拎了十条鱼，乐呵呵地回来了。

威兰德都见那个年轻的莫日根来了，又见他拿着自己做的那支刻着花纹的桦树皮水瓢，知道是来求婚的，就赶紧撂下手中的针线活，下地点火，烧水做饭待客。不到一袋烟的工夫，杀生鱼、焖兽肉、炒鱼毛、炖鲫鱼都做好了，热气腾腾地摆满了一桌子。小伙子吃完了饭，说："我家离这儿不远，家里只有个妹妹，要是你愿意的话，我过两天把你们接到我家去，你就做我的妻子吧！"小伙子说完后，告辞走了。

第二天一清早，弟弟出去采葡萄了。威兰一个人在家拾掇东西，门突然开了，走进来了一个陌生的姑娘。那姑娘一扭一扭地走到威兰跟前，笑嘻嘻地说："姐姐，姐姐！我给你梳梳头吧！"威兰说："头梳完了，脸也洗过了，不用啦，不用啦！"那姑娘又说："姐姐，姐姐，你舌头尖上有个泡呢？""没有哇！""不信你伸出舌头看看。"威兰刚伸出舌尖儿，那个姑娘一把抓住她，连心带肺地扯了出来。

原来，这姑娘是魔鬼变的。她害死了威兰德都，脱下她的衣裳，摘下她的耳环，捋下她的戒指，统统穿戴到自己身上。

天黑时，弟弟蹦蹦跶跶回来了。他见姐姐坐在炕上，就拿出采来的葡萄，

[1] 威胡：赫哲语，用木板做的小船。
[2] 大勒库库其乌：赫哲语，桦皮桶。

挑又大又熟的递给她吃。可是姐姐连看都没看一眼，就扒拉到炕梢去了。弟弟心里想，今儿个姐姐咋的啦？他到饭桌去吃饭，见饭菜连点热乎气儿都没有。威尔迪扒拉了两口饭，就躺到桦树柜子后边睡觉了，可是怎么也睡不着。

隔了不大一会儿，魔鬼以为威尔迪睡着了，翻身下炕，到外屋咔嚓咔嚓去吃威兰的尸体，吃完了才推门进屋，躺到炕上呼呼地睡着了。

弟弟睡不着觉，天刚放亮就爬了起来。他走到外屋，见灶坑里有一堆人骨头。弟弟用木棍扒拉扒拉，突然扒拉出来一个手指头。那手指头上沾满了血，还戴着顶针呢！他仔细一看，哎呀，这不是姐姐的手指头吗？弟弟又心疼又害怕，吓得直掉眼泪。他轻手轻脚地跑到外面，用水把姐姐的手指洗净，小心地用布包起，一层又一层的，然后朝着太阳升起的地方跑去。跑呀跑，跑到一片大树林子跟前，挑一棵又高又大的白桦树，爬了上去，把姐姐的手指挂到一个阳光能照射到的大树杈上，在上面又绑了一块挡风遮雨的桦树皮。

到第三天头上，姐夫来了，把魔鬼姐姐和威尔迪弟弟接到了自己家中。到了姐夫家，威尔迪每过三天，就跑到挂着姐姐手指的大树下去哭。他又是钻树林子，又是过草甸子，衣服弄脏了，裤子剐破了，眼睛哭肿了，模样也消瘦了。

到了三七二十一天头上，小弟弟又跑到挂着姐姐手指的大树下，哭呀哭，嗓子哭哑了，眼泪也快要流干了，突然从树上飞下来一只小鸟。小鸟落在地上打个滚，变成了威兰德都。弟弟上去抱住姐姐，又是哭又是笑。姐姐说："弟弟哇，你以后千万别来了！我现在刚刚复原，过了一百天，我才能和你回家。"姐姐拉着弟弟的手来到山泉边，给他梳头洗脸。等裤子补好了，衣裳洗净了，看看天色不早，姐姐说："你千万别把见到姐姐的事儿跟旁人说，要是让魔鬼知道了，咱俩的命就都完了。"弟弟走后，威兰德都又变成了小鸟，飞上了高高的桦树梢。

这一天，到天快黑了，弟弟才回到家里。姐夫见他脸也洗了，头也梳了，衣服也洗了，裤子也补了，就问："兄弟，你今天怎么这么高兴啊？谁给你洗的脸、梳的头、补的衣裳？"威尔迪笑嘻嘻地说："是我自己洗的，是我自个儿补的！"

到了九九八十一天头上，弟弟又来到大桦树下哭，哭着哭着，树上的小鸟又飞下来，落在地上打个滚，又变成了威兰德都。这回，姐姐的脸色红扑扑的，比以前更好看了。姐姐说："弟弟呀，你怎么不听话又来了？"弟弟说："姐姐，咱们回家吧，我实在是想你啊！"姐姐摇摇头说："不行啊，还没到一百天呢！"说着又把弟弟领到泉边，又是梳头，又是洗脸，打扮得比上次还精神。

临回家，姐姐告诉他："你今儿个回去的时候，千万别唱歌。见到你姐夫，不管他问你啥，你就一个劲地哭。姐夫问你要啥，你什么也别要，让他把你送到他妹妹那里，把这些事儿，一五一十地告诉你姐夫的妹妹。"

弟弟闷着头走回家，姐夫见他吧嗒吧嗒直掉眼泪，就问："兄弟，你今儿个咋的啦？"弟弟啥也不说，还是哭。姐夫又问："是谁欺负你啦，还是有什么不顺心的事儿？"弟弟不说话，还是一个劲地哭。

姐夫着急地又问："兄弟呀，你是要吃的、穿的、戴的，还是要玩的、铺的、盖的？"姐夫越问，弟弟抽抽搭搭越哭越厉害了。姐夫哄着兄弟说："哎呀，那你想要干什么呢？"弟弟抹抹眼泪说："姐夫，我啥也不要，就是想到住在林子后边的你那个妹妹那儿去。我能给她做个伴儿，帮她劈柴，采野果。姐夫，你答应我吗？"姐夫说："好吧，你别哭了，明天一清早，我就把你送去。"

第二天，姐夫领着弟弟，把他送到自己妹妹的木楼里。临走，姐夫告诉弟弟说："你在这住几天吧，要是想家了，过几天我来接你回去。"说完，姐夫扛起鱼网，提起鱼叉打鱼去了。姐夫走了不远，又转身回来，躲到木楼后边，把弟弟和妹妹说的话，听得一清二楚。他听妹妹说："好兄弟，你明天去采臭李子[1]吧！稠李子树枝要砍一个人那么高的，捆成三大捆，拉回家来。"

第二天，弟弟威尔迪就去砍了三大捆树枝回来。

第三天一早，弟弟又跑到那棵大桦树下看姐姐。姐夫偷偷地在后边跟着，

---

[1] 臭李子：东北方言，野果名，用来做臭李子饼。

只见弟弟一哭，树梢上就飞下来一只小鸟，小鸟落在地上一打滚，就变成了自己的未婚妻。姐夫又惊奇又高兴地跑过来，拉住威兰德都的手说："我什么都知道了，一会你到臭李子树枝里，用护身萨满遮住魔鬼的眼睛，我把你送到妹妹那儿，让你和弟弟妹妹住在一块，等到一百天头上你全复原了，我们再结婚。"听了小伙子的话，威兰又是高兴，又是难过。就这样，年轻的莫日根把心爱的未婚妻，接到了妹妹住的木楼里。

晚上，小伙回到自己家里，拿起斧子去砍木头。魔鬼媳妇一扭一扭地走到他跟前，笑嘻嘻地说："丈夫，你做啥呢？"我打算做个摇车子，你帮着扶住木头。"趁着魔鬼一扭头工夫，小伙子抬手一斧子，就把魔鬼砍死了。小伙子杀死了害人的魔鬼，替威兰报了仇，一家人终于又团圆了。从此，年轻的莫日根，领着弟弟妹妹和威尔德都过上了美满幸福的渔猎生活。

流传地区：黑龙江省富锦市、饶河县一带
搜集时间：1980 年
讲　　述：毕淑芬（赫哲族）
搜集整理：韩福德（赫哲族）

# 德 勒 气

在辽阔的三江平原上，在浪涛滚滚的萨哈林茫莫[1]江南岸，坐落着美丽富饶的街津山。街津山的旁边是德勒气山，十分险峻，山的前身探入江中，把江水堵起很大的漩涡，直奔对岸冲去。在那高高的山的顶端，屹立着一位石头玛发[2]，身边还蹲着一条石狗。他们隔着江水凝望着对岸的一只石鹿，仿佛在想着什么。

说起这位石头玛发，在赫哲人中还流传着一个动人的故事呢。

那是很久以前的事了，在远离街津口以北的一座山上，有一个约宏嘎什[3]，居住着一位年迈的赫哲猎人，名字叫德勒气。他童年的时候就失去了双亲，一个人生活。大自然的风雨，艰苦惊险的渔猎生活，把他锻炼成了勇敢的莫日根。

他走路疾如流星，獐狍野鹿望尘莫及；他生得身材魁梧，力大如牛，百十来斤的野兽在他手中轻如鸿毛；他武艺高强，“激达”和弓箭百发百中。在三江平原上，德勒气的英名远扬，人们都崇敬地称他为德勒气莫日根。

[1] 萨哈林茫莫：赫哲语，黑龙江。
[2] 玛发：赫哲语，老人。
[3] 约宏嘎什：赫哲语，村屯。

德勒气还有一条忠实的猎犬和一头驯服了的美丽的梅花鹿。他们在这块富饶美丽的土地上，和乡亲们一起过着自由、美好的渔猎生活。然而，天有不测风云，不幸的一天来了。

这是一年的春天，天空中飘着白云，大地草绿花香，人们像往常一样自由自在地劳动着。老人们在为儿女准备着出猎和捕鱼的工具；青年男女们在碧绿的草坪上，玩着叉草球[1]。

突然，天空阴云密布，大地漆黑一片，真是伸手不见五指。黑暗中，凶风卷着恶雨，铺天盖地地袭来。

德勒气知道，这是恶魔降临了。他毫无惧色，拿起激达毅然迎了上去。德勒气奋不顾身，用尽所有的能耐去抵挡、拼杀，大战了几个昼夜，终因恶魔们来势凶猛，很难取胜，败退到萨哈林茫莫的岸边。这时，他已经筋疲力尽了，身边只剩下一条猎狗，那只可爱的梅花鹿也不知跑到哪儿去了。

恶魔又追上来了，德勒气已经无心恋战，只好游水游过萨哈林茫莫，爬上一座高山的岩石上。德勒气回头望去，只见那岸边众魔张牙舞爪，干瞪眼过不来，因为恶魔们的行为激怒了江水，满江掀起了狂涛巨浪，恶魔无法追赶，只好转头去杀人放火。霎时间烟云笼罩，火光熊熊。

德勒气满腔悲愤，胸中腾起复仇的烈火。他仰望苍天高喊道："巴阿恩都力[2]呀，帮帮我们吧！我们的家乡没有了！我们的土地丢失了！"

他的喊声在群山间回荡，在萨哈林茫莫起伏，上苍仿佛被他的诚心所感动，倾盆大雨从天而降。德勒气站立在风雨中，怀着满腔悲愤，慢慢地变成了石头，他身边的猎狗也变成了石头，从此，他们便屹立在那里等待着，等待着有一天能回到自己的故乡！

可爱的梅花鹿和主人跑散以后，它凭着灵敏的嗅觉寻找主人。这天，它来到了江边的一座山上，忽然看到了屹立对岸高山上的主人。它想游过去，跟在主人的身边，可是江面上水浪滔滔。它想回家，可是家乡已变成一片废墟。想着想着，它从来没有掉过眼泪的眼睛，流下了泪水！它只好站在那儿远远

---

[1] 叉草球：赫哲族传统游戏，常在节日时比赛。
[2] 巴阿恩都力：赫哲语，天神。

望着自己的主人，哀鸣着，在痛苦的悲鸣中，也慢慢地变成了石头。在那儿，期待主人能把它带回自己的家……

雨过天晴，彩虹高挂，群山默立，只有奔腾的萨哈林茫莫仍在咆哮，仿佛德勒气悲壮的歌声在江面上回荡：

赫尼那——赫尼那——
我的家乡，我的亲人，
我心爱的梅花鹿呀！
你们都在哪里？
啊郎赫尼那——赫尼那——
我的江河，我的土地，
我们世世代代生活的家园，
何时才能回到你的身边？
……

人们为了纪念这位英雄的德勒气莫日根，把这座高山叫德勒气山，石头叫德勒气玛发。

据说德勒气变成石头大以后，每当冰雪消融，满山便开满了圣克列[1]。每当人们打鱼或打猎途经这里，都要向石头老人做一番祈祷，以示崇敬。直到今天，赫哲人还非常敬仰和怀念这位石头玛发，时常去瞻仰他。老人们路过那里都要叨咕叨咕，洒下半瓶醇香的酒浆。每到圣克列开放的季节，人们便到德勒气山采圣克列花，拿回家来养在桦皮桶里，以表达对这位莫日根的怀念之情。

流传地区：黑龙江省同江市
搜集时间：1978 年
讲　　述：尤树林（赫哲族）
整　　理：何锐刚（赫哲族）

[1] 圣克列：赫哲语，迎春的杜鹃花。

# 莫 尔 高

从前，在赫哲人当中有一个最出名的叉鱼能手，他叫莫尔高。这个小伙子才二十多岁，可是他已经学会超高的叉鱼技术了，那真是百发百中，叉鱼就好比伸手探囊取物那么容易。

有一天，他叉鱼时把鱼皮衣服剐坏了，回来叫他媳妇给补。他媳妇一看，正是在鱼叉眼那地方剐坏的，他媳妇说："看你叉的鱼，把鱼皮都叉坏了，做衣服难看不说，还是在叉眼处剐坏衣服，你就不会叉鱼别的地方？"

她丈夫说："你说往哪叉吧？"

他媳妇想了一下，然后笑着对她丈夫说："人家都夸奖你是叉鱼能手，我才不佩服呢，你要真是能手，最好叉在鱼头后边分水鳍的中间，省得把鱼皮叉个窟窿眼儿，那我才佩服你呢！"

"好吧！"

他夫妻说笑这件事，正好被他们邻居来串门赶上了。这小伙一听，心想：莫尔高恐怕是跟媳妇说笑话，要真能叉到这步田地，那可就是叉鱼的能手了。小伙子好信儿地说："莫尔高，要说叉叉都能叉在鱼头后边分水鳍的中间我不信。你敢不敢到江边试试？"

"好吧！"

他们说完乘着乌莫日沉[1]，由小河子划到江里。这天正是风和日暖，阳光照在平静的江面上，只见波光粼粼，就像白鱼戏水打漂似的那么好看。小伙子想难为他，叫他叉条鲤鱼。两个人正唠着嗑时，也真巧，游过来一条大鲤鱼！

莫尔高把鱼叉端起，照着水波处斜着叉去，只见鱼叉一翻花扎进水里，不大一会儿又漂出来了，取出来看叉中一条大鲤鱼，而且不偏不歪正好叉在鱼头后边分水鳍的中间。邻居小伙子很惊讶！心里想：这可真不是夸口啊，真有两下子！没多久，莫尔高在江里又叉了十多条大鱼，有鲤鱼，有哲罗，还有大草根，每条都叉中在分水鳍的中间。邻居小伙子羡慕又好奇地问："你怎么叉得那么准呢？"

莫尔高说："这全靠手疾眼快，心灵手巧的功夫劲儿。比如说吧，刚才叉那一条大鲤鱼，它是头朝下吃草根，身子立在水中，尾巴朝上，把江面摇摆出一个小圆圈，这就是鲤鱼在吃草，斜着叉下去准能叉中。这几条是顶水的鱼，只要朝顶水那地方叉去，准叉在分水鳍的中间。"

"你是怎么练的呢？"

我从小玩叉草球，练出了这手叉鱼的功夫，你来试试！"

莫尔高教小伙子叉了几下，有的叉准了，有的还没叉准，可是莫尔高却每叉必中，他们俩叉的鱼眼看装满了一小快马子船。两个人在江边做了一些鱼，吃饱了，然后有说有笑地满载而归。

莫尔高回到家里，把新叉的鱼都给他媳妇看了，他媳妇一看，也感到挺惊奇，高兴地说："哎呀！真都叉在分水鳍的中间啦！你让人佩服！我寻思你说说算了呢，真不愧是叉鱼的能手！"

"我本来可以这样叉鱼，可就是没想起来往分水鳍中间叉，你这么一提醒，我们往后就不用穿有鱼叉眼的鱼皮衣服了。"

他媳妇高兴地说："你真聪明！不愧是个真正的叉鱼能手！"

他们邻居那个小伙子，去向大伙说这件事儿，有的人相信，有的人还不信。

---

[1] 乌莫日沉：赫哲语，桦皮船。

当他们看见莫尔高穿的鱼皮衣服真的没有鱼叉眼，就都称赞他是世上少有的叉鱼能手！

流传地区：黑龙江省同江市、饶河县
搜集时间：1962 年
讲　　述：葛长胜（赫哲族）
　　　　　尤安喜（赫哲族）
搜集整理：隋书金

# 苏 布 格

很早以前，在黑龙江下游的一个部落里，有个小伙子名叫苏布格，是个叉鱼的好能手。那时候，一到封江就没有鱼。人们抓不到鱼，日子过得很困难。一天，苏布格抓了一条金翅罗锅哈日多库[1]。他戳着鱼问："天一冷，你们都躲到哪儿去了？"

金翅罗锅鲤鱼摆着尾，鼓着腮，说："每年霜降后，黑龙要到东海老龙王那里去拜寿，叫我们去给他守宫，直到来年开江。"

苏布格忙问："我怎么能到龙王那里？"

金翅罗锅鲤鱼说："你找黑龙呗。"

苏布格忙又问："我上哪能找到黑龙？"

金翅罗锅鲤鱼晃了晃头，说："五天后是霜降，你到大江入海处的一块石头上等着。黑龙入海时要拜三拜，你甩叉插住它的尾巴梢，扯紧绳，它就会把你带到老龙王那里。到了那里你要啥就只管说吧，这可就靠你的胆量啦！"

苏布格高兴地问："这事当真？"

金翅罗锅鲤鱼说："真，真的！勇敢的小伙子，你放了我吧！我会帮助

[1] 哈日多库：赫哲语，鲤鱼。

你的。”

苏布格忙把金翅罗锅鲤鱼放回水里。金翅罗锅鲤鱼跳出水面，说：“好心的小伙子，你会成功的！”说罢，尾巴一甩，翻了个浪花，钻进水里游走了。

这事苏布格谁也没告诉，当夜他就划着乌莫日沉，奔入海口去了。

顺水漂了四天，苏布格来到入海口旁的石砬子下。他拢好船，把叉裤上的鹿筋绳结结实实地拴在腰上，然后铺上狍皮，握着鱼叉，歇息等待。

第二天，太阳刚冒红，突然顺江卷来一排洪峰。苏布格伫立在石砬子上，端着鱼叉，死死地盯着水头。洪峰涌到江口停住了，紧接着石砬子下腾起一股水柱，露出一根晃动的大黑柱子，苏布格奋力甩出鱼叉。一道闪光，带绳的鱼叉击中了黑柱子尖。黑柱子猛地一缩，绳把苏布格拖进了江里。

待苏布格醒来，已在晶莹璀璨的龙宫里，他被绑在一根台柱上。大厅正中的龙案上，端坐着白发银须的老龙王，旁边坐着一个腿部受伤的黑大汉。

黑大汉见苏布格醒来，凶恶地喝道：“你为什么要行刺我？”

苏布格讲了事情的缘由，说他是为了乡亲们能过好日子，特意来见龙王的。这时金翅罗锅鲤鱼也上殿来，给他作证。

老龙王听罢，转怒为喜，问：“勇敢的小伙子，为众谋福，生死度外，真是好样的！你想要什么？”

苏布格说：“鱼，不怕冷的鱼！”

老龙王又问：“这容易！你还要什么？”

“鱼！”

老龙王赞许地笑了笑，顺手抄起一支白玉令箭，抛给一个银盔银甲的小将，说：“让你的喜冷部下，带着爱冷的鱼，到黑龙江水系去吧，秋去春回！”

小将应声叩拜，持令箭走出大厅。苏布格也忙叩头感谢龙王的好意。

老龙王让金翅罗锅鲤鱼把苏布格送回去。苏布格骑在它背上，闭上眼，合上嘴，捂上耳，只觉两旁水流如风。不大一会儿，鲤鱼叫他上岸。他睁眼一看，鲤鱼的尾巴已搭在部落边的钓鱼台上，像座小拱桥。苏布格刚上岸，就听鲤鱼说：“套住的鹿会脱套，钩住的鱼会吐钩，当心呀！”说罢，一甩尾巴，掀个浪不见了。

苏布格正发怔，忽见江面上泛起一片白光，逆流而上。“鱼，鱼，满江的鱼！”他兴奋地跳起来，几乎跌到江里。

江面上，鱼群拥挤着，跳跃着，银光闪闪。人们闻讯赶到江边，兴奋地把苏布格抬起来：“神叉！神叉！”

这一冬，人们捕到了大量的牙莫思哈[1]。可是，第二年鱼又没有了。眼见要封江了，一条鱼也没捕到，人们又发了愁，都来问苏布格。苏布格也纳闷儿，要再去找龙王。

苏布格划着桦皮船，顺江而下，快到入海口时，见前边江面狭窄的地方被拦住了。近前一看，江里安上了一排木桩子，桩子上密密麻麻地缠上了山葡萄藤，像是挡鱼的鱼箔。栅栏东边，满江的牙莫思哈拥挤着，急得直蹦，有很多蹦到了岸上，白花花的一片。在南北两岸，各有一只大白熊，正扒着沙子埋鱼。苏布格见了，忙把船拢到南岸，拿了叉冲了过去。

白熊“嗷”地大吼一声，瞪着凶恶的小眼睛，猛扑过来。苏布格瞧准它的胸膛，运足气力，“噌”地甩出鱼叉。那白熊“嗷嗷”地嚎着，用力拔出插在胸上的鱼叉，丢在地上，搂起一把沙土，往伤口上一按，张着大嘴，又向苏布格扑来。苏布格急忙拽回鱼叉，又奋力朝白熊的心口窝甩去。一边扯着绳，一边跳上了小船。那白熊扑到水边，栽倒了。它挣扎一会儿，慢慢就放挺了。

苏布格急忙划船向北岸冲去。北岸白熊早急疯了，张牙舞爪地叫着，直打磨磨，沙滩被踩出一溜深坑。它看见苏布格过来，“嗷嗷”地叫着，不让苏布格靠岸。

苏布格瞧冷子甩出了鱼叉。白熊“嗷”地一蹿高，抱住肚子上的鱼叉拼命一拽，苏布格也被拉进水中，小船也翻了。那白熊却因用力过猛，闪了个四脚朝天。它一骨碌爬起，拔掉鱼叉，但又栽倒了。

苏布格在水里等了一会儿，见白熊不动，便游到岸边，还没站稳，白熊“呼”地跃起，猛扑上来。苏布格来不及提防，被白熊一掌打倒在地。白熊扑在他

[1] 牙莫思哈：赫哲语，一种冬天钓的冷水鱼。

身上胡咬乱挠。

苏布格忍着痛，摸出腰刀，向白熊猛刺。白熊流血不止，“嗷嗷”直叫，挥着毛茸茸的熊掌左捂右摁。苏布格乘机滚到了水中。

白熊艰难地向岸上爬去，爬不多远，但因伤势过重，栽倒了，顺坡滚到水边，再也不动了。

苏布格不顾满身的伤痛，忙去拆栅栏。这时，金翅罗锅鲤鱼游了过来，说：“勇敢的小伙子，我来为你祝福！”

苏布格问咋回事，金翅罗锅鲤鱼说：“你一神叉让黑龙成了秃尾巴。这是它报复你，叫白熊拦江来截住牙莫思哈鱼。”

苏布格听了说：“原来是这样！那以后它再来截鱼怎么好呢？”

“放心吧！”金翅罗锅鲤鱼说，“你的勇敢，你的为人，感动了黑龙，它说它再也不找你麻烦了。那些牙莫思哈就永远属于你们了！”说完，蹦了个高，扎进了水中。

苏布格望着满江争流而上的鱼，舒心地笑了。

从此，天气一冷，人们就能捕获大量的牙莫思哈，就算冰冻三尺，只要穿个冰眼，牙莫思哈就会喷泉似的冒出来、蹦出来。人们再也不用为着冬季的食物犯愁了。

流传地区：黑龙江省同江市
搜集时间：1978 年 5 月
讲　　述：尤树林（赫哲族）
搜集整理：何苍劲

# 萨 格 普

从前，在紧靠街津山的村子里，住着一个叫萨格普的莫日根。他还有一个妹妹叫萨丽德都。他们不大的时候，父母就得病去世了。萨格普从小就打猎、打鱼，拉扯着妹妹过日子。

一天，萨格普去上山打猎。临走的时候他对妹妹说："萨丽德都，看好家，我打着一头尼克特[1]就回来。"说完，萨格普莫日根背上弓箭就上山了。

阿哥走了，妹妹一个人在家待着也实在腻歪。她瞧了瞧屋里也没啥活，就挎起背篓子爬上门前不远的山坡上采野果。山坡上那山里红、山丁子、山樱桃、山梨有的是。她采呀采，不知不觉太阳都快落山了，望望家门，阿哥还没回来。她心急火燎地回了家，做好了饭，站在门口又瞧了半天，还是不见阿哥的影子。这下可把她急坏了。她寻思着：这是咋的了呢？往常这时候阿哥他早就回来了，不会……唉！卡日嘎色翁[2]呀，你可保佑阿哥他顺顺当当地快点回来呀！萨丽德都一边寻思，一边眼泪汪汪的朝山上磕着响头。

谁知就在这个节骨眼，村子北边冷不丁地刮来一阵旋风，整个村子鸡也飞，狗也叫，房盖也给刮散花了。萨丽德都吓得使劲抱住门旁的一棵大桦树，

[1] 尼克特：赫哲语，野猪。
[2] 卡日嘎色翁：赫哲语，狩猎神。

小孩们吓得哇哇直哭，年纪大一点的纷纷请求护身神保佑。可是，一阵旋风过后，村子里的人还是全给刮走了。

再说萨格普莫日根，在外边转了快一天了，山翻过了一座又一座，河蹚过了一条又一条，别说是野猪，就是连个兔子也没碰上。他又气又累，刚要坐下歇歇，就听一只布谷鸟在他头顶上叫道："萨格普！你怎么还上山打猎呀？这满山的猎物都让一个狼精给吃光了，赶紧回家吧！"说完，它就飞走了。

听说是这样，萨格普气得够呛，可又一想，光气也不当事，还不如赶紧回去。

想到这里，他紧了紧靰鞡鞋带，吃了几个备做打尖的臭李子饼[1]，就匆匆忙忙地往家赶。

他走着走着，天色渐渐黑了。萨格普又渴又累，道也看不见，这可咋办呢？萨格普正在犯愁，只见前面不远的一个山头上，一个亮晶晶的东西朝自己飞来，等到跟前一看，原来是一只小金鹿。

小金鹿舔了舔萨格普的手心，悲伤地说："勇敢的萨格普，恩重如山的莫日根，你还不知道吗？整个村的人全让北海那的一个狼精给抓走了。"萨格普一听，眼前一阵发黑，差点没背过气去。小金鹿又说："萨格普，光伤心也没用，还是快去救人吧！"听小金鹿这么一说，萨格普握紧了弓箭，握紧了拳头。

小金鹿又点了点头说："尊敬的萨格普莫日根啊！三年前，是你一箭射死了正在追赶我的恶雕，救了我的命。为了报答您的恩情，今天我驮着你，帮你去报仇！"听到这里，萨格普激动得一下抱住了小金鹿。小金鹿"喃喃"的叫了两声，就势驮起了萨格普直朝北海方向飞去了。

就这样，小金鹿驮着萨格普飞了一夜。天快亮的时候，小金鹿落在大海中间的一座秃石山旁。小金鹿刚一落脚，就用力跺了跺四个金蹄子，然后用足力气，用它那对金角，猛地向秃石山撞去。就听"轰隆"一声，秃石山倒了一半，山半腰露出一个大黑洞。洞里边拱出来一大帮野猪、老虎、山豹、

[1] 臭李子饼：赫哲人爱吃的一种食物。用秋天山上采来的臭李子和黏米，加上鱼油或肉油制成的。

黑熊、狐狸、长虫。它们敲着石锣，砸着石鼓，“嗷嗷”地怪叫。叫声正响，一个浑身墨黑的恶狼，带着一溜黑烟，张牙舞爪地来到了跟前。

“嗷嗷！原来是两个小肉蛋，我与你们无冤无仇，你们为何跑到我的宝地，撞倒我的山门，搅得大王我不安宁啊？”

萨格普一听，火冒三丈，说:“你个该杀的害人精，犯下罪恶，还想赖账？还我的妹妹，放出村里的乡亲！”

“哼哼！”恶狼冷笑两声说，“还你的妹妹，放你的乡亲？哈哈！你个毛孩子还不知道我的厉害，那今天就让你尝尝！”说完就见它张着大嘴，“呼”的向萨格普和小金鹿扑去。小金鹿一看恶狼要霸道，便用金角一顶。只听“哎哟”一声，恶狼的肚子上立时出现了两个大窟窿，还咕咚、咕咚地一个劲往外冒着黑血。它瞪着怪眼，刚想再扑，萨格普“嗖”的射了一箭，正好射中恶狼的心窝。它蹿了个高，在地上打了几个滚，蹬蹬腿就没气了。

小金鹿帮助萨格普打死了恶狼，那些老虎、山豹、黑熊、野猪一看，全都吓得乱跑乱窜，有的掉到大海里淹死了。

小金鹿驮着萨格普钻进了山洞，救出了萨丽德都和众乡亲，然后又帮他们找了个山清水秀的地方，重建了家园。

从此，小金鹿天天驮着萨格普上山打猎。这里的乡亲们又都过上了丰衣足食的好日子。

流传地区：黑龙江省同江市
搜集时间：1980 年
讲　　述：尤树林（赫哲族）
搜集整理：孙玉森（赫哲族）

# 希　特

希特莫日根要回家了，他跟牟都力莫日根和钦勒克德都说:“姐夫，姐姐，咱们不能在这儿长住了，咱们得回去救活额尼[1]。”牟都力莫日根说：“是啊，那是一定要做的事，咱明天就走。”姐姐钦勒克德都说：“路途很远啊，有好几千里地，咱们咋走呢?”希特莫日根说:“姐姐，你安心快收拾东西吧，我有办法。赶紧让姐夫把好点的东西收拾起来，送到江沿儿，锅碗盆也倒腾过去。”

他姐姐和姐夫收拾好东西，送到江沿儿一看，哎呀！江边上靠着一个龙头凤尾的大船，知道是希特造的，非常高兴，就往船上装东西。东西都装好了，上船了，他们挂上帆就顺水走了。

他们在水上走了四五天，到了额图[2]。希特莫日根说:“姐夫，到地方啦，把船头掉过来靠岸吧。”他先下去了，进屋一看，满院子都是黄色草，长得都有漫过人那么高。他看看房子，房子还是好好的，进屋一看，阿妈的尸骨还在那儿呢，没有人动。

---

[1] 额尼：赫哲语，母亲。
[2] 额图：赫哲语，村名，在勤德利村附近。

他们三个人先把院子收拾干净，家里的东西也照原样摆放齐整，把祭奠用的东西都安排好，把阿妈的尸骨摆放好，又用鱼皮帐子把阿妈围上，不让什么东西落到阿妈身上。他们把一切都收拾完了，又做饭，吃饭，然后住下来。第二天早上起来，看看天，一点儿云彩也没有，江水像一面镜子似的，无风无浪。希特莫日根站在院子中间，往天空上望着唱道：

赫哩啦——赫哩啦——
赫哩啦——赫哩啦——
我们从千里之外回到家乡，
把阿妈的尸骨收拾好了。
姐姐、姐夫你们听着，
你们一天要烧三遍香，
一天要打三遍鼓。
你们要把我的身子抬到屋里，
摆放在凉快的地方。
我要去阴间找阿妈的魂灵，
等九天头儿上我才能回来。

赫哩啦——赫哩啦——
赫哩啦——赫哩啦——
阿妈传给我的萨满神灵啊，
温包玛发[1]和深彪玛玛[2]，
你们仔细听吧。
你们把四眼子大黄狗的爬犁，
赶紧给我打发下来。

[1] 温包玛发：赫哲语，神名。
[2] 深彪玛玛：赫哲语，神名。

神帽神裙和腰铃，
马刀、萨满鼓和护心的宝镜，
这些都是现成的，
都快给我送来吧！
啊啷——

希特莫日根的话刚说完，他说的这些东西就“呼呼”地带着风声，自己都飞来了。

接着，牟都力莫日根和钦勒克德都在屋里光听见腰铃和萨满鼓一阵猛响，没过多久，希特莫日根就倒在地上没气儿了。他们俩把希特莫日根抬回来，在凉快地方搭了一个板床，把希特莫日根放在上面，用鱼皮帐子围上。然后，两人打了三遍鼓，烧了三遍香，把他的灵魂送走了。

啊啷——

希特莫日根坐着狗爬犁，穿着神衣，扎着神裙和腰铃，戴着神帽，往阴间走去，那四眼子黄狗拉着爬犁忽忽悠悠的，像是在飞一样。走来走去，走到一座山跟前儿，山上有一片树林子，树林上落一些克库鸟在“克库，克库”地叫。

希特莫日根看到这些克库鸟，就对它们唱：

赫哩啦——赫哩啦——
赫哩啦——赫哩啦——
克库克库，
光棍躺处。
你在这地方，
叫唤多少年了？
我向你打听点儿事，

克库克库请你告诉我。
有一个女鬼,
拖着一根梁柁,
带着一条绳子,
打这儿走过去多少年了?
啊啷——

克库鸟对着希特莫日根唱道:

赫哩——喀库啦——
喀库——喀库哩啦——
我在这儿叫唤七十多年啦,
也没看见过这样一个萨满。
你这个萨满头上有千重杀气,
脚前有百步的威风。

喀库啦——喀库——
你这个萨满日后一定错不了啊,
一定能成为了不起的首领。
我看见过一个女鬼,
可怜她抛下家里两个孩子。

喀库哩啦——喀库——
她走一步呀,
哭一步呀,
打这儿过去有十多年了。
你再往前去,

到脱不吐[1]鸟那里问问吧。
啊啷——

希特莫日根听了克库鸟的话，催着狗又往前走。也不知走出有多远，看见前边又有一片树林，树上落着一群脱不吐。他停下来对着脱不吐唱道：

赫哩啦——赫哩啦——
赫哩啦——赫哩啦——
脱不吐脱不吐，
你在这儿一个劲叫唤。
是在阴间地方叫，
还是在阳间的地方叫？
在这儿叫唤有多少年了？
我要向你打听个事情。

赫哩啦——赫哩啦——
赫哩啦——赫哩啦——
有一个女鬼，
拉着个梁柁，
带着一根绳子，
打这儿过去有多少年了？
你看见过她没有？
啊啷——

脱不吐鸟对着希特莫日根唱道：
赫哩——脱不啦——

[1] 脱不吐：赫哲语，一种夜间鸣叫的小鸟，灰黄色。

脱不——脱不哩啦——
我在这儿叫唤有七十年了，
还没遇见过你这样的萨满。
看你头顶有千重杀气，
看你这个萨满神通广大。
脱不啦——脱不——
你问吊死的那个女鬼，
我们看见她了。
打这儿过去大约有六七年，
看她那样子死得好屈呀。
在家抛下两个孩子，
她走一步哭一步呀。
到了这西边她不肯再走，
在那儿足足哭了有一年多。
啊唧——

希特莫日根听了，又催动狗拉爬犁往前走。走到前边遇着一帮哼虎[1]，他把爬犁煞住，手指着哼虎唱道：

赫哩啦——赫哩啦——
赫哩啦——赫哩啦——
哼虎哼虎，
你在这儿不知叫唤多少年了？
有一个女鬼，
拽着一个梁柁，
带着一根绳，

[1] 哼虎：赫哲语，猫头鹰。

打这儿过去，
你看没看见呀？
啊啷——

哼虎看看希特莫日根，对着他唱道：

赫哩——哼呼啦——
哼呼——哼呼哩啦——
有个女鬼，
从这里过去，
我看见了，
大约有一年多了。
她家有儿女呀，
她不想继续走。
就在西边那地方，
她哭了有一年多。
你赶紧撵去吧，
也许她还没到，
阴阳相隔的阴阳界河。
啊啷——

希特莫日根听了，赶紧催动狗爬犁，紧晃着皮鞭往前撵去。眼看前边就到了阴阳界河关口，远远地就看见一个把门鬼正站在关口前。他停下来问把门鬼说：

赫哩啦——赫哩啦——
赫哩啦——赫哩啦——
你是阴阳界河的把门官吧？

我有件事情要问你。
有个女鬼拉着一个梁柁，
带着一根绳子从这儿过。
她啥时候从这里过去的？
过去有多少日子了？

赫哩啦——赫哩啦——
赫哩啦——赫哩啦——
这个女鬼落到了哪个地方？
是落到我的亲戚家，
还是落到别处什么地方？
你要对我说实话，
我是专程赶来接她的。
啊嘟——

那个把门鬼打量了一下希特莫日根，然后对他唱道：

赫哩啦——赫哩啦——
赫哩啦——赫哩啦——
你这是来找你阿妈的，
人世间像你这样的孝子不多了。
你阿妈在你姨娘家呢，
你快去接她回去吧。
啊嘟——

希特莫日根又挥动皮鞭，赶着狗爬犁往前走。走进山阴比拉关口，一路往他姨娘家去，一直到了他姨娘家的院里下来。进了屋，看见他姨娘和他阿妈都在炕上坐着，就赶紧给他姨娘磕了一个头，然后对着他阿妈说：“阿妈，阿妈，我来接你回家，快跟我走吧。”说完，背起阿妈就跑出门来。他背着阿妈上了狗爬犁，连喊带叫地紧催着四眼子黄狗往回走。

走到山阴比拉门关，把门鬼对他说：“这回把你阿妈的魂灵找回来了，这是大喜事儿呀。”希特莫日根也没停下，招招手说：“是大喜，是大喜。回头有事儿我还来找你！”赶着狗爬犁一溜烟儿就过去了。

后边那些冤魂都叨咕说：“看看人家儿女多孝敬，把他阿妈接回去了。看咱们这些人的儿子，哪个能来呀？咳！”

这工夫，空中有一只阔力说话了：

赫哩啦——赫哩啦——
赫哩啦——赫哩啦——
希特莫日根呀，
你坐狗爬犁赶快走！
你没去见地府冥王，
就把你阿妈背回来了。
我得替你到那儿去说说，
不去说一说，
地府冥王还得叫鬼抓她回去。

赫哩啦——赫哩啦——
赫哩啦——赫哩啦——
你知道我是谁吗？
我是莎克修萨满的女儿，
我是莎肯德都。
以后你去征战时，
我们会再见面的。
啊啷——

希特莫日根高兴地赶着狗爬犁往回走，就像飞起来一样，不大一会儿，走到哼虎那儿。哼虎说：“你的阿妈灵魂找回来了？”希特莫日根说：“我阿妈灵魂找回来了，谢谢你帮忙。”说着又往回走。

到了脱不吐那儿，脱不吐说：“把你阿妈灵魂找回来了吗？”希特莫日根说：“多亏你指路，才把我阿妈灵魂找回来了。”说着，催动狗爬犁继续往前走。

到了克库那儿，克库说：“你把阿妈的灵魂带回来了吗？”希特莫日根说：“谢谢你，有了你的帮助，我才找回了阿妈的灵魂。”他一边说一边继续走，这回越走越快，就像在空中飞一样。

这期间，牟都力莫日根和钦勒克德都一天烧三次香，敲三遍鼓。就在第九天头儿上，远远听见有腰铃响。牟都力莫日根就紧着敲鼓，紧着烧香，不大一会儿，希特莫日根就突然醒过来了。他睁眼一看，姐姐在旁边正瞅着他呢，就要了一碗米汤喝，喝完上炕躺下了。他姐姐钦勒克德都忙着炒菜做饭，做好了给希特莫日根端上来，他是连吃带喝呀。吃完饭，喝完酒，希特莫日根对他姐夫牟都力莫日根说：“姐夫，你可千万不能揭开盖着我阿妈尸骨的鱼皮帐子看呀，把萨满鼓给我吧。”

希特莫日根拿着萨满鼓，坐在炕上又跳起神来。他昼夜不停地一边唱一边跳。他唱着：

阿拉玛拉，[1]
额露尼牙[2]。
请把我阿妈的魂灵，
快快送回来吧！
啊啷——

[1] 阿拉玛拉：赫哲语，聚魂的萨满神明。
[2] 额露尼牙：赫哲语，送魂的萨满神明。

希特莫日根唱了两个七天，然后，让他姐夫牟都力莫日根把盖着他阿妈尸骨的鱼皮帐子打开一点儿，看一看，一看，阿妈的尸骨上已经开始长肉芽了，就把鱼皮帐子又盖上了。希特莫日根又昼夜不停地跳。又跳了有两个七天，这回再让他姐夫打开看看。牟都力莫日根打开一看，阿妈身上长筋了，也长肉了，肉长得还挺多，就盖上又接着跳。希特莫日根又跳了两个七天，又让他姐夫看。这回一看，身上连成体了。他又跳了两个七天，又让他姐夫看。这回一看，身上长肉皮了，模样和早先一样了。他又昼夜不停地跳了两个七天，又让他姐夫看。这回一看，脸上有血色了。他又跳了两个七天，又让他姐夫看。这回一看，他阿妈有笑模样了。他又跳了两个七天，又让他姐夫打开看看。打开一看，他阿妈正坐在那儿笑呢。

希特莫日根把萨满鼓放下，告诉他姐姐赶紧给阿妈穿上衣裳。他姐姐把衣裳拿去给阿妈穿上，然后把阿妈从鱼皮帐子里接出来，把炕上厚厚地铺好，让她坐在炕头儿，然后他们三个一起跪在地下给阿妈磕头。

他们给阿妈磕完头，他阿妈就长出了一口气，慢慢地明白过来了，说："唉！昏昏沉沉像睡觉似的。这回真的又活过来了？"

看见阿妈完全醒过来了，希特莫日根对阿妈说：

赫哩啦——赫哩啦——
赫哩啦——赫哩啦——
阿妈你要听清楚，
自从你上吊死后，
姐姐和我去找阿爸，
好险被他们害死在瀑布河。
多亏了那女妖的仆人，
她是你的干姐妹。
是她救了我们，
还告诉我们走两天路以后，
千万别进小马架子里，

说那儿有个妖婆生吃人。
走到那儿以后，
我渴得受不了。
姐姐去那个小马架子给我取水喝，
让老妖魔看见了。
老妖魔出门来撵我们，
它要吃姐姐，要吃我。

赫哩啦——赫哩啦——
赫哩啦——赫哩啦——
我们好不容易逃命一路跑，
跑不过那个老妖魔，
姐姐就把阿妈的东西抛。
抛出炭灰变成雾气，
抛出木梳变杂木林，
抛出笔子变阁瞎林，
抛出磨石变石山，
抛出镜子变大海，
我们才找到牟都力莫日根。
牟都力射死了老妖魔，
抚养我们十多年。
他对我们的恩情深重，
我让姐姐嫁给了他。

赫哩啦——赫哩啦——
赫哩啦——赫哩啦——
我造了艘龙头凤尾船，
就坐船回到家乡来。

看到阿妈的尸骨还完整，
我跳神过阴寻找你的魂灵。
在阴阳河边的姨娘家，
找到阿妈的魂灵就往回跑。
回来又过阴九十八天，
才让阿妈重返人间。
……
啊嘟——

他阿妈听希特说完了，难过得低头哭了起来。她想起了前世的事情，一边哭一边说：“你们都是好孩子啊，受了这么多的苦难，这个仇一定要去报。你们要去把那两个畜生抓回来。还要把我的干姐妹，你们的姨娘好好地、恭恭敬敬地用轿子接回来。”

钦勒克德都做好了饭，放好炕桌，摆好酒菜，把阿妈请到里边坐下，全家吃上了团圆饭。

流传地区：黑龙江省同江市
搜集时间：1976 年
讲　　述：尤金良（赫哲族）
搜集整理：黄任远

# 三　福

从前的哈渔屯[1]，有个猎人姓付，名叫三福。这个人长得膀大腰圆，身强力壮，长方形的大脸，耳朵很灵，老远就能听到野物的脚步声。他的眼睛很亮，很远就能看到野物和它的踪迹，搭上眼就跑不了。他见到狍子群，一枪可以打上好几个。他有一个很好的伙伴，就是他那心爱的猎狗，起名“黑子”。黑子是条很好的猎狗，猎物无论是在塔头甸里、树洞里、冰窟窿里或是在雪壳子里都逃脱不了。它咬死猎物还咬不伤皮肤，这是它的本领。它还是三福的忠实护卫。有时猎人不在家，它自己出去咬住野物就叼回来。有一次一群狼到了撮罗子周围，黑子来不及招呼主人就开始和狼撕咬。三福惊醒后就拿着激达去扎狼，扎死了两个，剩下的就吓跑了。有一天，三福去打猎，到了深山密林里，树枝上都挂满了白雪。这正是黑瞎子蹲藏的季节。他走得很累，正在大树底下两手抱着枪休息的时候，忽听“咔嚓”一声，他附近的一棵大空树洞子被风刮倒了。从树洞子里跑出来一头黑熊，一巴掌把三福扇得很远，然后就坐在他身上用屁股一揉一揉的，一扇一扇的，用两个爪子抱着三福的脑袋用舌头舔。黑熊的舌头像带刺似的，一舔脸皮就掉一块，疼痛难忍。黑熊一扇一扇的，使三福上气不接下气。三福正处在危险之中，他想

[1] 哈渔屯：地名，位于黑龙江下游，在三村和街津口村中间。

怎样才能脱险，他左思右想有了办法，给黑熊卵子挠痒。黑熊感到很舒服，扇力就减轻了。这时候三福掏出火柴划着往黑熊卵子上烧。黑熊烧痛了，身上烧着了，呼一下起来，一溜火光就跑了。三福脱了险，从此他脸上就落了伤疤。人们给他起个外号叫“三疤拉”，可是他的身体还是那样健壮。

第二年的冬天，他又上山打猎，正走在闹瞎塘[1]里，恰巧碰见一个老母黑熊给一个小黑熊喂奶呢。没等他开枪，黑熊就发现他了，撵了过来，把三福手中的枪打掉了。三福就凭老经验躲到一树后，黑熊就伸着舌头舔他。三福围着这棵树转一圈，因为黑熊眼睛是直的，眼毛很长，一转弯它就看不清了。它站起来，用前爪子遮住眼瞭望一下才能看见。本来，三福是可以绕着树和黑熊周旋的，可该他倒霉，绕来绕去，碰上黑熊的窝了，窝里的熊崽子又把他打倒了。小熊坐在三福身上用屁股蹾，抱住他脑袋用舌头舔脸。母熊在旁边看着，小熊累了母熊就换班。三福想这回可完了。他想不能这么等死，等换到小熊班时，他用腰刀往小熊的心脏处捅了一刀。小熊嗷地叫了一声，跑了。没等三福起来去捅母熊，母熊又一巴掌把三福拿的刀打掉了，然后就按住他，屁股又坐上了。老母熊这回更不客气了，连蹲带扇，用牙把他脑袋啃了好几道沟，肚子也被压得很扁很扁的。

黑子发现主人很长时间不回家了，就去山里找他。黑子到山里一看，一个六百多斤重的黑熊正坐在主人身上。它就上前去咬，黑熊也不理它。黑子没办法，把熊尾巴咬下来叼回了家。

三福的老婆正搂着孩子睡觉，做噩梦呢。梦中，黑熊扒倒她家的门进来坐到炕上要吃小孩。小孩子一阵哭声把她惊醒了。这时候猎狗也进来了，把叼的黑熊尾巴放在她眼前，就往南边的方向叫了两声。黑子又照样到别人家叫门。三福妻子和全村人都知道，三福一定被熊害了。全村人拿着枪、激达，黑子领着他们去到山里。猎狗围住黑熊狂咬，猎人们用激达扎，扎死了黑熊，又追踪打死了几个黑熊崽子，救出三福。大家把死熊拉回去，剥了皮，把肉分着吃了，还把熊胆往大人小孩眼睛上抹上一点，为的是眼睛更亮。人们用

[1] 闹瞎塘：东北方言，长满荆棘的地方。

熊毛做成了毽子，小孩踢着玩，还用铜钱拴上熊毛，挂在新生儿的摇车上，为的是避邪，小孩长大了不怕黑熊。

从此，赫哲人敬狗如神，给钱都不卖，谁杀了他们的狗，简直能和你拼命。平时，他们用狗拉爬犁，用狗看门，还让狗一起上山狩猎。

流传地区：黑龙江省同江市
搜集时间：1976 年
讲　　述：尤金良（赫哲族）
搜集整理：黄任远

# 第一个萨满

早先，在黑龙江边的额图山下有一个渔村。村里住着老两口，还有他们的独生子。

男孩名叫哈多，他刚出生时，躺在桦树上的鸟窝里，靠鸟儿喂食。等他长大些，他到猪圈里吃猪奶，到马棚里吃马奶，到江边钓鱼，到山上打猎。哈多长大后，娶一个叫马迈尔迪的姑娘当媳妇，生了个儿子。

两夫妻十分疼爱儿子，视如掌上宝、心头肉、夜明珠一般。

儿子长到十五六岁了，哈多才第一次领他上山打猎。

说来也怪，平时三只日鸟轮流出来，隔两天到天上飞一天。这天，三只日鸟一齐飞上天空，照得大地冒烟，照得江河干涸，把老两口的独生子晒死了。

哈多既悲伤，又愤怒。他爬到额图山顶，举起弓箭，连射两箭，射落了两只日鸟。

另一只鸟吓得无处躲藏，连声求饶。

哈多对它说："我不射你！可你从今以后，每天早上升空照亮大地，傍晚下山回去休息！"

这只日鸟点头答应，从此，一切又和原先一样，每天有一只日鸟在天空飞，给人带来温暖，给大地带来阳光。

哈多在回家的路上，碰到一棵高大的神树，树上结满了一个个的托力[1]，一串串的哈梭[2]，一面面的温特[3]。

哈多爬上神树，摘了些铜镜、腰铃和神鼓，用狍皮口袋装上，背回了家。

他到家后，把西墙上放着的神偶请到神板上，烧香祭祀，献上酒和食物，然后在身上挂上铜镜，在腰上系上腰铃，手上敲起神鼓，嘴上唱起神歌，给自己的独生子跳神送魂，好让他的灵魂早日投胎，重返人间。

哈多一边敲鼓一边唱道：

我儿子的灵魂啊！
有神灵保佑着你！
前面飞的阔力鸟，
指引着你去布尼[4]，
你放心地去吧，
坐着狗爬犁去布尼！

从此这个哈多成为当地的第一个萨满。

老头哈多还在村里教年轻人学萨满，让每个村寨都有了萨满，如吴定克哈拉萨满、尤卡拉哈拉萨满、奇楞哈拉萨满、傅特哈哈拉萨满、毕拉达克哈拉萨满、葛直克勒哈拉萨满、舒穆鲁哈拉萨满等。

哈多萨满活了很久，常为百姓跳神治病、跳神送魂、跳神求子、跳神驱魔，深受当地百姓的爱戴，被称为“达特苏鲁特科切”[5]。

流传地区：黑龙江省同江市额图村
搜集时间：1975 年 11 月
讲　　述：吴进才（赫哲族）
搜集整理：黄任远

[1] 托力：赫哲语，铜镜。
[2] 哈俊：赫哲语，腰铃。
[3] 温特：赫哲语，神鼓。
[4] 布尼：赫哲语，阴间。
[5] 达特苏鲁特科切：赫哲语，品级高法力强的大萨满。

# 一新萨满

从前，在松阿里茫木[1]南岸有户人家，两口子年近四十，膝下无儿无女。他们向神树祷告，一年后生下一对双胞胎——两个男孩。两口子视如珍宝，欢喜得很。

一晃，孩子十五岁了。有一天，兄弟俩上山打猎，一人射中一只大鹿，还射死几只狍子。突然刮起一阵旋风，兄弟二人都打了个冷战，不一会儿面色如土，疼痛难忍，他俩赶紧往回走。走了不到二十里，气绝身亡。

老两口听人告知两个儿子暴病身亡，顿时昏了过去，不省人事。

这时，来了个白胡子老头，告诉这家人："你家两个儿子死在山中，死得奇怪，何不请个萨满来过阴追魂，还有生的希望！离此地五十里，有个嘎深[2]，那里有个叫一新的女萨满，本领高超，她能过阴追魂！"

老头说完一转眼就不见了，像是神灵指点。

老两口立即备马车，去找一新萨满，求她帮助追回儿子的魂，答应把一半家产给她。

一新萨满答应老头替他过阴，去摄魂还阳，事后要求年年秋后祭祀她所

[1] 松阿里茫木：赫哲语，松花江。
[2] 嘎深：赫哲语，村庄。

领的众神。

一新萨满立即跳神，查明他们的大儿子阳寿已尽，二儿子和大儿子容貌一样，被鬼头抓错了。

一新萨满穿上了神衣，戴上神帽，敲起神鼓，跳神祭祀神灵。不一会儿，她倒在地上不省人事，已经过阴追魂去了。

她走到一条河边，把神鼓抛入河中，变成了船渡过河去。

她来到鬼门关，看门的鬼向她要赏钱。她给了些钱打发了，顺利过关，来到了抓人的鬼头家，见到了老两口二儿子的灵魂。

一新萨满问清他确实是老两口的二儿子，就准备带他还阳。这时，鬼头回家，撞见了一新萨满。

一新萨满要把鬼头抓错人的事告诉阎罗王，吓得鬼头磕头求饶。一新萨满要求鬼头帮忙给孩子添上三十年阳寿，鬼头只好答应了。

就这样，一新萨满带着老两口二儿子的灵魂返回人间，全家人高兴庆贺，大摆酒席三天，然后用马车把一新萨满送回家去。

从此，一新萨满能过阴追魂救人性命的故事在三江一带传开了。

流传地区：黑龙江省同江市
搜集时间：1975 年
讲　　述：吴进才（赫哲族）
搜集整理：黄任远

# 尼莫内萨满

听我的萨满师傅讲，过去村里有个女萨满叫尼莫内，三十多岁，经常给村里的大人小孩跳神治病。她治好病后，病人全家会去还愿，到村头一棵飞由合[1]前祭供，点上香，往天上地下洒点酒，供上鱼头兽肉，然后给尼莫内萨满家送去点酒和供物表示酬劳和感谢。

有一次，尼莫内的丈夫上山打猎，遇到一头大黑熊，被它打晕，昏死过去。他的哈尼[2]迷迷糊糊地离开了身体，飘了起来，往阴阳界河飘去。

尼莫内萨满神通大，她会占卜吉凶祸福。这天，她在家占卜后，感觉到丈夫打猎会出事，立即穿上神衣神裙，戴上鹿角神帽，跳神祭神，保佑丈夫平安无事。然后，她走出家门，在地上打滚，立即变成一只神鹰，向丈夫打猎的方向飞去。

尼莫内一路上睁大眼睛，寻找丈夫的灵魂。

她左瞧瞧右看看，飞了有一个时辰，在阴阳界河边上的一棵树枝上，发现了自己丈夫的灵魂。

尼莫内飞到树枝上对丈夫的灵魂说："你知道你在哪里吗？你打猎让黑

[1] 飞由合，赫哲语，神树。
[2] 哈尼：赫哲语，灵魂。

熊拍死了！你的灵魂出窍，已经飘到了阴阳界河边，你再往前飘，就是有去无回的阴曹地府[1]！你快醒醒吧！不要再往前飘了，跟我回家吧！”

尼莫内萨满的丈夫灵魂，听不懂她说的话，还要继续往前飘。尼莫内萨满一看也没有别的办法了，只好上前抓住丈夫的灵魂，背在自己背上，飞回丈夫打猎遇难的地方，在一棵大树下，找到了丈夫倒在地上的身体，把丈夫的灵魂放入身体中，口中念了一阵祈神词，丈夫就活过来了。

丈夫见妻子尼莫内在自己身边，便问：“你怎么也在这里？”

尼莫内萨满告诉丈夫：“我的丈夫呀！你让黑熊打晕了，你的灵魂快飘到阴间地府和阳间相隔的萨音毕拉[2]了！是我赶去把你背回到阳间，求祖先神灵保佑，让你灵魂附体，重新回到人间！”

她的丈夫听了尼莫内的话，这才明白自己死过一回了。

从此，尼莫内萨满过阴追魂救活丈夫的传说，在村里村外，在十里百里周围的村庄中流传，来找尼莫内萨满跳神看病的人越来越多。

流传地区：黑龙江省同江市
搜集时间：1970 年 7 月
讲　　述：吴进才（赫哲族）
搜集整理：黄任远

[1] 阴曹地府：东北方言，指死人住的地方。
[2] 萨音毕拉：赫哲语，阴阳河。

# 佛木兰萨满

听我的萨满师傅讲，过去在额图村有一个很有名的女萨满，名叫佛木兰。

佛木兰刚出生不久，她的父母住的村庄遭到西方部落的抢劫。她的阿玛[1]和额尼[2]被捆绑上，拉上船抓走了。她的一个哥哥躲在羊群中，逃过一劫。她自己被额尼装到皮口袋里，挂在树杈上。

正在她又饿又渴、哭哭啼啼的时候，她家的祖先神灵卓禄玛发和卓禄玛玛赶来相救，把佛木兰接到他们北海的家中，一晃生活了十五年。

佛木兰在卓禄玛发和卓禄玛玛身边，从小学习萨满神术，学会了击鼓跳神，学会了唱诵神词、神歌，学会了占卜吉凶，学会了跳神治病，学了请神祈神，学会了驱魔送魂，成了名副其实的小萨满。

有一天，佛木兰正在认真地写字读书，卓禄玛玛把她叫去说："你的哥哥遇到了大难，有生命危险！你已学会了萨满神术，应该立刻前去救你哥哥！"

接着，卓禄玛发告诉她说："佛木兰，你的哥哥大你三岁，今年十八岁了。他在土地神的抚养下，已长大成人。前些日他西征复仇，跑到西方部落去寻

---

［1］阿玛：赫哲语，父亲。
［2］额尼：赫哲语，母亲。

找双亲，一路上十分艰辛，在他露宿时，误中坏人圈套，把他关在了一个木笼子里了，你赶紧飞去救他！去晚了性命不保！”

佛木兰小萨满立即变成一只神鹰，飞上空中，前去搭救哥哥。

她在空中盘旋了一圈，告别养育自己长大的卓禄玛发和卓禄玛玛，然后像风一般地飞去。

不大一会儿，佛木兰飞到了那个关着哥哥的木笼子旁。她停在旁边小声对哥哥说：“哥哥！我是你的妹妹佛木兰！你别害怕，我是来救你的！你闭上眼睛，我来撞碎这个木笼！”

佛木兰说完，一下子飞入云霄，然后像电闪雷霆似的从高空冲了下来，轻轻用嘴一撞，就把木笼子撞碎了，把哥哥救出来了。

就这样，妹妹救了哥哥，兄妹俩一起西征复仇去了。最后，兄妹俩战胜仇敌，寻找到了被抓去的父母，全家团圆，回到故乡额图村幸福地生活。

佛木兰萨满的传说在额图这地方家喻户晓。

流传地区：黑龙江省同江市
搜集时间：1970 年 7 月
讲　　述：吴进才（赫哲族）
搜集整理：黄任远

# 阿哈萨满

过去，萨满主要是氏族和部落里每次祭祀的重要人物，由他领着祭祀天神，祭祀江神河神，祭祀山神树神等，目的是保佑全氏族的人平安，子孙兴旺，多打鱼，多打猎。

后来，氏族和部落里的人越来越多，生病的人也越来越多。有的出天花、疹子、水痘，有的得伤寒、瘟病等。

为了给这些病人治病，萨满才开始跳神治病，才有了专门治病的萨满，人们称为阿哈萨满。阿哈萨满所领的治病神有四种：瘟病娘娘神，天花娘娘神，疹子娘娘神，黄病娘娘神。每位娘娘神是以一根旗杆为代表，旗子颜色不同，有深蓝色的、黑色的、浅蓝色的、黄色的。

过去萨满跳神治病，赫哲语称“萨门得衣尼”[1]。

人们患病主要有两种原因：一是人的灵魂被妖魔鬼怪抓走，就得病了；二是妖魔鬼怪跑到百姓家里，人就得病。

萨满跳神治病，是萨满率领神灵同妖魔鬼怪激烈战斗，打败它们，把它们从家里和村里撵走，把被抓走的病人灵魂找回来。

萨满跳神治病，是在夜里进行。当萨满来到病人家，先放好萨满的神具

[1] 萨门得衣尼：赫哲语，跳神治病。

神刀、神杖，然后点上鞑子香[1]枝子，冒出香火，萨满盘腿坐炕沿唱《请神歌》：

阿日马力[2]，
所力给尼[3]！
各位带路神，
各位护身神，
各位守护神，
各位保护神
……

唱完后休息一会儿，接着唱《问病歌》：

嘿！咚咚咚！
是不是妖魔摄去灵魂？
是不是鬼怪兴风作怪？
是不是萨满寻找替身？
是不是恶神找上门来？
……

萨满的《问病歌》有长有短，根据病情而问，问一声，喊一声“嘿”，击三下鼓。如果病人的肩膀抖了，表示猜中了，接着唱《驱魔歌》：

赫哩啦——赫哩啦——
可能叫鬼怪拐走，

[1] 鞑子香：东北方言，即迎春花。
[2] 阿日马力：赫哲语，请神词。
[3] 所力给尼：赫哲语，请神词。

可能叫妖魔骗走，
应该进攻就进攻，
应该打听就打听！
……

萨满唱时处于半昏迷状态，两手舞动，双脚狂跳，等到说找到了病人的灵魂，或者赶跑了附在病人身上的鬼怪，这就胜利了。这时，萨满要唱《请神歌》：

赫哩啦——赫哩啦——
感谢诸神的战斗，
请诸神喝好吃好！
现在请诸神回去，
等有事再请诸神！
……

如果病人的病真好了，病人家属要还愿，把当时许愿的东西送到萨满家祭神，然后一起喝酒吃肉。

当时额图村有个治病萨满叫齐九龄，十分出名。我曾经见过这个齐老头一面，他是1870年左右生人。听说在1930年夏天，从南京来了一位凌老师访问过他，听他唱伊玛堪，请他跳萨满舞，还给他拍了照片呢！

流传地区：黑龙江省同江市
搜集时间：1975年11月
讲　　述：吴进才（赫哲族）
搜集整理：黄任远

# 显根萨满

从前，在南海有一位大萨满，名叫显根玛玛。她法力高强，戴十五杈鹿角神帽，能看病，能驱魔。

有一次，住在松花江边的满斗莫日根遭人暗算，被人用暗器打伤，顿时东倒西歪，眼前发黑，这时他的护身神萨日卡[1]支撑不住了。

满斗莫日根倒在地上，身上的灵魂忽悠悠地离开身体，飘了起来。

他的妹妹满津德都变成神鹰，飞到南海，找到显根萨满，求她救救满斗莫日根。

显根萨满早就听说过满斗莫日根是位英雄，十分敬佩，立即答应救他。

显根萨满跟着满津飞到满斗莫日根身旁，拆开血衣一看，幸亏萨日卡护身神护着胸口，才免遭一死。她仔细一看，满斗的肋骨断了两根，有一根竟断了三截儿。此时，满斗已经昏死过去，不省人事。

显根萨满啥也没说，从怀里掏出个桦皮盒，把里面的药膏往满斗的伤口一贴，用手压一压，搓一搓，那断了的肋骨就接好了。不一会儿，满斗莫日根就苏醒过来，睁开眼睛。他见妹妹在自己身旁，还有一个老太太。

满津德都告诉哥哥：“哥哥！你活过来了！是这位显根萨满救了你！三

[1] 萨日卡：赫哲语，神灵名。

天前，你遭人暗算，昏死过去，差点丧命。我飞到南海，找来显根萨满，她不顾路途遥远，不辞辛苦赶来，治好你的伤，救活你的命！”

满斗听了妹妹的话，才知道自己受到暗算死了过去，要不是显根萨满相救，自己早就没命了。

满斗莫日根起来给显根萨满磕头致谢。

显根萨满说：“你身体还虚弱，需要休养些日子！”说完和兄妹俩告别，飞回南海去了。

后来，满斗莫日根战胜仇敌，当了三江的首领。他和妹妹前往南海，探望赫根萨满，带去了三江的特产鳇鱼骨、人参、貂皮等，送给显根萨满，感谢显根萨满的救命之恩。

流传地区：三江流域
搜集时间：1981 年 3 月
讲　　述：葛德胜（赫哲族）
搜集整理：黄任远

# 争根萨满

从前，在北海岸边有个姑娘，名叫争根德都。她从小没有了父母，是位老萨满把她养大。老萨满从小就教她学习萨满神术，什么祭祀祈祷、跳神驱怪、跳神治病、占卜吉凶、跳神求子、祭祀祖先、祭祀神灵……她都学得十分像样。老萨满去世后，她就成了当地的大萨满。

有一次，住在三江流域的英雄木都力被人用暗箭射中咽喉，当场毙命。

木都力莫日根的妻子变成神鹰飞到北海，找到争根萨满，跪下来求争根萨满救救她的丈夫。

争根萨满痛快地答应了。她立刻飞到木都力家，吃完一顿饭后就准备过阴追魂。到了晚上，争根萨满吩咐木都力家人，在院子里铺上一张炕席，摆上纸钱和纸人，说："等我过阴追魂时，你们就把它烧掉！"

争根萨满敲鼓跳神，不一会儿就口吐白沫，倒在地上追魂去了。

木都力莫日根被暗箭射死后，他的灵魂朝着阴间飘去。正当他的灵魂快到鬼门关时，争根萨满从后面追来，挡住他的去路，用神刀把他的灵魂扫了过来，抓到手中，坐上狗爬犁返回阳间，把他的灵魂放入他的身体中，口中大声说："灵魂附体！"木都力睁开眼睛，坐了起来，活了过来。

接着，争根萨满又让木都力吃下三粒药丸，木都力莫日根马上恢复元气，精神十足，力大无穷。

木都力莫日根感谢争根萨满救了他命，跪在地上向她求婚，让争根萨满一定要嫁给他。

争根萨满开口答应了，留了下来，做了木都力莫日根的第二个妻子，协助他在三江流域建起了一个黑金新部落，让当地百姓过上了打鱼狩猎的平安生活。老百姓有病，都去找争根萨满治病。

从此，争根萨满成了三江流域的一代赫哲女名医。

流传地区：三江流域

搜集时间：1981 年 3 月

讲　　述：葛德胜（赫哲族）

搜集整理：黄任远

# 黑斤萨满

在黑龙江下游东方，有一个部落。部落里有个黑斤萨满，长得漂亮，又神通广大，在方圆百里，十分出名。她的父亲原是部落里的大萨满。黑斤萨满的本领，就是从小向她父亲学的。

黑斤萨满到了该婚嫁的年龄，前去向她求婚的小伙子很多。

在黑龙江中游，住着阿格弟莫日根和姐姐阿兰德都。阿格弟莫日根前往东方部落向黑斤萨满求婚，黑斤萨满为了考验他是否真心诚意，假装没有答应。

阿格弟求婚失败，心情不好，一气回到家中躺在炕上，睡了一天一宿，水不喝，饭不吃，病倒了。到第三天头上，他就没有气了。

阿格弟家的萨日卡神飞到黑斤萨满家报信，请求黑斤萨满救阿格弟的命。

黑斤萨满听说后，立即变成神鹰飞到阿格弟家。

她见到阿格弟的尸体，连吹三口萨满神气，保护其身体不腐烂，又从怀中掏出仙丹，放在阿格弟的嘴里，增添阳气。她接着对阿兰德都说："我现在就去过阴追魂，三天之内回来，阿格弟还有救！三天之内回不来，那是我没能找到他的灵魂。"

黑斤萨满接着跳神，向神灵祈祷，帮助保护阿格弟身体不受外界侵害，然后让神灵附身，灵魂出窍，向阴间地府方向飞去。

她飞呀飞，飞过阴阳河，飞过鬼门关，来到波纽额真[1]的住地，找到了波纽额真，查找生死簿，上面记载阿格弟能活九十九岁。

黑斤萨满谢过波纽额真，变成阔力，飞过阴阳河，在一丛草上寻找到阿格弟的灵魂，一把抱住，飞回阿格弟家，把他的灵魂塞入体内，又烧了热水，连灌几碗，只听他的肚子咕噜响，鼻子也通气了。不一会儿，阿格弟苏醒过来，睁开眼睛，见到黑斤萨满，顿时病也没了，翻身坐了起来。

黑斤萨满见阿格弟死而复生，就变成阔力飞回家了。

阿格弟病好后，备了聘礼，和姐姐一起去黑斤萨满家求婚。

黑斤萨满的父母提出两个条件：一是用箭射下三只大雁，二是用鱼叉叉住一条大鳇鱼，而且要在三天之内完成。

阿格弟莫日根毫不费力气地完成了这两个条件，然后和黑斤萨满成亲，婚礼热热闹闹办了三天，喝醉了一大帮人。

从此，黑斤萨满协助阿格弟莫日根统一了三江部落。阿格弟被全部落族人推举为部落额真[2]。

黑斤萨满救活首领的传说在三江流域广泛传颂。

流传地区：黑龙江省饶河县
搜集时间：1981 年 5 月
讲　　述：葛德胜（赫哲族）
搜集整理：韩福德

[1] 波纽额真：赫哲语，阎罗王。
[2] 额真：赫哲语，首领。

# 木竹林

## （1）

相传木竹林降生以前，有神女姊妹七人同游松花江、黑龙江、乌苏里江及兴凯湖等处。正是六月的时候，姊妹七人在附近游玩。当时天气炎热，姊妹们脱去衣服，相率跃入池中沐浴。此日七星河边对面城的城主木尔哈勤汗在山中围猎，走到池边，见七女沐浴。她们的衣服都放在岸上，木尔哈勤汗取了一件，隐蔽于树林之内，偷看她们沐浴。不多时，七女浴完，上岸穿衣，唯最幼的名叫那丹格格[1]的衣服到处找寻不见。六姊妹颇为惊奇，后来她们先驾鹤飞去。这位神女那丹格格不得已，只好摘取荷叶遮身。她抬头忽见一位英俊少年，手里拿了她的衣服，来到池畔。那丹格格向他索衣，但木尔哈勤汗不肯交还，反把自己的衣服解下，给她穿上。他们一位是少年英俊，一位是美貌神女，见了一面，就互相爱慕起来，二人便在那里私订终身。木尔哈勤汗把神女的衣服收藏好，不让别人看见，如同珍宝一般。

神女跟随木尔哈勤汗回家，主持家务，勤俭操作。这位神女，神通广大，预先知晓未来之事，所有家中用品，随心所欲，都用神法取来。木尔哈勤汗

[1] 格格：赫哲语，姐姐，又是未嫁女子的通称。

知道他的妻子不是凡人，更加敬爱。那丹格格也是很爱她的丈夫，因此夫妇之间，相敬相爱。自从神女下嫁以后，光阴迅速，已过两年。本年她已经怀孕。有一天，她想外出寻访其姊姊，就对她的丈夫说道："我去三月即返，你可在家等候我，不必上山打猎。我去之后，你倘遇灾难，可急焚僧其勒[1]向西祝告，我必极速赶回家来。你须牢记在心，切勿忘记！"说完走出大门，木尔哈勤汗送至门外，夫妻二人拥抱而别。

## （2）

木尔哈勤汗自从神女去后，心中时常想念，茶不思饭不想，终日忧郁不乐。一月以后，已至春天时候。当时痘疹[2]盛行，木尔哈勤汗家中奴婢等三十余人，都患痘疹，已死去二十余人。一日木尔哈勤汗身上发热，头痛眼花，及至晚间，病势更重，心中昏迷不醒，胡言乱语，想要祝告夫人，但也无人可以代行。次日，身上痘疹愈出愈多，至第三日午后气绝而死，年仅二十九岁，一切丧事概由部落长办理，将灵柩送到城外暂放。

那丹格格离家以后，驾鹤直向阿尔哈山而来。不多时，她飞到洞口，见六位姊姊都前来迎接，请她进洞休息，各叙离情，甚为快乐。那丹在此处住有一个多月，不知咋的有一天忽然眼跳耳热，暗想必遭凶事。她伸手一算，叫了一声"哎呀不好了！"众姊姊俱惊异非常，不知妹妹为什么如此惊慌。她回答了数语，即辞告诸姊，驾鹤向家里飞去。约有半日，她飞到城门，正遇部落长等送灵回来。那丹问他们家中发生了什么事没有，部落长等人把她丈夫数日前患痘疹身亡的事细说一遍，神女听罢，哀哭不已，后经部落长等人劝止。她命令奴仆引路，来到坟前，又痛哭一番，经奴仆等人极力劝慰，方才收泪。部落长带领众奴仆回城，送那丹进屋休息。那丹下令奴仆人等人

---

[1] 僧其勒：赫哲语，稻香草名，赫哲人用以敬神。

[2] 痘疹：赫哲人最畏痘疹，痘疹盛行时，家家逃入深山，方得避免。如果仍住在家，必遭死亡。据云，此种痘疹六十年一转，那时要严密防备。

均穿孝服，自己也换了一身孝服，在家守孝。及至三七那一天，那丹带领仆役从人等，出城祭扫坟墓，将猪羊等祭品在坟前祭奠，又痛哭一番而归。

## （3）

神女那丹自丈夫去世后，自己管理一切事务，人人都很佩服她。那时她怀孕已有七八个月了，过了月余，已是十月满足。到了临盆的时候，她用刀剖腹，取出虾蟆[1]白鼠[2]各一。她将虾蟆放在南炕台，白鼠放在北炕台。她将两个产儿安置完毕，仍在原屋内居住。在此一年之中，府中奴仆和全城其他人都患痘疹，尽行死绝。那丹预备许多食物作为两个婴儿的粮食。她把诸事布置完了，便出门驾鹤向西飞去，再去寻访六位姊姊，以后就不回来了。

光阴过得很快，已有十六年之久。虾蟆与白鼠深居府中，白鼠搬运食物，虾蟆到江边去取水，每日如此，食物和水都不缺。一日白鼠与虾蟆正在忙着搬运粮食和水，忽然听得有脚步声很急，见房门开处进来一位小姐，长得美丽，然而面带愁容。她走进屋内，在炕上坐下，在南炕上看见一只虾蟆，北炕上看见一只白鼠，并不怕人。这位小姐，左看虾蟆右看白鼠，都不作声。她独自一人，默然不言，静坐半日，正想立起身来要走，那北炕上的白鼠，忽然翻身变为一位小姐。她生得人品端庄，容貌秀丽，名叫西马安尼。她招呼那位小姐坐下，又对南炕上的虾蟆说道："我看这位小姐面有愁容，必有大事前来相求，望你救人之急，方不失莫日根的本色。"虾蟆听了，翻身变成一个人，像木竹林神[3]的样子，所以就取名叫木竹林。他转过身来向客人问道："小姐，你是何处人氏？来此何事？请你详细地告诉我！"

---

[1] 虾蟆是木竹林的变形，赫哲人认为变虾蟆可以避免痘疹。

[2] 白鼠是木竹林胞姐西马安宁的变形。

[3] 木竹林神：是赫哲人供奉的一种清洁木神，不近女色，为众神的首领，他神通广大，能使诸神敬服。这个虾蟆的原型本是一个美少年，因他是神女所生，所以变了一个木竹林的神形。

# （4）

木竹林向那小姐问她的来意，小姐答道："我家住在托卜红拉木霍通，离此地七百余里。我上有父母，下有兄弟，一家四口。父亲名叫托奇五萨满，母亲名叫他什尼德斗[1]，兄弟名叫托乐勾，我自己名叫托阿昂吉尼。我的父母已被萨不高萨满杀害。这位萨满曾患迷心症，后来吃了活人心肝，变成妖怪，专食人心。现今我和兄弟到此处避难，希望莫日根帮助我除此妖魔！"木竹林并不回答，她姊姊西马安尼德斗看了不好意思，便接口对木竹林说道："人家既前来求救，无论如何为难，也应诚意相助，如果我们推却不救，恐怕各部落将要讥笑我们无能呢！"此时木竹林说道："就请这位小姐暂住此处，慢慢商议。"西马安尼德斗到厨房去预备酒菜。正在饮酒时，听得门外有脚步声很急，进来一位十四五岁的少年。拖阿昂吉尼就叫这位少年与木竹林、西马安尼二人见礼，并说这就是她兄弟，名叫托乐勾。木竹林请托乐勾也上炕喝酒。不多时，酒足饭饱，拖阿昂吉尼姊弟二人就留在屋中居住。

次日晨起，木竹林听见外面有脚步声音，知是那妖魔来到，便亲自去查看，正遇着萨不高萨满。萨满见了木竹林，便奔向近前，两手抓住木竹林，张开獠牙，咬了一口，不料这一咬便落去门牙两个，不敢再咬。后来萨满用两手把木竹林向两边分开，也是分不开，看着情形，气愤至极。萨满又将他向地上用力掷去，此时木竹林已知萨满武艺不精。后来那萨满穿好了战衣，披挂一切，立起身来，与他交手。他们斗到五十回合，正在火性起来，两个人战到江边，木竹林擒住那萨满跳入水中。木竹林精水遁法，萨满落在水中，不知水性，此时已经喝了七八口水了。后来萨满被木竹林没在三丈深的水底，灌饱了一肚子的水。此时木竹林看萨满双目紧闭，口鼻中冒出血水，气息奄奄。木竹林提起脚来，向他腹部踏了几下，那萨满就死了。木竹林与萨满交手，不知不觉已战到松花江下游，此处离家甚远，非一二日才能到家。正在他思量之际，看见东面来了一条大鳇鱼，长约二丈，高约五尺，从旁边游过，

[1] 德斗：赫哲语，通常称为"德都"，即小姐、姑娘。

木竹林口中念念有词，将怀中所带的额其和[1]抛去擒捉鳇鱼去了。

## （5）

木竹林本是神女所生，神通广大，法术灵验，精于水遁、土遁各法，因此毫不费力，把萨不高击死。他派额其和去捉鳇鱼。额其和领命追上鳇鱼，他落在鱼头上面，让鱼停下。木竹林随后赶来，用双腿跨于鱼背上，看到鳇鱼慢慢游动，就此向上游行驶。此时木竹林随手将额其和藏在怀里。他骑着鳇鱼向上游走了二日，已至离自己家的江沿不远，看见西马安尼、托阿昂吉尼与托乐勾都已下江沿来迎接了。木竹林回家将上面事情说了一遍，又对他姊姊说道："我们本城百姓很少，不如去征伐各部落，将百姓运回本城居住，我们可以永享富贵荣华，何等快乐！你们可以随我出征，或者在家看守家园。"说罢，他骑着大鳇鱼而去。

在巴如古苏城堡之西二百余里，有一座城，城主名叫马饮。兄弟七人，都有名望。他们的神法十分高强，凡来往之人必须焚香，方能经过，不然就不能过去。马饮之弟，在江里放了三道铁钩，尤其厉害。木竹林驾鳇鱼行驶至此，看江里有三道铁钩，实难越过，倘要从旱地过去，又恐人家讥笑。他口中念念有词，催令鳇鱼撞那第一道铁钩，铁索撞坏了三四节；又撞断第二道铁钩的铁索三节；等到撞第三道铁钩时，未能撞断，那钩反扎在鱼尾之上，让鳇鱼脱身不得。此时马饮第七个兄弟早已知道有人来此，于是率领二十余名好汉直奔江中，要抓这条大鳇鱼。众人乘坐六七只桦皮船，跟随着小马饮行驶到江中。小马饮看见头两道铁钩都被撞断，知此鱼非小鱼可比，领着众人，一齐奔向第三道铁钩，只见鳇鱼背上骑着一个人，好像木竹林神的样子，这位马饮非常惊异，忽然木竹林跳上船来找马饮交手。

---

[1] 额其和：赫哲语，也称为"额其合"，是帮助萨满驱逐兽类的神。

## （6）

木竹林跳到马饮的小船上，与马饮交手，拳脚飞扬，结果马饮的小船翻了过去，船底朝天，二人都落在水里。这位马饮虽生长江边，但不熟悉水性。那时仆人回城里报告，六个马饮全体赶到，只见他二人在水里交手。他们正在看望之际，二人忽由江边转到陆地交战，其余六个马饮也加入战斗。他们都是徒手交战，六个马饮拳脚飞来，此时木竹林抵挡他们，毫不惧怕。后来他使用横扫法，用左脚扫去，一连打倒三个马饮，让人目瞪口呆。那三人的肚脐被他一脚踢中，便都踢死了。木竹林再用右脚扫去，又将另外三个马饮打死。大马饮看见木竹林一刹那间将他的诸弟打死，心中恐惧，要想逃走。木竹林看他要走，紧追不放，不多时这大马饮又被打死了。各马饮的尸体都扔在那里，无人埋葬。

城里百姓见马饮兄弟七人都被木竹林打死，就邀了部落长前来迎接新的城主。木竹林看见百姓如此感戴，心中欢喜。部落长率领百姓在道旁跪接，呼声雷动。部落长首先说道："旧城主已经死了，新城主已经来了。"此时木竹林对部落长说道："你们众人都起来，我有话对你们讲。"众百姓起来垂手站立跟前。木竹林说道："我初次来此，本不愿与你们城主相争，无奈马饮兄弟恃强欺人太甚，不得已把他们七人打死，与你们大家无关。"说完命令部落长派六名百姓把马饮兄弟七人尸首埋在城的西南。他分派完毕，部落长在前引路，来到城里。他们到了马饮府中，进至上屋，并不见有妇女，唯有仆奴数人，房屋整洁明亮。西炕之上木刻神像很多，才知马饮兄弟七人虔信神仙，不娶妻妾，不近女色，均是专心修道之人。后人因为马饮在生前都信神修道，故将马饮之像，刻木供奉，始有满格木马饮[1]、紫勒马饮[2]以及伊什马饮[3]等。木竹林传部落长来到，命令把城内百姓一律载运到他

［1］满格木马饮：赫哲语，"满格木"意为柞树，用柞木所刻成的马饮神。这种神专司找寻失物、护送行人之职。

［2］紫勒马饮：赫哲语，"紫勒"意为铁，用铁所造成的马饮神像。

［3］伊什马饮：赫哲语，"伊什"意为黄花松，用黄花松所制成的马饮神像。

故乡居住，不得缺少一人。他让奴仆杀猪、宰羊，他们在马饮府上休息数日，择一天清早启程，沿松花江发去了。

## （7）

木竹林沿松花江向西进发，走了一二日路程，来到一处叫作巴尔道城堡的地方。城主巴尔道马法[1]是一位富人，无论何人途经此地，他都供给食宿，因此人们都称他为富老头。巴尔道夫妻二人年过半百，只生一女，年方十八岁，名叫巴尔德尼德斗。她生得才貌双全，父母视如珍宝，专为她在后花园内造了一座小楼给她居住，又令两个使女服侍她。木竹林走到城外，天色已晚，就进城寻找住处。他找来找去找到一间小屋，走进去见是两位老人，年约六旬，夫妇二人很客气地留他在家住下。

这时木竹林有了住处，出了房门，摇身一变，变成一只蜂，向巴尔道老人家中而去。不多时，飞到巴尔道的家里。趴在北窗上向里面一看，见屋内陈设甚为整洁。有二位老人，一男一女，年约六旬上下，想来就是巴尔道夫妇二人了。他又转到后院，正六月时候，百花开放，香气扑鼻。当中有座小楼，灯光明亮，炫耀人目，他就飞到窗户，向里看去，有一位美貌的小姐，年约十七八岁，两边站立两个丫头，正服侍她在那里洗脚。她漱口及收拾东西诸事完毕后，就将幔帐放下，熄灯而睡，两个丫头也各自睡觉去了。木竹林在外等了一刻，飞入楼内，钻进幔帐去，只见德斗肤色洁白，胸前双乳露在被外。这蜂落在她的左乳上面。此时巴尔德尼德斗已睡熟了，在梦中觉乳痛难忍，惊醒过来。眼看左乳立时肿起来，这蜂早已飞走了。他将两个丫头叫到面前，叫她们去告诉她的父母。

老夫妻二人听说女儿有病，赶来探视，只见女儿面如土色，一言不发。随后，她叫声母亲说道：“如今孩子要与父母长别了！”说罢泪如泉涌。她母亲揭起被子，看见她的乳头红肿得很厉害，就和老头商议，要把孩子送到

[1] 马法：赫哲语，通常称为“玛发”，即老头。

大房调治，省得来回麻烦。老头很是赞成。商议妥当，老头就命奴仆使女等，将小姐接到大房，在南炕上调养。这位巴尔道老人又令奴仆分头去请萨满，在家中跳神治病。请来的萨满很多，然而都看不出小姐究竟患何病。一共请来二十几个萨满，都不知如何治法。末后来了一位萨满，名叫古孟尼德斗。她就在西炕上焚香，验看香头。过了一时，把身上穿着的神衣神帽脱下，对巴尔道说道："此症我也不能效劳，须另请他人医治为好。我听说杜人拉木地方有一萨满，能治此病，你们去请她看吧！"

## （8）

巴尔道听古孟尼说杜人拉木的地方有一位萨满，能治此病，他立起身来向她问这位小姐萨满的姓名，以便派人前去请她。古孟尼答道："这位萨满非常人可比！她名叫杜如都尼德斗，精通神术，有起死回生之法。此人又是一个女英雄，她因父母早亡，且无兄弟姊妹，现拟择一位英雄豪杰，做她的丈夫。这位萨满如肯前来，肯定手到病除，只是道路遥远些，要费去三五日方能把她请到。"

巴尔道听了古孟尼一番话，就决意要去请她来治病。他和妻子商议后，对古孟尼道："有烦德斗格格[1]前去代请，老夫特备布粗[2]七十匹，貂皮十张，人参、珍珠各一包，作为礼品，请烦带去交付；另外酬劳小姐的礼物，容后再送。"言毕，两泪双流，古孟尼德斗被逼无奈，只得答应前去代请。巴尔德尼德斗的病状一天比一天沉重，巴尔道夫妻焦急万分，只得等候杜如都尼前来救治。

此时城内外各萨满稍通神法的都来显能，木竹林也混迹其中，来到巴尔道院内，扮作帮忙的人，很是勤劳。他们看香之时，他帮着烤鼓[3]、击鼓、

---

［1］德斗格格：赫哲语，对女子客气的称呼。
［2］布粗：赫哲语，棉线所织面的布，专为妇女做衣裤之用，是赫哲人中的珍贵物品。
［3］烤鼓：赫哲人在击鼓之前，将鼓在火旁烤过，使鼓声响亮。

烧香，甚为忙碌，所以人人说他帮忙殷勤。木竹林在此已过了四天。这日午后，有人说杜如都尼快要到来，木竹林听了，心中吃惊，他想此事本来是他闹的，万一被这位萨满看破，如何是好？正在犯愁之际，听得奴仆报到，新请的萨满已经到来，在门外候着。巴尔道听说杜如都尼已经请到，赶紧出门迎接。来到门外，见新来的萨满小姐容貌很是清秀。巴尔道请杜如都尼德斗进内休息。

杜如都尼与古孟尼同进上房，看见木竹林在帮忙，才知此病原来就是这个人在此作怪。她看出木竹林是个英雄，心生爱慕之意。杜如都尼落座在南炕，不多时上了酒菜。巴彦玛玛特请杜如都尼德斗上座，古孟尼德斗陪客，老妈妈坐了主座。酒至半酣，老妈妈首先说道："今请小姐格格来此，只因孩儿身患奇症，务请搭救！"杜如都尼德斗答道："你们舍近求远，招我前来也是无益，莫如你们请那边站立的那个色翁[1]似的人医治为好。"众人向那里看去，只见木竹林一人，并无别人。这时木竹林比前些更为殷勤，帮忙做事。杜如都尼看他如此，真是好笑。老妈妈领众人来到木竹林身前央求看病。木竹林开始不肯，后来杜如都尼德斗说道："人家请你看病，你就前来，我们一同看病是了。"木竹林听了她的话，才答应看病。此时巴尔道已进来和木竹林见礼，在北炕上对酌，酒至半酣，请木竹林跳神看病。木竹林接受了他们的请求，便行他的神术了。

## （9）

先是杜如都尼德斗在西炕上焚香，手拿圆鼓跳神，跳了半个多时辰，置鼓不跳了。巴尔道夫妇二人追问病源，她沉吟不语。夫妇俩再三再四地追问，杜如都尼被他们逼得没法，对老人说道："你老人家的女儿，病势沉重，非寻常之病可比，三日后恐更危险，另请他人治疗为好。最好你们就请那位木竹林跳神治你女儿之症，他若不肯出力，你们就把女儿许配给他为妻，这样他必愿尽力医治，那时可转祸为福。不知你们意下如何？"老人说道："万

[1] 色翁：又写作色温，赫哲语，神灵。

事都能照办，只有这件事，不易办到。因为早年已将我女儿许与卓不勾、刺不勾兄弟为妻，现在怎能另嫁？卓不勾兄弟二人岂肯罢休？如此真令老夫为难！”巴尔道请杜如都尼另想办法，杜如都尼答道：“老丈，你就将女儿许与木竹林为妻，至于卓不勾之事，叫木竹林自行处置，不与你老人家相干，这样办理就是了！”说罢，杜如都尼请木竹林一同看香治病，木竹林被她再三地邀请，不得不答应。这病原是木竹林的神灵作祟，所以他一治就愈。久病的巴尔德尼自从得病以来，饮食不进，很是危险。今经木竹林调治，当晚就能吃粥，可以坐起。巴尔道夫妇非常高兴。巴尔德尼病体一天比一天好了，杜如都尼秘密请巴尔道老人做媒，向木竹林提起亲事。巴尔道老人对他说道：“杜如都尼小姐上无父母，下无兄弟姊妹，愿与你结为夫妇，如何？”木竹林本来求之不得，慨然答应道：“如得杜如都尼德斗内助，从此可以内顾无忧了！”过了数日，西马安妮和掩阿昂吉尼都已来到。老人于是宴请木竹林及杜如都尼等二十余人。他女儿巴尔德尼也在座劝众人饮酒，大家开怀畅饮，非常欢喜。酒至数巡，巴尔道马法对众人言道：“明天是黄道吉日，宜于完婚。”木竹林说道：“听从长辈安排。”这时托阿昂吉尼也在场，也许配给他为妻，正好一齐举办婚事。众人拍掌赞同。宾主喝得也有大醉的，也有半醉的。在此时已至黄昏时分，巴尔道老头已经醉倒，被奴仆扶入卧房去了。木竹林也是八分醉了，自有奴仆服侍。巴尔德尼特请杜如都尼、西马安尼、托阿昂吉尼都上后花园里小楼去休息。其余古孟尼等人被老妈妈领到大房内睡觉去了。

## （10）

木竹林与巴尔道老人在卧房睡着未醒，奴仆等人将一切结婚时应用物件，全已备办完毕。老人得报起身，即令丫头通知各位小姐，又令奴才请木竹林快快收拾前来。不多时木竹林以及杜如都尼、托阿昂吉尼、巴尔德尼和其余各小姐齐集中堂，男左女右分立，此时巴尔道也已到中堂。那三位小姐中杜如都尼最为秀美，其余二位德斗稍次。巴尔道领着木竹林，西马安尼带领杜如都尼、巴尔德尼、托阿昂吉尼三位小姐。巴尔道大声呼道：“木竹林、杜如都尼德斗、托阿昂吉尼德斗、巴尔德尼德斗，一齐完婚。”木竹林和三位德斗听完老人言，都跪拜在地上，先拜天地，然后再拜祖先，由老人读祖宗遗训。待一切仪式件件完毕，酒席已摆齐了。城内外百姓、部落长等人纷纷前来道贺。众宾客俱开怀畅饮，直饮到黄昏时分，各自散去。远来宾客就在老人卧房内住宿。这时托阿昂吉尼德斗醉得如泥一般，由巴尔德尼扶入后院小楼上休息。

此时木竹林走到洞房门外，摇身一变，变为美少年的本来面目。他进房来到杜如都尼近前，二人相抱亲吻，才子佳人，说不尽的思慕，说说笑笑，一夜未曾合眼。日出东方，起床梳洗。老人令人请女婿、女儿和各位小姐等用饭，众人向中堂而来。老夫人已候了多时，众人齐集落座，饮酒用饭完毕，各位小姐向后院去了。木竹林进入中堂之时，仍变为木竹林神灵模样。各位小姐以及众人从未见他的本来面目，只有杜如都尼见过原形，因为他与妻子同房时就不得不现原形。在巴尔道府上住了有五六日之久，这几天他和巴尔德尼以及托阿昂吉尼轮流同居。有一日，木竹林对他的岳父母说，准备明日启程，并带领三位夫人随行。老人预备酒席，为女婿、女儿等人送行，特请西马安尼和木竹林的头房正夫人杜如都尼、二夫人巴尔德尼，三夫人托阿昂吉尼在花亭上宴会。众人都尽欢醉饱而散。次日清晨起来，梳洗完毕，收拾起行。木竹林走出大门，拜别岳父母，同三位夫人沿江向西去了。

## （11）

木竹林正在向西进发的时候，看见正西五里外有两个骑马的人向东疾行而来。在前的人骑着一匹红色马，身上穿着紫灰色外衣；随后那人骑着一匹黑鬃高头大马，身披青色外套。来至近前，那人在马上向木竹林问道：“我们听说巴尔道老头家中有一个木竹林娶了我们已聘定之妻巴尔德尼德斗，你知道吗？”木竹林随口答道：“我也叫木竹林，在那处曾见过那个木竹林，我来的时候木竹林正在娶你们聘定的未婚妻呢！”这二人听毕，扬鞭向前走去。他们走了十余步，木竹林喊道：“你们要寻那木竹林，我和他是生死之交，你们要找他，不如先将我打死！”那二人听罢，回过马头，跳下马来，与木竹林交手。

木竹林抵敌二人，毫不惧怯，战至五十回合，不分胜负。这二人就是卓不勾、刺不勾兄弟二人，是巴尔德尼之未婚夫，听得这个木竹林是夺他们未婚妻的木竹林的好朋友，如火上浇油一般，抱住他便乱打。木竹林见机，用了横扫的武术，向卓不勾身上扫去，正中肚脐，卓不勾“哎哟”一声，向后一倒，气绝而死。刺不勾看见哥哥已死了，双手一松，不知不觉中，早被木竹林打死。木竹林骑了卓不勾的马向西而去。他走了半日，来到距城东一里的地方，看见空中三只神鹰和别的四只神鹰对打，打得不可开交。那七个神鹰看见木竹林来到城下，马上飞向北方交战去了。木竹林来到离城门不远，那城里的部落长率领城内的百姓出来迎接，跪在道旁欢呼。木竹林吩咐部落长道：“你率领百姓，将卓不勾家的猪羊宰杀，猪三十头，羊二十头，明日令城内居民来领方肉一块。”部落长领命向卓不勾府中去了。木竹林进府内休息，奴仆约有五十余人，都前来听命。

## （12）

木竹林正在吩咐奴仆的时候，忽听得外面有女人笑声，从窗缝中看去，却是杜如都尼领着西马安尼、巴尔德尼、托阿昂吉尼等进来。众人在府内休息一会儿，奴仆上了酒菜，大家入座饮酒，酒至半酣，杜如都尼向木竹林说道：“我们看到你和卓不勾、刺不勾兄弟二人交手，所以我们从空中飞来助战。离这城东约有二三里远，正遇着他们的妻子所变的神鹰向东飞驶，知道她们也来随丈夫助战。我们未曾问答姓名，随即交手。后来见你来到，方知你平安无事，就尽力攻击。她们这些神鹰向北逃去，我们拼命赶上，将她们打沉在湖底里了。”木竹林也将打死卓不勾兄弟之事叙述了一遍。

木竹林征服第二个城堡后，名震四方，无人不晓。一日，宴请部落长及城内富家二十余人，男女都有。女子都在东屋饮酒，正夫人杜如都尼坐在主座劝众人饮酒，直至日落西山才行散去。木竹林和各位夫人在卓不勾府上住宿，就将外形变去，走进屋内休息。

距卓不勾城堡约一百五十里，有两个老汉，兄名刺克秀，弟名刺额牛，也是称霸一方，手下管辖一城十八屯。他们有胞妹两位：长妹名叫刺克尼德斗，次妹名叫刺俄格尼德斗，刺克秀已将他的长妹许与塔奇五为妻。现在塔奇五前来迎娶刺克尼，刺克秀、刺额牛，以及刺克秀的各位夫人等都送亲至塔奇五城堡。

那时木竹林在卓不勾城堡内住了数日，命令部落长征集民船，以便将百姓运赴故乡城内居住，又令托阿昂吉尼率领百姓先行回去。他第二日启程仍向西进发，走有一百五十余里，来到刺克秀城堡。此时刺克秀、刺额牛兄弟二人在塔奇五家送亲未回[1]，府上只留下刺克秀之正夫人阿尔卡尼德斗及其二妹刺俄格尼德斗在府内看守。此时木竹林来到城里，直至刺克秀府上。他进去看时，屋内主人外出，仅奴仆等在院中做工。他进正中屋内一看，见西屋内有一位德斗，年不过十六七岁，容貌十分美丽。她看木竹林进去，并不言语。木竹林又往东屋里看去，又有一位德斗，年约二十七八岁。这位德斗见木竹林进来，便立即起身，请木竹林进屋休息，西屋内那位姑娘也来到东屋闲谈。原来那东屋的这位小姐就是阿尔卡尼，西屋的那位姑娘就是刺俄格尼。阿尔卡尼去备好了酒菜，三人对坐饮酒。这位刺俄格尼德斗对木竹林很是亲热。这时天色已晚，她就留木竹林住宿。木竹林一连住了两天，乐而忘去。

## （13）

刺克秀兄弟二人治家严谨，门禁森严。今在塔奇五城堡住了数日，刺额牛恐怕家中出事，时刻挂念，就令他妻子察克特尼先行回家探望。这位察克特尼于黄昏时分到家，并不进门，轻轻地走到北窗，由窗洞看去，只见二妹刺俄格尼与木竹林对坐，她大嫂阿尔卡尼在当中坐着，三人饮酒，很是亲热。

察克特尼正在窥探之时，已被刺俄格尼与阿尔卡尼察出，她们已知北窗

[1] 赫哲风俗：女家送亲人等，应在男宅住数日方可回家。

外有人偷看。察克特尼探毕，变成神鹰飞向塔奇五城堡去了。阿尔卡尼当即对木竹林说道：“我们二嫂察克特尼德斗回来探望，已经将你看明，她回去向她丈夫报信去了。你今晚仍在此住宿，明早起来，继续出城。等候他们回来以后，你再进城来见他们。”木竹林唯唯听命。饮酒完毕，又用了晚饭，木竹林与刺俄格尼在西屋里住宿，同夫妻一样。及至次日清晨，木竹林赶紧起身，走出南门，卧在柞树林内蒿草中，专候刺克秀弟兄回家。

将至正午之时，忽由东北方来了五六辆马车，不到一刻，已到南门，都进城去了。随后又有两个骑马的人，面貌清秀，也进城去了。这时木竹林又等了两个时辰，才立起来也进城直向刺克秀府上而来。行至大门，又咳嗽了数声，因为恐怕狗见生人要咬。那只狗看见木竹林，向他狂吠，真像前来咬人的样子。刺克秀便令奴仆赶狗，自己出来迎接，请木竹林进内，宾主落座、各自通名。刺克秀此时才知道他就是木竹林，从前久仰其名，现在见面，因此招待非常殷勤。此时刺克秀的正夫人阿尔卡尼正在梳头，看见木竹林失声而笑。刺克秀见了如此情形，骂得她闭口无言。木竹林与刺克秀谈话，非常合意。他令夫人备酒菜宴请木竹林。刺克秀夫人不多时就将酒菜备好。刺克秀请木竹林上座，木竹林谦让一回，再行坐下。二人对酌，酒至半酣，木竹林开口说道：“小弟闻莫日根有一位令妹未嫁，现在小弟缺乏内助，想向府上求婚，老哥意下如何？”

## （14）

当木竹林提起亲事之时，刺克秀早知道他的来意。他随即慨然答应，将其妹刺俄格尼德斗许与木竹林为妻。二人正在欢饮之时，杜如都尼、巴尔德尼、西马安尼都进来了。这里阿尔卡尼、察克特尼都出来迎进屋内休息，至第二日，刺克秀大设宴席，宴请木竹林及诸位夫人。大家开怀畅饮，酒至数巡，杜如都尼开口对刺克秀说道：“莫日根阿哥，我们两家相好结亲，小妹等实在感激不尽。我们前途遥远，最好迅速完婚才是。”刺克秀答道：“如此说来就在明日通知各亲友，后日完婚如何？”大众都很同意。席散后，请杜如都尼、巴尔德尼、西马安尼等人在内室休息。

明日刺克秀命部落长前去邀请亲戚，又吩咐家人预备酒席，足足忙了两天。到了结婚那一天，杜如都尼和她的丈夫商议道：“你最好换回你的本来面目，否则恐不雅观；并且你现了原形，人家必会称赞。未知你意下如何？”木竹林听了他夫人之言，乃低头沉吟半晌，答道：“何必要人称赞，被人说三道四。”杜如都尼只是央求，木竹林不得已只好答应。他走到无人之处，变为原来面目。他回到屋内，杜如都尼看见她丈夫原来面目，非常喜欢。夫妻二人来到前屋，各亲友看见他们夫妻二人，真是一对佳人，各相惊异。刺克秀、刺额牛、察克特尼等人都不认识，后经杜如都尼说明，才知道是木竹林的本来面目。刺克秀见木竹林才貌双全，更加敬重。

到了结婚行礼的时候，阿尔卡尼领着刺俄格尼，那边杜如都尼领着木竹林也来到前堂同拜天地，然后立了祖先牌位，参拜了祖先。礼毕，大开筵席，宾主尽欢而散，木竹林一行人等在刺克秀府上住了数日，这日杜如都尼德斗说道：“向西征伐，道路遥远，如此耽搁，何时能到？请早日定夺何日启程。”木竹林因她说得有理，就议定明日动身。次日早起，用了早膳，木竹林走出大门，刺克秀一家男女人等都送至门外。刺克秀说道：“如遇困难，可以相招，当即前来效力。”木竹林称谢不已，告别了众人，顺江向前去了。

## （15）

木竹林由江沿向西进发，看江沿并无人烟，遍地芦塘，行走很是艰难。他仍向前进，走十余里路，在河旁的横道上，坐着休息。只见上游来了一只桦皮船，坐着一位白发苍苍的渔翁，年约六旬以外。他看见木竹林，便舍舟登岸，向他问道：“莫日根，你从何处来？”木竹林答道：“我乃松花江下游人氏，特来此处游玩，请问老人家家住在哪里？距此多远？城主何人？请即详告！”那渔翁说道：“什热勾城堡距此不远，往西去十里即到。城主名叫什热勾莫日根，他的兄弟名叫什克五莫日根，兄弟二人都是英雄。什热勾之妻名叫卓马安尼德斗，是石头老人的长女，也精通武艺，城内居民都很敬服。

老人尚有一女，名叫卓孟恩尼德斗，以武艺论，更胜过她的姐姐。倘什热勾莫日根遇敌，卓禄马法当然前来助战，卓孟恩尼德斗也必来参加，所以人人害怕。”渔翁又问木竹林是不要到什热勾城堡去。木竹林道：“我正要向他家去，和他决个胜负。”

他说完，坐了那桦皮船过河，别了渔翁而去。他向西走了五六里路，即到了什热勾城堡，进了城门什热勾见木竹林进来，赶紧出外迎接。二人相见行礼毕，什热勾说道：“实不知莫日根驾临，有失远迎，请勿见罪。”木竹林回道：“岂敢。”什热勾就请木林进内，分宾主落座，寒暄了一会儿。正在二人说话的时候，西屋内什克五午睡方醒，忽听有生客谈话声，心火顿生，起身骂道：“这是何处狗奴才，来此说三道四？”他的妻子多方劝阻，终不肯听。此时木竹林听他骂得无理，便出去问他为了什么。他仍是破口大骂，木竹林心中火起，一拳打去，打得什克五趴在地上。那什克五气不可忍，立起身来和木竹林撕打。此时木竹林也不客气了，任凭什热勾怎样劝阻，总是不从。他们二人也不在屋内交手，一同到城外去打。战来战去，战了一天工夫，木竹林才把什克五打死。

## （16）

什克五被木竹林打死，什热勾因兄弟情义，不得不前来替兄弟报仇。二人战到五十回合，什热勾鼻口流血不止，就与木竹林说道：“我有几个亲友，在我未死之前，要替他们祝祷，祝祷后虽死无怨。”木竹林推开了手，给他一个机会祝告。什热勾向北祝告道：“我舅父五如古力[1]萨满急速前来救我！”又向南跪下道：“我的岳父卓禄马法赶紧来救我！”此时空中有一只神鹰哭诉道：“我们家里的各位小姐，都被他们打死了。我已向我父亲和我妹子那里去求救，父亲本要前来，现被我妹妹阻拦，不得来救。”木竹林听毕，仍和什热勾交手，没几个回合已将什热勾打死。正在休息的时候，从北方来

---

[1] 五如古力：又称“乌鲁古力”，赫哲语，猛兽。

了一个一丈多高的人，他就是五如古力，面如锅底，身上也无衣服，全身有黑毛，如熊一般。他看见外甥已死，无再生之理，就说道："我不与你交战，我二人无仇，何苦互相拼命，我外甥都是自取其咎。你若遇到战事，或受困的时候，可先叫我，我必前来助战。"说完匆匆而去。木竹林心里想这人真是通情达理。正在自言自语的时候，由南方又来了一位老头。木竹林心中想到，这人必定是卓禄马法了。来至近前，并不答话，与木竹林交手。二人战来战去，战到一百回合，不分胜负，仍是不休。他看木竹林比他厉害，有点胆怯。战到三百回合时，来了一个紫勒马法[1]将木竹林推开，和卓禄马法交战，又战至一百余回合，仍不分胜负。木竹林向什热勾城堡而去，卓禄马法双手推开紫勒马法说道："我与木竹林交战，何时被他逃脱！"那老头答道："你若要打败木竹林，非三年五载不可，并且尚有我在此，将我打败也得数年的工夫。"卓禄马法说道："如此说来，就此停手吧！我们两家和好如何？"紫勒马法说道："你既如此说法，我们和好就是了。你的幼女已经十七岁了，可以许与木竹林为妻。你意下如何？"卓禄马法道："此事想能办到，等我回家商量妥当后，再给你好消息吧！"

## （17）

木竹林进城内休息，正在闷闷不乐之时，紫勒马法急忙进来回报道："卓禄马法情愿息战和好，而且有意将他小女许配于你，我已将各事议定。"说完他便不见了。木竹林听了老人之言，方才放心。此时巴尔德尼受伤而回，不多时刺俄格尼也头部受伤回来，对木竹林报告说道："托阿昂吉尼从家中回来时，行至战场，遇见我们交战，也加入战斗，最先甚是厉害。以后敌方卓马安尼德斗出来对敌，甚是厉害，当时托阿昂吉尼德斗即被她击毙。杜如都尼德斗和西马安尼德斗格格协力擒捉，也捉不住。杜如都尼德斗曾对众人说过，务必活捉，因为如将卓马安尼德斗打死，恐激怒了她的妹妹卓孟恩尼

[1] 紫勒马法：赫哲语，赫哲人传说是木竹林曾祖供奉的神。

德斗。现时她妹妹孟恩尼德斗按兵不动，有意和我们和好，不肯前来帮助她的姐姐攻击我们。后来如何情形，我却不知。”木竹林听了，甚是悲伤，乃令部落长派遣城内百姓五六人，向阵地收拾托阿昂吉尼的尸首。木竹林又请人调治刺俄格尼和巴尔德尼的伤处。

正在忙碌之际，杜如都尼和西马安尼都已回来，与木竹林相见，并报告擒获卓马安尼，已把她捆在外屋。木竹林叫人把他抬上来。奴仆等人将紫勒沙拉[1]抬放在北炕上。正要查问的时候，守门阿哈[2]进来报告：“南山洞卓禄马法、卓禄玛玛，及他们小女孟恩尼德斗三人前来拜见首领。”木竹林令奴仆请他们进来，奴仆领命而去。木竹林同着杜如都尼出门迎接那三位客人进内休息，木竹林与卓禄马法分宾主坐下，杜如都尼与卓孟恩尼携手同入屋内，先请卓禄玛玛上座，然后各小姐再坐，甚是情热意深。父母三人进屋的时候，已见卓马安尼被捉在铁丝袋中，各人心中不免可怜她。卓孟恩尼首先向杜如都尼说道：“我姊已被夫人擒获，我一家都在此处，她绝无脱逃之理，可暂时释放她。”杜如都尼答道：“并非怕她逃走，唯恐我们不慎，她就自尽，反为不美。”言毕，杜如都尼向西屋去与木竹林说了几句话以后，到北炕上释放了卓把安尼。此时她见父母与妹都已前来，不得不前去说话。众人都在说话之时，守门奴仆报告，部落长已将三夫人尸首领回，停于院中，听候命令。木竹林便与杜如都尼商议举办丧事。

## （18）

木竹林吩咐奴仆赶造达子荷博[3]，过了一日即行入殓。众人无不悲伤，最悲伤的是西马安尼，因为死者是她和木竹林最初相识的朋友。入殓后，在城外择了高岗之地举行葬礼，足足忙了一天，时已黄昏，便一同回家。杜如

[1] 紫勒沙拉：赫哲语，一种铁丝袋。
[2] 啊哈：赫哲语，奴才。
[3] 达子荷博：赫哲语，棺材，上盖与下底均用三块板子制成，上盖甚狭，下底稍宽，头前脚底两旁都有木板。

都尼请卓马安尼、卓孟恩尼、木竹林等人在另一室内居住。这一夜，三位小姐不曾合眼。杜如都尼将她丈夫与妻妾相处的情形，说给他们姊妹听。此时巴尔德尼与刺俄格尼受伤尚未痊愈，众人十分在意调治，百日之内不得随意出游。伤病在严寒的时候，更不易恢复。这二位小姐日夜呻吟，有时高声呼痛，杜如都尼派使女四人昼夜轮流守候，不离左右。巴尔德尼和刺俄格尼所受的伤，不易痊愈，因为卓马安尼交手时，用神法击成重伤，并暗令神灵在他们的伤痕处作祟，不令病人安眠。巴尔德尼德斗受伤尤重，血流过多，昏迷不醒，过了一月，就溘然长逝。时在夜半，女仆去报告主人。那时，众主人尚未安眠，听了她来报说二夫人巴尔德尼状况不好，请即前去看望。众人都极惊异。木竹林和他的妻妾到那面去探病，各人见此情形，俱落泪悲伤。

卓马安尼听到这种消息，深感不安，一意要想自尽。她说："这两位夫人都被我所害，有何面目去见她们的丈夫？"她就暗地里来到后花园，寻着一棵梨树，解带自缢。杜如都尼看他出园未归，恐有变故，就向她的妹妹卓孟恩尼说道："你看你的姐姐出外约有一个时辰，不见进来，必有缘故，我们去寻她如何？"卓孟恩尼便和她在各处寻找，杳无踪迹。卓孟恩尼心中十分焦急，来到花园时，看见梨树下有一人影。她们是久战之人，不怕妖怪，急速来到树下一看，果见卓马安尼悬在树上。二人急速将带解下，放在地上，以手抚她的心窝，还有心跳，这才放心。不到一时，卓马安尼叹了一口气，转醒过来，喊了一声"哎哟"。睁眼一看，见前面立着杜如都尼与她妹妹卓孟恩尼，就向她们二人说道："你们不应救我，我将人家爱妾害了，有何面目见人，不如死了反为干净。"言毕，泪如泉涌。杜如都尼劝慰道："休要短见，我们都是一家人。"卓玛安尼才转忧为喜，一同回到前院，进屋内各自安眠。次日，将巴尔德尼的灵柩送至托阿昂吉尼坟旁安葬。

## （19）

众人回到城内，设宴饮酒。席间首先杜如都尼对卓禄马法说道："你曾有话在先，将你的女儿许给我丈夫，现在正值我们缺乏助手，你们不可错过如此良好机会。照我的意思，这一对佳人，就在今日交拜完婚。不知老人的意思怎样？”卓禄老人答道：“我等候多日了，那就如此办理。”众人也是赞成。杜如都尼令奴仆、使女等人收拾香案，预备结婚。本城部落长领着木竹林，那边杜如都尼领着卓马安尼、卓孟恩尼交拜。交拜后又齐至中堂，先令新郎和二位新娘同拜天地，后拜祖先，然后到前堂饮酒。此时城内百姓，都前来贺喜。这位木竹林逐一招呼，直闹到日落西山，始得散席。木竹林以及各夫人，一天不曾好好饮酒，这时重新设宴，开怀畅饮。酒至数巡，杜如都尼对众夫人说道：“如今喜得二位姊妹帮助，卓马安尼德斗妹妹才德兼全，比我胜过百倍，愿将正位让给卓马安尼德斗妹妹。”卓马安尼德斗再三再四的谦让，无论如何不肯答应。杜如都尼德斗见他不肯接受正夫人之位，无可奈何，只得将此事暂时搁起。后来以年龄排位，仍以杜如都尼为头房正夫人，各位夫人以及奴婢等人都归其管辖。二夫人卓马安尼率领大家在前方攻击，三夫人卓孟恩尼专管征战事项，四夫人刺俄格尼专管来往传递消息。以上规划都是杜如都尼与各位夫人所议定，各位夫人都要遵守，不得妄为。此次木竹林娶的卓越禄氏姊妹二人都有才貌，相居一处，十分和好。而且杜如都尼也无忌妒之心，夫妻五人，一心一意，毫无异言。

## （20）

木竹林因为刺俄格尼德斗伤处尚未痊愈，启程无期，心中甚觉焦急，面带愁容，闷闷不乐。卓孟恩尼看杜如都尼也为了此事十分忧虑，乃与杜如都尼商议，请她姊妹卓马安尼跳神治疗伤处。杜如都尼和木竹林说道：“非请二夫人跳神调治不可。”木竹林也表示同意，乃令卓马安尼跳神治病。卓马安尼无法推托，只得预备跳神。那时女仆烧僧其勒，烤着鼓，这位二夫人手拿鼓鞭，看了香念咒跳神，跳了半日方知是得罪了神树，因木竹林在家中启程之时，未曾祭祀神树。此时木竹林即令奴仆购办山羊一头，绵羊一头，肥猪三头，预备明日祭供。次日奴仆前来报告，已将各项祭品办到，请首领使用。木竹林又吩咐他们在大门外等候，众奴才将猪羊等牵到大门外等候。约有一时之久，首领、部落长等以及卓禄马法众人走到大门外，专寻洁净之地，先行焚香，后将猪耳灌酒，那猪摇头三次，又将羊耳内灌酒，并也是摇头三次，即知神树愿受祭供。于是他们就将猪羊宰杀，用吊锅先煮猪羊的头，再将心、肝、蹄煮熟，在神树之前祭供。再令奴仆将猪肉、羊肉交给厨夫，做酒席请众人饮酒。那刺俄格尼德斗的伤处，自从跳神和祭祀神树以后，一天好似一天，不数日已痊愈了，能下地行动。木竹林见她身体已是健全，就准备启程。

## （21）

距什热勾城堡以西，约有三百里路，有一座阿尔米城堡，城主名阿尔米汗。他有一兄弟名叫佛尔米。兄弟二人管辖地方甚广，共有五城之众。阿尔米汗有两个侄子，叫贝勒乌拉布和贝子乌尔布，叔侄分掌四城。这位阿尔米与卓不勾系姑表兄弟，他早得到卓不勾的凶信，所以叔侄共同商议报仇，将与木竹林决战。阿尔米汗和佛尔米汗说道："我们去邀请各处英雄来到本城助战如何？"佛尔米汗表示赞成，就派贝子向各处邀请去了。贝子先到萨克秀萨满家，后到卡立必如汗、弗尔奇热汗、卡博德哈汗、杜音佛尔洪汗、杜音齐热汗等处邀请。各位也先后来到阿尔米城堡，城主阿尔米汗、佛尔米汗以及贝勒等人出城迎接，与各位见礼。阿尔米汗请各位进城休息。不多时闻报说各位的德斗、福晋[1]、格格等随后亦到，共有五六十人，都住在汗府内，其余随从宾客三百余人，借城内民房暂住。

在来宾中有古克得五莫日根、也克得五莫日根兄弟，兄弟二人很有本领。他们的妻子皆尔奇尼德斗、阿初库尼德斗，也精武艺，都在被请之列。他们虽精通武艺，但阿尔米汗等人不以上宾看待。古克得五、也克得五兄弟二人，和他们的妻子皆尔奇尼、阿初库尼心中很不满意，要想回家。古克得五说道："既被邀请而来，不能随便回去，恐被人家议论，我们只得暂时忍耐等候罢了！"此时阿尔米汗令萨克秀萨满跳神看香，看究竟木竹林何时能到。那萨

［1］福晋：赫哲语，妃嫔。

克秀也不推辞，烧着僧其勒，拿着鼓鞭看香，看了半天说道：“这个木竹林已被卓禄马法以神法击毙。”后来佛尔奇尼德斗又用手拿鼓鞭击鼓看香，说道：“这个木竹林不久能到此处，请大家从速预备为要！”这个看香的德斗就是佛尔奇热汗的胞妹，现年十八岁，曾在窝比吉五马法妈妈那里学徒，练得一身武艺，又十分能干，所以看香看得很准。

他们正在讨论的时候，果然木竹林的三夫人卓孟恩尼正在暗探，由北窗窥看得很明白。正要想走，佛尔奇热汗知窗外有人探听，将要开口说话的时候，卓孟恩尼早已向空中飞回去了。她回到什热勾城堡对杜如都尼报告阿尔米汗备战情形。木竹林道：“我和他未曾见面，他如此仇视，我真不解！”卓马安尼德斗说道：“这位阿尔米汗与佛尔米汗和卓不勾是姑表兄弟，他们非和我们决战不可。听说他们到各方去请英雄，然也不过五六十名而已。”言毕坐下。夫妻五人饮酒，到了深夜，各自安眠。

这夜木竹林住在卓马安尼德斗屋内。夫妻二人都进卧房，这是头一次卓马安尼看见她丈夫的原形，好像不是木竹林，是一个年龄二十三四岁的美貌男子。木竹林回头看卓马安尼呆立不动，就问她为何不进屋。卓马安尼答道：“见你不像，所以我不进来。”这时木竹林又变了木竹林的神形，后又变回原形。此时卓马安尼才进来，双手抱着丈夫说道：“怪不得凡是妇女，都爱你如命。”说罢二人解衣上床睡了。次日醒来，木竹林率领四位夫人启程向西去了。

## （22）

木竹林向西进发，走了两天。这日约在中午的时候，他们才到阿尔米城堡。距城二里，有一棵大树，树上停一只神鹰，看木竹林到来，就起身向城里飞去。木竹林暗想，这只神鹰向里报信去了。木竹林向南门而去，将到城门口，只见城内出来十几位莫日根，一字儿排开，向前而来。木竹林也勇往直前，迎头而去。那边儿头前之人开口问道：“来者是木竹林吗？”木竹林应道：“正是，既知我名，为何不来拜见？”那边儿答话的正是古克得五。他同他的兄弟也克得五，率领阿尔米汗请的各位莫日根对木竹林说道："莫日根，不要出言不逊，我们也是被请而来，我们与你素无仇恨，今日特来相见，并不想与你为难。"言毕，一哄而散，各自回家去了。探子早到府里去报告。

不多时又有一些出来，约十余人，一字排开。头前那人道："你就是木竹林吗？"木竹林答道："正是，你既知我的名，为何不前来受缚？"那人气不可忍，奔向木竹林，以拳猛力击去，木竹林用左手接住，以右手向那人胸前打去，正中左肋，又用左脚扫去，打中他的肚脐。那人往后仰倒，气绝而死。第二个人也上来交手，战不到十余回合，也被木竹林打死。其余数人齐来交手，拳脚飞扬，一连打倒四五个，最后也都被他打死。探子又进府报告。城内又来了二十余名好汉，前来围住木竹林攻打，陆陆续续都被打死，尸首堆积如山。此时，忽听空中如雷电一般的响动，向上一看，只见五只神鹰和无数神鹰对战，一直战到黄昏时分。木竹林对敌人说道："你们若要交战，可拿火把、火球来；若是不能夜战，你们回去，明日早晨再来战吧。"敌人说道："明日再战。"

木竹林看天色已黑，想要寻找房屋休息，可是找不到住所。后来他寻到一个地方，距城约有五里，有一片杨树林子。向东转弯，看见灯光明亮，有两间小屋。木竹林走到小屋门前，要想开门，听屋里有女人说话，声音很熟，但是总想不起那女人是谁。那女人听得门外有男子敲门，便开门迎接出来，他走近一看，见是自己的三夫人卓孟恩尼德斗，他便问道："你独自一人在此做什么？"他一面问，一面走进屋内落座休息，三夫人答道："我奉杜如都尼德斗命令，前来侍奉左右，以助夜间或有不测之虑。眼下那里战事正急，杜如都尼德斗不敢离开，特命我来此做饭菜预备等候你来吃。"她随手把酒菜送上，夫妻二人对酌，甚觉亲爱，木竹林又将打仗之事告诉三夫人。

酒已半醉，木竹林说道："你只看过木竹林的神形，我现在将外形换去，你不要惊怕跑了。"三夫人不信，说道："你变换原形，给我看看，我不会惊怕的。"木竹林说道："你回过头去，看那里不是来了一个人吗？"三夫人回头的时候，木竹林念了三句咒语，转眼就变了原形。此时卓孟恩尼回过头来一看，说道："确实不认识了，真是一位英俊美少年。我曾在结婚那日看见过，因那时宾客甚多，羞愧得很，不曾细看呢。”她暗想道，怪不得女人杜如都尼爱他如命。此时卓孟恩尼眉开眼笑，夫妻二人上床安眠。次晨起来，用了晨饭，便出门径向战场而去。

## （23）

阿尔米汗和佛尔米汗等人听佛尔奇尼报告说木竹林已至城下，乃派古克得五同他的兄弟也克得五领十余名莫日根出城抵抗。他们见木竹林人品不凡，古克得五首先对木竹林问话，谈了几句，就率领莫日根等人，各自回家去了。探子报与阿尔米汗知道，这位首领怒气冲天，大声骂道：“挫我的锐气，辱我太甚，我擒木竹林以后，必去擒他，绝不宽容！”言毕，又派贝勒乌拉布率领萨克秀、卡立必如、卡博德哈、佛尔奇热等五六十人，走出城门，与木竹林交手。战到半日，都支撑不住。贝勒乌拉布以及各位莫日根、莫汗[1]等，初次遇战，战败者三十余名，阵亡者二十六名，只有佛尔奇热汗逃回府上报告。

阿尔米汗、佛尔米汗二人计议，又派贝子乌尔布领着杜音佛尔洪汗、杜音齐热汗，还有二三百位著名的莫日根、莫汗等，出城去应敌。他们与木竹林交战，战到五六十回合，当场被木竹林打死五六名，贝子乌尔布也在此时阵亡。探子向府内报说贝勒、贝子双双阵亡，其母闻知，大哭不已。此时阿尔米汗请来的著名首领、莫日根、莫汗约有五六百名之多，已被木竹林打死一半，其余私自不别而行的为数也很多。到了黄昏时分，方才息战，此时尚有六七十位莫日根、莫汗，约定明日再战。一夜无话，次晨进膳后，阿尔米汗、佛尔米汗等人领着各莫日根、莫汗，走出城来，正要寻找他的敌人。那边木竹林欣然而来，及至近前，也不通话，两下交手。五六十人一齐向前围住攻打，拳脚齐飞，战到午时，被木竹林打死七八人。此外仅余阿尔米汗佛尔米

---

[1] 莫汗：“莫汗”二字，都是“王”字之义，二字合称，表示尊崇之意，唯亦父称汗，子称莫汗者。又有兄称汗，弟称莫汗者。

汗四十余人，木竹林这时有点焦急，便用横扫法向他们身上扫去，又打倒十余人。双方战到日头平西的时候，只剩佛尔米等五人，他的哥哥阿尔米汗也被木竹林打死了，到日落西山的时候，他又将那五个莫汗杀了。

此时城内部落长在城楼上看得明白，见阿尔米汗等全家战死。他赶紧到城内吹起胡笳[1]，令城内百姓齐集阿尔米汗府门外恭候。屯长和族长也都赶到。此时部落长对大家说道："旧城主已被新城主打死，大势已去，你们情愿投降吗？"百姓一齐大声喊道："新城主如愿收留，我们就投降。"部落长说道："如此甚好，跟我去拜见便了。"部落长、屯长、族长等人在前引路，百姓随后跟着。他们刚到城门，木竹林已进城门。部落长、屯长、族长等人率领百姓在道旁跪接新城主木竹林，呼声雷动。木竹林宣告道："部落长、屯长、族长，以及众人均起立，各户准领方肉三天，一天一领，不得有误。"说毕，径向阿尔米汗府中而去。部落长、屯长族长等人随新城主来至汗府内。府上奴仆、使女、丫头、厨师等人都不知他是谁，经部落长告诉他们，各奴仆等人才知底细。他们预备酒席，木竹林特留部落长、屯长、族长等人在府内饮酒作乐。

## （24）

木竹林向部落长问道："这阿尔米汗、佛尔米汗、贝勒乌拉布、贝子乌尔布共有几位夫人？能力如何？有何法宝？"部落长答道："他们共有妇女七八人，但不知其名，只有邀请来的佛尔奇尼德斗比较精悍善战，最有能力。她的哥哥便是被首领打死的佛尔奇热汗。"正在饮酒时，守门奴仆来报告："门外来了女将五名，探望新首领。"这时木竹林听说门外有人找他，急速出门迎接，走到门外一看，却是杜如都尼、西马安尼、卓马安尼、卓孟恩尼、刺俄格尼这五位夫人。她们曾在空中将阿尔米汗之妻及其他德斗悉数击毙，只剩下佛尔奇尼德斗一人。她狡猾异常，不易擒获，后经众神鹰攻击，落在北海，

[1] 胡笳：此乐器不是赫哲族传统乐器，从其他民族传入。

溺毙水中。因此延迟了数日，今日方才到此。木竹林走出屋外迎接，欢喜万分，对各位夫人说道："各位夫人辛苦了！"杜如都尼答道："艰难困苦，是我们分内之事，一家人何必言谢！"说罢便进府内。

这房屋建筑颇为壮丽整齐，中堂专议部落事宜，后斋专为妇女居住，前厅专备招待来宾，以及门客居住，另有东厢房为厨房，西厢房为饭堂。各位夫人都向后斋休息，和丈夫述说对战之事，并言从来未遇如此恶战。木竹林也说道："阿尔米汗所请的人都能应战，俱不怕死，他们的义气令人佩服！"说罢就令部落长派族长率领百姓前赴战地掩埋死尸。这次大战，共计占据五个城堡。木竹林与各位夫人饮酒作乐，庆贺胜利。又令部落长派人宰杀阿尔米汗家的猪羊，供五城百姓前来领取福肉三天。部落长回来报告说是猪羊已经宰杀好。木竹林命令各户，从今日起每户每天领取福肉一块，可领三天。此令一下，各城百姓欢声如雷，感恩新首领的恩德。这位部落长足足忙了三天，才办完事。后来他又被派为造船监工，修造风船，运送五城百姓。部落长升为船监后，其缺由屯长升补，屯长之缺由民众选出相当的族长接替。诸事分派完毕，下人照办去了。

## （25）

木竹林占据这城以后，询问西方尚有多少城屯，多少人口。部落长说西方户口稀少，人迹罕至。因此木竹林不提西征，每日与各位夫人饮酒作乐，派部落长为造船船监，等候修船完竣，起运百姓回家。一日木竹林正在无事闲坐，守门奴仆报告："门外有人要见新城主。"木竹林令他进见，奴才去后，进来一人，是一位部落长的打扮。木竹林问他来见本人有何话说。来人答道："我奉紫勒竹林莫日根之命，前来送信，他要与你决个高下，不日也来此处。我的主人有一个义弟，名叫呐比吉五莫日根，武艺高强。他们二人听人家议论说木竹林天下无敌。他们气愤不平，非与莫日根决战不可。特派我前来送信。"木竹林向那人说道："你主人既欲亲自前来，我就在此等候便是了。"那人听了此言，辞别出门，径自回报去了。

送信的人走后约有三四日之久，门外来了四五名骑兵，口中高呼："木竹林快出来交手！"此时木竹林听得有人叫喊，立刻走出府门，便与那人交战起来。他们战成一团，拳脚齐飞，一口气战到一百余回合，不分胜负。他们又战到二百余回合，仍无高下。随紫勒竹林同来的那位呐比吉五替代紫勒竹林又战了三百余回合，仍不分胜负。正值纷乱之时，忽从二人中间出来一位老妈妈。她对呐比吉五说道："你这个有眼无珠的东西，快向木竹林莫日根拜见赔罪。"呐比吉五这才放下了手，与木竹林拜见。老妈妈又叫紫勒竹林过来相见。紫勒竹林此时也是无奈，只得前来拜见。此时木竹林也和紫勒竹林、呐比吉五及妈妈行相见礼，屋内杜如都尼夫人知是讲和，也出外迎接那老妈妈等人，请他们至后斋谈话。不多时摆酒席，木竹林与紫勒竹林、呐比吉五分别落座饮酒。

这位妈妈是呐比吉五的亲生母亲，她还有一女，名叫根吉尼德斗。他们正在谈笑时，她也来了，杜如都尼请她也入座饮酒。她们母女看呐比吉五向东来了，所以她们又跟随下来。此位呐比吉五非常勇武，他的胞妹也许给紫勒竹林为妻，尚未过门，也有本领。呐比吉五之母乃向杜如都尼提说西马安尼和呐比吉五结亲之事。

## （26）

呐比吉五之母、紫勒竹林、根吉尼德斗三人都向木竹林及杜如都尼提及亲事，木竹林听到此话，低头不语。杜如都尼说道："我们两家结亲不是不可，不过结亲以后，须将全家搬到我们的故乡去，方得许亲，不然恐难办到。"他们都以此事易办。木竹林听了紫勒竹林等人的话，方才喝酒。他虽有允意，但因姊弟二人相依长大，他不愿将她姊姊许在千里以外，经杜如都尼再三申述，木竹林方才同意。原来呐比吉五的才能不在木竹林之下，这件亲事是很好。呐比吉五留下他的母亲、妹妹在此暂住，他和紫勒竹林二人明日先行回家整装，以便和木竹林一同搬去。木竹林为他们设宴送行，众人陪席，只有西马安尼因为怕羞不肯前来饮酒，后经杜如都尼再三相劝，始来陪坐，直饮到日落西山方散。二人便骑马往西回家去了。

木竹林每日无事时，就去监督船工，习以为常。半月以后，才见呐比吉五和子乐主力二人和紫勒竹林回来。木竹林邀请二人进府内休息，设席为二人洗尘。酒席散后，木竹林宣召杜如都尼德斗等众人齐聚中堂，对她们说道："我们西马安尼德斗姐姐，现年已过二十四岁，与姊夫同道回乡，不甚方便，并且紫勒竹林与根吉尼德斗也未完婚，一路同行，也是不便，我认为他们就在此处完婚为妥，不知你们认为如何？"杜如都尼答道："丈夫之言甚是，就在此处举办婚事吧！"众夫人也都赞许。正在议论之时，只见呐比吉五的母亲和根吉尼德斗也进来了。

## （27）

木竹林与四位夫人正在议论西马安尼完婚之事，恰巧呐比吉五的母亲及根吉尼进来，木竹林与各位夫人和妈妈、德斗落座谈话。首先杜如都尼将完婚之事告诉老妈妈，老妈妈听了说道："承莫日根以及各位夫人的美意，念老身及小儿缺乏内助，令小儿即行完婚，实在感激得很！"木竹林及其夫人又齐声说道："亲家阿娘，一切结婚用物，均由我们这里预备好了。"妈妈又说了许多客气话。杜如都尼又和老妈妈说道："你回去通知紫勒竹林和呐比吉五，后天便是正日，婚礼都在中堂内举行。"妈妈辞别木竹林、杜如都尼等人回去，通告她的儿子呐比吉五、女婿紫勒竹林，婚姻用物预备齐全，后日便是婚期，他们都非常欢喜。

木竹林和四位夫人忙了三四日，方将结婚应用物件办齐，又令使女、奴仆等人预备香案。次日就是正日，他们通知呐比吉五与紫勒竹林于鸡鸣之时，到中堂等候。木竹林忙了几天，这夜也没有睡觉，正要闭眼安睡的时候，忽听鸡声高唱，杜如都尼叫道："鸡叫头一次了。"木竹林被他夫人叫起后，来到各夫人房内，叫她们起来。他又到西马安尼房内，见她姊姊在炕里斜坐着。他叫道："姊姊，快收拾吧！"他姊姊答道："兄弟，你坐下，请别费心，我自会收拾的。"这时木竹林也不坐下，乃转身回到杜如都尼房内。他将要进屋时，杜如都尼问道：“你向哪里去了？是否已经通知姊姊？”木竹林答道：“已通知姊姊了。”

木竹林领着杜如都尼等人齐聚中堂，等候他们。不多时西马安尼领着两个使女进中堂而来。木竹林和杜如都尼等看见她姊姊到来，欢喜得很。不多时奴仆来报告：“呐比吉五和他的母亲、妹妹及紫勒竹林等都来了。”木竹林吩咐快请他们进来。当他们进来的时候，木竹林及杜如都尼德斗等人齐站起来迎接。此时造船的监工、部落长、屯长、族长等人也都到来。木竹林对监工说道：“你们来得正好，快来帮忙吧！”这时香案摆好了，男子方面是由监工领陪，女子方面由卓孟恩尼德斗领陪。首先两方齐立堂中，双双交拜天地。这时西马安尼德斗、根吉尼德斗二位新人头上兜着的红布已被呐比吉五、紫勒竹林用箭挑下。交拜天地后，又分别祭祖。先由监工诵读祖先遗训，礼成后，又领至灶王，令四位新人拜了灶王。接着，四位新人又拜了老妈妈。

这时杜如都尼叫奴仆在中堂摆酒席两桌。紫勒竹林、呐比吉五、造船监工卜尔得、部落长孙尔哥、屯长拉卡、族长木尔申、木竹林七人坐在第一桌。老妈妈、根吉尼、西马安尼、杜如都尼、卓马安尼、卓孟恩尼、刺俄格尼七位女人坐在第二桌。此时鼓吹乐奏，真是盛极一时。等到太阳升得很高的时候，五城的百姓约有二百余人，都进来道贺。

## （28）

木竹林看外客前来贺喜的人很多，他也不饮酒，下去招待来宾。杜如都尼看见木竹林下去招待来宾，甚为殷勤，她也跟去招待女宾。人人都说这位额真待人真客气，不分贫富贵贱，毫无娇气，令人爱戴不止。杜如都尼也亲自招待女客，甚是周到，众人异口同声地称赞。各位夫人也不敢在座饮酒，都出去请外来女宾坐下饮酒。热闹了一天，日落西山，宾客方始散去。及至晚间，由杜如都尼将新人送入洞房。木竹林总算办完了一件大事。

木竹林又前去督造风船，自上年八月间开工，至本年五月间始得造完，共造成三千六百只船，都已下水，泊在江岸。木竹林下令首先开一千只船，接呐比吉五及紫勒竹林二人所管城内百姓，运到此地，一同起运。一声令下，呐比吉五、紫勒竹林二人便回城搬运去了。次日又下令让部落长按户通知，凡居住五城八屯以内的百姓，于十日内将家中物品一律搬上船去，等候开船。此令一下，各城百姓忙乱了好几天，始得上船。木竹林仍在城内等候呐比吉五回来。

这天无事，木竹林和杜如都尼等人商议道："我出征以来，百战百胜，得神灵之力很多，此外全依靠各位夫人帮助。现在我想天下无事，愿将我的神灵神形解除，变为原身。"杜如都尼和卓孟恩尼齐声答道："我们也想到这一点，以后天下无事，如有征战也不足畏。"卓马安尼、刺俄格尼也很赞成。木竹林又说道："若是解除神形，须杀九口肥猪方可。"杜如都尼答道："就是九十口猪，也不是难事！"

## （29）

杜如都尼令使女叫奴仆前来，奴仆来到面前，杜如都尼吩咐道："你快叫人去拿肥猪九口，即刻要用。"奴仆领命而去，不一刻已将肥猪拿到。杜如都尼吩咐奴仆将猪全数送到托落杆下，以酒灌进猪耳。那奴仆用酒灌进猪耳，九口肥猪均摇头，都愿受领祭祀，当即宰杀，将猪肉煮熟，置于西杆上，敬献爱米各神。祭完，木竹林口中念念有词，此时神灵附体，在屋内跳神，向大家说道："屋内之人全数出去，不准留下一人。"杜如都尼令屋内的人全都出去，仅留木竹林一人在内跳神。跳毕，木竹林已变成本来面目，后改名为西热勾莫日根。

这日，呐比吉五等人将他所管百姓已全数运到，回来复命，见到木竹林已不认识，经夫人们说个明白，才知实情。众人商议预定次日起行，到了次日，大家都上船，向下游行驶。三千六百余只大船，沿江而下，西热勾莫日根与各位夫人乘坐龙舟，其余呐比吉五夫妇及紫勒竹林夫妇等人另乘大船随行。这三千六百余只大船在路上走了大约两个多月，才来到木竹林的故乡旧城。以前运到的百姓已将城池宫殿楼阁修竣。西热勾进城一看，很是满意。各位夫人都分住宫中，运回的百姓都住在城内。后来杜如都尼德斗及卓孟恩尼德斗各生一男一女，也是著名的莫日根、德斗呢！

流传地区：松花江下游赫哲族村屯
收集时间：1930 年夏
讲　　述：当地赫哲老人
搜集整理：凌纯声、张耆孙

# 什尔大如

## (1)

古时松阿里[1]南岸有一个著名的西口莫汗被敌方三百六十个火尔吉土汗打败，夫妇二人都被掳到火尔吉土汗的家里。他们命令西口莫汗夫妇，穿着青衣，替他们斟酒，调笑作乐。那时西口莫汗所受的耻辱也就可想而知了。当西口莫汗被掳的时候，全城的人都被敌方带走，仅留下西口莫汗的一儿一女。那时女儿年方十五岁，名什克尼德斗；儿子刚十二岁，名什尔大如。他们的母亲把他们藏匿起来，故而未曾被害。这位德斗因父母被掳，想把她的弟弟抚养成人，将来替父母报仇。

过了几年，大约在五月上旬的一个晚上，有一个女人走进他们姊弟的家里。什克尼德斗惊问她从何地到此。那女人答道："我名叫文金德斗，有件要事相告，故而来此。现在北海有一个萨满变成魔鬼，专吃生人！你们要快逃走避难，否则恐怕受害！"什克尼听得此言，惧怕万分，不知所措。文金说道："这江边有只五米日陈可容三四人，即速收拾上船吧！"什克尼就带了弟弟和文金一同上船，往上游飞驶，不多时，到了沙力火尼德斗的地方。

[1] 松阿里：赫哲语，松花江

什克尼把萨满吃人的事告诉她，并且请德斗相救。沙力火尼答道："我怕不是他的对手，不能相留。我有一个义妹名叫苏完尼德斗，人才出众，法术精深，可以战胜那个萨满。"

众人又乘船前往苏完尼德斗的家。到了那里，苏完尼出门相迎，大家走进屋内落座。沙力火尼一一介绍，并告诉她妖魔萨满追逐什尔大如和什克尼姊弟二人的事，恳求救护。苏完尼立刻答应保护他们。众人正在说话，忽听得魔鬼萨满来到门前，三进三退，非要什尔大如不可。这时候苏完尼被众人请求，无法推却，只得披挂出门迎敌。临行时，她和众位德斗说道："你们可制成人鬼像各一张，把他们在火边烤起来，可以预知胜败。如果人像流出红血，你们可速收拾逃走；若是鬼像出血，可以从速抛入火中燃烧，那就会转祸为福。"说完，苏完尼出门而去。

## （2）

苏完尼去后，三位德斗和一位莫日根都不敢出去，只得在屋内等候。她们制成了人、鬼的像各一个张，放在火旁烤着。到第九天，人像上忽有红色，不多时，人像上的血没有了；又看见鬼像上不断地流出红血，众人就把鬼像抛在火中燃烧。正在欢喜的当儿，苏完尼突然到家。此次因大战魔鬼，故而她精神疲乏。她对众人说道："我和鬼打仗一共打了十五天之久，战了三百多回合，不分胜负，后来用神法战退这个萨满。现在神鬼都已退走，大家可以高枕无忧了。"说罢，随即入座，举杯畅饮，欢喜非常。

此时什尔大如已经十五六岁了，见苏完尼德斗相貌美丽，眉清目秀，异常俊俏，身上穿着阿卡马[1]，浑身绣着绝美花纹，看了真令人爱慕不止。什尔大如向苏完尼称谢说道："我们承蒙德斗相救，恩同再造，永远不忘你的大德！"德斗看他说话伶俐，身材魁伟，心中也很爱慕，意欲缔结婚姻。一经提议，双方都很赞成，就决定在当天结婚。沙力火尼、文金也嫁给什尔大

[1] 阿卡马：赫哲语，用鱼皮所制成的女衣。

如为妻。因为她们也都是没有父母的孤儿，只好自己择配。到了黄昏，使女扶新人入洞房。次日设宴欢叙，尽欢而散。

在这里住了三四年，什尔大如知道苏完尼神通广大，千变万化，腾空驾云，无一不能。有一天，不知道她从何处牵来一匹高大骏马，缰鞍俱全，叫她的丈夫骑了这马向西前进，并且吩咐这马说道："你现在引领主人征西，要忠心侍候主人，不得有违！"这马点头答应。什尔大如便出门上马，带领随从人等，往西进发。走了一二日，到紫日吉米毕拉[1]。这是一条红水河。这马走到河边，停滞不前。什尔大如心中大怒，将马鞭打，但是马仍旧不肯过河，牵也不走，打也不走。正在他无计可施的时候，忽听河边有小孩哭声，愈哭愈响，哭声中说道："我在这里等候什尔大如已经三年了，一直没有等着。他是一个好汉，娶了苏完尼德斗为妻。我没有赶上，早赶上几天，我也许可以娶苏完尼德斗了！"什尔大如见是一个摇篮，篮内坐着一个两三岁的小孩子哭得很伤心。什尔大如下马，把摇篮从水中捞起，摇了两三回，小孩更哭了，哭中又说道："我想娶苏完尼德斗，结果被你夺去了，可恨可恨，非和你一决胜负不可！"

## （3）

什尔大如将都力[2]摇了四五回，小孩哭得脸儿通红。什尔大如看此情形，把摇篮往树上一摔，小孩忽然长了一尺多；再摔一回，又长二尺；后来长到一人多高。什尔大如看了，非常惊异。小孩从摇篮中挺身而出，向什尔大如挑战。什尔大如说道："我不和无名之辈交手，请通了姓名再战。"小孩答道："我生在紫日吉米毕拉，名叫曾勾。"说毕二人交手，战有一百多回合，不分胜负。正在打得不分上下的时候，忽然空中有人说道："什尔大如，我就是你的妻文金德斗，变了阔里来帮助你击败曾勾的。"那阔里离开一丈多高

[1] 毕拉：赫哲语，河。
[2] 都力：赫哲语，摇篮。

的时候，忽然从曾勾脚底下、地里面又跑出一阔里来，碰见了文金所变的阔里，文金被她劈成两段，死于非命。那阔里越飞越高，说道："小儿曾勾和什尔大如听老身一言，老身一时不慎以致文金德斗死于非命，实在对不起什尔大如，你若要人，我有小女名叫曾格尼德斗，可以送给你为妻。你二人不要再打，结拜为弟兄吧！"说完就不见了，二人仍旧交战不止。忽见曾格尼来至近前，把二人分开。二人仍旧争执，曾格尼又将二人各击一掌，始得分开。二人就依了德斗之言，折草为香，结拜兄弟。

二人在一起谈话，一路走来，到了曾勾的家中。房屋很是美丽，纵横数十间。二人进入客厅休息。不多时，曾勾妈妈、曾格尼、苏完尼和沙力火尼都到屋内，互相见礼，各自坐下饮酒畅谈。什尔大如看见曾格尼的美貌不亚于苏完尼，心中很是爱慕。正在饮酒的时候，曾勾妈妈说道："我儿和什尔大如既结拜兄弟，二人都有格格，不如互相换亲。"苏完尼鼓掌赞成，择定明日结婚。次日，梳洗完毕，苏完尼备好结婚礼物。午时，什尔大如和曾格尼结了婚，曾勾妈妈主婚。结婚仪式办完，众人饮酒作乐。席间什尔大如对曾勾说道："你的武艺高强，有大将风度。我听说南海部落很是猖獗，你可前去替我征讨。打平归来以后，我再重重酬报。"曾勾答道："我兄不嫌小弟才能欠缺，敢不从命前去征讨？"二人商议了半天，各自收拾东西，准备出发。以后曾勾便往南征讨，什尔大如往西征讨，二人各别而去。

## （4）

什尔大如骑马往西进发，走了七八日，到了北海，便沿着海边走去。到一个海湾，心里想着喝水，却又没有碗。忽见水上有一只碗，便拿树枝钩来。他一看并不是碗，却是人的脑袋骨，非常奇异，便拿他当做碗盛水喝，水味很是甘香，一连喝了好几口，香味不绝，添了又添。什尔大如说道："你这脑袋骨，我不知道是凶是吉，令人奇怪。若是吉祥之物，就在吾头上绕三绕，若是凶器，随手击我。"说完，把脑袋骨抛起了一丈多高。那脑袋骨在上边绕了三绕，对什尔大如说道："我名叫库尔如米阿塔[1]，我和暑绿不昆霍通城主战争的时候，被他们捉住，装在铁柜里面，沉在海里已经有三百六十年。我死后灵气不散，浸入头盖骨，如今侥幸从铁柜内逃出来，漂在水上，咱二人相逢真是三生有幸。"他们两人便结为兄弟，脑袋骨向北而去。他去后，什尔大如很是快乐，仍旧上马往西走去。走了四五日，不见人烟。当他走到一个山峡上时，见景色很好，便把马拴在树上，铺了褥子睡下。他睡了三四日，觉得饿了，就起来吃些食物，又睡了一二日，睡梦中，忽然听得哭声，醒了睁眼一看，却是曾勾妈妈变成阔里站在一棵柏树上。

## （5）

曾勾妈妈对什尔大如说道："自从我们分别以后，你的姊丈向南征讨，一路顺利，占据五六个霍通[2]，娶了七位媳妇。眼下到了一个霍通，他们有刺克秀、刺克牛、卓不勾、卓阿秀兄弟四个，甚是厉害。七个媳妇都已被打死了，仅剩你姊姊、姊丈和我三个人。曾勾支撑不住，你应念你姊丈之情，快快去救！你若不去，我们恐怕都要死在他人手中了！千万快去！"说完便飞走了。什尔大如听到曾勾妈妈叙述了曾勾征南的事情，并不着急，仍是睡觉。次日午时，又听得树上有人啼哭，睁眼一看，却是他的姊姊什克尼。她对什尔大如说道："好兄弟！好兄弟！你为何不去相救？亲戚痛痒相关，你若不去，可令他们的姑娘前去相救。"什尔大如仍是不动，他的姊姊看他这样，一怒而去。去后约有一时，他的第三位夫人曾格尼来到，说道："我弟、我妈、我的弟媳，都要死在人家手中，你若不去，我一定要去了。"便匆匆而去。什尔大如听到这，心里有些着急，挺身站起来向北方念着咒语，一会儿，轰轰轰的声音来了，这便是他的兄弟库尔如米阿塔。轰轰轰的声音绕了三绕，便往南而去。不多时，轰轰轰的声音又回来了，说道："曾勾和刺克秀的最小的兄弟在城

[1] 米阿塔：赫哲语，脑袋骨。
[2] 霍通：赫哲语，城堡或城池。

东扎营交战，恐怕将要支撑不住。我已到城中窥探，见刺克秀莫日根兄弟三个在一处摆宴饮酒，很是高兴。他们未曾防备，被我一击，有一个人被我击成重伤。他们都很奇怪，不知道我是什么东西，暗中伤人，只听得轰轰之声，但是又看不见什么。”说完，又轰轰轰出门走了。什尔大如想道：这里离那边有三千里路，要徒步行走，恐怕非半年数月不能走到。苏完尼要飞一天，别的德斗要飞三天，方能飞到，库尔如米阿塔能在片刻间，去而复来，这位莫日根真是厉害。在北海部落，还没有遇见过如此厉害的莫日根呢。

## （6）

库尔如米阿塔落在什尔大如的眼前，转了好几转，边儿上吊着一个东西，什尔大如便提起脚来踏上去，只听得轰的一声，腾空驾云，两耳生风，不多时停了下来。他知道已经到了，睁眼一看，他的姊丈曾勾正和一个莫日根交手。他正看的时候，头盖骨也腾空走了。什尔大如走到曾勾面前说道：“让我来结束他的性命。”曾勾一看，却是他的妻弟什尔大如，欢喜得很，站在旁边。什尔大如和敌人交战半日，不分胜负，二人互相争斗，难分难解。什尔大如没来之前，敌人兄弟四位和曾勾交战，用车轮战法交换来战，所以他支撑不住。如今只有刺克秀前来交战，其余的敌人被库尔如米阿塔挡住，不能来此助战。现在什尔大如、曾勾兄弟二人轮流交战，一人歇息，一人出战。有时他们还点起火把夜战。这样过了十四五日，正在战斗的时候，上边来了一个阔里[1]，就是刺克秀的夫人奇阿克特尼德斗变的。她和刺克秀说道：“我们的德斗福晋都被什尔大如的妻子苏完尼德斗杀死，仅剩我和妹子两个了。三位兄弟都和一个轰击声争斗，可是只有受他的轰击，而打不着他一点，后来都在南海边上死了。你可和什尔大如暂时离开，让我击他一下。”刺克秀便站在一旁，奇阿克特尼从上向下击时，他的脚下跳起了曾格尼变成的阔里出来挡住。两个阔里在空中打仗，往北去了。

---

［1］阔里：也称阔力，赫哲语，神鹰。

# （7）

什尔大如和敌人仍是不放手地争打，忽然听得轰轰地响，原来是库尔如米阿塔来了。他便在刺克秀心口上一击，这位莫日根站立不住，吐血倒地而死。什尔大如和曾勾一同进城，只见城门大开，众百姓匍匐跪接。这座城方圆四十里，城内建筑楼阁宫殿，很是壮丽。他走进刺克秀的议事厅，便下令杀猪宰羊，要和全城百姓宴会欢乐三天；并叫嘎深达[1]报告各屯人数。苏完尼德斗拿获了刺克秀的妹子刺克尼德斗，用绳捆绑带到上房，交付使女看守，再来和丈夫相见。谈了一会儿，曾格尼也将奇阿克特尼拿到，仍交给使女们看守，自己进内和丈夫见礼叙话。

不多时，曾勾妈妈都已来到，进内和女婿以及她的儿子曾勾相见问候，设席招待众位亲戚。想起阵亡的各位德斗，众人伤感了一回。席间曾勾妈妈劝导那些被拿住的德斗归顺效忠，以后可以各自嫁人。众人一半相劝，一半威吓，被拿的德斗也答应了。这日什尔大如便纳刺克尼为第四位夫人，曾勾纳奇阿克特尼为第二房夫人，二位德斗表示愿意。在这城内滞留了三四天，什尔大如和曾勾二人便各自启程。

什尔大如仍旧骑马回到原处往西进发。约走了半年，有一天中午，看见前面有一个很大的屯。距屯三里多有两个人迎接前来，说道："我们兄弟二人名叫杰格德如、太乙拉如，管理这个嘎深[2]，请兄驾临敝舍，休息几日。"三位莫日根一同到屯，进入客厅落座。往上房一看，有一位姑娘，很是俊美。什尔大如见此娇女，想和他们结亲，便向他们提议，要娶他们的妹妹。杰格德如答道："老兄可先和我们兄弟比武，如能打胜，那么妹子可以奉送，否则不敢从命。"

[1] 嘎深达：赫哲语，村长。
[2] 噶深：赫哲语，村。

## （8）

什尔大如问明比武地点，杰格德如说在比武场比艺，要能把他摔倒就算赢。他让他兄弟的妻子在场上泼水，一会儿冻成一片冰，很是滑溜。二人站在场上，比了三回，什尔大如几乎跌倒，只觉得脚下有物绊住，气得暴跳如雷，两脚一踢，踢出了一丈多长的一条长虫，这虫已截断好几节，这是太乙拉如的妻子好汗尼德斗用神法变成的。什尔大如再和太乙拉如摔跤，什尔大如摔了他三次，他的身体摔成两段，又合起来。太乙拉如站起来大骂什尔大如，二人各不相让，又动起武来。他们运用毕生的力量厮打起来，打得天昏地暗。苏完尼出来对她的丈夫说道："你有好几房夫人，又想娶妻，真是色迷了。我看还是不要娶她为妙，等他们娶自己的妹子做妻子吧。"杰格德如的妻子皆热子尼德斗和好汗尼德斗等人都出来对骂，互相打起来了，女将对女将打得天翻地覆。什尔大如与他们哥俩对战，战来战去，杰格德如、太乙拉如二人支撑不住，只得恳求留命。什尔大如终是不肯，结果把他们都打死了。他们的德斗、福晋也都丧命。什尔大如走进东西屯，命令百姓归降，并下令制造风船三百六十只，载众百姓前赴本汗故乡[1]，修筑城池楼台殿阁，等候本汗班师回来，必有重赏。宣告完毕，走进上房。安歇三四日，又下令吩咐百姓悉数开船启程，自己仍旧往西进发。

## （9）

驼奇五萨满统治加昆霍通。他只有一女，名叫驼不土尼德斗。他们听说什尔大如平西，已离此地不远，父女二人计议谋害什尔大如。驼不土尼迎头去接什尔大如，等他来到行事。等了一二日，什尔大如果然来到，进内一看，屋内并无他人，只有一位十六七岁的姑娘，长得非常美丽，比他的妻子苏完尼似乎还胜一些，心中很是爱慕，站立不动。这姑娘看见他进来，便下炕让座，

[1] 部落战争习俗，战胜者把战败者的百姓和财物用船运回故乡。

又装烟斟茶，招待很是周到。说话之间，这姑娘眼里含有几分柔情，实在令人麻醉。这位德斗自己做好饭菜，放在桌上，又取了一瓶酒，在酒中放上毒药。先由什尔大如提起亲事，德斗满口应允，并说道："若要结亲，须先喝下这杯酒，方合我的心思。你要知道，这酒是专门预备给我的未婚夫喝的，如不肯喝便不能成婚。"说完便斟酒一杯给他。什尔大如取杯快饮，不料酒性很烈，洒在地上就会冒火。这位德斗将火用脚踏灭。什尔大如受了美色的诱惑，只好满饮一杯，酒喝完了，便无知觉，东歪西倒，晕迷不知人事。他半晌[1]才醒，见驼不土尼已不知去向，房子也没有了，自己在那里痛得乱滚。

刺克尼走来说道："什尔大如，告诉你不要喝酒，你偏要喝，你怎么这样贪色，我试试看能否把毒酒除去。"说完便往上飞又往下打来，打了仍是无用，心中一怒而去。不多时又来了苏完尼德斗，她用神法变成阔里，又照着她的丈夫头上打来。什尔大如昏迷过去，隔了半日之久，才醒过来了。这时酒毒已除，不过浑身觉得疼痛难受，睁眼一看，自己却是在房内躺着。苏完尼、沙力火尼、曾格尼、刺克尼这几位夫人都在房内坐着，看看他身上瘦得可怜，动弹不得。

苏完尼德斗和她丈夫说道："你现在倘若还要那驼不土尼德斗，我倒要问你，你是要活的还是要死的？"什尔大如说要活的。他的夫人说道："我给你拿活的，你养养神吧！"说毕，哈哈大笑而去。这位什尔大如就在此地养病，等候病愈再行启程。半月后，病已痊愈，身体复原。这天早上，他骑马往驼奇五萨满的城进发。他走了一天半的路程，赶到了那城。他见城门关得很紧，绕城走了一周，四门紧闭，无法攻打，仍回到正南门。那门尚未封锁，他以拳头击了一下，里面有人问道何人大惊小怪地叫门。这时，城中便跳出一个人来，正是驼奇五萨满，穿着跳神的神甲神铠，全套衣服很是整齐。他看见什尔大如前来挑战，气得暴跳如雷。

[1] 半晌：东北方言，半天。

## （10）

驼奇五萨满对什尔大如骂道："你这小毛虫到这里来大惊小怪地叫谁？"什尔大如气得满脸通红，问道："来者何人，快快留下名来。"萨满也答道："我说出了我的名字，就怕把你吓跑了。"什尔大如牵住萨满的盔甲打起来，二人打在一起难分难解，战了一百余合。不多时什尔大如因为受了毒，身体太虚弱，所以支撑不住，鼻口出血。他向萨满说道："我要念几句咒语，你可放我，等我念完了咒语再杀我也不迟。"萨满就把他放了。什尔大如走开一二步，口中念念有词。他还没有念完，忽听得轰轰急响，就知道是库尔如米阿塔来了。萨满正在高兴的时候，库尔如米阿塔轰轰轰乒乓[1]，萨满脸上被打一个手掌，赶紧立起来，又是一个手掌，萨满往后一倒，便朝天一跤。这次他可就不敢站起来了，就伏在地上问道："你是什么东西这样厉害？让我看了你的原形，再杀我也不迟。"说罢，他仍旧伏在地上，不敢站起来。库尔如米阿塔遁土遁水无一不精，这次看萨满不敢站起来，就用土遁法从地里往上一轰。萨满这次被打，痛得更加厉害，便跪起来央求说道："莫日根，可怜我吧！留我的残命，我自愿将所管的全城奉送给你，德斗也都交给你们。"什尔大如接着说道："我与你有什么仇恨？你为何要差你的姑娘假意来迎接，用药酒害我？我决不饶你。"库尔如米阿塔又轰轰轰乒乓来回轰了几轰，萨满便气绝身亡了。

什尔大如进城来，将百姓安抚完毕，来到驼奇五萨满家中休息，开筵和众夫人饮酒。不多时，苏完尼拿住了驼不土尼，带来交给丈夫。什尔大如劝这位德斗快快允许嫁给他为妻，不必推诿。这位德斗只是啼哭，众德斗等人劝她入座饮酒，驼不土尼方才止哭。苏完尼也劝说道："前天他被你害得太苦啦，几乎丧命，你应该嫁给我们丈夫，以赎前罪。"众德斗也鼓掌附和。这位德斗总算回心转意，愿嫁什尔大如。什尔大如席间吩咐众百姓造风船三百六十只，前赴自己的故乡，建筑房屋，全城百姓都愿听命。他把各事吩

[1] 轰轰轰乒乓：形容用手掌打人发出的声音。

咐完毕，就向西前进。他走了三百多里，在大江南岸又有一个城名叫头申霍通，城主是四十个马饮初[1]。

## （11）

什尔大如走到头申霍通，四门紧闭，无隙可乘，不易攻击，仍旧来至正南门，也是无计可施，只得敲门。他用拳头向门上打了一下，门开了，走出来一个马饮初，见什尔大如站在那里，便说道："这里南来北往，东去西归的人，都要在城门焚香祷祝，然后才可以过去，他们更不敢敲我的门。你是何人敢来敲门？"什尔大如说道："我走过多少霍通，都是闭门不开，我都把他们打开了，还未遇着对手好汉。你是什么东西敢说这样的大话？"这位马饮初听他说话很是骄傲，便向什尔大如那里走来，一手抓住什尔大如，好似抱小孩一般，把他举起来，向城门的千斤铡底下一送，扣在千斤铡下。侥幸他还没有被铡碎，这位什尔大如在铡内扣住，心中着急万分，又急又恨。

什尔大如被压在千斤铡底下好几天，他的二夫人、三夫人、四夫人、五夫人都来轰击，都不能打开。正当她们那没有办法的时候，北边来了一位德斗，是苏完尼。她来到近前看见什尔大如正被压在千斤铡下，睁着两个大眼，压得很是厉害，无人能把他救出。苏完尼翻身一变，变成阔里，往上一飞，又用了平生之力，往下一击，把千斤铡击去五六步远。什尔大如拼命钻出来，站在那边。苏完尼和丈夫说道："你此刻不叫你兄弟库尔如米阿塔前来助战，还等什么？"什尔大如朝北站住，口中念念有词。这时四十个马饮初都出来了，手中拿着铁锤等物围着什尔大如准备动手。忽听得轰轰地响，什尔大如知道是库尔如米阿塔来到。库尔如米阿塔轰轰轰乒乓打倒好几个马饮初，四十个马饮初乱糟糟地向北去了，仅剩佛罗如马饮初，他以前已经和库尔如米阿塔战过很久，确实战不过他，所以只好甘心投降，不敢再战。这次二人又碰在

[1] 马饮初：赫哲语，神孩，此处是人名。

一处，想要一决胜负。战来战去，到一处漂垡[1]，这地方不能站人，连鹅毛落下也要沉底。佛罗如马饮初实在战不过了，走近库尔如米阿塔面前跪下说道："普天之下，没有人能打胜库尔如米阿塔，我们四十个人情愿投降，决不反叛。"库尔如米阿塔叫他先和什尔大如结拜兄弟，因为他自己已经和什尔大如结成生死弟兄，如此一来大家都是兄弟了。

## （12）

佛罗如马饮初听从库尔如米阿塔的话，和他们结为兄弟。佛罗如马饮初又说道："我们都被迷着，不能转动，我也觉得困倦，最好请什尔大如在我家中宰羊杀猪向北祭奠，使得我们四十个马饮初三日内都能到家。"什尔大如照做，两三天后四十个马饮初一个一个都到家了，重新见礼，四十个马饮初和什尔大如、库尔如米阿塔二人结拜为兄弟。什尔大如的夫人还一个都没有到。什尔大如和马饮初等人在此吃喝，住了三四日。一天早上想要启程，马饮初等人亲自送至郊外，分别的时候，说道："你不要外道[2]，若遇着厉害的敌人，可以速念马饮初快来，我们四十个人便应声而至。"什尔大如告别后，握手而去。什尔大如骑马向西进发，走了半天，前边道旁有一个女人站着。向前一看，却是苏完尼。她看见她的丈夫，便和他说道："这个西边有一座城，名叫他奇热霍通，有三道城墙。城主生得很是魁伟，身高一丈二尺。他有哥七个，面目相像。他们有一位妹妹，名叫那日火尼德斗，长得很美。你可向他们提出婚事，如不允诺，可跪着恳求，千万牢记勿忘。"

## （13）

苏完尼与什尔大如说话完毕，各自握手而别，什尔大如仍上马向那城而

[1] 漂垡：东北方言，沼泽。
[2] 外道：东北方言，客气。

去。离城约一里，看见那旁迎头来了四个人，抬着一个四人轿，来至跟前，放下来禀报说他们是奉大哥之命，前来迎接什尔大如，即请上轿。什尔大如谦让了一回，方才上轿。这四位兄弟看他上轿，就抬向城里去。将到城门，卜孔城主已在门外等候多时了。什尔大如见了他们，随即下轿见礼。到了客厅，寒暄落座，谈话中慢慢提起亲事。大卜孔表示允许，不过要先和他的七弟比武，方能定夺，如能打胜了七弟，则愿结亲。这位什尔大如便和他七弟到院内比武，二人比了三回，什尔大如摔倒那小卜孔三次。三次比武，一摔就倒，看他身材魁伟，为何这般容易摔倒，真是奇怪。原来在他们比武的时候，苏完尼用神术在暗中助她丈夫摔倒小卜孔，故而能够得胜。于是二位莫日根携手进入客厅坐下。大卜孔命奴仆杀猪宰羊，预备德斗的婚礼。奴仆人等人将各种东西备齐，专候明日结婚。

次日清晨，二位新人均归苏完尼照料，因为女家那方面没有别的女人，他们七位卜孔，都没有娶妻，故而没有女人照应。苏完尼德斗将一切都替他们办妥。不多时，鼓乐声作，二位新人，三拜天地[1]。在未交拜以前，什尔大如未曾见过那日火尼，如今交拜的时候，看见新人容貌秀丽，真是绝世美女。新娘看见什尔大如一表非凡，也是一个俊美人物。二位新人互相爱慕。交拜以后，七位卜孔和什尔大如在一张桌上喝酒畅谈；这边苏完尼领着沙力火尼、曾格尼、刺克尼、驼不土尼、那日火尼诸德斗也在上房内设席饮酒。直至红日西沉，方各尽欢而散。到了黄昏，苏完尼陪新人入洞房，说笑了一回，和各德斗回到上房安歇。

什尔大如已经住了七八日，苏完尼问他何日启程，他说明日，到了明日，又是不走，如是者三次。苏完尼知道他是因为不忍离开他的新夫人，故而不肯动身。这天晚上，什尔大如住在苏完尼房内，她用正言劝说，须以国事前途为重，不应如此恋家，说得什尔大如脸儿通红，垂头站立，情愿听命。苏完尼又和丈夫说，她已经怀孕七八个月，要赶回故乡分娩。什尔大如忙问何时回来，苏完尼答道大约二三年方可回转。他听得这话，不觉泪下，大家有

---

[1] 三拜天地：赫哲婚俗，拜天地、拜祖宗、拜灶神。

些依依不舍的样子。夫人又把曾格尼、刺克尼、那日火尼、驼不土尼等诸德斗请到，叮嘱各位妹妹，都应当诚心诚意地侍奉丈夫，不得争执，发生事端。又说天下英雄不少，遇了战事，大家都要互相帮助，不得有误。说完这话，各自回房安歇。什尔大如就在大夫人房中住下，二人一夜不曾合眼。夫人殷勤劝导，劝他以国家大事为重，继续往西征讨。

## （14）

次日什尔大如和苏完尼分别，踌躇了半天，什尔大如才上了马，往西急进。苏完尼送了丈夫启程以后，回到屋内收拾物件，和众德斗一一告别完毕，便回故乡去了。好几日晓行夜宿，后来在离本城不远，见有一座被征服的百姓所修筑的城池，方圆四十里，楼台宫殿，巍峨矗立，很是华美。她走进城门，众百姓都已知道福晋回来，便在道旁跪接。苏完尼觉得很是荣耀，宫娥使女将她用轿子接进了内城，又来到正中宫殿安歇。她长途跋涉，很是困倦，便收拾安眠。次日早晨苏完尼分娩，生下一男一女，母亲和孩子都很平安，苏完尼很是快乐。

## （15）

什尔大如往西征伐，到了一个大屯，看见江边拢住无数船只，沿岸上的帐幕也是无数个。他直向大房走去，到了屯主萨卡秀萨满房内落座。什尔大如问明，方知是比武招亲。这位萨满说明：比武的人，第一要活拿尼克特[1]一头，第二要活拿胡萨[2]两只，第三要活拿库玛卡[3]一只，一齐捉到送来，就可以把爱女许配给他。所以人人都去拿野猪，什尔大如也上北山去拿这头

[1] 尼克特：赫哲语，野猪。
[2] 胡萨：赫哲语，天鹅。
[3] 库玛卡：赫哲语，鹿。

野猪。这猪看见他走近，就伸出尖刀似的獠牙，哼的一声，向他奔来。他想要拿住它两个耳朵，野猪却张口等待，把什尔大如截为两段，上下两节合不到一处，痛得乱滚。忽然上边有人说道："我是你的第五夫人那日火尼德斗，前来救你。"说完便往下一击，什尔大如昏迷过去。不多时，他苏醒过来，身体已好。五夫人告诉他说道："那姑娘附在野猪的身上，张口咬你，你可回去捉拿那萨满，我便追拿他的姑娘。"什尔大如站起身来，急速回奔萨满的家里，到他家中从大门就骂，一路骂，一路进去。看见萨卡秀萨满，便厮打起来。打了一二日，剌克尼德斗从北方回来说道："我顺往海岸走去的时候，有一个陈纳其[1]说，萨卡秀萨满因为他的魂灵跳动，想必要遇着敌人，故而好好地把他的魂灵装在大龟的肚内，放到水里去了。"那日火尼听了这话，便向水中一跳，海水涌动，大龟现了出来。她就把大龟肚子一剖，拿起魂灵就走，拿来交给她丈夫什尔大如。萨满看见他的灵魂被人拿住，就在前边跪着，恳求留命。什尔大如不肯答应，便向地下一掷，萨满就死了。什尔大如走进屯中，吩咐众百姓制造风船三百六十只，开向松阿里南岸，修筑房屋，等候本汗凯旋必有重赏。百姓大家欢呼，愿听新汗之命。这位萨满的女儿也被那日火尼杀死。

什尔大如捉拿猪精的时候，有兄弟二人，兄名太不武汗，弟名木楼汗，看那萨卡秀萨满用猪精害人，怒气冲冲，便跑来和什尔大如道："这萨满真是可恨，他害了很多的人，不要将他放掉，要把这萨满碎尸万段，方才痛快。我家在这西边，莫日根，望你驾临敝舍一叙。在此相遇，真是三生有幸。"言毕鞠躬而去。什尔大如下令催众人开船，自己便上马向西进发，走了一二日，西边见一座城。马走得很快，不多时来到太不武霍通。太不武兄弟二人出城迎接，进了城，到太不武汗家中，入客厅分宾主坐下，并设席款待。饮酒时候，太不武汗向什尔大如说道："久仰大名，今幸不弃，驾临敝舍，实在不胜荣幸。前几日有人说起老兄迎娶卜孔之妹那日火尼德斗。我有一妹名叫唐吉尼，曾与那日火尼从小在一处学艺，二人又是结拜姊妹，不愿分离。小弟愿将舍

[1] 陈纳其：赫哲语，虫名，头小，尾大，有四足。

妹奉送老兄为妻，使得她们姊妹二人能常在一处，未知老兄以为如何？”什尔大如本是好色之人，岂能不从，自然允许纳为妃嫔。他在这里住了两三日，便辞别他们，骑马而去。

## （16）

萨卡秀萨满有一个外甥，住在西面五六十里，名叫木车孔莫汗。他那日听人说他舅舅萨卡秀萨满被什尔大如杀死，又将全屯人民全行降伏，用船载回故乡。他听了那些话非常痛恨。这一天起早他拿了弓箭，来到一片杨树林子，找了一处僻静的地方，等候什尔大如来到行事。等了半天，仍旧不见来到。午后东边有一个骑马的人向西而来，他想大约就是什尔大如了。不多时，来到近前，木车孔莫汗取出箭来搭在弓上，叫号[1]说：“请接我的箭。”什尔大如听得后面有飒飒的箭声，知道不妙，往旁一躲，箭从肋下穿过。转过身来迎面又来一箭，什尔大如就向他问道：“我和你无冤无仇，你真不咋着儿[2]，为何向我射暗箭呢？”那人答道：“我的舅舅已被你杀了，怎么说是没有仇恨呢？”说罢，连放三箭，都射在他的身上，三箭都撞碎了。什尔大如并未受伤，他对木车孔莫汗说：“饶你不死！派你前往各部落报告，说我什尔大如征服各部，投降之人一概免去死罪。”说完，这位木车孔莫汗便迷迷糊糊往西报告去了。什尔大如骑着马向他家里走来，来到屯口，有许多百姓都出来迎接，在道旁跪着。什尔大如把百姓安抚完毕，休息一日，又骑马走了。

## （17）

什尔大如骑马向西，走得很快。不多时，又到一个地方，江南江北，各有城池，两相对峙。山上架有一道铁桥，人来人往，络绎不绝。正走到离城

[1] 叫号：东北方言，挑战。
[2] 不咋儿：东北方言，不怎么好。

二里的时候，有不少人抬着一座八人大轿放在什尔大如的面前，说是奉大汗之命，用八人轿来迎接他，即请上轿进城。原来这城的城主就是以前打败什尔大如的父亲西口莫汗的火尔吉土汗。什尔大如不知道他们用了计，就进轿坐在里面。来接的人见他已经上轿，众人便抬轿急走，不多时到了南城门，他们就放下轿来，报告大汗人已到。火尔吉土汗得知，急速来到南门，近至轿旁，就把铁轿的门锁起，把轿子连人都抛在大江中，沉入江底。幸而江水不能浸入那轿内，尚可呼吸。什尔大如正希望家人捞救的时候，家人都已来到，但都不能捞起，众人只能啼哭而已。后来上边忽然听见哭声，细听乃是苏完尼的声音。什尔大如心里想道：“她若来了，一定可以救我。”苏完尼带了她的儿子什日高、女儿苏恩法尼一同来到此处，看见丈夫锁在铁轿中，便一面哭，一面向水中极力击去，把铁轿上升三丈多高，但是不久仍回原处了。

苏完尼捞不出铁轿，大哭而去，叫苏恩法尼去捞。她听得她父亲沉在江底，心里又恨又怒，就向水中击去。她将轿打出水去升在空中，又在江岸上落下，哗啦一声，铁轿撞碎，什尔大如已晕过去了，隔了半天才苏醒过来，睁眼一看，却在江沿上卧着呢。他站起身来，要往里去，火尔吉土汗等人听见他出来了，就拥上来和他动手。打了半日，什尔大如看见形势不佳，打不过他们，就猫[1]到一旁，走开两三步，朝北说了几句话。话尚未说完，听见轰轰轰的声音，知道是他的兄弟来了。库尔如米阿塔绕到上边，轰的一声，四个火尔吉土汗都仰面朝天，一连打倒十几个。火尔吉土汗心里奇怪，是什么东西，看不见影踪在暗中打人。这边什尔大如和一个火尔吉土汗动手。苏恩法尼又看见另有一只铁箱，便又把他打碎，里面钻出一个人，原来是她祖父西口莫汗。他出来后，也和火尔吉土汗动手。库尔如米阿塔和三百多个火尔吉土汗厮打起来，征讨南方部落的曾勾也同时来到，和火尔吉土汗互相厮杀。父和子，岳父和女婿，见面都不认识，混战一会儿，火尔吉土汗这边只剩一百多个人。什尔大如听见苏完尼德斗和他说话，叫他去请他的结拜弟兄前来助战。他听了，便想起卜孔和马饮初等众位弟兄可以前来搭救，便念起咒语。不多时，

[1] 猫：东北方言，躲藏。

卜孔等人从地下一个一个钻出来和火尔吉土汗动手。

什尔大如打仗的时候，又见一位须发苍白八十多岁的老人，很是厉害，看见了火尔吉土汗还切齿大骂，和他们厮打，心里转念这位老者，自己并不认识他，怎么会这样出力。后来又看见一位十六七岁的少年，也来助战，武艺很高。火尔吉土汗一行人纷纷倒地，现下已经打死了一半。老者打死两三个火尔吉土汗的随从，少年打死八九个，曾勾打死五六个。什尔大如仍和一个人交手不分上下，战来战去，和老者相距不远时，便问道："老丈何人，为何如此出力助战？"那老丈答道："我就是西口莫汗，我的儿子什尔大如和女儿什克尼不知他们到哪里去了，如今没有见面，真令老身着急。现在我从铁柜里被人救了出来，故而和我的仇敌动手。"什尔大如听得是他的父亲，看他精神很好，便说道："父亲！我就是你的儿子，在战场上恕我不能行礼！"此时老者才知道他就是自己的儿子，很觉快乐。那少年就是什日高，他听见他们的话，知道他的父亲和他的祖父都在这里，也很高兴。这时尚有三十多个仇人没有杀死，什尔大如请库尔如米阿塔和敌人打仗，他自己和父亲进城预先筹备酒席去了。

## （18）

曾勾将南部落平定以后，直赴火尔吉土汗霍通南面驻扎，等候什尔大如到来，再行出来助战。他看见火尔吉土汗们都被库尔如米阿塔打走了，也走进城来。什尔大如和他父亲走进火尔吉土汗府，行了拜跪礼，他父亲很是快乐。父子正在欢谈，曾勾也进来见礼，向岳父行了拜跪礼。后来那少年也走了进来，什尔大如问道："他是何人？"曾勾说他是什尔大如的儿子什日高莫日根，说完那少年便拜见了父亲和祖父。什尔大如夫人苏完尼德斗等人，也都进来见礼。不多时曾勾妈妈、什克尼德斗以及曾勾的其他夫人都进来了，在大殿前见礼。家人团圆，喜气洋洋。什尔大如下令城内城外人民杀猪宰羊，吃喝三天，放工半月；半月后，制成风船一千八百只，预备班师时使用，附近木匠，全部被招来造船。什尔大如设宴请曾勾的妈妈和他的夫人什克尼、奇阿克特尼，由苏完尼、曾格尼、刺克尼等人作陪。男客卜孔兄弟七人，马饮初四十位，太不武汗、木楼汗兄弟二人，曾勾由什尔大如招待入席。西口莫汗首座，其余依照年龄次第坐下，什尔大如陪客开怀畅饮，实是空前的盛会。不多时，库尔如米阿塔轰轰的来了，没有见过的人都很好奇，后来在什尔大如饮酒的桌上落下。什尔大如喝一回酒，就在头盖骨上斟一回酒，一刻都离不了他。库尔如米阿塔在北方所娶的一位外拉尼德斗也进来了，苏完尼出来迎接，让其至曾勾妈妈下边坐下。外拉尼德斗谦让了一回，再行坐下。他们喝酒说说笑笑，喝了一天酒，尽欢而散，晚上都在汗府安歇。次日卜孔和马饮初等人跟头把式[1]地辞别回家去了。

什尔大如派人制造船只，造了一个多月，造好了，限令全城人民三日内把所有物件、人丁、牲口等搬到船上等候开船。工人另外替什尔大如制造一只龙头凤尾的快船，大汗很欢喜，催众人急速上船，以便开驶。他在龙船上和曾勾、库尔如米阿塔以及父亲、儿子住在一起，所有妈妈、德斗、格格也都上船，一共一千八百只船，一齐开船行驶，弄得火尔吉土霍通空空如也，鸡犬不留。他们共走了一个多月，在船上和弟兄们饮酒作乐。

在船上饮酒作乐的时候，库尔如米阿塔和苏完尼说道："我预先纳外拉尼德斗为妻，到家后再行结婚，无奈不能变成人形，请众位嫂嫂设法。"苏完尼答道："我们正要看看你的容貌呢。"曾格尼、刺克尼、驼不土尼、那日火尼、唐吉尼各德斗都变成阔里，日日轰击那脑盖骨，终究未曾打破。后来苏完尼从上往下轰击库尔如米阿塔，把骨头上打开一尺多，但仍旧合成一块。苏恩法尼德斗比她的妈妈神法广大，各种武艺无一不精。她把头盖骨击成两块，一块在东，一块在西，库尔如现出人形。苏恩法尼德斗又将头盖骨交给她的母亲苏完尼德斗收藏起来。库尔如现出人形后，和诸位嫂嫂见礼。库尔如又和什尔大如握手谈话，二人情分有如手足。那头盖骨已被侄女拿去，向她要了几回，终究不肯送还。这时库尔如布置杯盘喝酒，大家欢乐谈笑，走了好几个月。他们快到故乡时，就命令人们上岸居住，修筑城池。什尔大

[1] 跟头把式：东北方言，走路不稳的样子。

如为库尔如夫妇二人在东边修筑一座城堡，让他们住下，又修筑一座城堡给曾勾夫妇住下。此时什尔大如当了当地部落的首领，领着大家捕鱼打猎，过着丰衣足食的生活，他的英明事迹在三江到处传扬。

流传地区：松花江下游赫哲村屯
搜集时间：1930 年
讲　　述：当地赫哲老人
搜集整理：凌纯声、张耆孙

# 阿尔奇五

## （1）

唐宋年间，在吉林境内松花江南岸有一个小城，叫作富廷霍通[1]，城内居民只有五六十家，城主名叫土秋莫日根。他娶吉米阿尼德斗为妻，生有一女一男：女名爱禄尼，年十二岁；男名爱德五，年七岁。土秋莫日根自从当城主以来，安闲度日，已有多年。

在萨哈林上游北岸有一座城，名叫甲好霍通，城主名叫甲好木汗。他的夫人木尔克尼德斗生有四子一女：长子名叫佛尔吉五，次子佛奇五，三子佛日五，四子麻尔他五，女名佛拉尼德斗，年纪最小。弟兄四个都已长大成人。有一天，甲好木汗对他的四个儿子说道：“我在年轻的时候曾经平定萨哈林两岸，东至海滨，所有城屯都被我征服，整整费了三十多年的工夫，才将各处人民一齐运来，并且建筑了这座大城。如今你们四个弟兄已经长大成人，应当志在四方，到各处去征服几个城屯，把人民运回本城，一来扬名天下，二来也可解决你们的婚姻大事。”话还没完，四子麻尔他五回答说道：“北

[1] 富廷霍通：今黑龙江省省富锦市西，离县城十余里有一座小城，即赫哲人的古城富廷霍通。

部落[1]已经被父亲平定了，留着中部落[2]和南部落[3]尚未平服。那么我就此去征服中部落，二哥去征服南部落，运民回来。我们哥两个此去恐怕要几十年的工夫，咱们双亲虽说年逾七十，但是有大哥三哥在家侍奉，并镇守城池，大家也就可以放心了！”

甲好木汗听了，甚为赞许。到了第二天，麻尔他五和佛奇五各自收拾兵器，拜别了父母兄长，各奔前程去了。

麻尔他五一直向南走了几天，这日来到松阿里流域，就顺流往东攻打。他一连破了几个有名城池，城主都被他打死，他令各城的降民赶造百余只大风船，将各城人民一齐载在船上，沿江东下。所有松阿里两岸的城主屯长有闻名投降的，也有抵抗致死的。麻尔他五从家里动身的时候，胞妹佛拉尼德斗就暗地里跟随着保护他，并且助他战斗。此时麻尔他五一路征讨过去，并娶了四五个妻子，声名传遍了松阿里一带。

这位富廷霍通城主土秋莫日根听得麻尔他五平定中部落，无人能够抵敌，并且不久就要来到。自己想到夫妻俩都已年过五旬，儿女又都年纪幼小，哪里是他的对手？如若降了，恐怕被人耻笑。他左思右想，总是想不出一个计策。他和夫人商议，也是没有好的法子。正在他一筹莫展的时候，有一个忠心的老奴才，名叫拉尔红阿，前来施礼说道：“额真阿哥[4]，老奴今有一计，不知额真认为可行否？”土秋夫妻就问他有何计策。拉尔红阿答道：“我上南山打柴时，在山里看见一个石洞，我常常进去探望，里面很是宽广。依我之计，先将小主人姐弟二人送到石洞里，多带些干粮，暂在那洞里躲藏几日，老奴把守着洞门。等麻尔他五来的时候，额真若战胜了他，我就将小主人领回。如若战败，你的性命当然难保，那时我必在山洞里尽心竭力的抚养小主人姐弟两人，等他们成人以后，好替我主报仇雪恨。”土秋夫妻听他说得很有道理，立刻吩咐他多带些干粮，领着两个小主人上南山石洞避难。

---

[1] 北部落：指黑龙江流域。
[2] 中部落：指松花江流域。
[3] 南部落：指乌苏里江流域。
[4] 额真阿哥：赫哲语，额真，主子；阿哥，兄长，额真阿哥是对主人的尊称。

## （2）

麻尔他五带领了一百多只大风船，顺流东下。不几天，他已到了富廷霍通，在船上远远地望见这城很是整齐，就吩咐各船停泊江岸。

船还没有靠岸，麻尔他五就跳上岸去。他跑到城边，见城门紧闭，他就高声喊道："你们若知道我的厉害，快快开门投降，否则等我攻下城时，你们的性命就难保全！"土秋自从那天命老奴领着两个孩儿上南山洞避难去后，就头昏眼黑，坐立不安，就此害起病来。今日听得家人屡次来信禀报说，麻尔他五的船快要来到，心里一急，就昏迷过去了。夫人吉米阿尼德斗连连喊叫，喊了半天，土秋渐渐苏醒过来，叫了几声苍天，不禁流下泪来，说道："这是天意，哪里是人力所能挽回的呢？"说完闭目咬牙，溘然长逝。

吉米阿尼德斗正在抚尸痛哭的时候，家人又慌忙进报说麻尔他五已到城下讨战。她听得此信，止住了哭，起身往外就走，到得院中，摇身一变，变了一个阔里。她飞到城外，见麻尔他五正在乱叫，她就飞在他的头顶上往下击来。麻尔他五看这阔里击下甚是厉害，自知抵挡不住，又无处躲藏。正在危急之时，从他身后，忽然有个阔里往上飞起，接住那个阔里在空中战斗起来。原来麻尔他五的几个妻妾都在四处游玩，独有他的胞妹佛拉尼德斗在船中歇息。她知道哥哥将要被吉米阿尼德斗打击，就急忙前来变了阔里，接住吉米阿尼德斗，在空中战斗起来。麻尔他五的妻妾得知后，也都赶来围攻。不多一会儿，吉米阿尼德斗因为寡不敌众，就被她们擒住。她们用铁丝袋将她装好，带到船里。

竹深达[1]见主人病死，主母被擒，就带领着人民在大道两旁跪接新主。麻尔他五见众人都已归顺，便令竹深达急速造船运载人民。吩咐完毕，进城向各处看了一遍，然后回到船中。他的妻妾都上前迎接，并把活捉吉米阿尼德斗的事说了一遍。麻尔他五吩咐各船头目说道："你们去城里去杀猪宰羊，分赏人民随便吃喝，并且大家都去帮助城里的人民快快把船造起来。"众头

[1] 竹深达：赫哲语，部落的长官。

目领命下去，麻尔他五就在船上和妻妾饮酒作乐。他住了半个多月，才造成了大风船十六只，下令让城中人民把所有物件装在船上，预备明天开船。

次日晨起，麻尔他五吩咐大家开船，仍是顺流东下，将吉米阿尼德斗送到后边一个船舱里面，和其余六七个妇人囚禁在一起。麻尔他五带领着一百六七十只大风船行至松阿里、萨哈林两江合流的地方[1]，遇见他二哥佛奇五平定乌苏里江一带，载运降民也已行到此处。兄弟两个见了面，非常欢喜，就带领三百余只大风船，威风凛凛的凯旋，回他们的故乡去。

等他们走后，土秋莫日根的奴才拉尔红阿带领两个小孩来到南山石洞门口，他先进去探望了一会儿，随后将姐弟两个领进洞去，尽心地在洞里看护着两个小主人。他们一连躲避了二十多天，拉尔红阿对两个小主人说道："咱们在这里住了二十多天，不知城中的消息如何。今天我回城探听，你们千万不要出洞，洞外野兽多得很呢。"他叮嘱了一会儿，出洞将洞门用大石塞住，然后动身。先在城外打听，并无声息；等到进城一看，见房屋空空，鸡犬不留。拉尔红阿看此情景，禁不住掉下泪来。他叹息了一会儿，就回到山中，进得洞来，报告了他们姐弟两个父母被杀的消息。他们虽然年幼无知，但是听到父母被杀，就放声大哭起来。后经老奴劝慰了半天，方才止哭。他们又在洞里住了几天，所带的食物快要吃完了。

## （3）

老奴见食物快要吃完，心里着急。想了半天，虽是想到主人有许多至亲，但因路途遥远，无法投奔。爱禄尼德斗在旁听了，想起她母亲时常提及在下江有娘家哥哥名叫德克秀莫日根，居住在巴库利霍通。她就对老奴说道："若是投奔我的舅家，实在是不难，我常听母亲说过我舅家就在松阿里下游。"拉尔红阿听了爱禄尼德斗的话，接口说道："年老的人真是糊涂，连松阿里的水路都忘记了。"说完就背着爱德五，领着爱禄尼先到城中，再一直走到

[1] 两江合流处，即今黑龙江省同江市境内的三江口。

江沿。他找了半天，才找着一只破的五米日陈。他把这船修理了半天，方才完工，此时天已黑了下来。拉尔红阿回到城里，找得半升鹿肉干，带回江沿，给姐弟两个纳在怀中，以作长途的食粮，然后将那船推入水中，先把两个小主人抱到船上，叫他们坐在前头，自己坐在后面，用双手划桨，顺着松阿里往东而去。

此时麻尔他五的胞妹佛拉尼德斗自从随哥哥平定松阿里一带以后，闲着无事，就往各处游玩。这日到了乌苏里江上游，见有石砬高入云际，她就轻轻停落在石砬上，她正在休息时，忽然眼跳，知道有事，就问她的额其和。额其和惊惶说道："你四哥麻尔他五今天上北山打猎，遇见一个怪物。他一连发出三箭，都没要了他的命。后来几个嫂嫂都变了阔里前去助战，不但没有击死怪物，反被怪物咬死了。现在你如不赶快去救，你四哥恐有性命之忧。"佛拉尼德斗听得兄嫂遇难，立刻在石砬上腾空，飞向萨哈林上游北大山去。她路过松阿里时，正遇见拉尔红阿主仆三人，乘船东行。佛拉尼德斗知道这三人是仇人的子女，就想当场结束他们姊弟的性命，但是又怕误了时刻，所以就用萨满神法，刮起一阵大风，把主仆三人的船刮翻。她眼看他们三人淹入水中，便很放心的往北飞去了。

主仆三人被佛拉尼德斗用神风刮翻了船，拉尔红阿当时淹死。爱德五和爱禄尼姊弟两人幸未离开小船，等到大风过去后，渐渐地流到一个大沙滩上。爱禄尼将弟弟带到沙滩上，把衣服脱下，晒干后再行穿上。此时弟弟饥饿难忍，就大哭起来。爱禄尼是个十二岁的小女孩，到了无计可施的时候，也只得哭起来了。

## （4）

在松花江南岸有一个屯子[1]，屯主名叫英德尔真莫日根，娶妻鲁耶尼德斗。二人年纪都有五十多岁，膝下只有一女，名叫秀勒尼德斗，年方十一岁，

[1] 这屯在今黑龙江省同江市境内。

学成萨满神艺，甚是高强，而且容颜美丽。她父母爱她就像掌上明珠一样，并在院内造一座小楼，给她居住。英德尔真闲着无事，心想到江边去叉鱼，就吩咐家奴预备小船和鱼叉等物。他坐了五米日陈，顺着大江航行，在滩边找寻鳇鱼。他走了几个沙滩，不见一条鳇鱼，后来到了一个大沙滩的东岸时，就听得有啼哭的声音。他定神细听，听得好像是小孩的哭声，很是奇怪。他就循声走去，走近一看，见两个小孩，在滩上坐着啼哭。

起初姐弟二人只顾啼哭，没有注意到有人走来。等到英德尔真走近的时候，姐弟两个见了，才止住哭声，目不转睛地呆望着他。英德尔真急忙跳上沙滩，走到他们面前，看是男女两个小孩，就问道：“你们是何处人氏，为何在此啼哭？”爱禄尼看这老人用好言相问，就急忙领着弟弟跪下说道：“我们系同胞姐弟，是富廷霍通人氏，父亲名叫土秋莫日根，母亲名叫吉米阿尼德斗。我们本是平安度日，只因麻尔他五前来攻打我们的城池，我父母听得此言，先让一位年老的奴才将我姐弟二人带到南山石洞内躲避。我主仆三人在洞里住有一个月，回城探望，始知城池已破，大概我们父母也被人杀了。后来因为没有食粮，老奴就领了我们投奔亲戚。不料来到此处，忽然遇着一阵大风，将我们的船刮翻了，那老奴当场淹死，我姐弟二人等大风过后，渐渐地被冲到滩上来了。如今我们饿得没有办法，所以啼哭。”说完了话，仍旧啼哭起来。

英德尔真看这两个小孩，相貌非凡，就把他们抱到自己的船上，自己也上了船，急速地划回家去。他夫人见他领了两个孩子进来，仔细观看，并不认识，就问他们的来历。英德尔真说道：“这是天赐我们的一对儿女啊！”又将他们姐弟的来历说了一遍。爱禄尼听这对夫妻如此说法，就领着阿弟来到夫人面前，双双跪下叩头。鲁耶尼德斗急忙起身离座，一手拉起一个，抱在怀里狂吻了一会儿，然后叫家人急速地做饭给姐弟充饥。此时秀勒尼德斗正在院内楼上，听说父亲在江中救了两个小孩，现在已经领回家来，就下楼来到上屋观看。她母亲将姐弟的来历对女儿说了一遍，秀勒尼非常欢喜。从此以后，爱禄尼和秀勒尼就在楼上居住，亲爱得就像同胞姊妹一样。爱德五就在上屋居住，英德尔真夫妻对他们如亲生的儿女一般。

那吉米阿尼德斗自从被麻尔他五掳到萨哈林上游甲好霍通去后，连同被掳的六七个妇女都囚在一间空房里，并且有人看守，天天教她们捶打兽皮，[1]缝做皮衣裳和靰鞡[2]等物。当吉米阿尼德斗被掳以前，早就怀孕，被囚至今，已经达月。这天觉得肚里疼，她就知道快要生产了。她等到晚上二更以后，果然产下一个男孩，长得肌白体胖，方头大耳。吉米阿尼德斗就将他抱在怀里，亲热了一会儿，随后又给他吃奶。后来她又想到麻尔他五若知道她生了小孩，一定要来结束他的性命，不如趁早把他投入江中。她想到这里，就伤心痛哭了一场，然后将小孩用皮包裹起来，恳求看守的人将他抱到江边去抛到江中。

## （5）

看守的老奴答应了她，就抱着这小孩子向江边走去。路上细看这孩相貌非凡，心想救他一条小命，又怕日后主人知道，连自己的性命都不保，想了半天，想不出一个搭救的办法。后来她见那江边上有一只大风船，船中有一只作克春[3]，他就将这小孩装在作克春里面，轻轻地推入江中。这只作克春就漂流向下游去了。

吉米阿尼德斗的胞兄名叫德克秀莫日根，在他少年时代，曾经平定乌苏里江两岸诸部落，筑了巴库利霍通，将各部落人民都运到本城居住。他早年娶了沙尔额尼德斗为妻，并未生育，到了五十岁的那年，生了一个女儿，夫妻二人爱如掌珠，取名克库尼德斗，长得非常美丽，犹如仙女一般。

巴库利霍通对面江北岸上有一座大山，山中有一古洞，洞里住着萨满神的祖师，名叫面米尔金妈妈[4]。她是古时一位信仰萨满的妇人，后来得道成仙，就在此洞修身养性，已经有一千多年了。她正在静坐养性的时候，忽然

[1] 原来的兽皮很硬，须用力捶过，方始软熟。
[2] 靰鞡：东北方言，赫哲人用野猪等兽皮所做成的皮鞋。
[3] 作克春：赫哲语，用桦皮所制成的器皿，形如瓦盆，赫哲人古时无瓷盆，即用此物盛水洗脸，大小不等，大者可为洗衣服之用。
[4] 面米尔金妈妈：赫哲语，圣母。

眼跳耳热，掐指一算，知道和克库尼德斗有师徒的缘分。克库尼德斗今年五岁，正是应当学习萨满，就令紫勒萨拉卡[1]到巴库利霍通将克库尼德斗背回古洞跟妈妈学习神术。德克秀夫妻忽然不见了女儿，急命众奴才使女在城内外挨家找寻。一连十几天，毫无踪迹，急得他们夫妻二人日夜痛哭。

这天早饭后，家人前来报道："我们今天在江边打鱼时，见上游飘来一只作克春，内中有一个小孩，现在已经把他抱回来了。"德克秀夫妻听了，就吩咐家人快将那小孩子抱来。德克秀接过小孩，仔细一看，知此孩生产未久，大约不过三天，但不知这孩的父母为何将亲生儿子抛弃江中。又看他长得方头大耳，五官端正。他对夫人说道："我们只有一女，现在又已失踪，怕是上天见怜，所以赐下这个小儿子的吧？"夫妻二人很欢喜，谢了天地，又命家奴杀猪宰羊，通知城中人民和亲友前来吃喝三天，庆贺他夫妻俩得子的大喜。此后夫妻尽心抚养这孩子，又替他起个名字，叫作阿尔奇五。光阴过得很快，阿尔奇五不知不觉已经六岁了。一天早上，面米尔金妈妈又令紫勒萨拉卡到巴库利霍通去将阿尔奇五背到山上来。

## （6）

紫勒萨拉卡领命来到巴库利霍通，见阿尔奇五正在院中游玩，旁有两个使女陪着。他就远远的使一阵大风，将阿尔奇五卷到空中，然后带进洞来交给祖师复命。面米尔金妈妈叫克库尼前来，教她带领阿尔奇五，一同学习神术，不得贪玩。她又知道德克秀夫妻不见了阿尔奇五，一定更要悲伤，恐他们夫妻二人因此成病，所以出得洞来，先将洞门用神术阻塞，然后驾起祥云，一霎时已到巴库利霍通，停住云头，往下看去，果然德克秀夫妻二人哭得死去活来，实在可怜。他的家人在城内外挨家搜寻，好像闹翻了天地一般。面米尔金妈妈在空中看了一会儿，就在怀中掏出一个小小的纸人，放在掌中，口里念了萨满神咒，然后向纸吹了一口气，那纸人飘飘的落在德克秀的院中，

[1] 紫勒萨拉卡：赫哲语，紫勒，铁；萨拉卡，赫哲人所供奉之神的一种。

落地就变成一个小孩，长得和阿尔奇五的面貌分毫不差。此时早有家人看见，大声喊叫道："小主人回来了。"连喊了几声，德克秀出来，看见小孩果然回来，急忙前去抱在手里，欢天喜地的进屋内去了。面米尔金妈妈放出纸人后，就驾起云头，回到古洞教授两个徒弟去了。

爱禄尼、爱德五姐弟二人自从那年被英德尔真救回家去以后，忽忽已有五六年了。此时爱德五年已十二三岁，爱禄尼年已十六七岁，姊弟两个时常在无人的地方，谈论他们家中先前的事情，说到伤心处，暗地里痛哭了一场，誓必报复这不共戴天之仇。英德尔真见爱德五已经长大，就对夫人说道："咱们女儿已十六七岁了，还没招婿。我们已是年迈，好比瓦上霜，有早无晚。不如趁我们夫妻在世的时候，替女儿招个贤婿，那么我们死后也可放心了！"夫人接着说道："依我看来，不如将女儿许给爱德五。日后老夫妻归西后，虽无亲儿承嗣，但有他小夫妇继承着香烟，管辖本屯，我们死也可以无憾了！你的意见如何？"英德尔真听了，答道："你这主张正合吾意。"说完就吩咐家人把爱禄尼姐弟叫到上房来，将他老夫妻的意思说给他们听。姐弟俩看他们主意打定，便叩头拜谢。

英德尔真夫妻看他们姐弟应允婚事，立刻吩咐丫鬟上北楼请秀勒尼前来，替未婚夫装烟斟茶。[1]丫鬟领命来到北楼，对秀勒尼说了一遍。秀勒尼才知父母已经将她许给爱德五为妻，就梳洗打扮穿戴完毕，命丫鬟在前领路，来到上房。那里早有丫鬟预备好一个长烟袋，秀勒尼将烟袋接在手中，递给爱德五，爱德五接过烟袋便吸。她又斟上一碗茶，然后回北楼去了。

面米尔金妈妈在古洞内教授克库尼、阿尔奇五两个徒弟，他二人也亲爱得像同胞姊弟一样。克库尼在洞中整整学习了十年，阿尔奇五也学习了有六七年的工夫。他们的萨满神法已是高强无比，变化无穷。一日天朗气清，风和日暖，祖师面米尔金妈妈把他们两个叫到面前，说道："你俩应当下山回家去了。但有一事，我若不对你们说明，你们永远不会知道的。"她就将

[1] 赫哲人古礼：男女完婚之前，未婚妻应和未婚夫先行装烟斟茶，然后结婚。此项礼节，一百年前已经不流行了。

他二人的来历详细说了一遍。克库尼也因到洞时年纪太小，一切都不知道，如今祖师告诉了他们，才知道她自己的来历。面米尔金妈妈又道："你俩是姑舅至亲，也是吴木喜妈妈[1]所配成的夫妻，不可违背。"克库尼听了，羞得面红耳赤。二人等祖师嘱咐完毕后，就叩头拜别。

二人走出洞口，克库尼摇身一变，变了一只阔里，飞腾空中。阿尔奇五也变了一只阔里，飞到空中。两个阔里直向西南飞，不多时，已到巴库利霍通城外，落地各变原形。他们走到城门口，见有人把守城门。克库尼就对他们的人说道："快去禀知城主，就说是她的女儿克库尼领着兄弟阿尔奇五回来了。"把门的人听了，不敢怠慢，急速进城将此事禀报主人。德克秀夫妻听说女儿领着她兄弟回来，甚为惊异。记得女儿克库尼十年前走失，怎样又会回来；阿尔奇五明明没有失踪，怎么说姊弟一同前来呢？二人也想不出究竟是怎么一回事，就叫禀报的人快把他们领进城来。

## （7）

德克秀夫妇听说十几年前失踪的女儿克库尼德斗回来，正在惊疑着，忽见一个十五六岁的姑娘领着一个十一二岁的男孩子走近他老夫妻面前，双膝跪下叩头。克库尼德斗把姊弟两个在洞内学习萨满神艺的情形、表弟阿尔奇五莫日根的来历和祖师遣纸人替代的事情，都详细说了一遍。德克秀夫妻听女儿所说，方才知道一切。夫妻二人悲喜交集，悲的是妹夫土秋莫日根夫妻的遭遇，喜的是土秋香烟未绝。阿尔奇五又与舅父舅母重行见礼。德克秀吩咐家人杀猪宰羊。此时城中的人民知道城主女儿克库尼在古洞学成了萨满神术回来，都来贺喜。德克秀又下令城内外人民无论男女老幼一齐都来吃喝三天。

阿尔奇五在舅父家中住了一年多，一日忽然想起面米尔金妈妈所嘱咐的话，就去对舅父说道："我和表姐在古洞学习萨满的时候，我那祖师面米尔金妈妈对我们说过，我和表姐有夫妻缘分，不可错配。现在想起来，所以特

---

[1] 吴木喜妈妈：赫哲语，司婚姻的神。

地禀知舅父舅母，还望舅父舅母做主。”德克秀听了他外甥的话，答道：“此事我夫妻早有此意，如今面米尔金妈妈既有此命在先，自然不可不从。”阿尔奇五听他们都很赞成，就跪下叩头，流泪说道：“今既承两位大人允许婚事，还求急速办理。因为父母的冤仇未报，如若一人前去，甚为困难。结婚后有表姐相助，就容易得多了。”德克秀听了，说道：“我甥既有此志，明日就可成婚。”

到了次晨早饭后，德克秀令家人杀猪宰羊，办好酒席。等到一切东西办妥，就令他小夫妻交拜成礼。城中人民都来吃喜酒，又是闹了三天。阿尔奇五婚后，就将报仇的事告诉了妻子，并说道：“我以前所顾虑的就是报仇时无人相助，如今咱们既已结为夫妻，自然是同心协力。要报父母的冤仇，全靠夫人相助了！”克库尼答道：“咱们夫妻间说话不要如此客气。我父母既已把我许配于你，生则同居，死则同穴，何况替父母报仇，也是扬我夫妻的威名呢！”二人议定，就在明日动身。到了次日早晨，克库尼德斗用过早饭后，用纸剪了一匹马，向窗外吹去。这纸马到了窗外，就变成一匹真马。阿尔奇五见夫人已经预备好马匹，就到上屋拜别了舅父舅母。德克秀夫妻看他外甥即刻就要启程，便叮嘱一番。阿尔奇五一一记在心中，然后辞别二老，跨上马背启程。德克秀夫妻二人将阿尔奇五夫妻送出城外始回。阿尔奇五就沿江南岸向正西走去。

英德尔真把女儿许给爱德五后，过了几天，就叫他们成亲，并令家人杀猪宰羊，城中人民都来吃酒道喜，闹了几天。等事过后，爱德五和夫人秀勒尼商议报仇之事，议定也在此时出发。秀勒尼用萨满神术，变了一只龙船。夫妻二人带领随从人等，拜别了岳父岳母和格格爱禄尼，然后上船启程向松阿里、萨哈林两江合流处行驶。不过数日已到，就停在南岸休息。

恰值阿尔奇五骑着马也到这个地方，看南岸有一只龙船，雕刻得甚是华丽。他行近此船，见由船舱中出来一人，年约二十岁，面貌甚是端正秀丽。这人并非别人，就是爱德五。他见阿尔奇五骑马站在江边，就急忙地跳上岸来，走到他的面前，开口问道：“莫日根阿哥，我借问一声，自此处到那巴库利霍通还有多少路？”阿尔奇五在马上说道：“还有五六百里，你问巴库利霍通做什么？”爱德五说道：“巴库利霍通的城主德克秀是我的娘舅啊。”阿尔奇五听他说到娘舅二字，急忙地跳下马来，惊问道：“你的老家住在何处？你父亲何人？”爱德五看他这等模样，就知其中必有缘故，就将自己的来历细说了一遍。阿尔奇五也把自己的来历说了出来。二人才知是同胞兄弟，于是相拥痛哭了多时。后来兄弟一同上船，阿尔奇五拜见嫂嫂，二人就坐下各述苦楚。说到悲伤处，不免掉下泪来。秀勒尼德斗亲自做了菜饭，三人同桌坐下喝酒吃饭。吃饭时并讨论了一回报仇之事，饭后又闲谈了多时。天色不早，大家就在船舱预备安睡。

## （8）

阿尔奇五和兄嫂等人正在预备安睡的时候，忽听得有人上船，他在舱里就知道是夫人克库尼德斗来了，就对他嫂嫂笑道：“必定是弟媳克库尼德斗来了。”秀勒尼德斗听了，急忙出舱迎接，让她进舱来。阿尔奇五叫她和兄嫂见礼，然后彼此落座。谈了一会儿，才各归寝。次晨起来，克库尼将所变的纸马用法术收回。爱德五吩咐众人开船，向萨哈林上游行驶。

他们晓行夜宿地走了几天。这日阿尔奇五正在船头瞭望，远远的看见江的两岸有两座相对的城池，甚是宽大巍峨。原来此城名叫巴尔柯苏，城主是兄弟二人，兄名马秋汗，弟名法秋汗。他们是甲好木汗的外甥，而且甲好木汗的女儿佛拉尼德斗已嫁给法秋汗为妻。佛拉尼德斗知阿尔奇五兄弟两个要来找他们报仇，所以前几天就与丈夫商议要在此处防御，要想消灭他们兄弟二人，以免后患。今见阿尔奇五兄弟的龙船威风凛凛地前来，她就用萨满法术变成一个熊木禄[1]在水中等候。秀勒尼德斗早用萨满的法术在船头暗中预防防备。等到船行到离城只有一里多远时，江水忽然分开，显出一条独角龙，直向船头撞来。不料那独角龙却被船头撞回三四丈。这龙看未能撞坏那船，就变成阔里，飞翔在空中。此时秀勒尼和克库尼妯娌两个，也变阔里在空中

［1］熊木禄：赫哲语，独角龙。

和佛拉尼交战起来。后来江南江北城中，又飞起十几个阔里前来帮助佛拉尼。

阿尔奇五弟兄二人将船泊在南岸，见有两个大汉在岸上站着。阿尔奇五问道："你二人是谁？为何杵倔横丧[1]地拦住我们去路。"话未说完，那岸上的两人开言骂道："你若问我的姓名，我们二人是同胞兄弟，兄名马秋汗，弟名法秋汗，在此管领这个巴尔柯苏霍通。我们与你们的仇人麻尔他五是姑舅至亲。今天你们若知我兄弟的厉害，赶快跪下受绑。如若不然，等我们动了手，就要你们的狗命。"阿尔奇五兄弟二人听说是他们仇人的至亲，就把腰带紧了一紧，一齐跳上江岸。阿尔奇五和法秋汗交手，爱德五和马秋汗战斗，四人一连战了十几天。这日法秋汗自觉气虚力乏，口鼻出血，就知自己的性命不保。他就哀求阿尔奇五说道："求莫日根阿哥容我与我朋友说几句辞别的话吧！"阿尔奇五就住手不战，在旁看他究和谁说话。心上这样想着，只见他面向正北跪下，叩头祝告说道："在北山石砬子古洞的洞主五如古力马法，你是我的师兄，恳求你快来救我。如若迟来，我的性命不保了。"阿尔奇五听他叫帮手来助战，便上前一脚踢去，二人又战斗起来。他们战了二十多个回合，见前边有一块大石头，就用手抓住法秋汗的两肩，向石上用力一掷，就此结束了他的性命。

他正在想走到城里去，又见从北方来了一人，生有九头。他走到面前，手指阿尔奇五骂道："你将我师弟无故打死，我今特来替他报仇。"说完就动起手来，打了五六十个回合，不分胜负。阿尔奇五用萨满神法，变了一只猛虎，五如古力马法也变成一只黑熊。虎熊相斗，斗得天地昏暗。正在不分胜负的时候，空中忽然来了一只阔里，说道："丈夫，你在旁边躲一躲，等我来结束他的性命。"阿尔奇五听是夫人的声音，就在旁边一闪。他眼看有一只阔里，从空中下击，把熊劈为两段。此时爱德五也将马秋汗打死。法秋汗的妻子佛拉尼德斗和她的妯娌们十余人也都被克库尼德斗、秀勒尼德斗击死。大家回到船上休息。

两城的竹深达见城主和众德斗都已被打死，就率领人民跪接新主。阿尔

[1] 杵倔横丧：东北方言，倔犟蛮横之意。

奇五吩咐两个竹深达杀猪宰羊，令人民吃喝三天。兄弟二人就在城中商议报仇的事，克库尼德斗在旁说道："依我的意见，咱们兄嫂可先带领这两城人民回到故里，修造房屋，建筑城池，报仇一事就让我们夫妻俩去好了。不知兄嫂意下如何？"阿尔奇五也附和夫人的主张。爱德五夫妻子听了只得应允。到了次日早晨，克库尼用萨满神法仍旧剪纸作马。阿尔奇五告别了兄嫂，骑马登程去了。爱德五夫妻二人等他兄弟走后，就令本城的竹深达率领人民制造大风船。费了一个多月的工夫，造成百余只大风船。他就下令把所有人民和一切用具等物都搬运上船，夫妻二人仍坐龙船，择日开船，荣归故里。

阿尔奇五骑着神马向萨哈林上游奔去，走了几天，远远看见江北岸有一座城。他走近江岸一看，无船可渡，就催马渡江。正走在江中，忽听弓弦声响，只见一箭飞也似的迎面射来，正中阿尔奇五的胸前。他几乎跌下马来，幸而箭头着身即碎，没有受伤。一连三箭，都是如此。阿尔奇五急忙地跳上岸去。见岸上站着一人，相貌凶恶。阿尔奇五问道："你叫什么名字？我与你无冤无仇，为何下此毒手？我今天不杀你，算不得莫日根。"那人大骂回道："我叫宁特五莫日根，管理这座卓禄霍通[1]，前天听说你把我两个妻侄马秋汗、法秋汗打死，我今日遇着了你，正好替他们报仇。你若知我的厉害，快快下马受绑。"阿尔奇五听了此言，急忙跳下马来，和他交手。

宁特五的四位夫人都是深通萨满的妇人，此时都变了阔里，在空中与克库尼德斗争战。克库尼独自一人战她们四个，就如闪电一般，不到十几个回合，打死两个阔里。但是克库尼德斗知道宁特五的两个儿子在山上学习萨满神术，颇有本领。他们知道父亲和人交战，一定要回来助战的。恐怕丈夫寡不敌众。她就想出一个法子，将自己的羽毛拔下来两根，念诵萨满神咒，把羽毛放出就变两个阔里，接住敌人交战。她自己飞到丈夫争战的地方，果见宁特五领着儿子合战丈夫一人。克库尼德斗在空中往下轰击，父子三人不多时都已被她击死。她仍回原处收回了两根羽毛，自己和两个阔里继续战斗。不到几十回合，又结束了她们两个的性命。然后会见丈夫，同进城来。该城的竹深达

[1] 卓禄霍通：赫哲语，石头城。

领着人民来迎接新汗。阿尔奇五当时点过户口数目，吩咐竹深达杀猪宰羊，令人民吃喝三天。他夫妻二人又另外叫人杀猪宰羊祭祀夫妻的萨满诸神。

## （9）

阿尔奇五在该城住了几天，将诸事办妥以后，就吩咐竹深达说道：“我等去后，城中人民归你管理，你可监造百只风船，大约两个月后，我就可以回来。”说毕骑马顺江沿走去。走了几天，这日见前面有一棵大树，树上有一只阔里。近前一看，就是夫人克库尼德斗。她说道：“今日下午你走到一个屯子，屯主名叫巴克特五汗，他夫人名叫曾格尼德斗，都已年近六旬，膝下只有一女，名叫巴尔珍尼德斗。她今年十六岁，容颜美丽，确是世上所罕有的美人儿，并且萨满神通广大。你到屯时，先到巴克特五汗府登门叩拜，然后求婚。你如得了此女，就多一帮手，不仅报仇不难，就是四方各部听了也能闻风丧胆的。这种机会，你千万不可错过。”

阿尔奇五听了，点头称是，快马加鞭而去。走了四五十里，前面果见有一个大屯，屯中约有三百余家。中央有一大院，他就走进大院，见大门前有人把守，他跳下马来，将马拴在门旁柱上，对把门人说道：“烦你通报你家主人，我乃中部落人，名叫阿尔奇五，今日路过，特地前来拜望。”把门人急忙进内禀报，巴尔克特五汗就出来迎接，领进上房。阿尔奇五到屋内与巴尔特五汗夫妻叩拜，然后落座谈话。巴克特五吩咐家人预备上等酒菜。不多时，酒菜齐上，巴克特五汗请阿尔奇五上座，二人喝喝谈谈，直到日落才散，后来又送他到东屋里住宿。

阿尔奇五在东屋内一人静坐，忽然想起夫人所说的话来，就用萨满神法摇身变了一个大土蜂，由窗眼里飞到院中，向四面观看，并无声息。只见西北一座小楼有灯光放出，他就飞到那儿去，轻轻地落在窗台上。听得里边有女子说话声，就将窗纸刺破，向里观看。见有两个少女对坐闲谈，年纪都约十五六岁，生得就如一对仙女一般。他听了多时，不知哪个是巴尔珍尼德斗。只见她两个的面貌不同，一个是紫红色的面孔，一个是净白色的面孔。她们两人谈了多时，后来就谈到自己身上来了。只听见紫红面色的姑娘说道："我今天听说你们家里来了一位远方的客人，名叫阿尔奇五。我常常听人说起他是一位好汉，四方闻名，人人赞许，而且生得眉目清秀，真是一个俊美人物。可惜只闻其名，未见其面，今日姊姊可曾见面没有？"那边的姑娘答道："我在楼上，他在前屋，如何得见他呢。今天听见可可陈[1]说我父亲将他留宿在前屋里。"

巴尔珍尼德斗的萨满法术很是高强，所以阿尔奇五来到窗外时，她早已知道了，却是不说。那紫红脸的德斗叫杜勒德尼，她把精神一定，也知阿尔奇五在窗外窥听。她就和巴尔珍尼德斗低声说道："姊姊，窗外有人来了。"巴尔珍尼德斗带笑说道："莫日根阿哥，既来会我姊妹二人，便请进来，何必在窗外鬼头鬼脑偷听呢？"阿尔奇五听了，只得变成原形，走入屋中。两位德斗走来迎接，让他坐下，装烟献茶，甚是殷勤。他就和两个德斗谈论了一会萨满神道，三人甚是合意。说话间与两位德斗眉来眼去，因此打动了她们两个的春心。阿尔奇五一看两个少女被他挑得都已动心，即将灯火熄灭，黑暗中将她二人拉到炕上，解带脱衣，先与巴尔珍尼德斗欢乐了一回，再与杜勒德尼德斗行乐。两位德斗系初会男子，都非常亲爱，一夜未眠，极尽鱼水之乐，直到天明时，阿尔奇五方才仍变土蜂飞回前面，进东屋安睡。巴克特五汗很早起来，家人令厨房办一桌酒菜。等阿尔奇五起来后，到西屋梳洗。家人上了酒菜，巴克特五汗让阿尔奇五上座。酒过三巡，阿尔奇五便想提起亲事。巴克特五汗首先斟酒三杯，递给阿尔奇五，说道："老汉一世无儿，只有一女，名叫巴尔珍尼，今年十六岁，又有一个侄女，名叫杜勒德尼，今年十五岁，都未许婚。莫日根哥如不嫌丑陋，老汉情愿将她们许配给你为妻。"阿尔奇五听了，下地叩头，跪见岳父岳母。巴克特五汗看他答应了亲事，就吩咐家人杀猪宰羊，即日就令他们三人结拜成亲。此时克库尼德斗也来了，夫妻四人在此住了几日。这天，阿尔奇五要想起程，就对三位夫人说道："咱们明日动身前去报仇吧！"巴尔珍尼德斗听说要走，就用神术变了一只神船。

[1] 可可陈：赫哲语，使女。

次日夫妻四人拜别了二老，一齐上了神船。

他们晓行夜宿的走了十多天，这天远远的看见仇人的城池，夫妻四人都在船头瞭望。那里麻尔他五早就听说阿尔奇五前来报仇，弟兄四人到四方邀请好汉足有四五十位，请来的妇女也有百余人，帮助抵敌。

## （10）

麻尔他五见敌人来了，就带领邀请来的人在城外等候。他弟兄四人共有妻妾十余个，也领着请来的妇女，在空中预备抵敌。阿尔奇五的三位夫人看敌人甚多，于是克库尼德斗招来满格木马饮十五个，巴尔珍尼德斗招来伊什马饮十五个，杜勒德尼德斗招来紫勒马饮十个，又吩咐他们帮助丈夫交战。她三人一齐变成了阔里飞去，和百余个阔里争斗。阿尔奇五领着几十个马饮与麻尔他五等人交手。这场大战真是杀得天昏地暗，鬼哭狼嚎。麻尔他五邀来的几十个人死的死，逃的逃，后来只剩他弟兄四人与几十个马饮交手。战到第三天正午，麻尔他五弟兄四人都被几十个马饮结束了性命。

阿尔奇五走进城来，看城中人民扶老携幼跪接新城主。他将众人安抚了一会儿，然后叫竹深达前来问他城内有无被掳的妇人。竹深达答道："二十年前被掳的妇人有十几个，现在都囚禁在一屋中。"阿尔奇五叫他引路，来到囚禁的地方，令竹深达将囚禁的妇女放出。看她们年纪都有六七十岁，就问她们："哪个是土秋莫日根的夫人？"只见内有一位老妇指着一个年近七旬的妇人说道："这位就是土秋莫日根的夫人啊！"阿尔奇五一见母亲，向前跪下，放声大哭。他母亲不知何人，急忙扶起询问来历。阿尔奇五就从头至尾的讲述了一遍。母子二人相拥大哭。后来阿尔奇五将母亲扶到麻尔他五府内。母子正悲喜交集的时候，三位夫人已将敌人结束了性命。阿尔奇五叫三位夫人拜见婆婆。克库尼德斗又是嫡亲的姑侄，所以格外亲热。

阿尔奇五吩咐城中人民随便杀猪宰羊，吃喝三天。然后亲自监造风船二百只，将人民和应用的物件统统装到船上，择日开船。他们先顺着萨哈林往下游行驶，先到岳父巴克特五汗的屯里，盘桓了几天，再到巴尔柯苏霍通，竹深达报告说百余只大风船早已造成，他就下令于次日一同开船。他们走了几天，经过三江口转到松阿里往上游行驶，又走了十余日，回到自己的故里富廷霍通。阿尔奇五见兄长已在故乡筑了一个大城，城内修造的房屋也不少。他的岳父英德尔真和人民也都运到这城附近，筑了一座小城居住。此时母子相见，说不尽的悲喜，一家团聚，从此太平无事。

流传地区：松花江下游赫哲族村屯
搜集时间：1930 年
讲　　述：当地赫哲老人
搜集整理：凌纯声、张耆孙

# 杜 步 秀

## （1）

从前松阿里南岸有一座城，因为年久失修，坍塌不堪，所以人迹罕至，很是荒凉。只有城东有一小屋，屋内住着杜步秀莫日根，他有一妹名杜如虎尼德斗。她在五六岁时被天台山仙人紫热格尼妈妈，就是她的高祖母，接至山中居住。这高祖母每日必令孙女练习武艺，因此杜如虎尼练得一身好功夫。紫热格尼妈妈本非凡人，在山上修炼，能未卜先知。那时杜步秀虽一人居住，暗中仍由妈妈加以保护，她每日必登云前去看望，且为他预备一切食物。

杜步秀长到十八岁，未曾结交朋友，有时独自出去打猎。一日早餐后，有一人骑着马走来，下马后将马拴在院内，手提着酒瓶，进门来与杜步秀见礼座谈。那人邀请杜步秀上炕对坐喝酒，然后向他问道："我听说你有一位妹妹尚未嫁人，若不嫌弃，可与我结为夫妇。你们可用比武择配[1]，或受聘礼相配，均可。"杜步秀答道："无论何人要和我妹子结婚，都可以的，只要先和我比武，你若能摔倒我三次，即将舍妹许与你为妻。"那人就请出外比试，二人携手至院外，杜步秀将那人抱过来，向地上用力一摔。那人便卧

[1] 比武择配：赫哲早先婚俗，通过比武，胜者娶媳。

地乱滚，骂道："我们比武，你为何猛力摔人，岂不是要把我摔死吗？"说罢，土遁而去。后来又来了一位莫日根请求比武，也败北而去。

末后又来了一位莫日根，此人家住东海，管辖数城人民，武艺超群，名叫子克秀。他有一妹亦是才貌兼备。他与杜步秀商议亲事，二人把各事说明后，携手到院中比武。二人各不相让，最后子克秀摔倒杜步秀三次。后来两人又到北山上，穿着说克说里[1]从石砬子山动身经过高峰峻岭，子克秀比他跑得快些，杜步秀落后十余里。后来作地箭比赛[2]，子克秀衣襟上着的箭比杜步秀少五十余支，杜步秀的地箭比赛也失败了。二人复到江沿，遇着一位妈妈，将二人挡住，不让他们再到江上去竞走。这位妈妈就是杜步秀的高祖母。她对子克秀说道："我虽不认得莫日根是谁，但请不必再行比试武艺，回去休息去吧！他是我的曾孙儿，他的妹妹就给你为妻，你有一妹也可嫁给他，作为两家换亲[3]。"子克秀点头允许，杜步秀也听从高祖母之言，不敢再说了。他二人便一同回家喝酒，双方言明子克秀的妹子克尼德斗与杜步秀先行完婚，等到杜步秀征服仇敌，凯旋以后，再将杜如虎尼德斗送到子克秀家中完婚。这天晚上，子克秀就在此住宿。次日吃了早膳，子克秀回家送他妹子来完婚。

杜步秀见马圈内有一匹黑色马，就牵过来骑马往西奔去。到一处山坡，这马停蹄不进。杜步秀下马，要用刀刺马。这马开口说道："山北来了兄弟二人接亲的车辆，这二人甚是厉害，我们不如走别条路为妙。倘若一定要走此路，那我不能去。我是你祖父所骑之马，你杀不了我，你还是将我放回。"杜步秀听他说得有理，便把他放了，因为杜步秀是个孝子，对于老人甚是顺从。他就折了一枝柳条，做一个马头，变了一匹高头骏马，随即上岭。到岭上向北看去，北方来了无数车辆。他转身一变，变成了一位十二三岁的小伙，将马一指，变了马驹子，即向前行去。

---

[1] 说克说里：赫哲语，趿板，是一种木制的鞋，鞋底粘贴獭皮。在雪地上行走时，穿着趿板可以不致滑跌，上山下山很是便捷，赫哲俗语云："骑木马越山过岭"，即指"趿板"而言。

[2] 地箭比赛：一种跑路的比赛。走得快，地箭落在衣襟上；走得慢，地箭落在腿上，走得越快，射着的箭越少。

[3] 换亲：赫哲婚俗，男方要女方后，男方妹妹嫁给女方兄长。

## （2）

杜步秀遇着两个骑马的人，便说道："二位兄长，小弟有失远迎，还望恕罪。"那二人说道："你这位小莫日根倒是很客气。"杜步秀取出一壶酒，请他们喝酒。后又到他们的新娘车上，斟酒请新娘喝。新娘闭口不喝，他就拿那杯酒向她面上浇去，又下车转至后面一辆车中，进车棚内一看，里面全是姑娘，并无出色的，在后边有一位德斗，年纪既小，长的又俊秀可爱。他斟酒给姑娘喝，她回转头去不喝。杜步秀绕至车后将那姑娘拉出，抓住两手摔来摔去，并说道："山上祖母听孙的请求，今有汤吉尼德斗上山与我妹妹做伴练习武艺。"言毕，那德斗便向山中去了。

后来那新娘探头向新郎说道："这位莫日根虽是年幼，却是一位英雄豪杰，私自偷我义妹送至天台山去了。"马上的位莫日根回头骂道："你这个奸婢，坐在车内安安静静的多好，你硬要多嘴，不要体面。"她羞得满面通红，伸着舌头把头缩回车棚内去了。杜步秀送汤吉尼上山去后，又骑马追赶二位莫日根，走近了便取出两张貂皮，递与二位莫日根说道："小弟以此，聊作薄礼，奉送阿哥以为纪念。今小弟有要事在身，不敢耽搁，不能同往贺喜，殊为抱歉。"二位莫日根再三再四地请他前去，都是不肯，遂握手而别。

杜步秀上道往西奔驰，直向松阿里江岸而来。他走了一天半，到了江岸。见前面有一座小山，风景甚佳，就到那里玩赏一回。他出来后，听有人骂杜步秀不应在比武时猛力摔人，现在他的外甥因为受伤过重已经身死，他要替外甥复仇。他四面一望，并不见人。这声音却从一棵法头[1]发出。杜步秀应声叫道："你快来，我在这里等候你多时了。"那个法头奔江岸而来，在水中翻身变成一个五旬模样的老人，走上岸来，他就是法头莫日根。二人并不答言，战在一处。战有二十余合，法头抵挡不住，便口中念道："祖宗先人供奉的紫勒萨拉卡[2]，我遇强敌，急速前来搭救。"杜步秀听他向神求救，

[1] 法头：塌头树根。
[2] 紫勒萨拉卡：赫哲语，铁铸的助手神灵。

立时把他打死，将尸体掷在江中。杜步秀到他的府中休息，奴仆人等都来见礼，上了酒菜，他独自一人饮酒，甚为得意。

忽听门外有人互相谦让，三位姑娘走进门来。最后的那位姑娘是他的妹子，当中那位姑娘是他送往天台山的汤吉尼，最前的一位姑娘是子克尼。他妹子杜如虎尼向他哥哥问安，又让了那二位上炕喝酒，二位德斗经她邀请，才落座开怀畅饮。杜步秀又问了奴才，得知法头有花牛一匹，预备祭神之用。他就叫他们把那匹牛牵去宰了，预备祭神。奴仆领命而去，不多时来报说，牛已宰好可以食用。杜步秀将牛肉盛在盆内，放在西炕桌上供奉各神。他念神词道："德雅其，德雅其，五十五一德。"[1]

正在歌唱时，忽有紫勒萨拉卡近在牛肉前说道："我得受供奉，今以一事相告。数年前，你将汤吉尼德斗送到天台山与你妹子做伴，并学习武艺，本可原谅。无奈她的父母以及舅父自从小姐迷失后，曾至各处寻觅，终无下落，今天将要到此寻找，汝可跪恳姑娘之父他克秀萨满宽宥恕罪，然后再向他恳求将他的姑娘许与你为妻。"杜步秀听他说得甚是近情近理，便答应照办。后来他见了一位五旬以外老丈是萨满的样式，遂向他跪下。那萨满说道："莫日根，何必行此重礼？"他仍跪着说道："你老人家的女儿被我送到天台山学习武艺，练得一身本领，恳求你将她许配与我。"老丈听罢，并不言语，他却仍跪着不起来。萨满心中想到他女儿已被接去好几年，不如允许算了，便说道："莫日根起来吧，你也是一方之主，这件亲事，我就允许你吧。"遂议定明日完婚。

萨满又叮嘱他在完婚后，急赴九头山替岳母舅父送信。杜步秀一一领命。次日梳洗完毕，令奴仆办理香案，预备结婚。他克秀萨满主婚，子克尼、汤吉尼二位德斗同时与杜步秀举行正式拜堂，观看的人非常多。拜堂后又拜见老人他克秀萨满。这位萨满此时才见他女儿的面，看她比从前更长得丰润美丽，心中非常快乐。这日宰了八只羊、八口猪，请人们悉数前来喝酒吃肉，足足庆祝了三日。他克秀萨满催令杜步秀前赴九头山送信，杜步秀这日不曾

---

[1] 赫哲人祭神时所唱的歌词。

入洞房，便启程向九头山去了。

到了九头山顶上，恰巧遇着他妻子的舅父，他将汤吉尼许配完婚之事，说了一遍，并请求他与岳母的允许。他说道：“我看你人才出众，堪称佳婿，岳父既许结婚，我自无反对之理。今你既来征求意见，可与我穿着说克说里竞走九头山一周。”言毕，二人穿好趿板往九头山上去竞走。这座山很是崎岖难行，高山峻岭，崖石参天，走了一日方才走到。他舅丈到深夜始回原处，对他说道：“你确是佳婿，吾无他意，你俩可以结婚。”杜步秀辞别了舅丈，便起行回去。走了半日，到一座山，忽听后边来了一个阔里，就是他的妻汤吉尼。她说道：“你与我舅父比的武艺，我不满意，须与我比武后，方能承认。”

## （3）

杜步秀预备和阔里比武，他站在那里等候，那只阔里飞下来三次，终未打着杜步秀。他和阔里说道：“你打我三次，都未打着，现在让我来打你吧。”汤吉尼答道：“我在地上站住，你如何打法？”杜步秀道：“我也能变阔里打你。”言毕他翻身也变了阔里，飞到空中，和他妻子比个上下。不知怎的他的妻子忽向石洞钻进去了，杜步秀看妻子钻入洞中，无计可施，只得守住洞候她出来。原来汤吉尼和杜步秀结婚时，曾计议谁大谁小。以理论，子克尼应为大房，但汤吉尼不肯做第二房夫人，故特来和她丈夫比武。杜步秀在洞口守候，终不见他的妻子出来。

黄昏时候，看见北方飞来一只阔里，同时南方也来了一只阔里，停在大树上。两个阔里各从怀中取出一对白胖小儿，扯腿扯手的吃。他看她们吃小儿吃得很有滋味。正看之间，两个阔里开口说道：“我们二人去打死这个杜步秀，可以吃他的心肝。”杜步秀说道：“你们来打吧。”那两个阔里从树上腾空向着杜步秀变的阔里打来，杜步秀将先来的阔里用左翼压住，又将右翼举起压住后来的阔里，张开嘴来将两只阔里吃完。吃完以后，迷糊过去，不知东西南北，只想吃人。他往西飞驶，逢人便吃。屯中的人知杜步秀横行伤人，全屯人都搬走了。

## （4）

那山的附近有一座城，城主名鲁其五汗，他是一位著名的萨满。他有一夜做一个梦，梦见他的祭神家伙被火烧毁，觉得是不祥之兆。他和他妻子说道：“你将我的鼓拿来看看香如何？”她将鼓交给她丈夫。丈夫看了半天的香，知道原来是松阿里的英雄杜步秀得了疯病，东面和西面的两屯的人民全被他吃完了，他应该快要到这里来了，应预备抵御。正在说话之时，屯东吵闹起来，知道是疯魔来了，鲁其五汗穿上了全套神衣，向屯东而去。此位鲁其五汗尚有一位小姐，名鲁莫额尼，精通武艺，也跟去抵抗。他们到了屯东一看，有两三家已经遭殃了。他们父女俩人和疯魔交手，不分胜负，战了三天三夜，萨满夫妇二人也被吃了。鲁莫额尼看她父母被疯魔吃了，用尽平生之力，和他交战，无奈抵挡不住，只得逃命去了。

杜步秀将他二人吃完，又抓屯人，行驶如飞，所经过的屯子，均被蹂躏殆尽。后来他又变为黑熊，在路上行走。他忽然心中明白过来，听后面有哭声，回头一看，一位是他妹子，其余二位是他的妻子，哭得很悲切。他转过身来张着嘴追赶她们，三个姑娘各自奔逃。他妹子杜如虎尼虽用神法打了三次，但她的兄长依旧疯狂。她正在高处看望，鲁莫额尼走来向杜如虎尼问道：“你们的高祖母紫热格尼妈妈能治疯魔，何不去请她来诊治？”杜如虎尼恍然大悟，决定去请她的高祖母前来治疗。她向两位嫂嫂和鲁莫额尼说道：“不要将我的阿哥引到人多的地方去，最好引他到荒野的地方，谨慎的看守着他。”杜步秀东跑西跑，在那里胡闹。他的妹子变为阔里向东去了，以神法走去，不多时到了天台山，钻进石洞门内，向她高祖母跪下恳求前去治疗。

## （5）

杜如虎尼向高祖母跪下恳求前去治疗。高祖母伸出手指一算，知道小孙疯魔甚是厉害，已病了九十三天，倘超过了一百天，便难医治。她深怪孙女不应当如此迟延，为何不早日来她。高祖母叫杜如虎尼同她一起动身。祖母收拾妙药仙丹，出得门来，翻身一变，她们都变阔里而去。飞了半日，她们已经到了，见她的孙子正在那里闹疯，便对着他打了一个手掌。杜步秀受高祖母一掌，昏迷的睡过去了。半日醒过来，他睁眼一看，自己躺在一个小房内，他的高祖母坐在炕头，他的妹妹坐在高祖母跟前，他两边坐着两个大人，还有一位不认识的姑娘。他的身体骨瘦如柴，转动不得。他高祖母说道："你们因小事争执，几乎酿成杀身之祸，以后不得任意胡为。你们完婚的时候，也不向我报信。你们将我置之不理，今发生了大事，才叫我前来，是何道理？"紫热格尼妈妈现在也不回天台山，就在此处治疗孙子的病。

半个月后，他渐渐复原，病后质体虚弱，妈妈又亲手调理饭菜，设法保养，早晚必进牛乳炒饭。一个月后，杜步秀尚不能行走，须养三个月后，方能复原。她令奴仆到鲁其五汗家里去牵来牛羊猪等数匹，宰牛一头，宰羊三头，杀猪三口，祭祀爱米[1]、古热[2]、额其和[3]、萨拉卡、布克春[4]马饮各神，并举行跳鹿神[5]，杜步秀又和鲁莫额尼结婚。子克尼、汤吉尼二人下厨房做了各样酒菜，滋味鲜美，请高祖母首座，妹子第二座，杜步秀第三座，三位夫人次第坐下饮酒。这可算第一次合家欢宴，每个人欢喜非常。次日杜步秀一早起来，觉得身体爽快，精神焕发，和好人一样。

杜步秀养病将满三月，他祖母告知他们道："你们闹出这个大祸几乎丧命，幸老天保佑我家香烟不绝，真是大幸。杜步秀前既完婚，尚未同房，今日正是七月七日，七巧佳期，可以入洞房了。"她又令三位夫人收拾东屋，这夜杜步秀与头房夫人同房，以后便在东屋依次和二夫人三夫人同房。他的三位夫人容貌生得极佳，故杜步秀非常宠爱。

[1] 爱米：赫哲语，保护神。
[2] 古热：赫哲语，问事神。
[3] 额其和：赫哲语，供奉的神。
[4] 布克春：赫哲语，助手神。
[5] 跳鹿神：赫哲人于春秋两季举行祭祀大典，汉人称之为跳鹿神。

## （6）

杜步秀启程向西进发，走了二日，未见人烟，仍策马加鞭向前飞驰，他见前面有一座大城，城内人烟稠密，房屋极多。距城有三里之遥，看有人在城楼上探望，望见了杜步秀便回头向城里说话。这人就是城主大马饮初，他有兄弟十五人，他是老大。他昨夜得一梦，梦见红日由东方升起，愈升愈高，光芒照人，口中叫了一声“好”，便惊醒了。次日令众弟兄们分析此梦，有的说是吉祥，有的说是主凶，末后小马饮初说道：“此梦吉祥，是贵人驾临，梦中祥光四射，对于我家很有利益。贵人从东方而来，今日若有客自东方来，无论何人，一概以上宾之礼相待。”今日大马饮初特上城楼探望，看来看去也不见人影。将近中午，见东方来一个骑马之人，好似旋风一般跑来，便回过头来与众人说道：“现在东方来了一位骑马之人，风驰电掣而来。前几日听说杜步秀将要到此，这位大约就是他吧。众弟们可以抬轿前去迎接。”

众马饮初闻大哥之言，不敢怠慢，抬了八人轿迎接去了。走了二里多路，遇到杜步秀。众人将他上下打量一下，见是骨骼清秀，十分精神，就向前说道：“我等今奉兄长之命特来迎接，因恐莫日根千里而来，有些许困倦，特此备轿迎接。”言毕将轿放在杜步秀面前。杜步秀下马说道：“我是骑马而来，并不困倦，多谢老兄以及诸位的好意。”众马饮初再三再四地请他上轿，杜步秀无法推辞，只得上轿，经众人抬走，一直抬到城门。此时大马饮初也前来迎接，杜步秀下轿见礼，二人携手进城，至他们府中，分宾主座谈。二人很是要好，天下之事无所不谈；又设宴相待，很是情重义深。众弟兄分坐两桌喝酒，饮酒之间，杜步秀与大马饮初说道：“小弟由家中起程，路上听说兄长有一位令妹，现正待字，不要聘礼，只需比武，倘有武艺高强之人，便愿缔结姻缘，此事确否？小弟现在内助乏人，果有此事，小弟情愿一试。”大马饮初说道：“实有此事，老兄既有此意，不妨即在院中比武。如能将我舍弟福羊古摔倒三次，到北山上猎获一只野猪，在江里捕住两条活金鱼，这三件事办妥后，即将舍妹许配与你，决不食言。”杜步秀听他说完比武方法，就分散安歇。

次日杜步秀吃完早膳，就与福羊古握手至院内先行比试摔力。杜步秀和福羊古是棋逢敌手，各不相让，最后总算是杜步秀赢了。福羊古又领他到北山上，指明野猪出处。杜步秀果然见到一只野猪，他一步一步地走到野猪跟前，野猪仍在睡觉，不知有人前来擒他。杜步秀奔到野猪跟前，拿住两耳，骑在猪身上，手拿住木棍捶打，打得它不敢乱咬，也不转动，便把野猪牵到城里，拴在院中。这时城里人民都来看这野猪，人山人海，非常热闹。杜步秀心中想道：这两条金鱼如何捕捉？他走出门来，低头走到江岸。他正在纳闷时，江里出来一位女人，好似龙女一般，她叫道："丈夫杜步秀，我与你妹子同在江里寻找金鱼，现已捕着了。你快回城去，拿盆盛水，置在院中，鱼便能从盆内跃出。"这位夫人就是子克尼德斗。他急忙回城，各马饮初看见他空手回来，不免失望。杜步秀到水缸前，取了一盆水放在院中。看热闹的人都说这两条活金鱼如何捕捉。正看之际，盆内之水犹如鲸鱼喷水一般，升高有一丈余，两条金色的鲤鱼从盆内跃出，落在地上。看热闹之人齐声喝彩，掌声如雷，都说英雄豪杰自有百神相助。杜步秀急速奔至盆旁，取了金鱼向屋内走去。

他到门口，后面走出来一位姑娘，年约十七八岁，两旁有两个丫鬟。这位姑娘体态秀美，香气扑鼻，她就是马饮初的妹妹，名叫那日火尼德斗。她在房内，曾听丫鬟说道，有一位杜步秀，各项比武都已得胜，大汗已将公主许配与他。那日火尼听了这事，面红过耳，说道："你这妮子不要多嘴胡说。"丫鬟笑嘻嘻的也不说了。她带了丫鬟向前院走来，将至门口，正遇着杜步秀手提着两条活的金色鲤鱼，也要进屋。那日火尼抬头一看，见是一位二十三四岁的美貌少年，身材中等，骨骼清秀，心中甚是爱慕。她暗想道哥哥眼力不差，必定谨慎选择，现在终身有靠了。二人见面后，各在一旁回避。那日火尼自从见他后，时刻不忘的想着。杜步秀把鱼放在大马饮初面前，大马饮初说道："你完全够资格配做我的妹夫。"众马饮初弟兄都喝彩不止。酒菜上齐，众人落座饮酒畅谈，席间议定次日结婚。杜步秀的三位夫人都来了，让至后院，那日火尼亲自出来欢迎女客。她邀请客人入席，女宾中有会喝酒的，也有不会喝酒的，喝酒畅谈，甚为快乐，至傍晚始散。晚上都到公主房内安歇，杜步秀对那日火尼笑道："今日良辰佳期，我们二人现在入洞房吧！"那日火尼笑着答道："那我就算是你的妻吧。"众人鼓掌大笑。

次日清早，众人都起来了，仆人将香案以及一切应用物件预备好了，准备午时交拜成礼。到了午时，大马饮初令奴仆转告公主快些到前院来。不一会儿，那日火尼由丫鬟两边扶着，和杜如虎尼、子克秀手牵手走到前院，此时杜步秀已等候多时了。大马饮初令二位新人各立一面，由大马饮初祝告天地各神灵。再令二位新人双拜华堂，又拜祖宗灶神，宣读祖宗遗训。婚礼完毕，女客赴后院入席，男客入前厅赴宴，城中的三四位巴彦马法[1]，二十余女客，和木昆达[2]等总计共有五六十位来宾，很是热闹。

## （7）

到了晚上，宾客已散了一半，只有远处来宾，尚未回去，都在客厅安歇。马饮初的楼房宫殿，曲折有致，走到里边，认不清路径。大马饮初令女仆领姑爷向后院去，送至公主卧房。那日火尼见新郎进来，立起身来让他在炕上坐下，替他装烟斟茶。杜步秀对新娘说道："我为你费尽多少心血，真是不易。"二人说说笑笑，解衣上炕。次日大夫人、二夫人、三夫人都来贺喜，妹子杜如虎尼也到了。她们都在此早膳，杜步秀在客厅早膳。

过了三四天，杜步秀就要启程。众马饮初道："妹夫倘遇强敌，可以急速叫我等人前去，当即应声而至，决不迟误。"言毕握手而别。杜步秀乘马向西进发，走了百余里，已经夜晚了，不见村落，走到天亮，仍是不见人烟。杜步秀启程之时，大马饮初曾对他说：西面第一座城，就是塔子好汗的城。另外还有一城，城主是阔罗古如汗、阔诺如汗、阔俩如汗兄弟三位。现下二城都邀请了各处好汉准备迎战。又听说塔子好汗有一个妹子名叫塔子哈尼，武艺超群，十分厉害。她又精黄烟术，吸食此烟的人即得迷心症。

[1] 巴彦马法：赫哲语，富老头。
[2] 木昆达：赫哲语，族长。

## （8）

塔子好汗探听杜步秀快到了，即邀请天下英雄豪杰，战将百员，女将五十名，预备决战。他妹子塔子哈尼想了一会儿，想到了一个比较妥当的计策。她说道：“我有一策，但行了这个计策，也许要受人家的批评耻笑。我们要取杜步秀的性命，最好用美人计。”塔子好汗笑道：“妹子，别怕人家讥笑，你能结束了杜步秀的性命，还怕人家耻笑吗？你快快照计办理！”他妹子决定了计划，便领命往东去迎接杜步秀。她在地上画了一座小房子，吹了一口气，就变了一所房子。塔子哈尼进屋内住下，等候杜步秀。

杜步秀那日走了一天，天色将晚，见前头有一座小房。他到了门口，里面出来一位德斗，容貌极美丽，穿着一身华服。她出来说道：“莫日根从哪里来，向哪里去投宿？”杜步秀说道：“前面没有人家，希望德斗容我留宿一夜吧！”塔子哈尼答道：“你若无处寄宿，便在这里住下吧。”她问了他姓名，知是杜步秀，便殷勤招待，假意恭敬。德斗又做酒菜，请他喝酒。杜步秀以为一切均出于她的诚意，心中很爱慕她。时已黄昏，那位姑娘在南炕上铺了被褥，请杜步秀在那里睡觉。杜步秀脱去衣服皮鞋，躺在铺上。那位姑娘在他旁边，铺上褥子，有意靠近他，和他亲热。她又开柜取出黄烟卷，递与杜步秀吸烟。杜步秀毫不疑心，接过烟袋抽烟。抽不多时，头目晕眩，房屋乱转，昏沉沉地睡去。姑娘将东西收拾完毕，轻轻地回去了。

这黄烟本来自神人之手，原是塔子哈尼在山学道之时得来的妙药。杜步秀吸了黄烟以后，昏迷过去，半天才醒过来，觉得两目发花，两耳生风，心中生火，烧得难受。这时那姑娘已不见了，房子也没有了。他妹子和大夫人来到，见他患迷心症甚是厉害，二人用神法医治，均未见效，她俩便跪下祈求高祖母前来医治。不多时高祖母从云中下来，杜如虎尼对她说道：“阿哥又吃了人家毒药，病甚沉重，老太太，你看如何治法？”高祖母怒道：“这个小畜生真是不谨慎，遭她的毒手；你们也不好，不早早提防。”痛骂了一顿，紫热格尼妈妈进屋内，看她小孙子被药性烧的嘴也破了。妈妈将药包袱打开，取了妙药仙丹，用开水冲好，给杜步秀吃。一时以后，杜步秀高声大叫道："哎哟！烧死我也！"睁眼一看，高祖母在他旁边坐着，他对高祖母说道："老祖宗，你若来得迟些，我的性命便不保了。"高祖母用妙药疗治，并在此住了五六日，他身体渐渐恢复。次日妈妈对杜步秀说道："你明日可以前赴塔子好汗霍通探听他们的虚实，他们必信你已被他妹子药死，我与各媳妇孙女到彼处共同合力攻打。你可先去打听他们所请各处好汉是否散去。这里有收魂帕[1]，可聚他们的魂魄，容易结束他们的性命。"说完了，她将帕递给杜步秀。他得了此种宝物，甚为快乐。次日带了收魂帕，藏在怀中，骑马向塔子好汗霍通而去。到了城东，他下马走进城去，在未进那汗府以前，他把自己变成了一个老人。

## （9）

塔子好汗请的战将都以为杜步秀已被塔子好汗之妹用美人计结束了性命，决无再生之理，很觉放心。大众正在跳神看香之际，杜步秀变了一个老人，混进汗府，杂在人丛之中，大家都不认识他。杜步秀自荐于城主，替他看香。在看香时，他佯说杜步秀已死，不过他的高祖母紫热格尼妈妈和他的四位夫人近日内恐怕要来此攻击。塔子好汗由屋内出来，向老人询问道："杜步秀究竟死没死？"那老人答道："杜步秀吃了毒药，已经烧死了。"此时杜步秀乘机将祖母传给他的咒语念完，使用收魂帕将塔子好汗和其他战将的魂魄收在里面。塔子好汗等人站立不住，向后跌倒，气绝而死。杜步秀出外反身变为原形，他见后院出来二三个阔里，在空中骂道："我阿哥受你的暗算，一命身亡，今和你不共戴天。"阔里向杜步秀身上打来。忽从杜步秀脚底下也出来一只阔里，与空中那两只阔里，打成一团，向北飞去了。杜步秀将屯长招来，宣谕制造大船三百六十只，以便回去时应用。

过了一日，他们又走到了阔罗古如、阔诺如、阔俩如三位兄弟的城市，他们也请了英雄豪杰，城内房屋住不下，在城外搭布篷居住。杜步秀到城门

[1] 收魂帕：萨满神具，用于收拢对方的魂魄而致胜。

外挑战，敌方所请各好汉观望不前，阔罗古如无法，只得自己出来接仗。杜步秀使用收魂帕，念了咒语，见阔罗古如站立不住，向后跌倒，气绝而亡。随后阔诺如、阔俩如二人同来交手，也用前法击毙。请来的好汉见此光景，都各自散去。杜步秀进了城，宣召文武官员制造船只，将人民运赴本城。他进宫内游览完了，又至一冷房，听得有捶打皮子和打绳索之声。进内见有一位老人在那时打绳，又有一位妈妈在那里捶打皮子，他看两个老人甚是可怜。杜步秀向那老人问道："你们犯的何罪在此终日做工？"那老人说道："我是被仇家打败，掳到此地，受尽人间苦楚。吾儿杜步秀由松阿里启程，迄今十余年尚未到来。"杜步秀听了老人一番叙述，才知道他们二人，就是他的父母，就跪下去给父母磕头。二位老人也知道儿子来了，欢乐万分。杜步秀解除他俩的刑具，到宫殿里面休息。不多时各位夫人都到，与杜步秀的父母见礼，他们的高祖母也到了，见此光景，不觉泪下。全家团聚欢叙，非常快乐。一月后，船只已准备就绪，杜步秀全家率领各城百姓，一同乘船沿松花江开回故乡去了。

流传地区：松花江下游赫哲族村屯
搜集时间：1930 年
讲　　述：当地赫哲老人
搜集整理：凌纯声、张耆孙

# 木 杜 里

## （1）

从前松花江南岸有一座城，名叫洪江霍通[1]，城西有一条河绕着城墙流入松花江。城中房屋虽多，却无人居住。大约在二十年前，城主木哈达汗建筑此城，城内人民约有二十余万，威震四方。晚年他被世仇刺克秀、刺克牛、刺克秋兄弟擒去害死，他虽是靠着萨满神[2]的佑护，死后复活，然而终究被刺克秀兄弟装入铁柜，沉在江中。他们又将木哈达汗的福晋（妻子）掳去，逼做苏如库[3]。

当福晋查尔巴尼德斗被掳的时候，遗有一男一女：男孩名叫木杜里[4]莫日根，女孩名叫木克特尼德斗。木杜里出世以来就隐于苗五里坎托里[5]里面，他母亲在被掳以前将这苗五里坎托里挂在西墙的柱子上。当城破的时候，木克特尼躲藏在灶炕中，方免被掳。她等敌人走后，就从灶炕内爬出来，

[1] 洪江霍通：洪江城。今黑龙江省同江市城四十五里，有古城遗址，大约就是此城。
[2] 萨满神：萨满是一种有神术的人，萨满神是萨满所供奉的神。
[3] 苏如库：赫哲语，丫鬟。
[4] 木杜里：赫哲语，原意是龙，此处是人名。
[5] 苗五里坎托里：赫哲语，“苗”，“心”；“里坎”，“语尾”；“托里”，镜；“苗五里坎托里”，心境，萨满跳神时，身上披挂萨满神衣，在胸部的前后都戴铜镜。铜镜中最紧要的是心境。

见屋内冷落无人，便痛哭了一回。这时木克特尼年约十三四岁，容貌绝美。起初她把剩余的米肉充饥度日，过了几年，所有食物已经吃完，不得不做了弓箭，到山上去打些野物来充饥。有余暇时候，她还做些女工。

在她十七岁那一年的春季，有一天，她正在房中闷坐，忽听房外有脚步声音向里传来。不多时，走进来一个少年，身高八尺，他见了木克特尼，就近前攀谈起来。木克特尼心中大怒，斥责了数次。那人不但不退出屋外，反而动手动脚地调戏着，说道："我是特地乘船来接你的。"说完伸手拉着木克特尼向外就跑。木克特尼一面挣扎着不肯走，一面啼哭着说："我真命苦，上无父母，下无兄弟，所以被人这般凌辱。要是我有了兄弟，决不肯坐视不管的啊！"话还没有说完，忽然墙柱上飞来一个铜镜，正击中那人的胸膛。那人被击，就向后倒下去，昏迷不醒。这铜镜里面，忽然跃出一位少年，就是木杜里。他对阿姊说道："姐姐，你别害怕，等小弟来结束他的性命。"说话时那人已苏醒过来，木杜里就和他交战，不到半天工夫，就将他打死。

此人就是木杜里的世仇刺克秀的外甥，名叫克特汗。他曾听刺克秀谈及木克特尼容貌绝美，可惜被她逃走，未能掳来，所以害得他片刻难忘。后来他下令制造一只吉拉船[1]，长约三丈，宽约六尺，船头有八副桨，用十六人执桨划船，船尾一人执舵，行驶如飞。等船完工后，他率领十七八个人，乘坐这只吉拉船，顺流东行，不过数日抵达洪江霍通。当他看见了木克特尼，更是爱恋万分。不料她不肯从他，反而面加斥责，不得已他就想用武力压服。此时木杜里隐在铜镜里面，他的萨满神叫他急速出现救他的姊姊。木杜里听了，心中冒火，立即跃出，将克特汗击毙，他带来的人也都被木杜里降伏。

[1] 吉拉船："吉拉"，本是水中一种四足虫，游行非常迅速，如今拿来作为船名，因为这种船行驶极速，与"吉拉"相仿，故名吉拉船。

## （2）

木杜里在家中住了一二日后，就乘这只吉拉船向三江口出发，到了三江口又转向萨哈林[1]西行。他乘船走了几天，到了头申霍通，城主是一母所生的七个马饮。其中年纪最小的一个马饮，跛一足，但是神通广大；他还有一个妹妹，名叫那里火尼德斗，也是神法高深。大马饮这夜梦见萨哈林岸上烧着荒火，向西延烧，越烧越烈，因此惊醒，心想明日必有贵人驾临。清早起身，他对兄弟说了梦中的事，大家议论了一回，各自散去。这位大马饮就上城头瞭望，到了午时，见东面来了一只吉拉船，直向上游飞也似的驶来。他急忙来到城中，叫小马饮率领人民，拿着酒，快到江边去迎接那船里的人。小马饮领命出城，到江沿等候，见船驶近了，就与木杜里相见。他说道："有失远迎，抱歉得很。"木杜里还礼道："有劳阿哥久候，真对不起得很。"小马饮接着说道："家兄在城门外等候大驾已久。"二人就一同进城，将到城门口，大马饮领着诸弟都在城门外欢迎。见了面行了相抱礼[2]，然后众马饮请木杜里进城，在府中休息，又摆起筵席，替木杜里接风，大家入座开怀畅饮。

席散后，木杜里因初次饮酒，所以满面通红，心里发烧，觉得府内很热，就出后门纳凉。他偶一抬头，见北方十步多远，有一个塔克塔[3]，塔上有一位德斗正在徐步下来，两边有苏如可可陈扶着，好像仙女下凡，缓步走来，楚楚动人。木杜里呆立不动，正在看得出神，小马饮从屋里走出，木杜里就问道："这位德斗是谁？"他答道："这是舍妹，我们一共弟兄七人，还有这个妹妹，名叫那里火尼德斗。"二人又谈了些话，才进府安睡。次日醒来，马饮兄弟又请木杜里饮酒，席间问木杜里可曾娶亲。木杜里道："从家里出来还没有几日，哪里会娶亲呢？"大马饮接口说道："莫日根斗[4]如不嫌弃，舍妹尚未出嫁，愿许给莫日根为妻，你认为如何？"

---

[1] 萨哈林：赫哲语，黑龙江。
[2] 相抱礼：在从前的时候，两人见面常相抱为礼，凡是亲爱的人都行此礼。
[3] 塔克塔：赫哲语，塔。
[4] 莫日根斗：赫哲语，对年幼男子客气的称呼，斗，即弟之意。

# （3）

木杜里听了，面红起来，因他年轻面嫩，所以有些害羞，半晌才答道："阿哥不嫌小弟不才，小弟不敢不从命。"说完他就立起身来，向诸位马饮行礼。大马饮仍旧请他上座，并说道："我们兄弟七人，久闻妹夫大名，昨夜又梦见贵人驾临，所以叫阿弟到江沿等候。结亲一事早有此意。"说完，满斟一杯酒，递给木杜里，他就接过杯来喝干。其余六个马饮依次每人敬酒一杯，木杜里一一接过喝干。酒数巡，木杜里说起父母被刺克秀等人掳去，此番要前去报仇，这件亲事可否等冤仇报复后再行举办。大马饮摇头答道："若依妹夫所说，未免太迟，况且路途遥远，不知何时可以回来，依我愚见不如择定明后日举行婚礼为妥。"众马饮都赞许此议。木杜里口中虽说缓办，心中却盼望愈早愈好，今听大马饮说一两日内举行当然欢喜得很。经大家议定，明日就举行婚礼。

使女听了，急忙去报告那里火尼德斗。德斗听了，并不发言，默默坐了片刻，对使女说道："前厅来的是怎样的人物？"使女答道："新姑爷是松花江部落第一个英雄，北部落南部落哪个不知、哪个不晓，他真是才貌兼备。我们大爷不是糊涂人，早就看中了姑爷，所以将小姐许给他的。"那里火尼被使女等人说得面红耳赤，羞惭万分，不等她们说完，就骂道："谁问他来？"说完便走向塔里去了。次日黎明小马饮首先起床，收拾初初库[1]、工歌乐[2]以及钟鼓等乐器和红毡红布等物，并在院中安排桌案香炉。诸事齐备后，专候妹子和木杜里成婚。不多时，大马饮领了木杜里走来，那边丫鬟扶着那里火尼也进来了。

当木杜里和那里火尼立案前的时候，小夫妻俩互相偷看，心中都非常满意。主婚人大马饮高声朗诵祝告天地之文，完毕后，把两位新人的头发结在一起[3]，先交拜天地，再拜于祖先的面前，宣读祖先遗训。婚礼仪式举行后，

---

[1] 初初库：赫哲语，喇叭。
[2] 工歌乐：笛箫一类的管乐器。
[3] 赫哲旧婚俗，结婚仪式上把新人的头发连接在一起。

众马饮大摆筵席，宴请城中巴彦马法等二十余人，歌乐一时齐作，热闹非常。此时木杜里的胞姊也已前来，小马饮令使女到后院，在塔内设席款待。大家吃到太阳平西，方才散席。小马饮就令使女引导木杜里进洞房，二位新人见了，顿时面红耳赤，羞得不敢相视，呆立了多时，后来那里火尼含羞请夫君入帷，两相爱慕，不必细说。次日起身梳洗完毕，巴彦马法等人来请木杜里、那里火尼饮酒，一连吃了七八日。这天，木杜里预备启程，大马饮送他一匹白马，以壮行色。

## （4）

木杜里得了这匹白马，好像得了珍宝一样，爱惜备至。这日众马饮与木杜里饯行，木杜里和各位畅饮了一回。到了次日木杜里启程，马饮弟兄七人都送他到五里以外。木杜里辞别了他们，乘马前进。那里火尼神法武术甚是精通，她和木克特尼二人变了阔里，一同前去。木杜里乘马走了三四日，这天，忽见前面有两个女子似乎在等候着他。木杜里加鞭跑去，近前一看，原来就是自己的夫人和姊姊。他姊姊说道："我和弟媳已去打探过勒克五霍通。勒克五汗知道我们打此地经过，已请了他们的阿洪斗[1]、都哈[2]、哈拉木昆[3]等人，专候我们交手。他和胞弟勒尔吉五都有十分本领，请来的人名叫卡参、卡巴卡，兄弟二人也是武艺高强。"木杜里听姊姊说完，低头沉吟了半晌，答道："无论何人，若来犯我，我也不同他客气；如以礼相待，我也以礼相待。姊姊不必过虑，阿弟自能见机行事的。"说完就扬鞭驰去，走了一昼一夜，不曾停歇。

次日拂晓，木杜里行抵勒克五霍通。早有探马人报，不多时，勒克五汗率领二十余名好汉出城。勒尔吉五见了木杜里，首先出阵，大声骂道："你

[1] 阿洪斗：赫哲语，"阿洪"，兄；"斗"，弟；"阿洪斗"原是"兄弟"之义，但对朋友，因欲示亲近，亦称为"阿洪斗"。
[2] 都哈：赫哲语，亲戚。
[3] 哈拉木昆：赫哲语，"哈拉"，姓；"木昆"，族，就是同姓，或同族之义。

这狗奴才，还不滚下马来受缚！”木杜里听了，怒不可遏，急行下马，和他交手。木杜里越战越有精神，勒尔吉五哪里是他的对手。一个措手不及，木杜里将他的头发抓在手中，往后一拉，勒尔吉五站立不住，“哎哟”一声，向后倒下。勒克五汗见阿弟支撑不住，想要上去救他，哪知木杜里已将他勒死，然后取下他的头来，向勒克五汗这边掷来。勒克五汗双手捧着他兄弟的头痛哭起来。

那里卡参、卡巴卡二人已和木杜里交手，战了不久，渐渐地支撑不住，因为木杜里身上佩戴的铜镜非常厉害，无论多么骁勇的好汉经它一击，都疼痛难忍了[1]。卡参、卡巴卡二人被铜镜一击，当然也是心部疼痛，支撑不住，自知性命难保，急行跪下叩头，哀告道：“额真汗阿哥[2]饶命，我兄弟二人甘愿当作阿哈，在阿哥面前效劳。”言毕叩头不止，木杜里看他二人很是可怜，就饶了他们。兄弟二人感激万分，连连谢恩，说道：“我兄弟二人一时被勒克五汗愚弄，来此助战，额真汗[3]如今饶了阿哈等人性命，终生不忘大德。”木杜里吩咐他们起来，他们这才站了起来听候差遣。

## （5）

木杜里叫他们前去擒拿勒克五汗，但是勒克五汗已不知去向，他们各处找遍了，也不见他的踪迹。其余那些请来的人见势不妙，都纷纷逃回去了。木杜里知道勒克五已经逃走，就令卡参、卡巴卡二人进城安抚人民。人民也都携幼扶老的前来迎接木杜里，他又下令叫他们到汗府来，每户领杜音齐热五尔四[4]，说完带领卡参等人进城，在汗府内休息。木杜里休息了片刻，

[1] 木杜里吃饭饮酒的时候，必先祭祀铜镜，然后再自己吃喝，所以格外灵验，如若木杜里将要遇到危险，铜镜能先鸣一两次作为警告。
[2] 额真汗阿哥：“额真”，首领；“汗”，王；“阿哥”，兄长。三种称呼合称，是表示尊崇兼有亲密之意。
[3] 额真汗：赫哲语，大首领“额真”与“汗”合称，是表示尊崇之意。
[4] 杜音齐热五尔四：赫哲语，“杜音齐热”，方形；“五尔四”，肉；“杜音齐热五尔四”，方块肉。

宣召竹深章京[1]前来参见，令他明早叫人宰杀牛羊猪等三十余头赏给人民，竹深章京领命而去。不多时，门外有女子谦让的声音，原来就是那里火尼与木克特尼。木杜里见了姊姊进来，急忙起立迎着，那里火尼见丈夫如此谦让，也就格外的敬重姊姊，不敢存藐视之心。后来章京备上两桌酒席，请木杜里夫妇和姊姊等人饮酒。姊姊、夫人、章京夫人和她的女儿等人在北炕饮酒，木杜里、竹深章京、卡参、卡巴卡在南炕饮酒。

席间木杜里对卡参问道："你家距此多远，还有人吗？"卡参答道："我弟兄二人都已娶妻，并且老母在堂。我兄弟两个来时，母亲本不答应，我俩不听她老人家的话，几乎丧命。倘若今天遇着了别人，我们的性命早就不保。"说完流泪不止。木杜里对他二人说道："我不将你二人当作阿哈，你我可以用兄弟称呼，你们将家眷和人民全数运往洪江霍通居住。你认为如何？"卡参立起道："我兄弟二人承蒙额真仁慈，不加诛杀，恩同再造，还敢违反命令吗？"席散后，木杜里与夫人住在北炕，姊姊与使女等人住在南炕，卡参兄弟住在章京家里。木杜里在此住了七八日，令卡巴卡回家将家属都搬到此城听候吩咐，又命令章京将这两城所有人民全部运送洪江霍通居住。

## （6）

那勒克五汗当时捧了胞弟的头，痛哭了一场，又看自己的人都不济事，他就暗地里溜了。他昼夜奔逃，向朱六霍通而去。他只身逃走，经过山景古格达阿林[2]。只见山径崎岖，行走艰难，的确是一个险要之地。他心里想道：要能在这里埋伏，杀死仇人，倒是一个最好的办法。过了此山，再走半日，他已到朱六霍通，那城城主朱六马法是他的舅舅。他见了他舅舅哭诉道："我弟被害，城池被占，人民被掳，望舅舅替外甥报仇雪恨。"朱六听得这一片

[1] 竹深章京：赫哲语，"竹深"，总司；"章京"，官名，职务和"竹深达"相类。
[2] 山景古格达阿林：赫哲语，"山景"，白色；"古格达"，山顶；"阿林"，山峰；合起来就是"白山顶峰"的意思。

哭诉，惊问何人把他兄弟杀死，勒克五汗这才一五一十地详述一遍。朱六说道："此事本是你的不是，不能怪人，不过事已至此，也就不得不替你设法了。"勒克五汗又问道："我表弟朱汗到哪里去了？"朱六答道："他到城外去了，不久就要回来。你舅母在后院，你先去见她吧。"正在说话时，勒克五汗的妹妹勒古尼德斗、夫人阿其尼德斗也都来了。她们因见勒尔吉五被害，勒克五汗潜逃，所以就亡命来此。她们和舅舅见礼毕，因为近亲不必回避，便一同进后院见舅母。不到片刻，朱汗回来了，大家见了礼。朱六马法设宴款待勒克五汗兄妹夫妻，席间讨论报仇之事。勒克五汗提议自己与姑其克[1]朱汗赴白山顶峰埋伏，等仇人到来，就用暗箭射死。朱六马法很为赞许，并说道："事不宜迟，你二人赶快各持弓箭，前往选择险要的地方等候着吧！"

木杜里等船只造好，令章京运送人民，各事就绪，议定次日启程。这夜正与爱妻谈话时，忽听得铜镜发声，响了两次，木杜里心中疑惑，明白必有凶事。那里火尼本叫丈夫看香，可是他二人心头脑际都充满了火热的爱情，所以不久就将此事忘却，这也是木杜里命中注定的灾难。到了次日，他带领着卡参、卡巴卡二人乘马向西前进，路上走了三四天。这日走到白山顶峰，道路崎岖，不易行走，卡巴卡在前，卡参在后，木杜里在中间。他们走到岭上，松柏森森，不见天日，忽闻弦声一响，听时迟，来时快，飕飕的两箭飞来。三人来不及躲避，一支箭射中木杜里的咽喉，另一支箭射中卡巴卡的左臂，二人都翻身落马。

## （7）

勒克五汗与朱汗眼见二人都翻身落马，知是被他们射中箭身亡，二人仍由山道回去。卡参见主人落马，知道不好，急忙下马，见木杜里双目紧闭，不能言语，那箭正中咽喉，血流淋漓，不多时已气绝身死。卡巴卡站了起来，用右手将左臂上的箭拔了出来，然后走来。卡参问道："你箭伤如何？"卡

[1] 姑其克：赫哲语，表兄弟。

巴卡答道："不很要紧，额真怎样了？"卡参道："已经气绝了。"兄弟二人只得将木杜里的尸体放在马背上，仍回勒克五霍通，秘密不敢举哀。木克特尼、那里火尼见了，哭得死去活来，好像痴人一样。

此时北海地方有一个女中豪杰，叫曾本尼德斗，她的萨满神法超群，天下事无不知晓，又能在夜里赴阴[1]曹办理阴间的事情，而且姿容绝美，体态轻盈，犹似神女下凡，确能倾倒众生。那时北海南面有一个城，城主是巴彦北[2]。在他的父亲巴彦马法死后一周年之时，巴彦北和家人想要举办护送慕格得[3]的事情，但是请不到精通萨满的人，三番两次在家中讨论，终无结果。后来有一个亲戚，名叫阿尔卡尼德斗，说道："今有北海女杰，名叫曾本尼德斗，能办此事。"巴彦北听说是曾本尼，久已闻名，就立刻请他的亲属阿尔卡尼、巴尔他尼、用将尼、根吉尼、好汉尼、福尔佳尼、米苏尼、萨哈尼八位德斗去接曾本尼。这八位德斗都有十分本领，出门后，变为阔里，向北方飞去，一字儿排着，好像群雁一般。她们去后两日，巴彦北的妹妹巴尔他尼先回来报告，曾本尼应邀前来。巴彦北令夫人和众德斗到北门迎接。她们来到北门，曾本尼和阿尔卡尼等人也到了，互相见礼，寒暄一会儿，然后进城，至巴彦布一洪[4]休息。

翌日正是祭祀巴彦马法的日期，外来宾客甚多，真是车马盈门，江沿船只林立，盛极一时。巴彦北大摆筵席，殷勤款待，后来宾客弄得无处居住，巴彦北便设法将他们送到屯中各家去寄宿。所有宾客男男女女，见了曾本尼都说她容貌如花似玉，羡慕不止，他们专在此看她护送慕格得。这日黄昏时分，

---

[1] 赴阴：同"过阴"，萨满专用语，专去阴间寻找灵魂。

[2] 巴彦北：赫哲语，"巴彦"，富；"北"，人；"巴彦北"，富人。

[3] 慕格得：赫哲语，是赫哲风俗，尊亲亡后，子孙做一个枕头，高宽各一尺，长二尺，被褥各一件，内装羊草，晚上铺放在亡者卧处，每夜如此；每饭必须先将酒菜饭等放在亡人卧处的枕被前祭供，一年为期。这是他们表示孝的意思。枕被昔时叫做"慕格得"，今名"档子"，他们相信亡人魂灵隐在被枕之内窥视后人尽孝与否。等到一年期满，卸脱孝服的时候，就请萨满护送"慕格得"到阴间去，使亡人的魂灵不致在阴间受罪，这就叫做"了档子"。

[4] 巴彦布一洪：赫哲语，富家，富户。

曾本尼身上披挂齐整，寻觅接送萨满的人[1]，在来宾中挑选了一回，一个人都没有资格。她本来预料木杜里可以在此，她又哪里知道木杜里就在这天被暗箭射死呢？她看找不到木杜里，就将接送一事免去，跳了一回萨满神舞，就算了。

## （8）

曾本尼先在大门外地上铺一张席，再将慕格得移至席上。面前陈列祭祀的供品不计其数，酒肉等好像肉山酒海似的摆着。曾本尼手持布拉符[2]，口中叙述各亲友送来的阴钱、纸箔、酒肉等，然后坐了托尔基[3]过阴去了。这日正是木杜里死后第二日，曾本尼赴阴将巴彦马法的法扬古[4]送到阴府，将许多纸钱等物送给恶鬼牛头马面。她办理完毕，仍坐托尔基回阳。

木杜里自从被勒克五汗一箭射死，恍恍惚惚，好像到了一处地方，草木大不相同，心中甚为疑惑。他见西南方有一条光明大道，人人都向西南方走去，并无一人迎面走来，自己也不知不觉跟了他们向前走去。他一边走，一边听得克库克库勒[5]、托布托托布托勒[6]、陈纳其陈米纳勒[7]哀鸣的声音，非常清楚，离他大约有二三里。木杜里听得甚是悲切，黯然流泪道："大概我已不在人世了，我最爱的妻子知道我已死吗？"言毕，恸哭一场，觉得口渴，就向西南道上寻觅净水止渴。正向前走，见由西南大路上迎面来了一个萨满，坐着托尔基，六条大狗拖着，行驶如飞，一转眼已经来到近前。听到萨满大

[1]接送萨满的方法，就是萨满在一个宽大房屋内往来跳舞，选择两个有气力的壮年人，一立西南方，一立东北方。当跳舞正盛时，萨满猛力向站立在西南方的人身上扑去，那人要是有力，可以接住萨满，送至原处，如接不住，萨满立即倾倒，萨满本人就有生命危险，东北方的那个人也是如此接送。

[2]布拉符：赫哲语，萨满赴阴时所用的木杖。

[3]托尔基：赫哲语，雪车，或称狗爬犁。

[4]法扬古：赫哲语，是人的魂灵一部分，赫哲人认为人死后有三个阴魂，到阴间去的只有"法扬古"这一个阴魂。

[5]克库克库勒："克库"，赫哲语，鸟名，即杜鹃；"克库"，是克库的鸣声；"勒"，语尾。

[6]托布托托布托勒："托布托"，赫哲语，鸟名，与杜鹃相似；"托布托"是托布托的鸣声，"勒"，语尾。

[7]陈纳其陈米纳勒："陈纳其"，赫哲语，是冷血虫类，头甚小，尾甚大，有四足；"陈米纳"是陈纳其的鸣声；"勒"，语尾。

声言道："可惜真可惜，怎么好好的一个少年就此中箭身亡呢！"说毕用布拉符向木杜里身上扫来，一杖落空，并未扫着，那个萨满马法恨恨而去。木杜里仍向前走去，心上越发觉得口渴，且走且寻，直到向萨音毕拉[1]而去。约行五六里，又见西南来一德斗萨满，眼光如电，横扫过来，无处回避。此人原来就是曾本尼，她送巴彦马法的法扬古回来，过了萨音毕拉，行不数里，看见一个人，咽喉上插了一支箭，向前奔跑。她看他眉清目秀，人品非凡，实在是美貌男子，怜惜了一回，心中想用法术救他还阳。此时她坐的托尔基已到木杜里眼前，曾本尼伸手将他的手捉住，他挣扎一回不能脱去，这是因为木杜里的法扬古敌不过神人的缘故。曾本尼捉住了木杜里，将他放在托尔基上，走了半日，来到勒克五霍通西门外，进得城来，走到汗府门前，曾本尼就说："你下去吧！"双手一推，木杜里忽然惊醒，耳听有人叫他的名字，好像是他的姊姊木克特尼德斗。他睁眼一看，姊姊和夫人二人坐在身旁呼唤，这才如梦初醒，大叫一声："痛杀我也！"

那天木克特尼、那里火尼见木杜里已死，无法挽救，就秘密举丧，诚恐勒克五汗来袭，所以不敢哀哭。二人正在束手无策的时候，忽见尸体微动，木克特尼就在阿弟耳旁呼唤数声，她见阿弟的眼睛微动，后来又听大叫一声，知道已是还魂。那里火尼急忙送来窝如火大什洛[2]，木杜里喝了几口，精神顿觉清爽。他觉得这一天一夜恍惚到了另一个世界。他还记得曾经遇见一位德斗，救自己还阳。他想倘若以后再遇着她，一定要报答她的大恩。另外射箭的人必是勒克五汗无疑了。

那里曾本尼送了木杜里还阳后，自己也就回去，神魂附体还阳了。这事完毕后，巴彦北待她甚为恭敬，设席欢饮，并叫巴尔他尼德斗等八人陪席。酒过数巡，曾本尼说道："我从阴间回来时，曾救活一位莫日根，将他送到一个城内，然后回到此地。那城在南面，大约离此约百里，可以令人前去探听，救人要救到底。说也奇怪，连我自己也不知为什么要这样念念不忘。"阿尔

[1] 萨音毕拉：赫哲语，阴阳河。
[2] 窝如火大什洛：赫哲语，"窝如火大"，人参；"什洛"，汤。

卡尼笑着说道："格格恐怕是爱慕这位莫日根的才貌双绝，所以时刻不忘的吧。"曾本尼听了面红耳赤，默不一言。

## （9）

木杜里在勒克五霍通休养了一二日，身体恢复后，仍旧带着卡参、卡巴卡二人启程前进，避去险路，绕道北行。次日午时，他们到了巴彦北的土城。卡巴卡先进城通知。巴彦北正在设宴，与众客饮酒，听说木杜里到了，急忙出城迎接。木杜里见巴彦北前来迎接，就下马见礼，进府休息。进了府门，走到大厅，见男女宾正在饮酒，巴彦北请木杜里等三人入座饮酒。当木杜里进来的时候，他已被曾本尼看见，她知道这就是自己所救的人。木杜里起初没有看见她，并且也没有想到这件事。后来入座饮酒时，见有十几个女客，大多数是美丽的姑娘，他便一个一个的偷看过去。

看到了曾本尼，他觉得非常面熟，好像从前曾经见过的。想了多时，自己惊问道："这位德斗莫非就是我的救命恩人吗？"他立刻离座走去，向曾本尼施礼说道："救命之恩，何以相报！"他说着就想跪下去，曾本尼连忙站起来，答礼道："莫日根不必行此重礼，请坐下谈话吧！"木杜里这才坐下，讲他那日中了暗箭，若无德斗相救，就不能复活的一番感激话。此时木克特尼、那里火尼也已赶到，由巴尔他尼招待在曾本尼席上坐下饮酒。她们到此也就知道救木杜里的就是曾本尼，所以和她格外亲近。且谈且饮，三个人甚是情投意合。席散后，众人都在巴彦北府中居住，曾本尼又和巴尔他尼密谈多时方睡。

## （10）

曾本尼和巴尔他尼密谈的事，就是请巴尔他尼转托乃兄替自己做媒。次日，巴彦北又设宴款待木杜里及曾本尼等人。席上巴彦北对木杜里谈到曾本尼倾慕他，并且甚愿许托终身的意思，木杜里本来求之不得，今听巴彦北的话，真是喜出望外，立刻就答应了。巴彦北见他已经允许，就去告知曾本尼，她听了，也非常欢喜。因为她父母早亡，又无兄弟姊妹，如今择得一位才貌双绝的如意郎君，终身有靠，自然使她欢喜。大家在此暂住，木杜里为了此事，不得不停止前进，但又不能久留，所以他就和巴彦北商议说道："我此次前去征讨，道路遥远，不能耽搁太久，这件亲事，我想从速办理，就在明后日举行，你看如何？"巴彦北很是赞许，二人议论了一回，就择定后日举行，一切事都由巴彦北去备办。他先派人去通知亲友，然后差人去预备婚时所用之物。

结婚的那天，亲戚朋友都如约前来，一看木杜里和曾本尼夫妻二人的容貌，真是一对佳偶，都说是天定的良缘。到了午时，一切东西都已齐备，一时音乐齐奏。巴尔他尼、阿尔卡尼左右扶着曾本尼到院中，巴彦北领着木杜里走到院中，巴彦北首先祝告天地，然后令新婚夫妇交拜天地、祖先、灶王。[1]拜完以后，大家入座饮酒，前来观看的人不计其数，真是人山人海，非常热闹。当新人交拜时，喝彩及鼓掌的声音也是很多，人人都赞美和羡慕二位新人的才貌和艳福。

## （11）

等到婚礼完毕后，大家入席，新郎新娘真是心满意足，开怀畅饮，直到黄昏时分方散，大家都喝得酩酊大醉。巴彦北令使女丫鬟将二位新人送入洞房。木杜里对他新夫人说道："救命之恩，就在今宵开始报答你了。"曾本尼听他言语带有醉意，也只得报以一笑。次日又是欢饮了一天，席间，木杜里替卡参做媒，与巴尔他尼德斗结婚，卡巴卡与阿尔卡尼德斗成亲。巴彦北一一允许，当时择定明日举行婚礼。巴彦北又是忙了一番，到了次日，才把两件大事同时办完。大家在此盘桓七八天，第九天的早上，木杜里率领卡参、卡巴卡启程西进，绕过白山顶峰，走了三四日路程，才到朱六霍通。

［1］赫哲风俗：三拜习俗，拜天地，拜祖先，拜灶王。

朱六马法、朱汗、勒克五汗等人都以为木杜里已中箭殒命，太平无事了。他们正在开怀畅饮，探子进报说是木杜里等三人骑着马已抵城下，请额真定夺。勒克五汗听得木杜里来了，魂飞天外，吓得手中酒杯落在地上。朱汗怒道："你为什么要这般怕惧他呢？"他听得表弟的话，不得不勉强提起精神，同朱六、朱汗出城迎敌。出城后，他们见木杜里骑着白龙似的骏马站在那里，左边有卡参，右边有卡巴卡，威风凛凛，杀气腾腾，勒克五汗更觉害怕，但是也不得不前去抵敌。木杜里与勒克五汗，朱六汗与卡参，朱汗与卡巴卡，六位好汉各使毕生力气，混战起来。木杜里此次见了仇人，岂肯放松，格外出力，战不多时，已将勒克五汗结束了性命。朱六父子看得真切，都吓得手足乱抖。木杜里走近朱六背后，用腿扫去，朱六站立不住，向后倒下，便被卡参擒住。朱汗见父亲被擒，无心恋战，向卡巴卡用力一推，脱身逃回城里去了。木杜里就领着卡参、卡巴卡进城，城内人民早已得知，纷纷出城跪接。木杜里安抚了百姓，然后进府休息。朱六、朱汗妻孥数人也已被卡巴卡一一擒来，听候木杜里处置。

## （12）

木杜里下令将朱六、朱汗二人的妻孥等人一律执行布拉米瓦兰[1]。朱汗漏网脱逃，木杜里也没有去追赶。木杜里和卡参兄弟二人在此住了一二日，继续向西进行。这日走到一个地方，看见一座程格尔库塔克塔[2]，远远的看见那塔悬在空中，三人甚是惊异。到了塔下，见塔凭空造起，距地约有五六丈，塔下又无扶梯。木杜里看了多时，对卡参说道："有生以来从未见过这种奇事，但不知此塔究竟是谁建造的。"说话时，见西北五六里远的地方，隐约看出有房舍在那里，三人向那里走去。临走时，木杜里偶然抬头向塔上

[1] 布拉米瓦兰：赫哲语，赫哲人中最残酷的刑罚，就是挖地为坑，将罪人放在坑内，上面用泥土堆起来，就是我们所说的"活埋"。

[2] 程格尔库塔克塔：赫哲语，"程格尔库"，悬空，即悬在空中的神塔，距地五六丈，无论何人都很难上去，这种塔都是精通萨满的德斗用神法变成的。

一望，却见一位美貌的福日勒克土德斗[1]。那德斗见了木杜里，就嫣然一笑，走进塔里去了。木杜里见了，好像魂灵已被她勾去似的，定神呆立了一会儿，后来勉强和卡参、卡巴卡二人向西北走去。走不多时，已到那屋，三人进屋看时，屋内有一个马法，一个妈妈。那马法名叫土布尔，身患病症，不能转动。木杜里就向马法妈妈施礼，坐在南炕上，探问妈妈说道："那位马法怎样会得如此危险的病症呢？"妈妈答道："莫日根阿卡尼[2]，你有所不知，我这位马法的萨满各神要我们去祭祀，不祭祀就要作祟。"木杜里接口问道："萨满神要什么物品供奉呢？"妈妈就一一地告诉木杜里，他才知道马法的萨满神所要的是南山野猪。那妈妈说毕，就到厨下做菜饭，饭菜做好了，拿了一壶酒请三位莫日根饮酒。等到他们吃完，时已初更，各自收拾安睡。卡参、卡巴卡因为走了几天，颇觉疲乏，上炕即睡，只有木杜里好像心中有事，翻来覆去，总是不能安睡。他就悄悄地起来，出门向南走去，来到日间所见的悬塔底下，向上仰视，见有云梯可以上塔，塔内灯光四射，甚是明亮。正在看得出神，忽然塔门开处，出来一位德斗，向塔下俯视。她见了木杜里惊问道："哪里来的这样大胆的人敢在这塔下观望？"此时木杜里被她诘问，心机一灵，不慌不忙地答道："我们今日住在北屯马法妈妈家，看马法患病甚重，听说他的萨满神要捕捉南山野猪，我看他可怜，所以在夜里出来，观察野猪的所在，好等明日将猪捉获，供奉诸神。哪知一时误过宝塔，祈德斗恕罪。"那德斗答道："如此就请莫日根上塔，以便指明野猪的居处。"原来这位德斗就是那患病马法的女儿土马恩尼，她学得神法精通，有隐身移挪变化无穷的能力，这塔悬在空中，也是她施用了法术的变化。她今见木杜里替她父亲寻觅野猪，也就不能不招待他了。

[1] 福日勒克土德斗：赫哲语，凡处女已经成年，到了发长约一尺许，可以出嫁的时期，赫哲人称之为"福日勒克土德斗"。
[2] 莫日根阿卡尼：赫哲语，是老年人对少年男子的称呼。

## （13）

土马恩尼将木杜里领入塔中，分宾主落座闲谈了片刻，令丫鬟做菜烫酒，摆在桌上，二人对坐饮酒。土马恩尼时常偷眼观看木杜里，见他才貌出众，骨骼非凡，有着一种英雄气概，真是越看越爱。那边木杜里也是一面饮酒，一面窥看土马恩尼，见她生得眉清目秀，木杜里心中想道：要是能够得到这位德斗，真是艳福不浅。两人互相观看，视线时常接触，直到深夜方始停止饮酒。土马恩尼就请木杜里在塔中同宿。二人心中早已渴望着同圆好梦，至此已达到目的，又在枕边各自盟誓，谈谈说说，一夜不曾合眼。

次晨起来，木杜里下塔去寻找野猪，走有七八里，来到南山北坡见山顶上有一个洞，他胆儿突[1]的拿着两根柞树棒，走上山去。离洞口两三步远时，忽听啸声震天，木杜里吓得后退了五六步。他想要前进，见野猪从洞里出来，直奔木杜里面前而来。他眼疾手快，蹿上那猪背，将两条大腿夹紧，猛力殴打，野猪号咣了多时，就伏在地上，不敢转动了。木杜里转身用石先将他四个獠牙敲下，再将它牵回到土马恩尼塔下拴住。土马恩尼见木杜里已将野猪擒住，很欢喜的请他上塔休息，设席款待。

## （14）

二人对坐饮酒，丫鬟使女环立侍候。木杜里见土马恩尼容貌比那里火尼更要娇艳，与曾本尼不相上下，心中决意要娶她为妻。此时土马恩尼对木杜里谢道："多蒙莫日根捉来野猪，祭祀诸神。将来我父病症痊愈，此情何以报答？"言时面红耳赤，容颜越发可爱。木杜里答道："我起先看见你父亲病势甚重，那时还不知是德斗的父亲，我只要能救他的病症，哪里敢望报恩？"土马恩尼又道："今晚在我父亲房中相会便了。"木杜里听土马恩尼的话说，知她已将身相许，心中非常欢喜，饮了半天，方始辞别下塔，土马恩尼送他

[1] 胆儿突：东北方言，担心害怕的样子。

到塔下。

木杜里牵着野猪，走了数步，见东道上来了四五位女子，走近看时，却是他的夫人曾本尼和那里火尼、姊姊木克特尼以及卡参和卡巴卡的夫人。曾本尼走在前头，开口说道：“丈夫牵了此猪有何用处？反在此耽搁时日。前途遥遥，现在还不急速前进，更待何时？”木杜里答道：“我因路过此处，见前边屋里的马法病势甚重，后来知道是他的萨满神追索祭祀作祟，弄得马法不死不活的，甚是可怜，所以我耽搁在此要想救他。”曾本尼说道：“既是如此，救人要救到底，大家一同去看看吧。”木杜里自从选了曾本尼为正夫人后，无论何事完全听她的话，其余各德斗更不必说了。她们听得曾本尼这样说着，大家都是听从，一同前进。不多时，已到马法家里，卡参、卡巴卡见主人回来，又是他们自己的妻子一同来到，心中非常欢喜。马法见众女客进来，令妈妈殷勤招待。

## （15）

马法又见木杜里捉了野猪回来，心中欢喜，那病顿时也就好了一半。这位马法虽非大财翁，但是家中所用物件确都齐备，并遣奴婢二十余名在塔中侍奉女儿。此时马法命令奴婢特别备办酒席两桌，自己和木杜里、卡参、卡巴卡三人一桌，叫妈妈与各德斗一桌。正在欢饮时，忽听门外有女子声音，众人回头观看，见门前走进三四个女子，头前一位德斗，年约十六七岁，发长不满盈尺，娇艳美丽，实是一个绝代佳人，众人都目不转睛的看着她。妈妈见了起立说道：“女儿，你快来和众位德斗格格见礼吧。”说完，她就领着爱女土马恩尼与众人见礼，曾本尼起立道：“妹妹不必见礼，请入座饮酒罢。”土马恩尼见过了礼，才入座饮酒。酒过数巡，曾本尼与木克特尼低声说了些话，又和那里火尼讨论了一会儿。此时马法叫妈妈将神帽、神衣等物拿来，等到大家吃完以后，令奴婢等将神具抬来，马法披戴整齐，然后跳起舞来。土马恩尼母女二人，走到木杜里面前，请他将野猪宰杀预备祭供。木杜里听了，就领着卡参、卡巴卡出去，先将野猪牵到西房拴在陀落杆上叩拜一回，然后宰杀。那野猪叫了几声，刀已刺入心部了。木杜里又令奴才等人杀野猪，煮好后，用盆装起，放在桌上，供祭诸神。

## （16）

土布尔马法有了野猪祭祀诸神，病症渐渐痊愈，因此他对于木杜里非常感激。夫妻二人商定将女儿土马恩尼许给木杜里为妻，又得了曾本尼等人的同意，决定就在次日举办婚礼。他们在此住了两天，第三天早起，木杜里带领着卡参、卡巴卡启程，一路无事。他们走了几天，距刺克秀兄弟的城池只有二十多里，在东南有一道树林，远见一棵松树上有几只阔里。她们见了木杜里，都变了原形，走近看时，却是曾本尼、那里火尼、土马恩尼、木克特尼。大家见过了礼，即坐下谈话。曾本尼就报告说道："刺克秀等人听说我们前来报仇，所以邀请无数莫汗、莫日根，宰杀牛羊，摆宴饮酒，专备对敌，丈夫千万加以防备为要。"木杜里点头称好，又谈了些闲话，方才起身前进。

他到了城下，早有探马禀报，刺克秀带领许多莫日根出城迎敌，木杜里、卡参、卡巴卡三人与刺克秀等一行人交战起来。任凭刺克秀和请来的莫日根有天大的本领，但也敌不过木杜里的铜镜。当他们交手的时候，铜镜从木杜里怀中飞出，打得刺克秀请来的那些人东倒西歪，霎时间打死了不少，真是尸横遍野，血流成河。木杜里与刺克秀正在酣战时，忽听得空中有人哭诉着说道："刺克秀啊，我们的福晋、格格、德斗等人都被木杜里的妻子曾本尼打死了，望你努力将木杜里打死，替她们报仇吧！"说完，向北飞去了。不多时木杜里已将刺克秀结束了性命，休息片刻，见卡参、卡巴卡也已将刺克牛打死，将刺克秋擒住，就带领着卡参兄弟进城。

他们走到城门口，见一位白发苍苍的妈妈前来问道："我几天前就听到吾儿木杜里前来复仇的信息，莫日根可曾见我的儿子吗？"木杜里听了，知道她就是母亲，急忙向前跪下，说道："儿就是木杜里，前来救我母亲的，儿已将仇人打死，格格即刻就到。"妈妈听说后，悲喜交集，落了几滴老泪，和他们一同进城。百姓都已前来跪接。妈妈道："你们都起来！"人民口呼万岁，始各散去。此时诸位夫人格格也都到齐，过来见了妈妈，行过了礼，大家欢乐万分。木杜里就将人民掳回洪江霍通居住，自称为汗，封曾本尼为大福晋，土马恩尼、那里火尼为福晋，卡参、卡巴卡为左右贤王，又替姊姊木克特尼选了阿占莫日根为婿，将刺克秋送给阿占为奴。后来曾本尼生五子三女，其余两福晋生六子五女。木杜里声威远震，三川六国都来进贡。

流传地区：松花江下游赫哲族村屯

搜集时间：1930 年

讲　　述：当地赫哲老人

搜集整理：凌纯声、张耆孙

# 香　　草

## （1）

从前，有韩子五汗和恩斗额真兄弟二人在宁古塔[1]建立国家，想要侵略萨哈林、松阿里、乌苏里三部落。二人分路征讨，又将各部落人民全数运回，所有被征服的城池村屯，弃而不守。他们兄弟二人自从平定诸部落以后，取道松花江归来，到了松花江下游，经过混同江[2]，经过萨力霍通。那城的城主名叫萨步勾汗，管辖一城三屯，此城地方安宁，人民都以打猎为生。萨步勾汗常与人民同猎，春秋冬夏每季必上山围猎一次。萨步勾汗年过四十，娶妻新福尼德斗，未曾生育，时虑香火无人承继。有一年春季是祭祀之期，萨步勾汗令奴才准备肥猪绵羊各一只，又请竹深达、嘎深达、木昆达、巴彦马法等人来吃喜猪。萨步勾汗将祭祀的本旨对众人宣布，先祭祀神树，令佛日郎[3]虔诚祝祷天神，俯念大汗无嗣，请赐子以继香火。他们祭祀完毕，便与众人吃喜猪喜羊的肉，吃完了就散席。

---

[1] 宁古塔：黑龙江省宁安市的旧名。
[2] 混同江：江名，松花江与黑龙江汇流处。
[3] 佛日郎：赫哲语，在萨满中专门祷告的人。

## （2）

萨步勾汗祭祀神树后，当夜新福尼德斗遇见一位白发老丈，年约八旬以外，和她说道："你夫妻二人真心诚意的供奉我，我很感激，我有两个馒头，你吃下吧！"说罢老丈就不见了。新福尼拿起馒头来吃，吃到末了一口，不知怎的咳嗽了一声，便惊醒了，次日起来就将梦说给丈夫听。从此以后觉得腹中有孕，肚子一天一天地变大，满了十个足月，产下一双胞胎男孩。大汗甚为欢喜，到后院看看大人小儿俱是康健，小儿都是白胖胖的。此时城中无事，四方安宁，日月如梭，转瞬已过七八年之久。这年两个孩子已长到八岁了，大的取名沙日奇五，小的取名香草。香草莫日根相貌不凡，体格魁伟，寡言少语，性极沉静，与乃兄大不相同。这位香草从小被爱米等各神准其记名，都说将来他的萨满神通广大，非常人可及。

韩子五汗和恩斗额真由宁古塔起行，征服乌苏里一带，后来从松花江回转，所向无敌，各处人民逃匿殆尽，惟萨力霍通的人民和大汗并未逃走。该处人民见韩子五汗等人来到，立即通知萨步勾汗。他得报后便走进后院，转入卧房与夫人商议。夫人说道："究竟是抵抗，还是投降，或是前去迎接，总需想个办法才对。"大汗不肯屈服，嘱咐夫人道："你急速将两个孩子藏匿，勿使敌人知道。"夫妇商议尚未完了，探子来报，那些敌人已到城下。萨步勾汗披挂齐整，出门后又回头来叮嘱一番，就出城迎战。韩子五汗兄弟二人，轮流对战，战有五六十合，不分胜负；复行续战，战到九十余合，萨步勾汗有点支撑不住；再战百余合，萨步勾汗已被他们擒过去了。新福尼知道丈夫被擒，急速将两个孩子藏在地井内，将井盖盖上，又收拾屋内米面放在柜内，准备给那俩孩子吃用。一切安置妥帖，翻身变了阔里从房门出去，飞到约有一丈高时，被七八个阔里围困住了。

## （3）

新福尼被王君尼德斗、韩子尼德斗、金卿安德斗，以及其他德斗等八只阔里围绕攻击，一只阔里岂能抵御八只阔里，不多时新福尼也被她们擒去。那韩子五汗就造了囚笼，将萨步勾汗夫妇二人禁在笼内，便起身取道松花江凯旋而回。萨力霍通城内的人民约有数万，城外三屯人民也有一万七千余人，全数被韩子五汗载运而去。

沙日奇五和香草在井坑中藏匿了约有四五天，腹中饥饿，就吃母亲给他们预备好的食品。一日探头静听，听得城中寂寞无声，但闻雀鸟乱鸣，香草向他哥哥说道："我们的阿娘，为何还不回来？难道被韩子五汗擒去了吗？如果被擒，我们兄弟二人何以为生？"他哥哥听说母亲被擒，便解了腰带，就想自尽。香草百般劝慰，方始作罢。兄弟二人商量好了，出门去探望情形，看见城中人民一个不留，都被人家赶走，那三屯也是一样。兄弟伤感落泪，仍回城里汗府内，自己做饭充饥。每次饥饿之时，沙日奇五全靠阿弟做饭，不然就是啼哭。他的弟弟天生友爱，时时照顾他，不令他远出门庭。这年兄弟二人已长到十七岁了，他们在厢屋内寻得弓二张，箭多支，便开始学习射箭。香草秉性颖悟，不学而知；沙日奇五性质迟钝，学了许多时候，始得门径。不久香草已练成一身好武艺。

## （4）

沙日奇五和香草在府中闲住，有时上山打猎，将打来的狍鹿等物作为食料，习以为常。次年，他们十八岁了。有一日，香草在上房午睡，至黄昏醒来一看，他哥哥已不见了。他急忙起来，各处寻觅，不见影踪，叫喊了半天，也不答应，很是焦灼，到了深夜仍不见回来，弄得香草一夜不曾合眼。次日起来，向打围地方去寻，仍是不见影踪，过了三四日，也不见回来。有一日香草到江沿去，发觉他们的五米日陈已不见了，急至水边一看，有推船时踏的脚印，才知道他哥哥是坐了五米日陈而去，但不知究竟是到哪里去了。后来他猜想坐船去必定是过江，否则决不能乘小船远行。他打定主意，回家收拾物件，将房门用石头压住，走出大门向东北方而去。他走了约五十里，到了依兰马木古加五热阿尼[1]，见江沿并无船只，也无人迹。

他在江沿来回走了数次，见江岸上有一棵大树，高约十丈。走到树下，将树皮刻成人面，掘草为香，跪下对天祝告道："今香草因胞兄走失，寻到此处，倘能寻回，即起程讨伐北部落，祈天佑我平安渡过江。"他磕了三个头，许了三口猪、三只羊，在战胜之后定来还愿。他祝告完毕，走到江岸，纵身向江的北岸跳去，忽觉两耳生风，一霎时落在水面。他睁眼一看，离北岸约有二十余丈，幸知水性，竭力游去。游到了对岸，把衣服晒干，沿江向西寻去。他走了五六里，果见他哥哥坐来的小船在那江沿靠着。香草又沿着小道走去，看有一座二间屋的小房子。从小门进去，北炕上坐着一位德斗，炕头坐着他哥哥，他们俩并不言语，似甚冷淡。香草走进屋内，坐在南炕。那位德斗见香草进来，立起身来替香草装烟斟茶，以礼相待。

## （5）

这位德斗名叫说木土尼，她见香草进来，便殷勤招待，沙日奇五坐在坑上好似痴人一般，并不言语。香草问道："哥哥，你出门应通知我，不告而别真令人焦灼万分！"他哥哥总不发言，木土尼也说他从那日来此后，没有说过话。说木土尼预备酒菜，请兄弟二人喝酒。香草对说木土尼说道："德斗如不见弃，与我家兄结为夫妇好吗？"说木土尼慨然说道："如将西山的野猪，北山的花鹿，东河的飞鹤办到，拿来祭祀爱米等神，我甘愿许配。"到了午时，香草带了弓箭，先上西山去擒野猪，候了半日，将野猪捉来，拴在托落[2]杆上，预备宰杀。此时天已黄昏，收拾安眠。次日早晨，他由北山转到东河，又将花鹿、灰鹤猎获而返。此时说木土尼看见了甚为欢喜，将爱米各神置于西炕，又请香草卸野猪等物，放在大锅内煮熟后祭祀各神。祭完了，

---

[1] 依兰马木古加五热阿尼：赫哲语，三江口。"依兰"，三；"马木古"，江；"加五热阿尼"，口。在今黑龙江同江市境内，是黑龙江、松花江、混同江三江汇合之处。赫哲将同江叫做"拉哈苏苏"，是老屋之意。

[2] 托落：赫哲语，神板。

各自坐下，开怀畅饮。香草首先说道：“明日我们就要启程，各项物件请大嫂收拾妥当，以免临走时慌忙。”他大嫂答应照办。

次日用完早膳，香草请兄嫂下江沿，三人一同上船，傍晚到家。那城虽是浩大，然而仅是一座空城。说木土尼向香草问道：“此城人民到哪里去了？”香草老老实实地把韩子五汗擒他父母，赶运城内人民之事，说了一遍。说木土尼方才知道他们是汗家子弟。次日清早起来，兄嫂拜堂，先拜天地，后拜祖先。没有宾客前来贺喜，只得三人坐在一张桌上干活。次日香草令他嫂子烧黄米饭，吃完了饭，寻找斧锯等物，向江沿去工作。说木土尼听得香草在江沿乒乒乓乓的做木工，连做了五天，不曾回家。到了第八天，他嫂子怕香草饥饿，煮了一些好吃的菜饭，等他回家吃饭。可是他仍不回来，说木土尼心上着急，便到江沿去找，看见香草正在造一只龙船，好像活龙一般。他看嫂子来了，便将手中的斧子放在地上，回家用饭。吃饭时，香草很高兴地和他嫂子说道：“我造的船尚缺一船舵即可完工，我明日就要启程，替父母报仇雪恨。”次日清晨，香草说道：“阿哥不必随我出征，可在家中看守，不过要请大嫂在我前面探听消息。”他又对哥哥说道：“倘若有人到我们家中来欺侮你，向西喊我三声，我就回来处置。”临行时兄嫂均到江岸送行。香草分别后，向东驶行，所乘之船，行驶如飞，第一日竟走了二百六十余里。

## （6）

香草洋洋得意，向下游行驶，到了距三江口不远的地方，看见南边飞来一只阔里，在空中不高不低地飞翔。她向香草破口乱骂，要把香草击毙。这个阔里是萨克秀萨满之女萨其尼德斗。香草受不住那样的耻辱，气得他七窍冒烟，随手取出弓箭，口中祝告道：“我的爱米[1]各神，保佑我射中那女人。”言毕射去，射中萨其尼的腹部。那阔里“哎哟”一声，向西飞去了。香草看那德斗中箭而去，仍在船头立住执舵，转入萨哈林向西进发，昼夜不

[1] 爱米：赫哲语，保护神，有的人把爱米神挂到小孩脖子上，保佑其平安。

停。他走了三百余里，看前面船只甚多，也都是往西去的，香草很想和他们同行，所以把龙船驶得格外快。那些船上的人看见香草的龙船，就破口大骂道："这船是我们先人的船，失去了约有十余年，原来是被你这贼偷去。快快把船送过来，饶你的命，不然就将你碎尸万段！"香草受不住他们的辱骂，就跳上江岸，说道："你们哪个敢来与我交战？"那船上居然来了一人，身高九尺，很是凶恶。香草问道："你是何人？"那人应道："我是佛日吉五汗，特来擒你。"二人战在一处，战了五十余合，佛日吉五汗渐渐支撑不住，再战五六十合，佛日吉五汗口中吐血，连吐三次，气绝而亡。

他兄弟名叫佛阿奇五汗，又来与香草交手，武艺比他兄长纯熟，战到五十余合，不分胜负。佛阿奇五汗忽撒手跳出圈外，向北逃去。香草随后紧追，追约二里，佛阿奇五汗站住。香草走近一看，却是一个水坑，方圆约有三丈。佛阿奇五汗看香草跑来，举起双手，拿着香草的两膀，向水坑里掷去，口中祝告道："水坑中的蛟龙，你如有灵，快把有名的好汉香草吃了！"祝告完毕，用力将香草掷去。但是香草站在水坑边上，屹然不动。香草向佛阿奇五汗说道："你掷我三次，均未掷下，现在我要来请你下去了。"说罢便用力一掷，结果反将佛阿奇五掷在坑里。香草转至江沿，坐在佛阿奇五汗、佛日吉五汗兄弟二人所坐的船上。他将竹深达叫到，问道："你知道他们兄弟二人共有多少船只？"他们答道："共有三百六十只。"香草嘱竹深达将船只一齐运往萨力霍通。

## （7）

香草仍旧乘船西行，行约七十里，忽然东风骤起，潮水奔涌，好似万马奔腾，顺水行舟行驶有速。船又走了一百余里，香草看见江的北岸有一座山，清雅幽静。他又看见山冈大树上有一只阔里，自言自语地说道："前日萨其尼德斗飞鸣而过，说是香草就要来到，现在果然到了。我们姊妹三人，占据此处为女汉，无论何人不敢轻视我们，经过此地的人多来山上恳求哀告，方准过去。今香草并不哀求，竟敢私越而过，目中无人，可恨至极，非将他的船击碎不可！"说罢竟把香草的龙船打得粉碎。

香草落在水中，几遭没顶，幸而抱住一块船板，得以靠岸。这阔里就是五云琨苦地方的主人五如古力萨满的长女。她们姊妹三人分别是：长女名文不尼、次女名阿尔卡尼、幼女名阿拉尼。五如古力萨满已经去世，遗下三位女儿，长大成人，占据五云琨苦为女汗，真是女中豪杰。最著名的是文不尼德斗，人才出众，武艺亦精。她妹妹阿尔卡尼德斗、阿拉尼德斗，容貌也很秀丽，唯神法稍逊。此次文不尼看见香草是少年英豪，人品超凡，一心倾慕，她想打破他的大船，阻止他前进。香草见了这位德斗，也不答话，便交手起来，战到五十余合，不分胜负。战来战去，到了第八层山涧，文不尼将香草甩在涧内，落在山岸大石中间，姊妹三人在山上轮流看守。

香草已经七八日不曾吃饭，又渴又饥。正在难受之时，听得空中有人说话，仔细一听是他大嫂的声音。她说："我弟今遭大难，如何救法？只好将山击去，才能把你救出。"言毕从空中向下击来，山谷震动，将香草击出一丈多高，但不久仍回原处。到了第九天，又来了一只阔里，她对香草说道："我拉哥[1]让你今受此苦难，令人难忍。我是你的妹子，我们父母被人掳走，到了乌云毕拉[2]的地方，生下我来，放在摇篮中，浮在水上，后来被山吉马法救出，幸免于难。今日过此，才知我拉哥被害，现在让我来破她们的神法。"说罢就在空中往山涧上击去，犹如电雷一般，草木震动。

## （8）

香草的胞妹香紫尼德斗一击之下，击倒山涧，破了文不尼的幻法，救出她的二哥。文不尼姊妹三人见状，都到空中与香紫尼争斗，正在争斗之际，东方又来了两个阔里，也加入战斗，三个阔里对三个阔里战在一团，向北去了。香草这时甚觉饥饿，奔向文不尼家里而来。不多时来到一座三间的正屋，大概三位德斗各占一室，地位很是幽雅，香草自己寻找食物充饥，吃完了再

[1] 我拉哥：赫哲语，二哥。
[2] 乌云毕拉：赫哲语，乌云河，在今黑龙江省乌云县。

上屋休息。香紫尼与文不尼战斗之时，东方来的两只阔里便是她大嫂说木土尼德斗和请来的夏日火尼德斗。她们来到近前，各自会意，协力擒拿文不尼姊妹三人。那文不尼的才能天下无双，无论香紫尼、夏日火尼武艺如何高强，也决不会被她们擒住。不过因为爱慕英雄，又见夏日火尼前来助阵，恐怕被她占了头房夫人的地位，所以文不尼心里想道：不如就此被擒，反可成就自己的婚事。她便假意败退下去，被香紫尼擒拿过去。她的两个妹妹看见姊姊被擒，也无心恋战，就此逃走。

香紫尼擒住了文不尼，向她的家里走来。路上提起香草尚未成家，最好和德斗结为姻缘的话。文不尼说道："我们姊妹三人早有此意，今见令兄乘船经过此处，我们无法阻止，只得略施小技。我们姊妹三人愿将山西三城人民作为嫁妆，嫁与令兄。"二人说话之间，已到了家中。文不尼请香紫尼首先进屋，二人谦让了一会儿，便一同进屋。香草看见二位德斗进屋，均不认识。前面的一个向香草说道："我拉哥，你不认识这位德斗吗？她就是文不尼。"文不尼德斗容颜美丽，女扮男装，伶俐无比，香紫尼德斗叫兄长与文不尼重行见礼。文不尼正在预备酒菜的时候，外面进来了说木土尼、夏日火尼、阿尔卡尼、阿拉尼。香草与嫂子见礼以后，令胞妹与嫂子见礼，又与夏日火尼彼此见礼，欢喜非常。

不多时文不尼设席宴客，依年龄次第落座饮酒。香紫尼将文不尼的意思说给大嫂听，她大嫂才知文不尼的真意，就当场提起婚事。文不尼姊妹三人并无他意，夏日火尼也愿与香草结婚。说木土尼原与夏日火尼幼时结拜为姊妹，家中并无父母兄弟姊妹，所以结亲一事完全委托说木土尼办理，择定翌日结婚。次日清早起身，采办酒菜，预备香炉桌案等物。太阳将出，香草梳洗完毕，来至院中。他大嫂领着文不尼、阿尔卡尼、阿拉尼、夏日火尼四位德斗，与香草交拜天地，又拜祖先灶王各神。四位新人坐了一刻，便与众人落座饮酒。时至傍晚，众人散去，四位新人各自归房，香草轮流住宿。在此处住了七八日之久，香草请大嫂回家督理各城事宜，并令文不尼宣示山西三城人民随他大嫂一同赴萨力霍通。竹深达声称原有船只七百二十只，可容三城人民，香草听罢，很是喜悦。他把各项事宜分派妥当，时已黄昏，方得安眠。

## （9）

香草睡到夜半，忽得一梦。梦中他走到一处地方，山水如画，幽雅清静。正在叹赏之时，忽听背后有人唱道："你游富尔金卓禄[1]怎样的快乐？"香草回头一看，见一个人，身长五尺，口音响亮，颇有英雄气概。那人见香草回头便来和他见礼，香草问道："莫日根斗，请问贵姓，家住何处？"那人答道："我名巴尔不肯，敝处离此地七百余里。今闻老兄由松花江转萨哈林来征平北部落，天下震动，特来相会。"彼此相谈甚属合意，二人焚香结拜兄弟。巴尔不肯说道："你年尚幼，倘日后遇有强敌，请叫我名，我必前来相助。"正在说话之时，被他夫人文不尼叫醒，醒来甚觉奇怪。次日清早用了早膳，辞别嫂嫂向西进发。文不尼姊妹、夏日火尼、香紫尼等人都随同出征。香草走了两日，到了一个屯子，屯中东西有一家正在了档子[2]，只见那屋内来宾甚多，男女分南北落座。又看到档子枕头左右坐着二位德斗，年约十六七岁，容貌美丽，左边那位德斗尤为俊俏无比。那德斗也是目不转睛地看着香草，好似很钟情的样子。

## （10）

香草看二位德斗都不认识，他仔细探听，知道那美貌德斗原来就是梦中结交的巴尔不肯的胞妹，名叫巴尔塔尼德斗。她现年十七岁，容貌绝世，早年已许字皆格德如的兄弟，名叫太乙拉如，他们尚有二位兄弟名叫卓不勾、刺不勾。兄弟四位武艺高强，尤以皆格德如、太乙拉如为最强。巴尔不肯将胞妹许与太乙拉如之时，他的妹子年仅十二岁，人事不知，今长大成人，知道太乙拉如虽是英雄，然容貌丑陋，所以她宁死不从。巴尔塔尼武艺高强，神通广大，巴尔不肯与香草梦中结交之事，便是巴尔塔尼所弄的玄虚。她要

[1] 富尔金卓禄：赫哲语，"富尔金"，红；"卓禄"，石；富尔金卓禄，红石山，在黑龙江北岸。
[2] 了档子：赫哲丧俗，即出灵、送魂。

使二位英雄结为弟兄，以便从中许托终身。前几日因为山吉马法了档子，所以她和她嫂子二人前赴山吉马法家里去。

香草白天在山吉马法的家中，看见了巴尔塔尼，到了晚上，他就变了一个老人，走到一所房子，看见三位德斗：一位是巴尔塔巴，一位是她的嫂子，一位是山吉尼，就是山吉马法的女儿。巴尔塔尼见香草进来殷勤招待，并不害羞。香草问道：“贵府如有闲房，可否暂借一宿？”她嫂子答道：“闲房是有的，无奈主人不在，实难相留。”巴尔塔尼急忙对她说道：“人家既来此要求，不应拒绝。”山吉尼也插嘴说道：“老丈借宿，有何不可？”那德斗即令香草在北炕住宿。那三位德斗闲谈了多时，谈了一会儿便散去了。巴尔塔尼和她嫂子都在这屋内住宿。到了夜半，其他人都睡了，唯独巴尔塔尼不曾合眼。她向北炕看去，明亮如昼，仔细一看，却是香草变成本身，十分俊美。她便私自将香草叫醒，另行喝酒，她嫂子仍是睡觉未醒。巴尔塔尼与香草饮酒时说她不愿嫁给太乙拉如。香草道：“德斗如果不嫌丑陋，嫁给我如何？你那方面的亲事可以另行设法。”

## （11）

香草与巴尔塔尼正在说话，文不尼与香紫尼已寻到这里。香紫尼本来认识巴尔塔尼，两人握手见礼，非常亲热。香草令文不尼与巴尔塔尼相见。香紫尼与巴尔塔尼二人以前曾经结拜为姊妹，巴尔塔尼的年龄大一岁，故她是姊姊，香紫尼是妹妹。此时已过夜半，众人各自安睡。次日全赴丧家，主人特请驼奇五萨满跳舞，护送死人的魂灵，又请本屯好汉海兰塔、苏兰塔二人护送萨满跳舞。这时众来宾都已来到，萨满拿鼓跳舞，海兰塔立在西南隅，苏兰塔立在东北隅，接送萨满。跳了几回，他们都力不胜任，主人请来宾继续接送，无人敢应。山吉尼德斗焦急万分。

巴尔塔尼看山吉尼着急，低声说道：“你可以请那位老丈接送萨满。”山吉尼听了巴尔塔尼的话，手提一壶酒到香草面前斟酒，恳求他接送萨满。香草客气了一番，然后答应了。在屋内又挑选出一位莫日根，名叫俄格的奇，立在东北隅，香草立在西南隅。此时萨满在中间跳舞，忽然向西南方的香草身上闯去，香草伸右臂将驼奇五萨满送到东北隅。那萨满又向东北方的俄格的奇身上闯去，他也用双手把萨满送到西南隅，这样才使驼奇五萨满安然念诵护送法扬古[1]之词。诵完以后，各事都完。次日早晨，将档子送出大门之外，一切供品供在档子之前，各亲友前来送别。不多时将档子扯开，将奠礼念诵完了，用火焚烧。完毕后，主人请众来宾进内饮酒，饮酒之间，各亲友提议将山吉尼许给老丈。香草推辞道："吾是年老之人，有误德斗青春，吾想俄格的奇年龄相宜，可配德斗。"各亲友及所有来宾都赞成香草的意见。

香草住了一夜，次日早膳完毕，出门向西进发。傍晚到一屯子，将要进屯时有主人奇土五汗派人来接香草，他便随同迎接的人向奇土五汗家中去了。到了那里，奇土五汗和他父亲便请香草进上屋分宾主入座，各通姓名。香草看奇土五汗家中人口不多，奇土五汗的妹子奇土尼德斗，容貌十分俊俏。正在看得目不转睛之时，奇土五汗令人上酒菜，请香草喝酒。饮了几杯酒后，香草对奇土五汗的父亲说道："听说爱女尚未受聘，今小侄缺乏内助，如不见弃，请将爱女许配给小侄，尊丈意下如何？行聘或是用彩礼，或用比武，小侄无不遵命。"那老丈想了一会儿，答道："莫日根提及此事，我也赞成。但是我儿亦是缺乏内助，如果两家各不见弃，不如两家换亲，未知莫日根认为如何？"此时香草鼓掌赞成，尽欢而散。

## （12）

晚间奇土五汗的父亲对香草提议，请各位德斗到他家中宴会，香草慨然允许。第二天早上众人都已起来，奇土五汗的大夫人鸵不土尼德斗前去邀请各德斗。文不尼、夏日火尼、香紫尼、巴尔塔尼、阿尔塔尼、阿拉尼六位德

[1] 法扬古：赫哲语，灵魂。

斗在卓禄新格力[1]休息。一日，巴尔塔尼心慌眼跳，掐指一算，和香紫尼、文不尼说道："今香草将妹子与奇土五汗之妹作了换亲，众位嫂嫂妹妹对此有何高见？"文不尼首先说道："他为何要把妹妹换亲，我很反对，不知众妹妹意见如何？"众德斗也一致反对。巴尔塔尼又说道："今彼处既有人前来邀请，我们应前去赴约，唯换亲一事，可见机而行。"到了午时，那位驼不土尼走到了石洞。在洞口一看，并无人迹，走进洞口很是明亮，而且清静幽雅。听见洞内有女人说笑之声，进洞内见有六位德斗。她们见了驼不土尼进来，只看她一眼，默然不言，驼不土尼心中不乐。后有一位年龄最大的德斗对她说道："德斗请坐！"驼不土尼在那里略为休息，看见有两位德斗都是姑娘打扮，分不出谁是香紫尼。驼不土尼觉得很难为情，满面通红，走了出去。驼不土尼回到家中，天已晚，深感不乐，进门来与奇土五汗说道："人家德斗如何高贵，不肯赴约。那里众位德斗之中，仅有一位年龄最长的说了'德斗请坐'的一句话，其余默不发言，我看那说话的大约是文不尼德斗。尚有二位姑娘面貌相同，不知哪位是香紫尼德斗。从此以后我决不去邀请贵客了！"香草听了驼不土尼说的一番话，心中也有点气不过，随手取了额其和马法[2]，秘密嘱咐，那马法从手中飞出。巴尔塔尼和文不尼商议道："我们不如教香紫尼德斗前去比武，比武之时可以打死他们，众位妹妹意下如何？"大家都赞成此意，香紫尼预备前去比武。正值收拾之际，听洞口外有人说道："莫日根令我前来招你们去。"巴尔塔尼与香紫尼已经收拾完毕，二位德斗变为一对阔里，直向奇土五汗家飞去。到了屋顶之上，叫道："若是结亲，即须与你们德斗比武。"言毕飞翔云间，屋内的奇土尼也翻身变为阔里，由屋内飞出去，与香紫尼比武。

---

[1] 卓禄新格力：赫哲语，石洞。
[2] 额其和马法：赫哲语，萨满供奉的神灵。

# （13）

奇土尼从屋内飞出去，被香紫尼由上向下击来，劈成两块。她父兄看见了就与香草理论起来，一语不合，香草拿起酒壶向奇土五汗头上掷去，正中太阳穴，血流满地，气绝身亡。他的父亲伏地哀求免死，然后跟随人民而去。巴尔塔尼也将驼不土尼结束了性命。香草宣召竹深达将人民一同运赴萨力居住。此时文不尼、夏日火尼、阿尔卡尼、阿拉尼、巴尔塔尼都来了。香草与巴尔塔尼更加亲爱，虽以兄妹相称，暗中实似夫妇。有一天，巴尔塔尼对香草说道："由此往西去一百五十里，有皆格德如、太乙拉如、卓不勾、刺不勾弟兄四人，甚是厉害。早年我兄已将我许与太乙拉如，他们知我不在家中，时常与我家兄说三道四，这几日要来迎娶。皆格德如之妻，名叫卓马安尼，系卓禄马法长女，精通武术。她有一妹，名卓尔卡尼德斗，武艺更精，尚未出嫁。如果能恳求卓尔卡尼不去帮助太乙拉如，我们当可得胜。"言毕，三位德斗便向卓尔卡尼处说情，香草也出门向西进发。

走了半日，到一处巍峨的大城，正看之时，出来了五六个人。其中有一个身长五尺，甚为肥胖的人，他走近前说道："莫日根斗，我们在富尔金卓禄曾经会过面，你还记得吗？"香草听了这话，便想起梦中会见之事，答道："你就是巴尔不肯吗？"巴尔不肯道："正是。"巴尔不肯又令其弟巴尔不君与香草相见。不多时进了巴尔不肯府中。府中早已预备了酒席，巴尔不肯与香草分宾主落座饮酒，二人互相欢饮，情意相投。

巴尔塔尼领着文不尼、香紫尼走了半日，到了一座大山，名卓禄哈达。山下有一个石洞，三位德斗都走进洞去，向里走有十丈，听里面有说话的声音。巴尔塔尼德斗开门进去，见里面有一位马法，一位妈妈，炕上坐着一位德斗。这德斗就是卓尔卡尼，马法、妈妈是她的父母。她看见巴尔塔尼德斗等人进屋，便下炕迎接，说道："德斗格格是被什么风吹来的？"三位德斗答道："有要事相求，故而来此。"三位德斗又跪下说道："香草莫日根与皆格德如等兄弟四人将要交战，姊姊如果前去助战，那么我辈将死无葬身之所了。"言毕仍跪下哀求不止。卓尔卡尼安慰她们说道："众位德斗，请起来吧，有事可以商量，不必行此重礼。众位德斗请放心，小妹绝对不加入战争。”言毕扶她们立起，坐于炕上休息。卓尔卡尼曾与巴尔塔尼、香紫尼同在一处学艺，彼此见了均相亲相爱。香紫尼又要求卓尔卡尼嫁给香草，她也允许。卓尔卡尼在屋请三位德斗吃喝，三人吃完就转向巴尔不肯家中去了。

## （14）

三位德斗辞别卓尔卡尼德斗，转向巴尔不肯霍通而来。到了城中，太乙拉如等人均已先到。巴尔塔尼请文不尼到她嫂嫂的屋内。她嫂嫂都如虎尼知文不尼来了，便起身迎接。夏日火尼等人也早已到了多时。巴尔塔尼与香紫尼二人进了后花园闺房休息。皆格德如和他兄弟太乙拉如、卓不勾、刺不勾来到以后，在喝酒时，皆格德如和巴尔不肯商议道：“令妹已经返家，后天即可迎娶，你意下如何？”巴尔不肯说道：“你们议妥就是了。”他令仆人杀猪宰羊，并预备一切应用物件。次日午前，巴尔塔尼下楼替太乙拉如装烟。[1]烟装好了，香草首先接过烟袋抽烟。太乙拉如看光景不佳，便破口大骂。香草怒气冲天，拉着太乙拉如的手臂向外掷去。到了院外，他俩打成一团。太乙拉如是火体，在交战时身上能冒出火来。香草因为太靠近太乙拉如的火体，衣服都被烧焦。巴尔不肯、巴尔不君弟兄也和卓不勾、刺不勾战在处。巴尔塔尼变为阔里，在空中叮嘱香草务必将太乙拉如打死，才可放手，然后夫妇就可以偕老，说完便和敌方阔里战斗去了。香紫尼、文不尼等阔里均前来助战。

此时刺不勾乘隙抽身去请他们的姨表兄弟韩子五汗、恩斗额真前来助战，原来此二人正是香草的仇敌，正好给香草报仇的机会。战到二十余日，太乙拉如鼻孔流血，冒出火来，香草看他吐血，知他支撑不住，格外用力，不到一时，就结束了太乙拉如的性命。巴尔不君结束了卓不勾的性命，巴尔不肯和皆格德如仍战在一处，不分胜负。香草前往助战，战了半日，皆格德如也

[1] 赫哲习俗，在迎娶的前一日，新娘头上以红布遮盖，替新郎装烟，不得替他人装烟。

吐血而亡。尸体都抛在郊外。香草、巴尔不肯、巴尔不君三人一同回至城里府上休息。文不尼受伤后来报说，夏日火尼、阿尔卡尼、阿拉尼都被打死。正在说话之际，刺不勾领着韩子五汗、恩斗额真忽来挑战。此时香草听说仇人已到，怒气冲天，赶出城门与韩子五汗交手。怨家相逢，岂肯轻饶，战了二十五六个回合，才将韩子五汗、恩斗额真、刺不勾等人打死，又将他们碎尸万段，然后一同回城杀猪宰羊，预备庆贺。

此时德斗们也陆续回来，夏日火尼、阿尔卡尼、阿拉尼三位夫人已被卓马安尼击毙，文不尼头部受伤两处。巴尔塔尼又将卓马安尼擒到府中收禁。香草此时已将仇人杀死，很是高兴。他又令巴尔不君速赴韩子五汗的城释放出他的父母，又嘱咐竹深达迅速将城内人民全数运回萨力霍通居住。香草与巴尔塔尼、卓尔卡尼结婚，巴尔不肯与皆格德如之妻卓马安尼结婚。巴尔不君到韩子五汗的城去后，回来报告香草父母都已去世，人民不久即可迁至萨力居住。香草听说父母去世，不免伤感一番，随后便令香紫尼与巴尔不君结婚。香草在此处住了十余日，随后立即率领各夫人凯旋而归。

流传地区：松花江下游赫哲村屯

搜集时间：1930 年

讲　　述：当地赫哲老人

搜集整理：凌纯声、张耆孙

# 萨里比五

## （1）

从前距松花江南岸百余步有一道树林，树林的阳面有一座土城，名叫萨里霍通。城墙已荒废坍塌，城纵横约三里有余。城中房屋都已破坏，除了两间茅屋以外，没有一间可以居住。原来那城的城主被人打败，敌人把人民、牲畜、物品都掳去，留下这座空城。这两间茅屋里面住着同胞姐弟二人，弟弟年十六岁，名叫萨里比五莫日根；姐姐年十八岁，名叫萨其尼德斗。这位德斗面貌美丽，风姿绰约，并且举止端庄，可惜没什么本领。萨里比五身材魁伟，眉清目秀。当他初生的时候，他的父亲是一个首领，时常虔诚地供奉萨满神，所以如今诸神都在萨里比五身上。后来遇到战争，诸神都暗中协助他。不但如此，他还练得一身好武艺，射箭尤精，能百发百中。他们姐弟二人住在这座荒城里面，靠着打猎生活。

一日，萨里比五预备上山打猎，由家中起身经过莲花泡地方，看不见野兽，就绕着山路走上去。忽然看见一只猛虎，在前面奔驰，萨里比五取了弓箭，想射那虎。那虎见了人，就奔远了，他便跟踪追赶。他追到山崖转弯处，已不见老虎，却见一个山洞。在洞外徘徊一会儿，后来决定进去观看里面究竟有什么东西。他就带着扎枪走进洞去，起先漆黑，走了十丈多深，忽见亮光。

看见前面有门，推门进去，走过三间屋子，来到第四间，见屋里炕上有一位马法[1]，一位妈妈[2]，闭目静坐。萨里比五看此情形，就在马法、妈妈面前跪下叩头。

原来这洞里住的是卓禄马法和卓禄妈妈，那马法睁眼对妈妈说道：“在面前行礼的就是萨里比五，他将来要成为松花江的大首领。你可去帮他修炼神法。”妈妈听他说完，走下地来，将门关闭，双手拿住萨里比五，将他浸入北锅里面，再将锅盖盖上，用石头压在锅上，然后生起火来烹煮他。马法、妈妈二人就在洞内跳起萨满神术的舞来。舞到第十五天的正午，萨里比五从北锅里赤身跳出，双手拿着两块石片，跟着马法跳舞，越跳越起劲，越舞越灵便。马法让萨里比五记准所学的萨满神名居处，舞了一天方止，萨里比五就暂在洞内安睡。此番卓禄马法、妈妈授给他的神法非常高深，刀枪不入。次日起身，卓禄马法让他回家。萨里比五拜别了马法、妈妈，起身出洞，马法妈妈送他走出洞外。

## （2）

卓禄马法、妈妈送萨里比五出洞时，嘱咐他说道：“你先父被北部落昂吉土汗杀害，你可前去报仇。如遇强敌，快向我住处祝告，我必应声而到。切记！切记！”萨里比五谨遵师命，拜别了师父下山。在半路上打到两只大鹿，带回家来。阿姐见弟回来，甚是欢喜。此时正是年关到了，萨其尼用初阔库[3]捣了小米，连同鹿、狍、獾子、野鸡、雁等飞禽野兽的肉类做成食品，大家吃喝，很欢乐的度过了新年。萨里比五仍旧打猎练拳射箭，慢慢地，已到了五月了。一夜，萨其尼翻来覆去地睡不着，心里焦躁万分，直到三更时分，方始蒙眬睡去。

---

[1] 马法：赫哲语，老头。
[2] 妈妈：赫哲语，老太太。
[3] 初阔库：赫哲语，捣米工具。

萨其尼在睡梦中恍惚看见正东来了一片荒火延烧过来，把一道树林烧得干干净净，后来火势直逼自己的房子，她正在无可逃避的时候，忽然在荒火里面起了一阵黑烟，将她卷到空中向西落下。她吃了一惊，苏醒过来，原来是一个噩梦。心上犹是跳个不停，细细想来，此梦很是不祥。她抬头看阿弟仍是熟睡未醒，她也仍旧安睡。次日早起，姐弟二人梳洗完毕，用过早餐，萨里比五就手拿弓箭想上山打猎。他将要出门时，萨其尼叫阿弟不要出门，萨里比五回头问她有什么事。萨其尼答道："并无别事，只因我昨夜梦见不祥之兆，所以你今天不要出去打猎吧！"萨里比五说道："我以为是什么事，原来不过做了一个噩梦，这又何必呢？格格，你请放心，小弟现在练得绝顶武艺，又有神法，还怕什么呢？"说完就往外走了。萨其尼看他主意打得如此坚定，就潸然泪下，呜咽说道："阿弟不听吾言，从此恐怕姐弟永无相见的一日了！"

## （3）

在松阿里上游有一个地方，两山对峙，名叫德伊恒。山顶上有石筑的城，名卓禄霍通。城主卡尔德五汗是一位英雄，他在松阿里上游征服好几个部落，又将各部落人民悉数掳回本城。后来太平无事，就大兴土木，令所掳人民在德伊恒两个山顶建筑石头城垣。卡尔德五汗生有一男一女。男名卡子什五莫汗，勇武过人，现年二十；女名卡其尼德斗，年十九，颇有姿色，招一个女婿，名叫那林。卡尔德五汗封卡子什五为德伊恒左山石头城的左贤王[1]，卡其尼为德伊恒右山石头城的右贤王[2]，此城内一切事项都归附马那林管理。后来卡尔德五汗病殁，经福晋五勒尼、公主卡其尼、驸马那林、安邦官[3]气

[1] 左贤王：按〖史记匈奴列传》记载，匈奴置左右贤王，又常以太子为左贤王，本故事中卡尔德五汗封其子为左贤王，制度与匈奴相同。（见《史记》卷110）

[2] 右贤王：按《史记匈奴列传》记载，匈奴置左右贤王，又常以太子为右贤王，本故事中卡尔德五汗封其女为右贤王，制度与匈奴相同。（见《史记》卷110）

[3] 安邦官：专司一部落人民庶政，按金史百官志载："金官长皆称曰勃极烈。……太宗以谙版勃极烈居守，谙版，遵大之称也。"清初设置按班章京，即总兵官。"安邦"即是"谙版""按班"的转音。

竹深章京等人推举卡子什五为汗，举行了即位大典。礼毕大摆筵席，众人入座畅饮。席间那林提出他的杀父仇敌在松阿里下游，他想前去报仇。卡子什五汗听了，欣然允诺，并且愿意亲自前往征讨。他们积极准备起来，忙了半月工夫，始将各事办理就绪。他领着卡其尼、那林、五勒尼等人乘了三只大船，沿江下游行驶。

到了地方，他和妹夫的仇人牙拉汗、牙德萸汗、牙福莫汗、牙木莫汗兄弟四人交战。后来将他们擒获，又收服了他们，并将全城人民悉数掳去，载在船上，溯江上行，几天后，路过萨里霍通。卡子什五汗因为坐船很是烦闷，就叫奴才搭起跳板，上岸散步。卡子什五汗身体肥重，他走在跳板上，几乎把跳板踏断。上岸见有一条小路，便顺着走去，走有三里多路，前面有道树林，穿过树林，向南望去，见有一座很旧的城。城墙倒塌，城中房舍也破坏不堪，大概有六七十年无人居住的样子。但是城中两间草房的烟囱里好像有烟冒出来，他就走近草房，一直跑到屋里。他见一位德斗睡在床上，生得姿容艳丽。卡子什五定神细看，几乎魂魄都被勾去了，他禁不住走到床前用手一拉。这位美女并非别人，就是萨其尼。萨其尼觉得有人推她，惊觉过来，睁眼一看，见是一个肥胖的男子。她一面起来，一面喝道："何处伊那勒[1]来此扰我！"卡子什五汗并不发怒，反而嬉皮笑脸动手动脚。萨其尼又怒又气，大声詈骂。卡子什五汗伸手想拉她同走，不料萨其尼用小刀照着他的头顶上掷去，正中太阳穴，顿时头破血流，昏迷不省人事。

## （4）

萨其尼见他昏倒地上，吓得手足无措，不知怎样去救他。想了半天，忽然想出一个法子，她就急忙跑到水缸旁边，拿了一大碗冷水向卡子什五汗头上浇下。不多时卡子什五汗渐渐苏醒过来，睁眼见萨其尼站在面前。他爬了起来拉着萨其尼向外就走，女子气力薄弱，哪里会抵敌得过男子，终被卡子

[1] 伊那勒：赫哲语，狗，此处是骂人语。

什五汗拉到船上。他把她送到船舱里面，又叫福晋五勒尼、汗姑卡其尼等人劝她跟从大汗。萨其尼矢志不从，福晋等人看她如此坚决，也无计可施，只得报告大汗。卡子什五汗听了，也是无可奈何，就叫人把萨其尼捆绑起来，好好看守。再令总管吩咐开船，六百多只大船向上行驶。

此时萨其尼在船舱里面，被他捆得非常结实，动弹不得，因此她就啼哭起来，又怨她的弟弟说道："阿弟呀，我叫你不要去打猎，你竟不听我的话，我才有今天的遭遇。从此你不能再见到你的格格了！"她一面哭泣，一面诉说，甚为凄惨，就是铁石心肠的人听了也不免要落泪的。她这样凄凄切切地啼哭了几天。一日，她正在啼哭时，忽从天空中飞来一只大雁，落在她的面前，关关地叫了两三声，好像对她说话的样子。恰巧这时奴才使女等人都不在那里，萨其尼就祝祷了神仙对雁说道："你是飞禽之灵，如能替我带信给我的兄弟，日后我有了救星，一定报答你。"说完从怀中掏出一个额其和[1]，套在雁的颈脖上。那雁好像很懂她话似的，等她套完，关关的叫了几声，飞向天空去了，一转眼就不见踪迹。萨其尼等他飞去后，默默祝告苍天，保佑这雁将信传与阿弟知道。萨其尼看雁飞鸣向东南去后，她就在船舱内继续悲泣。

## （5）

萨里比五自从那天出门的时候，看他姐姐极端阻止，因此他虽然离开了家，但是却没一刻不挂念他的姐姐。他上山走了两天，并没遇见野物，心中很不高兴。他又向南走了一天，在山中又过了一夜，忽然心眼都跳起来，坐立不安。到了次日，行至山的南坡时，见西北方来了一只大雁。萨里比五因为出门至今，禽兽都没见过，今天见了这只大雁，他就很欢喜的自言自语道："我三天来没有见过野物，今天见了这只大雁，恐怕难逃出我的手中的箭了。"说罢，拿起弓箭专等那雁飞来时放射。那雁飞来，时高时低，鸣声悲惨，好

---

[1] 额其和：赫哲语，萨满供奉的神。

像泣诉的样子，他心中很是奇怪。又见那雁已飞至头顶不远，他将要举手射箭时，忽听得那雁凄惨的悲鸣，仍往上飞行，见他不准备射时，就往下直飞，落在地上。

萨里比五看他如此情形，心中不忍射去，就把弓箭掷在地上。走近看时，雁的眼睛似乎在落泪一般，颈上还套着一个额其和。他走去将雁抱在怀里，仔细观看，那额其和好像和自己的额其和一样。他从怀中掏出自己的一看，却是一对，甚为奇异。后来想起母亲在时曾把一对额其和分给姐弟，那么姐姐的额其和怎样会落在此雁的颈脖上呢？此时那雁关关的悲鸣几声，向空中飞去，一转眼间就不见他的影踪了。萨里比五手里拿着两个额其和，定神想了一会儿，总是疑惑不决，心上也不想打猎，就赶紧回家。走到离家不远时，遥望烟囱里并没有烟冒出来。到了门前见大门洞开，忙到里面去看，见屋内空空，他姐姐也不知到哪里去了。

## （6）

萨里比五在屋里细细观察一下，看上去大约有两三日没人居住了，又在四处察看，也不见踪迹。后来江岸上看出无数船只停泊的痕迹，他才恍然大悟，知道姐姐一定是被那些船上人掳去无疑了。他就回到家中，吃了晚饭，上床安睡。次日晨起，到江沿再行察看，好像这些船都往上游行驶似的。他就带了干粮，跟踪追寻。追了一天，没见船只。天色已黑，好在是五月时分，气候和暖，他就在江沿睡觉。次日吃了些带来的干粮，仍旧向前追赶。追了五六日，这日到了沿江的一个大屯子。他看见江沿上有被人击毙的死尸，死得很凄惨。他转身向屯里走来，到屯中看时，并无人民，房屋空空，大概全屯人民都已被人掳去了。

他在屯中休息片刻，仍旧沿江向西追去。又追了半天，见前面有一个很大的城池。萨里比五心想敌人一定要在此落脚的，他就急忙地赶进城去。到了北门外，见有两个死尸，抚摸还有温热，知道死得不久。他又转身来到城中，城中也是寂无一人，房屋空虚。此时太阳将要落山，他找到一座大房子，大约是城主的住宅。他大踏步走进去，见里面很是齐整。走进西屋，见屋内凡是日常所用的物件应有尽有。他看天色已黑，从怀中掏出牙特勒阔[1]取火点灯。

## （7）

萨里比五一人静悄悄地坐在空房中休息，忽听得灶炕中发出声音来。仔细看去，见里面爬出两个人来。他们见了萨里比五，跪在他面前哀告说道："我父名叫薛尔仓汗，叔父名叫薛尔清莫汗，都被卡子什五汗一行人打死。我们全城人民和牲口等物也都被他们掳去。我弟兄二人躲在灶炕里面，得免于难，千万求莫日根开恩饶命。"说罢匍匐在地上，哭着不敢起来。萨里比五答道："我是松阿里南岸萨里霍通之主萨里比五。当我到山里去打猎的时候，卡子什五汗乘我不备，将我格格掳去，所以我追到此地，照你们所说，大约明日可以追到了。"那两个少年年纪都在十四五岁左右，年长的名叫薛芬，年幼的名叫薛特，萨里比五叫他们起来，并且安慰他们说道："你二人请放心，我替你们复仇。"兄弟二人叩头称谢，就站在两旁侍候。停了一会儿，兄弟二人从柜内拿出酒食，三人吃喝着。吃完以后，就各自上床安歇。次日醒来，萨里比五对薛芬说道："你们可以随我前去追赶，有我在此，不要害怕。"薛芬兄弟听了，都愿随从前往。三人出门沿江向西追赶。

他们走到正午时分，向西观望，遥见在托布红五洛厄特五得呢[2]有无数桅杆直立，好像是一道树林。萨里比五回头对薛芬兄弟问道："你二人见前面江边上有桅杆吗？"薛芬、薛特望了一望，答道："前面确有无数船只。"萨里比五就振作精神，紧紧腰带，带了薛芬、薛特二人加紧追赶。他们一直走到超过那些船只前面几十里路远的地方，才停下来坐在草地上休息，让薛

[1] 牙特勒阔：赫哲语，火刀火石。

[2] 托布红五洛厄特五得呢：赫哲语，"托布红"，十五；"五洛厄特"，江湾；"五得呢"，地方。托布红五洛厄特五得呢，十五个江湾地方。

芬、薛特二人躲在树林里面。他等了一会儿，见船行近，就手拿弓箭，准备放射。船近前时，见第一只船头上立着一人，身高一丈，虎背熊腰，这人就是牙得莫汗。他被卡子什五汗收服，降为奴才，因此在船头上探水。

## （8）

萨里比五照准探水的牙得莫汗放射一箭，正中左臂。他见有人射箭，转过身来正面立定，大声说道："你再放来！"萨里比五又是一箭，射中他胸前，这箭穿进肉内一二寸。一连三箭，都是如此。他急忙跪倒在船舱里说道："额真阿哥，今天有人向我射箭，甚是厉害，让我前去和他交手罢。"说罢，跳上岸去。萨里比五就出来和他交战。战不多时，牙得莫汗败下来，逃回船中，禀报说："那个敌人很是厉害，所以前来报告额真阿哥。"卡子什五汗听了，立刻带领那林等一行人上岸来和萨里比五交战。战到午时，萨里比五才将那林击毙。后来专和卡子什五汗交手，战到太阳平西的时候，卡子什五汗鼻口流血，支撑不住。卡子什五汗知道不好，就跳出圈子，跪下哀告道："莫日根阿哥，我与你往日无仇，今日无恨，求你饶我一命，终生愿做额真阿哥的阿哈。"萨虽比五答道："你将我格格掳来，还说无仇。"说完就一脚踢去，将卡子什五汗踢死。其余牙拉汗等人都哀告求降。

卡子什五汗的从人，看见卡子什五汗已被萨里比五踢死，都跳江溺毙。人民见了，也都上岸跪在萨里比五面前，口呼额真，声震山谷。萨里比五很欢喜的叫人民各归各船，听候吩咐。此时薛芬、薛特也出来向萨里比五道贺。萨里比五问牙拉汗道："卡子什五汗掳来的女子在哪里？"牙拉汗答道："在船舱里。"萨里比五就带领薛芬兄弟二人由牙拉汗领着上船。走近船舱，见他姐姐手足捆缚着。萨其尼见了阿弟，悲喜交集。牙拉汗的妻子急忙将她解缚，萨其尼对阿弟诉说被掳的情形。萨里比五就在船上设席宴请章京八嘎深达等人，席间令章京等人跟随萨其尼回到萨里霍通筑修城池房舍。席散后，各自归去安歇。次日，将一切事情嘱咐完毕，叫姐姐率领章京[1]、嘎深达、人民等人开船回去，自己带领薛芬、薛特向西进发。

## （9）

萨里比五带领薛芬、薛特向西进发。走了半天，时在正午，太阳射在地上，甚觉炎热，三人就缓步进行。走不多时，好像听得西南方有人在那里交战似的。萨里比五对薛芬说道："你听得有人在哪里交战吗？"薛芬答道："听得是在西南，我们前去看看好吗？"萨里比五等三人向西南奔去。他们走了五六里路，看前面平原上有两个大汉在那里交战。看上去一个支撑不住，奄奄一息了。萨里比五走近他们，用手将二人分开，问道："你们为何事相打？"战败的人说道："我名叫荣他恩土。我有一个妹子，名叫荣芳尼德斗，现年十七岁。前几天库替五汗硬要抢夺我妹子为妻，我不肯允从，所以就在此交战起来。我妹妹现在也和他们的女将打起来了。"话还没完，库替五汗举手就向萨里比五迎面打来。萨里比五也举手相迎，二人战在一起。薛芬、薛特、荣他恩土等人躲在旁边观看。

萨里比五带的额其和很是厉害，他能在打仗的时候暗中刺入敌人心中，使敌人心痛难熬，不久就会口鼻流血的。所以萨里比五和库替五汗战了半天，库替五汗就鼻口流血，支撑不住，萨里比五趁此一掌两脚，将他打死。荣他恩土叩头谢了救命之恩，四个人就在那里休息。当荣他恩土被库替五汗拉出对战的时候，他的胞妹荣芳尼知道凶多吉少，就变了一个阔里前来助战，刚到库替五霍通时，城中飞出三只阔里，两只是库替五汗的妻子，一只是他的妹妹库替尼。她们都是神通广大，早就知道荣芳尼要前来助战，所以从城中出来接住，战在一起。

---

[1] 章京：官名，《金史》："布呼年十八选为章京。"章京即文武参佐之意，清初设置阁山章京、梅勒章京、按班章京等。

# （10）

荣芳尼是一个美艳的女子，她的行动举止都令人生爱。所以库替五汗偶然见了她一面后，魂魄都几乎被她勾去了，时刻想慕着她。他知道荣他恩土不肯答应这件亲事，所以就想出强抢的法子。荣他恩土哪里肯让他强抢，因此二人交战起来，幸得萨里比五相助，才把库替五汗击毙。荣芳尼与那三个阔里战在一起，不易取胜，就在身边取了两根羽毛，变了两个阔里，接住她们交战。库替五汗的妻子究竟神力有限，不是荣芳尼的对手。她们正在战得起劲的时候，忽然从东方来了一只阔里帮助荣芳尼交战。荣芳尼且战且问道：“格格，你是何人来此帮助小妹？”那只阔里答道：“我是萨里比五的格格萨其尼德斗，如今我兄弟帮助你的阿哥将库替五汗打死，所以我前来帮助妹妹交战。”

萨其尼从前本来没有神法。她率领六百多只船只回到萨里后，将城内一切事情交托竹深章京办理，自己安逸无事。有一夜，觉得自己忽然缥缈腾空，恍惚到了一个山洞。走进洞去，见有一位马法、一位妈妈。萨其尼甚是惊异，但已到此间，只得向马法、妈妈叩头。马法首先开口说道：“此次用神法将你招来，专为传授神法，使你可以帮助兄弟报仇。”说毕，叫妈妈将萨其尼纳入大锅里面锻炼肉身。过了十天萨其尼从锅内跃出。马法叹道：“这是气数，你弟锻炼十五天，你还少五天的工夫，这样比较起来，你兄弟的神法胜你多多了。如今你赶快到库替五霍通去见你的阿弟吧！”萨其尼遵命，拜别马法、妈妈出门。出了洞口，她变了一只阔里向西飞去。到了库替五霍通，正值荣芳尼和库替尼在那里交战。她和荣芳尼通过姓名后，就加入助战。

荣芳尼将库替五汗的妻子交给萨其尼，自己和库替尼战了好久，才将她击入江中。然后把她用绳捆绑起来，装在铁丝袋里。正想起身走的时候，萨其尼也将库替五汗的两个妻子击毙，来此相见。二人并肩走到库替五汗府去，恰好遇到萨里比五率领荣他恩土、薛芬、薛特三人也到城下。竹深章京等人知额真汗已被萨里比五击毙，就率领人民出城跪接。萨里比五一一安慰后，和他们一同进府休息。荣他恩土叫荣芳尼和萨里比五见礼。萨里比五见荣芳尼容貌美丽，令人爱慕。荣芳尼见萨里比五才貌双全，也一心爱慕。他们二人真是天生佳偶。等到在晚饭席上，经荣他恩土提出妹妹和萨里比五联姻的意思，萨里比五听了，欣然应允。并且说道："我有要事在身，婚姻不能迟缓，就在明日举行婚礼如何？"荣他恩土也很赞同。萨里比五令将库替尼押上来，用好言劝慰，库替尼终于肯投降，并和荣他恩土结为夫妻，二人也在明日一同完婚。等到次日，所需的婚礼物件等已备办齐全。萨里比五与荣芳尼举行婚礼。城内众百姓都来观礼，真是人山人海，盛极一时。荣他恩土与库替尼也同时举行婚礼。萨里比五邀请城内竹深章京、巴彦马法等二十余人都来喝喜酒。

## （11）

萨里比五下令将库替五汗蓄养的牛羊猪宰杀三十余头，赏给城中人民，大家都感谢恩德。他又宣示竹深章京等人监造船只，完工以后将所有人民、牲口、物品等一律载运萨里霍通居住。当夜新夫妇同房，次日又设席饮酒，席散后，令荣他恩土夫妻、薛芬兄弟等人在此等船造好后，带领全城人民运赴萨里。他在城中休息了几天，启程向昂吉土霍通进发。萨其尼、荣芳尼暗中跟随。

他向西北走了两三天，这日走到离昂吉土霍通约有一百余里的地方，见前面有一个小小的茅舍。萨里比五因为几天未曾遇见人家，就走进茅舍去休息。进去一看，见北炕上有一位绝色的美女。她见萨里比五进来，就下炕迎接，很是殷勤。萨里比五问道："德斗格格家中还有何人？"德斗答道："我上无父母，下无兄弟，只我一人啊！"见薛里比五坐下，她就去外屋去准备酒肉，预备替萨里比五接风。不多时，做好肉菜，又烫上一壶热酒，二人对坐饮酒。德斗殷勤地劝酒，自己却一口不喝。

这是因为昂吉土汗曾请萨满看香，知道萨里比五已经起程，在半路攻下数城，又娶了妻子，不久就要前来报仇。他想想自己已经年过五旬，恐难抵敌，况且又无儿子，只有一女，名叫昂吉尼德斗。他就召集竹深章京等人在府内会议，议定令女儿昂吉尼在百里外迎接萨里比五，用毒药毒死他，免得动武。又邀请各处莫日根、莫汗、德斗、福晋前来预备抵敌萨里比五，所以昂吉尼得令后就到百里外茅舍等候。没过多久，萨里比五果然来了，她就暗将毒药放在酒内，用美人计殷勤劝他饮酒。萨里比五以为她是善意招待，丝毫不怀疑有毒，欣然痛饮，一连喝了十几杯，忽然觉得鼻口生火，坐立不安。一转眼间，昂吉尼已不见了。此时萨里比五热得连眼睛都好像要冒出来，难受得很，翻来覆去的在地上打滚。

## （12）

萨里比五饮了毒酒，没了章程，正在毒性发作得厉害的时候，忽见他的夫人前来，看了多时，骂道："这个女人几乎害死我丈夫，将来遇见的时候，定将你碎尸万段。"说罢由怀中掏出一粒仙丹，将仙丹和水灌入萨里比五口中。等了半天，听得萨里比五大声呼道："痛杀我也！"荣芳尼知道他已苏醒过来，忙把开水给他喝了几口。

萨里比五这才完全清醒过来，对夫人说道："这个女人，可恨已极。"他在此地养了数日，身体恢复，就启程急进。不到一日，他已到昂吉土霍通。城外有无数的牛皮篷帐，昂吉土汗请来的人就在此居住。

当萨里比五行近时，早有探子进府报告。昂吉土汗得了此信，就带领众位莫日根、莫汗出外迎敌。萨里比五真是万夫莫敌，一手打倒几个，一脚扫死几个。其余的人知道他的厉害纷纷退后，说道："我等与萨里比五并无怨仇，我们回去吧。"说毕四散奔逃，都跑回去了。只剩昂吉土汗等人和他交战，战了三天三夜，昂吉土汗鼻口流血，支撑不住，后来终究被萨里比五结束了性命。他正在收拾预备进城的时候，见一个白发苍苍的老人，手持拐杖，领着人民，走近萨里比五。他且哭诉道："我就是你父亲手下的竹深章京阿金啊，如今见小主人报复了先汗的仇恨，真是万幸了。"众人民都齐声附和。

## （13）

萨里比五见那些人民都是他先父的旧民，他就一一安抚他们，然后进城。在府内休息了片刻，见荣芳尼、萨其尼将敌方德斗也已击毙了回来。他下令宰羊杀猪，设宴请竹深章京、巴彦马法等三十余人饮酒。席间令竹深章京、马法等人将原有的大船修补起来，以便将人民运回萨里。萨里比五在此住了两月有余，才将六百余只大船修补完，下令将人民、食物装载船中，等候明日开船。次日，萨里比五带了荣芳尼、萨其尼上了龙舟，起锚开船，顺江东行。在路上行了一个多月，才到萨里霍通，令人民都进城修建房屋居住。

萨里比五自称为汗，封荣芳尼为福晋，萨其尼为汗姑。荣他恩土为左贤王，薛芬为右贤王。萨其尼选中了皆格杜息莫日根为婿，在萨里的东面建筑一个大城居住。后来荣芳尼生三男一女，长子又征服南部落诸汗，势力扩充至松阿里、乌苏里一带。四方部落都来进贡参见，人人夸赞他是个有勇有谋的主。虽在塞北寒地，但凡是日用物品，无所不有。三川六国[1]的人民也无不拥护他，爱戴他。

同时在乌苏里江南岸有一个大部落，也是赫赫有名。这部落的汗名叫根格苏汗。他虽是承受父兄遗业，但是不敢废弛，励精图治，以求富强。他又教人民学习垦殖。每于春秋之季，他就令人们操练骑马射箭，因此他的声名也是不小，但他却不肯到萨里霍通进贡。

在萨里比五汗封赏功臣的时候，三川六国诸汗以及百姓都争先恐后的进贡珠、宝、玉、石、狐、貉、貂、獭等，并且亲赴萨里觐见。萨里比五汗见各部落汗无不进贡，心中很为欢喜。前来进贡的诸汗和他阔里米七尼[2]不下二百余人，排列进汗府参拜，口呼额真。福晋、公主、汗姑、宫女等人也都在暗中观看热闹。萨里比五汗见各汗排列丹墀下听候吩咐，他就步行下墀，和众汗相见。寒暄毕，邀入大殿内分宾主落座，大家闲谈了一会儿，众人就告辞退下。

[1] 三川六国：三川指黑龙江、松花江、乌苏里江，六国指三江南北两岸的部落。
[2] 他阔里米七尼：赫哲语，钦差。

## （14）

萨里比五汗看他们都要告辞，就对众人说道：“本汗既蒙各汗不辞劳苦前来参见，不胜欣幸。现在本汗愿和各汗痛饮几杯，想众位都是乐从的吧！”各汗听了，哪敢违抗，只得从命。萨里比五汗下令在大殿内摆设筵席，尽是些山珍海味。萨里比五汗请各汗入座开怀畅饮。席间萨里比五汗看出三川六国各汗都到，只有乌苏里的南川汗根格苏不见。他就向乌苏里北川汗阿芹布罗问道：“这位南川汗根格苏为何不来见我，难道反要我去见他不成？”说完怒形于色。众汗都竭力劝慰，始稍息怒。直到黄昏时候，方始散席。当夜萨里比五大汗留各汗在汗府内安息。

大汗回到卧室，荣芳尼迎接，看他面带怒容，不敢造次相问，站在旁边侍候。萨里比五汗见贝子萨里他子哈进来问安，就对他说道：“今乌苏里南川汗根格苏轻视本汗，竟不前来进贡，心怀异志，你可带领人马前去擒他来见我。”贝子领了父命，就先到左贤王府和母舅荣他恩土商议，夜半方回。次日他带领薛芬、薛特、牙拉汗兄弟四人和荣他恩土等八员大将向乌苏里进发。这里南川汗根格苏听人报说萨里比五汗命贝子他子哈带领大将前来征讨，十分惧怕，立刻宣召各文武官员等齐集府内，计议了一回，都赞成全力抵抗。根格苏汗只得顺从众意行事，带领人马渡江迎战。走了不到二十余里，探马奔回报道：“前面来了不少人马。”他们仍向前进，刚走五里多路，见前面尘土飞扬。他正在观望的当儿，敌人已到面前。两军相见，就混战起来。战到午时，那右贤王已被敌方的贝子他子哈、薛芬擒过去了。根格苏汗本是抵敌不过，见此情形更是心慌意乱。

## （15）

根格苏汗被贝子他子哈等人围得像铁桶似的，后来用隐身法摆脱重围，预备逃走，不料被他子哈见了，指挥众人追赶。只因根格苏骑的马每日可行千里，并且渡江如踏平地一样，所以他走到江边，安然的渡过去了。他子哈带领着薛芬、薛特、荣他恩土等人追至江边，眼见根格苏骑马渡过乌苏里江，自己却找不到一只船可以渡江，心中甚是愤恨。此时太阳已经西落，无计可施，只得下令在此支帐露宿。随从人等忙着挂锅造饭，吃完了夜饭，各自安眠。独有他子哈见江边无船可渡，心中烦闷，辗转不能寐。

直到夜半，精神甚觉疲倦，朦胧间忽见一位老丈对他子哈说道："你们要想无船渡江，非到冬令不可。刻下有现成的船，放着不渡，反而自寻烦恼，实属可笑。"他子哈问道："船在哪里？"马法道："你们的牛皮篷帐，不就是你们的船吗？"他子哈一转眼，老丈已不见，他惊醒过来，发现是一场梦。心中很是奇怪，细细一想，才知道是神人来指点的，就叫了荣他恩土等人前来，把梦中的事情告诉了他们。荣他恩土说道："这明明是神人令贝子用牛皮篷帐做船的意思，这是天助你啊！"次日他子哈令人先用柳条做成船形，然后用牛皮帐套上，推入水中，水泄不漏，可以乘坐。一共制有七只，每只可乘五六人。众人渡过后，忽见来了无数人马，走到他子哈面前跪下叩头说道："我等甘做阿哈，南川汗根格苏特备良马一匹献给贝子乘坐。"他子哈听了很是欢喜，就下令渡江回到萨里霍通报说南川汗献马乞降。萨里比五汗见了良马，也很欢喜，就开筵庆贺，大封功臣，后来南川汗根格苏也来参见进贡。

流传地区：松花江下游赫哲村屯
搜集时间：1930 年
讲　　述：当地赫哲老人
搜集整理：凌纯声、张耆孙

# 沙日奇五

## （1）

松花江北岸有一座霍通德义[1]，在今鄂里米[2]北三十里，昔日此城约有房屋千余所，近来都倒塌，因为城中人民都被掳往他处去了。现在城中只有一户人家，主人名叫阿格的五莫日根，年二十七岁。他有一弟，名叫沙日奇五莫日根，年方十二岁，聪明英武，面貌俊秀。兄弟二人互相友爱。阿格的五娶妻德克什尼德斗，伉俪和睦，而且他们爱护小弟之心胜于父母。沙日奇五的嫂子是在他一岁的时候过门，过门后将他抚养长大，和自己的儿子一样。沙口奇五十岁的那一年，他嫂嫂回娘家去了，他们兄弟二人在家无事，时常上山打猎。一日，沙日奇五心中不乐，对他哥哥哀哭不止。他哥哥心中暗想，兄弟必定想念他嫂嫂了，百般相劝，仍是不止。后来替他做了弓箭，给他玩耍，这样他才不哭。沙日奇五手执弓箭，出门外射雀鹰玩耍，射了很多雀鹰，拿回来与哥哥同吃，天天如此。他哥哥也偶尔去打猎。

[1] 霍通德义："霍通"，城；"德义"，树林。此城原来的城名已失传，后来树木丛生，便名曰霍通德义，即城中有树林的意思。

[2] 今鄂里米：赫哲语，地名，在松花江北岸黑龙江省富锦市对面。

他嫂嫂回娘家住有半年，并无什么事情发生。一日，家中来了一位男子，才貌比她丈夫好得多，名叫木车孔莫汗。因为他家距德克什尼家有三里多路，因在家无事，特此前来看望她的父亲。他进门看见德克什尼是个美貌的佳人，二人眉来眼去，甚是合意。正看之际，她父亲出来，引木车孔到西屋，分宾主落座谈话，又令人做菜，请木车孔上炕喝酒，甚是欢乐。喝到黄昏时候，那老丈已被灌醉了，老丈令奴仆在北炕铺被褥，请木车孔住宿。德克什尼时常过来替木车孔装烟斟茶，殷勤侍奉，二人一见倾心，非常亲热。到了夜半，德克什尼私奔至木车孔跟前，问道："莫日根睡了吗？"这木车孔见是德克什尼，如获至宝，就把她纳在怀中。此后二人每夜必在一处住宿，好似夫妻。德克什尼自然无心回家，一直延至二年之久，仍是不肯回去，她父亲催她几次，她也不愿从。最后她和木车孔设了一计，想谋害她的亲夫阿格的五，以便和奸夫久居。定计完毕，二人哭别，木车孔莫汗送她至十里以外，方始分别。德克什尼嘱咐木车孔说道："莫汗阿哥[1]，千万要到我那里来！到了我家附近，务必在西山地方等候我的丈夫，就在彼处行事便了。"言毕而别。德克什尼回家后，仍与她丈夫和颜悦色，博得丈夫的欢心，又将小兄弟沙日奇五百般爱惜，做了鞋袜等衣物给他穿着，假意殷勤。家中无事，她常劝其夫上西山打围，阿格的五不知缘由，便常到西山打猎。

## （2）

木车孔与德克什尼分别以后，对她所嘱咐的事一刻不能忘怀。隔了一月余，他便用黄花松的树枝，制成六支箭。人如果中了这箭，会立时发肿而死，无药可救。木车孔次日起早，用了早膳，收拾弓箭等物，起身向霍通德义而去。他晓行夜住，费了两个半月，才到阿格的五家西边相近的西山上。在山顶歇息半日，看明了地点，以备射死阿格的五。木车孔正在探望之际，远远见山上来了一人，手提猎枪弓箭等物，不是别人，正是阿格的五。他正要上

[1] 莫汗阿哥：对莫汗表示亲密的称呼。

山打猎，从此处经过。木车孔在树林内草木丛生之处隐身等候，等他走近时，一箭将他射死。阿格的五走到离木车孔约五十步之远，木车孔取弓在手，将箭搭在弓弦之上，拉弓向阿格的五的心窝射去。弓弦一响，阿格的五已应声而倒，箭正中了阿格的五的前心。木车孔本是有名的射手，他学的百步穿杨箭，精熟准确。他将阿格的五射死以后，取了弓箭等物，又将尸体投入水坑内，然后直向阿格的五的家中奔去。

德克什尼和沙日奇五在家中等候阿格的五回家，一连二三日，不见返家。阿弟心中甚为着急，每日必在门外探望。一日将至日暮时，看见西山上有一个人影，沙日奇五以为他兄长回家来了，心中甚是欢喜，走进屋内，向他嫂嫂说道："我阿哥快回来了。"他嫂嫂说道："你再去看看。"沙日奇五听他嫂子的吩咐，便转身出去看那来人。等那人相距约有三四里远的时候，沙日奇五就迎头去接他，近前一看，却不是他兄长，反是一位生客。此人脸面通红，甚是凶恶。沙日奇五看见他也不说话，便倒退几步，垂手站在道旁，让他过去。那人直向家中走去，并且走进屋内，沙日奇五只得随后也进屋内，看见他嫂子德克什尼很殷勤地招待他，和寻常客人不同。沙日奇五虽然年幼，也知道七八分，看他二人眉来眼去，互传私情。沙日奇五见此情形，只是自己纳闷。他嫂子德克什尼又做饭做菜，和他对酌。喝酒之间，那人低声告诉她用箭射死阿格的五的事情，他嫂子听了很是快乐，二人喝酒越喝越高兴起来。小兄弟听得他哥哥已被那人射死，就低头饮泣。

## （3）

木车孔与德克什尼对酌时，看见沙日奇五低头哭泣，就和德克什尼说道："这小子已经知道他阿哥被我害死，不如也将他结束了吧！"说罢说要动手，德克什尼劝他说道："不要和他生气，他是一个小孩子，知道什么？他从小是我抚养长大。我们二人饮酒吧！"二人说说笑笑，不知喝了多少酒，时至黄昏，他嫂子令沙日奇五在北炕睡觉。他们二人都在南炕睡觉，毫无忌惮，解衣上炕，吹灯而卧。沙日奇五见此情形，虽气愤难忍，也只得低头叹息。

到了夜半醒来，见炕上奸夫淫妇，并头而眠，月光下望去，二人紧紧抱住。沙日奇五见此情景，气不可忍，就下地取石锤，拿到南炕沿时，已拿不动了，向地下一放，不料惊醒了南炕上一对鸳鸯。木车孔起身一看，原来是沙日奇五想要打死他。德克什尼急忙下炕，将沙日奇五击了三四个手掌，说道："你拿着石锤要想打谁呢？"那木车孔想下炕打死他，德克什尼劝道："你不要动怒，他是年幼无知，况且他从小是我抚养长大，就饶他一次吧！"木车孔本来很爱德克什尼，说东就东，说西就西，岂有不依之理。德克什尼又叫他上北炕上睡去，他两人又上炕睡觉去了。沙日奇五只得又回北炕。

次日醒来，德克什尼又做了菜饭，二人对酌，饮酒之间，商议私奔。德克什尼说道："我不忍离开小叔，如何是好？"木车孔说道："你倘若舍不得你的小弟，你就不走，我可要回家去，两不相扰便了。"此时德克什尼真是进退维谷，左思右想，想不出善法，无可奈何，只得收拾细软物件，打成两包，便与木车孔一同逃走。走出房门，回过头看看沙日奇五，不免掉下泪来，有点不舍的样儿。这沙日奇五在炕上呆坐，如发痴一般，出门一看，奸夫淫妇已无影踪，进屋一看，景况很是凄凉。他自从嫂子走后，常常啼哭，又想胞兄被木车孔射死，尸首不知在何处，更觉悲伤。一日正值啼哭的时候，忽听得祖宗板[1]显灵了。

## （4）

沙日奇五正在啼哭的时候，忽然听得祖宗板说道："你每日啼哭，也是无益。"沙日奇五拭泪向板上看去，一个爱新哈尔喀[2]说道："我是你的格格，我们父母生我等三人，阿哥已被人射死，你是老三，我是老二。我们父母被敌人擒获之前，将阿哥和你都藏匿在桦皮缸内，将我献给神灵，变为爱新哈尔喀。弟弟，你可将我带在身边，追那个奸夫淫妇，替阿哥报仇雪恨。倘若

[1] 祖宗板：赫哲人家中西墙上有一横板，谓之"祖宗板"，作为供奉祖宗之用。
[2] 爱新哈尔喀：赫哲语，"爱新"，金；"哈尔喀"，小锤子。

你遇到强敌，可将我取出，即能御敌。快快追赶去吧！”言毕，那金锤子也不动了。沙日奇五听他姊姊嘱咐的话，就不哭了，收拾物件，预备明日启程。他几日不曾吃东西，肚内甚是饥饿。于是自己做了菜饭，吃饱了，在北炕睡下。次日起来，又做菜饭，那酒坛之内，尚有余酒，又将余酒喝完，吃完了，将屋内物件收拾完毕，取了金锤子挂在身上。他走出门外拿起一块石头将门压住，奔向西北而去。他足足走了一天，看天色将晚，无处投宿。忽见前面有一片树林，他直向林中走去。将至林边，看见一个狍子，他便取弓搭箭，对着它射去，那狍子应声而倒。他将狍子剖开，背在身上，找寻避风之处，以便住宿。找来找去，总找不到相宜之地。

他后来转到树林东边，看有一座小山，山顶上冒出烟来。此时沙日奇五心中想，那地方必有人居住，可走向那处去看看。他走到山坡上，一步一步地往上山走去，到了冒烟之处，见不是房屋，原来烟是从石缝里冒出来的。他坐在冒烟之处，约有一小时之久，看见山坳里出来一位女人，披头散发，好像鬼怪，脸面犹如锅底一般。沙日奇五吓得倒退几步，那女人说道：“原来是这位莫日根坐在这里，弄得烟囱都不出烟，莫日根请勿再作弄吧！”又说道：“现在日暮，此处又无人烟，豺狼虎豹，处处皆有。莫日根斗如无投宿之处，可以在山洞内住宿，莫日根斗以为如何？”沙日奇五心中想道，此时天已黄昏，近处又无人家，不如就在此处住宿。但是山野之间，见此模样之人有些害怕。然而没法，只得勉强说道：“承蒙格格相留，感激莫名，就住在这里吧！”

## （5）

沙日奇五被那位女人相留，只得壮胆住下。那位女人请他进洞内休息，他便在炕上坐下。那女人进屋收拾米菜，做了大麦米饭。他看见饭内麦皮很多，心中不愿吃饭。那女人在炕上放上菜饭，催他吃饭吃菜，再三相劝，才勉强吃了一碗，后来觉得饭内有香味，一连又吃了数碗。女人吃二三碗。他吃完后，女人将碗盆撤去，此时已二更时分，她收拾被褥请沙日奇五和她同在南炕歇息。但沙日奇五心中惧怕，不肯在炕上与那女人同睡。他说道：“我愿意独自睡在北炕。”说完就拿起被褥，移到北炕睡下。那女人也上炕歇息了。沙日奇五睡了一会儿，忽然惊醒，见屋内明亮犹如白昼，心内想道，这不是天亮吗？便起身出外。及至屋外一看，却是天黑如墨，口内喃喃说道：“真是奇怪，天仍黑着，如何屋内发亮？且待我看看亮光究竟从何而来。”

他进来一看，亮光好像从南炕射来。仔细观看，南炕上那女人已变了一位十四五岁的美貌小姐，容颜秀丽，外套卸至半身，皮色白净可爱。此时沙日奇五要想走近那姑娘，走了两步，不小心被炕底下火盆绊倒，爬将起来一看，室内已无亮光。那位女人已被惊醒，便问道：“炕底下是何人？”他答道：“我就是沙日奇五。”那女人说道：“既是莫日根，在炕底下做什么？”沙日奇五说道：“我因出外小便，被炕底下火盆绊倒。”言毕上炕歇息，他的脸也撞破了，腿也擦伤了，觉得很痛，只得忍气而卧，不久进入了梦乡。隔了一刻，醒来看屋内又明亮如前，知道那女人在那里作祟。抬起头来往南炕看去，见那女人仍是美貌的姑娘，脱去外套，裸露着全身。

## （6）

沙日奇五看那姑娘，真是美丽，便从炕上下来，慢慢的走到南炕沿，看那姑娘仍是睡着未醒，连忙上去抢了她的外套，赶回北炕，钻入被里。暗中看见那姑娘苏醒过来蹲在炕上，那姑娘对沙日奇亚说：“莫日根，请你将我的外套还我！”但沙日奇五不肯还她，并且说道：“我不能将外套还你，若是还你，你又要玩弄我了。”姑娘无法，只得开柜另外取衣穿了，穿后仍回原处去睡。次晨姑娘起来，做饭、炒菜、烫酒，请沙日奇五起身。他被她叫醒，坐在炕上穿衣梳洗，他看德斗的房屋和所做的饭菜，比从前干净多了。菜备好了，德斗请沙日奇五喝酒。席间沙日奇五问道：“请问德斗名叫什么，家中尚有几人？”那位姑娘答道：“小妹名叫昭珍，只身在此，父母早已去世，又无兄弟姊妹，家住加琨孔阔地方，因为久闻你的大名，爱慕你的英才，故不远千里而来，在此等候，一探莫日根的诚意。今小妹之身被你窥见，小妹决计相从，决不另找。”沙日奇五听她这话，高兴万分，说道：“如格格不嫌我庸才，没有说道[1]，便结为夫妻好了。”二人交拜，立誓完毕，仍归原座对酌，真是情投意合。

他们年龄都不到十六岁，现在暂不可完婚，即以姑娘的竹不孔[2]作为订婚礼物。此时沙日奇五又将他嫂子德克什尼与木车孔谋害他大哥的一段惨史告诉了昭珍德斗。德斗听完了，便说道：“这俩奸夫淫妇已逃出两千里以外，究竟何时方能追到？二人很是能干，不易擒获，望你赶上他们的时候，谨防彼等毒手为要。”这位沙日奇五本来年幼，风俗人情多不明了，不知道昭珍的武艺。当他临行的时候，对他未婚妻说道：“你在此处独自居住，无人为伴，很是寂寞，不如随我一同走吧！”昭珍应口说道：“你尽可放心前去，我在暗中保护你。”沙日奇五拿了弓箭出门，昭珍出来相送。送了二三里路，沙日奇五对昭珍说道：“我们走得这样慢，何时方能赶到？我背着你走如何？”昭珍德斗说道：“你走吧，不必顾虑我走不动。”沙日奇五转身来一看，他的妻子已不见了，心中甚是奇怪，原来昭珍已变了阔里，在空中飞去了。沙日奇五此时方才知道昭珍的武艺。他向西进发，晓行夜宿，沿江走去，所经之处均不见人烟，未免焦急起来。

## （7）

沙日奇五沿着江岸走去，看见岸上有一座城池，甚是伟大，城外船只甚多。离城东约五里，遇一位渔翁，手提渔筐背着鱼竿而来。他走近作揖问道：“老丈，你可知此城主人是谁？”渔翁还礼答道：“此城主人是赫赫有名的人物，兄弟二人，兄名佛日吉五，弟名佛阿奇五，管辖一城三屯。现在他们的姨表兄弟卓步高莫日根平服北部落，将人民悉数运到此地，这些船只全是被他们掳来的。我打此地经过，被佛日吉五兄弟二人留住，故在此耽搁了五六天。”言毕告别。沙日奇五仍向城里走去，距城约有一里余，见那桅杆上停着一个

［1］说道：东北方言，挑剔、条件、规矩。
［2］竹不孔：赫哲语，姑娘们所穿的外套。

阔里。那阔里看见沙日奇五来到，便向船舱内飞去，向众人叫道："我舅舅木车孔数日前，打此地经过，已向西回家去了。现在来了一位英雄，名叫沙日奇五，他要找我舅舅报仇，我们不如将他结束了性命，省得我舅舅动手，现在让我先去撞死他吧。"言毕飞到天空，向沙日奇五说道："你若是好汉，可在地上站立，让我击死你。"这个阔里名叫卓马安尼德斗，她从天空向下打来。沙日奇五心中甚是恐慌，忽然想起他怀里的金锤子，随手摸出。此时卓马安尼德斗的阔里距他头顶约三丈多高，他把那金锤子往上向着阔里掷去，一霎时已中了阔里的腹部，这阔里落水而死。金锤子又飞向城里去了。

沙日奇五仍向船上走去，将近不远，听得城里人声鼎沸，知道是金锤子在那里攻打他们。沙日奇五上船，将那管船的竹深达叫到前面，问道："你们共有多少只船？"那竹深达道："你为什么要问船的多少，这和你有什么关系？"沙日奇五听他说得可恶，便举鞭打那竹深达。竹深达受打，跪下哀告道："请莫日根额真[1]饶我的命，我将一切都告诉你。船共计一百六十只，莫日根如需用船只，请即下令，无不遵命。"此时沙日奇五怒气减了一半，说道："你带领着一百六十只船停在这里，等候城里人民造船完毕，一同去修筑城池房屋宫殿。本汗凯旋之时，另有赏赐。倘若逃匿，即处死刑。"吩咐完毕，他上岸向城里走来。到了佛日吉五汗府，见府中的人都逃走了。城中人民知道沙日奇五进城，都来迎接。沙日奇五见佛日吉五汗的牛羊猪甚多，便命奴才杀猪宰羊，令城内人民以及城外三屯百姓前来领方肉一块，携回家中吃喜猪。此时城内的竹深达已到，拜见了沙日奇五，留竹深达在府上喝酒。沙日奇五对竹深达说道："我起身之后，你可命令城中及三屯人民造船，造好后将人民运赴本汗地方。"

说话之间，门外听有脚步声，细听是二位女人谦让的声音。不多时走进来二位姑娘，前面那个就是昭珍德斗，后面一个德斗年约十八九岁，是不相识的。这时沙日奇五下炕见礼，昭珍向他说道："你们同胞姊弟，都不认识，快过来与格格见礼。"沙日奇五这才知道那位德斗就是他的姐姐变成的原形，

[1] 莫日根额真：赫哲语，英雄首领，对男子尊崇的尊称。

便设席请二位德斗对酌。沙日奇五姐姐沙日奇尼首先说道：“吾弟年已不止十六岁，可以完婚。你与昭珍德斗已有婚约，当结为姻缘，最好此时完婚。”他们二人并无异议，令奴才等预备香案等物，择定明晨交拜天地。次日鸡鸣时候，众人都已起来，忙了一会儿，一切都已办齐，预备行礼。

## （8）

众人将各项结婚用品办齐，专候二位新人前来行礼。新娘新郎在府内梳洗完毕，穿着新衣，走进礼堂。此时城内的巴彦马法[1]，城内外的嘎深达[2]、木昆达[3]，以及城屯有名的人都来道贺。大家进内参观，都说新汗真是荣耀，赞扬不止。太阳将出来的时候，先由竹深达焚香，沙日奇尼领着昭珍与沙日奇五先拜了天地，后拜祖先、灶王。行礼后，新娘入洞房坐下。城内女客也来了不少，都归沙日奇尼招待；男客方面均由沙日奇五自己招待。到午时，请来宾上座喝酒。此时来宾纷纷前来贺喜，整整的闹了一天。到了黄昏，宾主尽欢而散。沙日奇五一天未曾吃饭喝酒，进了洞房，他便同昭珍对坐喝酒。喝酒完毕上床歇息。次日又请帮忙的人来喝酒。一连休息七八日，沙日奇五预备启程。他先嘱咐竹深达、嘎深达、木昆达，造船完竣后，迅速将人民运赴松花江本城，各达等唯唯听命。他将各项事情吩咐完毕，提了弓箭动身，沿江向西走去。

## （9）

木车孔莫汗曾将沙日奇五胞兄阿格的五谋害，又拐他的妻德克什尼逃走。他本来是大汗世家，很有资产，奴仆有三百人，牛马成群，管辖一城三屯的

[1] 巴彦马法：赫哲语，富老头。
[2] 嘎深达：赫哲语，村长。
[3] 木昆达：赫哲语，族长。

人民。这位木车孔莫汗因怕仇人前来谋害，特在城内建筑高塔一座，以避危险。这塔高约五丈，塔内共五层，均有机关。第一层是午斤铡，人要是落在下面，会被铡得骨肉全无。第二层是万刃山，人要是落在中间，难得活命。第三层是百支箭，人要是进到在里面，百箭齐发。第四层是水坑，人要是落在坑内，便活活被人拿住。最上面第五层是木车孔与德克什尼以及他儿女等人居住的地方。塔上和四周均有椴树皮线做的天罗地网。天罗地网之上，系有铜铃，人要是撞在罗网之上，铜铃发声，家奴即可出来擒拿，无论哪个英雄好汉，都很难攻破此塔。木车孔与德克什尼二人住在塔内，非常欢乐。塔内有暗梯可以上下，外人无从探视。木车孔自从将德克什尼拐到家中，已过了十余年之久。德克什尼亲夫未死时，她就已有孕在身，到了木车孔家，生产一女，现已十余岁，取名阿奇尼。她时常听得木车孔与她的母亲谈论阿格的五与沙日奇五的事情，知道木车孔并非亲生父亲，时常怀恨在心。

沙日奇五从佛日吉五霍通启程，走了两个多月。那一日，走到离木车孔的城五十余里时，在一棵大树下席地而坐。约一时之久，看见东边来了两个阔里，飞驶甚速，不多时在大树上落下。沙日奇五一看，原来是妻子昭珍和姐姐沙日奇尼。他的姐姐说道："我们仇家距此不远，约五十里了。他们那里防备森严，恐难攻破。我们在此商议后再行前进，不然又将受害。"说完又叫昭珍画了房屋，吹了一口气，平地有了房子，三人一同进屋休息。昭珍在外屋收拾做饭，使用了神力，想什么就有什么，酒肉齐来。做好饭菜，沙日奇尼坐了首座，沙日奇五在左，昭珍在右，三人吃喝。沙日奇尼对他们说木车孔实在厉害，塔内暗藏刀、箭等物，又有天罗地网，如犯他一件，危险万分。沙日奇五听他姐姐所谈的事情，沉吟了一回，说道："我们为阿哥报仇而来，就是死在其中，也是甘心的，各部落也必说我们有胆量有义气。"沙日奇五便要前去探望，沙日奇尼、昭珍一齐嘱咐他格外留意。沙日奇五说道："我大约夜半回来，过了夜半不回，你们可以前来探望。"

## （10）

沙日奇五出门，向木车孔的城走去，走了四十余里，到了一城。看见城内有座高塔，想来就是木车孔塔了。此时太阳西落，天色暗淡，这时来探听高塔，正是相宜。他到了城下，城墙甚高，他纵身上城，拿着一个土块，向地掷去，听得并无水声，就下得城来，向塔前进。塔的四周围着木墙，上去下来，都很容易。他进里一望，真是上有天罗，下有地网。此时沙日奇五从木墙上纵身跳在第四层窗板上，他动作敏捷，一手拿住窗棂，另一手打开上层窗户，爬进去，落在地板上。他轻轻地走了二三步，脚一滑，落在水坑中。水深五六尺，一人下去，仅露出头部，倘要活捉，毫不费力。

沙日奇五在水坑中呻吟不止，木车孔莫汗听得有人呻吟，便令阿奇尼到各处查看。她查到第四层，进内一听，水坑内有呻吟声，见坑内有一人，如水鸭一般。阿奇尼问道："你是何人？快老实招认，若不实说，必将你处死。"沙日奇五听上头有人问他，抬头一看，却是一位年幼的德斗。他将他的真名实姓都说出来。那姑娘忽然两眼落泪道："我时常听母亲言及谋害我的生父，潜逃到此的故事，又说我的额车[1]年幼不能前来，倘长大成人，也许前来复仇，如今果然我的额车来到了。"她取出绳子，将沙日奇五由坑内引上来。这时沙日奇五全身都是水，阿奇尼与她叔父拜见了，然后说道："你若要攻破此塔，确实是有些困难。"沙日奇五说道："我为阿哥报仇雪恨，死也甘心。"阿奇尼说道："现在时已夜半，不如明日晚间二更时前来为宜，侄女即在正门等候。你破塔以后，再杀死木车孔。现在叔父可以回去，勿再逗留，免得被他们看破。"沙日奇五听他侄女说完，就从窗口纵身跳下，从原道回去。此时天尚未亮，沙日奇尼和昭珍都在门外等候，看见他回来，都欢喜非常。她们见他全身是水，甚是奇怪。沙日奇五将自己如何坠在水坑之中，如何被侄女阿奇尼救出，如何约定明晚破塔的故事，讲了一遍。二人听了，又惊又喜，惊的是险些被害，喜的是有侄女阿奇尼做内应。昭珍预备饭菜，吃完晚饭，

[1] 额车：赫哲语，叔父。

收拾安眠。次日沙日奇五一直睡到晌午，才起来洗脸，吃了午膳，将弓箭刀枪等物，收拾完毕。三人一同出门，向城里而去。走有半天，到城东约五里，太阳已落西山，仍徐徐向城里进发。

## （11）

三人走到城东，太阳已经落下，三人就在城墙之下休息。等到城里打了二更鼓，已到了约定的时候，沙日奇五纵身上了城墙，跳进城内，从东面绕到塔的正门。沙日奇五打暗号，咳嗽一声，听里面有拍掌声响应，即刻走出来一位德斗，正是阿奇尼。她问道："额车，你来了吗？"听到回应后，便叫叔叔跟她进去。沙日奇五紧随侄女之后，寸步不离。阿奇尼向叔叔要了一支箭，拿在手中，将千斤铡的暗锁用箭尖一点，那铡便落下去。到了第二层，把百支箭的暗锁用箭尖一点，那百支箭全数射落。到了第三层，用箭尖一点，刀刃全数落下。末后到第四层，拿箭尖一点，把机关毁掉。

阿奇尼叫他预备弓箭，并且对他说道："现在木车孔住在此塔顶上，你可从这梯子走上去，到了梯的尽头，可以看见他和我母亲对坐喝酒，用箭一射，便可将他射死。现在他二人饮酒已有七八分的醉意，请额车迅速下手为妙。"沙日奇五听了侄女之言，将弓箭拿在手中，由塔梯升到第五层，看见木车孔与德克什尼二人对坐喝酒，非常快乐，丝毫不知沙日奇五来此复仇。沙日奇五拿弓在手，将箭搭在弦上，向着木车孔心窝上射去，木车孔应弦而倒。他预备再射一箭，射死嫂子，不料德克什尼知事不妙，反身变了一个阔里，向塔外飞去。沙日奇五到木车孔身旁一看，箭头已射心而出，床上还有两个二三岁的小孩，便抛在地上。

## （12）

沙日奇五看那木车孔已经气绝，又将两个小儿踢死，那时候外面等候的沙日奇尼与昭珍二人看见德克什尼由气眼出去，就知道里面事情办好了，都上了塔顶。阿奇尼和她的姑母以及婶母见面行拜跪礼。姑母侄女各述往事，流泪不止。沙日奇五下塔将出汗府不远，忽听得有人在空中喊叫自己的名字，并骂道："你要是好汉，请站立不要躲闪，受我打击，才不愧为英雄。"沙日奇五向上一望，见是一只大阔里，由空中向着他打来，如旋风一般草木震动。当阔里距他头约三丈时，正在危急，忽从地上飞出一只阔里，颜色是金黄的，受日光照耀，光彩夺目，飞上去抵抗那只大阔里。后来从地下又出来两只阔里，同去斗那只最大的阔里。但那只最大的阔里毫无惧怯，争斗了半天，不分胜败。德克什尼所变的大阔里和三只阔里各交手一次，然后向西逃去，她们三个追赶了半天，便回来了。

## （13）

沙奇尼和昭珍从外面进来，领着一位德斗，十七八岁，容貌极美，体态可人。沙日奇五心中暗想道，今日那只金色阔里难道就是这位德斗吗？他站起身来，请这位德斗上炕休息。阿奇尼问她叔父是否将她母亲擒获，沙日奇五答道："你母亲几乎将我击死，幸遇这位德斗相救。"各人见礼完毕，阿奇尼问她姓名。德斗说道："我家在埤院西面，距此约五百里，吾兄名拉木桃莫日根，我名拉木桃尼德斗。今日打此地经过，遇见你母与你叔父交战，想要向他们和解，不料你母亲逃走了。"正说话间，昭珍催令奴才上菜，特请拉木桃尼上座，沙日奇尼坐在第二座，阿奇尼依她姑母坐下，昭珍、沙日奇五二人坐在主位。众人欢喜非常，开怀畅饮。拉木桃尼见沙日奇五人品出众，骨骼清秀，心中爱慕，沙日奇五也目不转睛地看她，二人都有情意。

这日沙日奇尼德斗与众人说道："我们大嫂德克什尼武艺超群，萨满的神力广大，论她能力，吾等都及不到她。无奈她起了毒心，谋死我阿哥。如今倘若能回来，诚意投降，则令她改过自新，未知众妹弟侄女等意下如何。"拉木桃尼首先说道："格格用意甚善，如此说来，小妹愿助一臂之力。"众人称善。次日沙日奇五一早起来用了早膳，收拾弓箭出门，回头与昭珍说道："你下令竹深达、嘎深达、木昆达等人，让其制造船只，将一城三屯人民全数运赴松阿里下游居住，不得有误。”言毕走出城门，向西走去，走了两日，并未遇到城屯。

德克什尼在木车孔霍通几乎被擒，乘隙逃脱，走了五百余里，觉得困倦。又遇不着人烟。再走了七八里，看见正西有一座城，直往那城而去。约有一小时，已至城上，飞在房脊上，然后落于平地。她翻身变为人形，趴在北窗上，向里看去，西屋灯光明亮，内有一位莫日根。

## （14）

这城名叫卡尔寿霍通[1]，城主是卡尔寿汗，以武力著名。他的妻子萨哈林，貌态丑陋。他娶了这位丑妻，心中实在不中意。在一个月前他的妻子已染病身亡了。这一天晚上，卡尔寿汗独自喝酒，听得门外有脚步声，忽然推门进来一位德斗，年纪虽有四十余岁，但容貌还很秀美。卡尔寿汗立刻起身来问道：“请问德斗深夜从何处而来？”德克什尼答道：“我丈夫木车孔被沙日奇五一箭射死，而且这位莫日根的妻子还要擒我，幸而未被擒获，故潜逃来此，想在此地暂住。”卡尔寿汗看她如此俊秀，岂肯不允，就请德克什尼入座喝酒。她也不谦让，两人对坐喝酒，开怀畅饮。晚膳完毕，卡尔寿汗自己撤去杯盘，又将被褥铺好，二人眉来眼去，成了一对露水夫妻。德斗在此住了十余天，二人每晚必喝酒作乐。

沙日奇五走了七八日，到了城东，见大树下有一位德斗坐在那里，急速上前去看个究竟，结果却非别人，乃是拉木桃尼。她看他走到近前，便说道：“莫日根阿哥，休息休息，我有话奉告。”沙日奇五笑嘻嘻的在她左边席地而坐，他二人早已有了私情，此处荒山野地，无人知晓，更不忌惮，便成就了心愿。二人又发誓说：女的不得他适，老的不得遗弃。拉木桃尼又说道：“从这里前去十里，便是卡尔寿汗的城，你的大嫂已与那城主结为夫妇，你今晚到那里，仍可用箭射死那汗。”沙日奇五与拉木桃尼辞别，向那城去了，走了五六里，

[1] 卡尔寿霍通：赫哲语，城名。

太阳落山，到达那城，时已黄昏。沙日奇五有飞檐走壁之能，一跳就跳上了城头。他再跑到卡尔寿汗府，趴在北窗向屋内一看，卡尔寿汗居然和他嫂子对坐饮酒。他随手取了弓箭，向卡尔寿汗射去；又取一支箭，再射向德克什尼德斗。那德斗神力真大，这支箭射在她身上，就折为两段，再取第三箭时，她已变为阔里，向外飞去了。

## （15）

沙日奇五见卡尔寿汗已被射死，血流满地。此时卡尔寿汗的家奴都被惊醒，前来看望，见主人死在地上。沙日奇五令他们前来将尸首抬出去掩埋，那些人哪敢违命，便将卡尔寿汗抬去埋了。他又命家奴将屋内血迹收拾干净。到了夜半，众德斗都回来了，他的嫂子也被绑着同来。他嫂子被绑来，两眼流泪，甚是可怜。沙日奇五回想幼时被嫂子抚养长大，心中感动，便近前亲自松绑，说道："嫂子受惊了吗？嫂子如肯助小弟前去攻打仇人卓罗汗，小弟决不加害于你。"德克什尼说道："若是饶我的罪，当改过为善。"众人都不曾用饭，乃令厨夫做菜，上了酒菜，众人入座饮酒。喝酒完毕，休息安眠。

次日起来，沙日奇尼说道："听说卓罗汗的城离此不过百里，今日可以到那地方。"出门走了五十余里，来到一处山冈，冈上有棵大树，树下有一位德斗坐在那里。沙日奇五走近了一看，乃是拉木桃尼。拉木桃尼说道："你我二人已经发誓互定终身，心中不得怀有别意。昨日格格说及卓罗汗是你仇人，我兄曾将我许给他的三弟，我却并不愿意。现在他们知道我和你要好，就要前来娶我。如果你到我家，看见我替他装烟，你就将烟袋接过来吸烟，使他们发生恶感。不然我也许被他们娶去呢。"言毕与沙日奇五相拥，两眼流泪。

二人分别后，沙日奇五直向拉木桃家中走去，到了他家，见拉木桃尼在院内杀猪，客人不少。他变成一位五十上下的老翁，进入院内，帮助做事，甚是殷勤，众人都说他好。他看见卓罗汗、卓秀汗、卓桥汗三个兄弟。卓桥汗便是拉木桃尼未婚夫，相貌不佳。次日午时，拉木桃尼下楼来替他们装烟[1]，等到装好了烟，送给卓桥汗的时候，沙日奇五首先接过烟袋，就抽起烟来了。卓罗汗弟兄三人看了，有些不服，沙日奇五和卓桥汗往外便走，二人交手，不分上下。拉木桃和卓罗汗兄弟二人对打，甚为厉害。沙日奇五战到了第二天，结束了卓桥汗的性命。他看拉木桃和他们两人打在一处，便去助战。到了第二日，卓罗汗、卓秀汗都被打死。二人得胜，非常欢喜，便回到府上喝酒。此时拉木桃才认识沙日奇五，一意想要将他妹子许与他为妻，就将现成酒席，做了结婚大宴。他又令竹深达前赴卓罗汗本城宣示该城竹深达，将城内人民以及各地各屯人民，限一月内运到此地，听候命令，竹深达领命而去。

次日，沙日奇五与拉木桃尼结婚。过了一日，沙日奇尼、昭珍、德克什尼、阿奇尼都来了。拉木桃之妻新福尼德斗和妹妹拉木桃尼德斗前去迎接，摆宴招待，在此住了月余。卓罗汗的竹深达带领了三百六十只风船，满载人民来到此处。沙日奇五与众人商议明日启程回家，拉木桃预备几桌酒席饯行。次日沙日奇五带领家人上了大船，与拉木桃握手分别，催令开船，顺江下驶。各部落人民非常高兴，在水道上走了六个多月，始至本城。城内人民都出来跪接，沙日奇五进城一看竹深达监造的王府很为满意。他们进入府内，各位德斗、格格、福晋在府内闲住十余日，拉木桃派竹深达前来贺喜，并拟聘沙日奇尼为妻。沙日奇五允其所请，叫他过来同居。竹深达回去了约一月，拉木桃全家过来住在城里，举行了结婚仪式，从此两家便安居在霍通德义[2]。

流传地区：松花江下游赫哲村屯
搜集时间：1930 年
讲　　述：当地赫哲老人
搜集整理：凌纯声、张耆孙

[1] 装烟：赫哲礼俗，主人要用烟招待客人。
[2] 霍通德义：赫哲语，地名，意为树林城。

# 附录：故事讲述者简介

## 吴连贵（1908——1980）

吴连贵是黑龙江省同江市莫勒洪阔[1]村生人，曾先后居住在街津口、八岔乡，是著名故事讲述者、伊玛堪歌手，中国民间文艺家协会会员，黑龙江省和同江市政协委员。

他1908年农历10月8日出生于黑龙江南岸一个叫莫勒洪阔的赫哲渔村。他的父亲叫吴艾童阿，是当地的渔猎能手。

吴连贵身体很强壮，从小没病没灾，跟着两个哥哥，夏天在江水里泡，冬天在火堆前烤火。他吃的是鱼肉、兽肉和野菜，穿的是鱼皮和兽皮，日复一日、年复一年，就这样在江边慢慢地长大了。

吴连贵从小就迷上了本民族的民歌、民间传说和伊玛堪[2]。

当时，他们家的邻居有一位叫莫特额的伊玛堪歌手。他经常给村里的人

[1] 莫勒洪阔：赫哲语，村名，位于黑龙江省同江市三江口。

[2] 伊玛堪：赫哲语，过去称民间说唱，现在学术界称为史诗，直译是“鱼捕”，伊玛是鱼，堪又叫卡乞，是捕，意译是“捕鱼人之歌”或“赫哲族之歌”。

说唱神奇的故事，内容有打仗比武的，有打鱼打猎的，有萨满和神灵……他有时整日整夜地说唱，曲调十分优美动听。

吴连贵非常喜欢听他的说唱，常常一去就待好长时间，忘了吃饭、干活。吴连贵的父亲也乐意听，有时候把莫特额请到家里喝酒，请莫特额唱。每次，吴连贵都挤到莫特额身旁坐着听。

父亲说他："小孩子，懂什么，快走开！"

莫特额摆摆手说："我看这孩子行，让他坐这里听吧！"

有一次，吴连贵跟着莫特额在江边溜网，学着老歌手的腔调唱了一段，莫特额听了高兴地说："刚才我听你唱了，还行！"

"我唱得不好，和您老人家比差远了！"

"不要紧，多唱几回就学会了。你这小子脑瓜好使，你要愿意学，我就教给你。"

"那太好了，谢谢您！"

在大江边，在鱼棚子，在土草房，老歌手一有空就一句一句地教，吴连贵就一句一句地学。

小吴连贵十分聪明伶俐，一听就会。很快，他就向莫特额老人学会了好几部伊玛堪和许多嫁令阔[1]、特伦古[2]、说胡力[3]。

每当月亮挂在白桦树梢，网滩上燃起篝火的时候，伙伴们就招呼："莫特额的徒弟，来一个！"在众人的欢迎下，吴连贵抽上几口烟接着就开唱了。歌声时而欢快跳跃、优美流畅，时而忧伤欲泣、凄楚悲凉。歌声倾吐了他深沉的爱和恨，寄托了他对美好生活的憧憬。

优美动听的伊玛堪，帮助赫哲族人民消除了生活中的痛苦和不幸，给人们带来无尽的欢快和乐趣。

日本侵略者为了阻止赫哲族渔民和抗联来往，为了阻止他们逃往江北，

---

[1] 嫁令阔：赫哲语，民歌。
[2] 特伦古：赫哲语，传说。
[3] 说胡力：赫哲语，故事。

在沿江各地派出了日伪警察，设立了岗哨。渔民下江打鱼要报告，晚间回来把船用大铁链锁起来，把船桨收进警察所。

铁链锁住了船，却锁不住赫哲人向往自由的心。一天深夜，24名赫哲族男女冲破敌人的封锁，渡江投奔苏联红军了。这下可把日本宪兵队惹怒了。这帮没有人性的豺狼放火烧了赫哲渔民的住房，大搞集村并屯，用刺刀逼着他们离开祖祖辈辈生活的地方，搬迁到深山老林和沼泽草甸里。吴连贵和他的母亲、兄嫂、妻子、儿女，一共16口人，被撵到三部落这个地方。

那时全村100多号人全都挤在三座大地窨子里。开始还有豆饼填肚，糠麸充饥，后来都吃光了，只得靠挖野菜、掏鸟蛋度日。到了冬天，人们爬到树上摘冬青煮着当饭吃。

到日本投降前夕，赫哲人有的病死，有的饿死，三部落只剩下72人。吴连贵的母亲、大嫂、二嫂、妻子都死在了三部落里，还有的全家都死光了……在三部落的日子里，吴连贵又结识了一位叫山虎的伊玛堪歌手，从他这里学了不少本领。

在一起上山打围的时候，有人央求伊玛堪歌手山虎说："伊玛堪奈依[1]，给我们唱一段，玩一会儿，乐呵乐呵！"

在大伙的劝说下，山虎给大家唱起了伊玛堪。那迷人的故事，动听的歌声，把人们带进了另一片天地……

吴连贵从山虎那里"偷艺"，学到了不少唱伊玛堪的本领。

有一次，山虎对吴连贵说："听说你是伊玛堪奈依莫特额的徒弟，你给大家来一段吧！"

"只要大家不嫌弃，我就唱一段！"说完他就唱了起来。

山虎听了，点头说："行，唱得不错嘛！唱这玩意儿没有什么难的，能唱就中，要是老不唱不说那就老也不会。"从此以后，无论是干活，还是晚上闲着没事，只要村里有人求他："吴连贯，你给唱一个解解闷吧！"他答应一声就唱起来。

[1] 伊玛堪奈依：赫哲语，唱伊玛堪的歌者。

他讲唱的主要就是莫特额老人传给他的《木竹林莫日根》《木都力莫日根》《希尔达鲁莫日根》等英雄、爱情、神话和妖魔鬼怪的故事。有时自己也现编一些歌词，触景生情地现编现唱。

1945 年日本投降后，37 岁的吴连贵领着孩子，重新返回祖祖辈辈生活的江边居住。人民政府给赫哲渔民送来了粮食、衣物、药品、渔船和渔具。山笑水笑人也笑，吴连贵的歌声插上翅膀，到处飞翔。

他快乐地唱道：

赫尼哪——赫尼哪——
太阳从东方徐徐升起，
金色的太阳照耀大地，
毛主席就是天上的太阳，
共产党的恩情牢记在心里！
……

新中国成立后，渔村成立了互助组，吴连贵当了生产委员，领着组里的人捕鱼。这一年获得了大丰收，他被评为先进生产者，奖励了一套绣红花的衣服。这一夜他高兴得没有合眼。他想起了苦难的童年，想起了在三部落那非人的生活，想到眼前的幸福情景，暗暗下定决心：一定要用自己双手，多捕鱼作贡献！

不久，街津口赫哲渔村成立了初级社。1958 年，渔村成了八五六农场的一个连队。吴连贵当了二级农工。农场领导让他领着大伙下江捕鱼。在大会上，领导对大家说："大伙要听吴连贵的！他捕鱼的经验丰富。"

领导的信任，给了吴连贵巨大的力量。他起早贪黑，看水情，看鱼头，看星星，准确掌握捕鱼季节和鱼情，为国家多捕捞鲜鱼，支援社会主义建设。

1961 年，他去海青捕大马哈鱼，他捕了 600 多条鱼，得了 200 元奖金和一套绒衣裤。1964 年到 1966 年连续三年，他和于庆武、吴明义、尤树林这三位老渔民合作，年年获得模范船的光荣称号。

新生活激发了吴连贵的演唱热情，一有空，无论是在捕鱼，还是在补网，他都要放声唱上几段。1957年，黑龙江省少数民族历史调查小组来到街津口、八岔调查，记录整理了一些伊玛堪、民歌和故事。其中他用洞箫吹奏的一首赫哲族民歌曲子《想情郎》，经过文艺工作者加工，改编创作成《乌苏里船歌》，为广大群众所喜爱，流传很广，并入选亚太地区的音乐教科书。

有一首他自己编的民歌这样唱道：

啊啷——嘎嘎嘎——格给嘎——
高高的大顶子山，
奔流的乌苏里江，
我们赫哲人哟，
祖祖辈辈生活的地方。
啊啷——嘎嘎嘎——格给嘎——
松花江连着黑龙江，
北京城连着咱边疆，
在党的阳光哺育下，
波提那尼傲[1]越来越兴旺！
……

歌声唱出了赫哲人的心里话，表达了对党的无限深情。

在一首歌颂新社会的歌中，老人这样激动地唱道：

金色的太阳光芒万丈，
把波提那尼傲心儿照亮，
昔日阿哈[2]翻身做主人，

[1] 波提那尼傲：赫哲语，我们赫哲人。
[2] 阿哈：赫哲语，奴隶。

迈步走在社会主义大道上！

严冬过去，春天来临。文艺园地百花争艳，民间文学连同民间艺人、民间歌手受到了党和国家的重视。

1979年9月，71岁的吴连贵老人被邀请到北京参加了全国少数民族民间诗人、民间歌手座谈会。他激动地说："我做梦也没有想到我这个老头还有今天啊！"

老人参加了在人民大会堂举行的庆祝中华人民共和国成立三十周年的大会。在座谈会上，老人满怀激情地即兴演唱：

阿啷——赫尼哪——
走进大会堂啊，
一步一重天，
心像拉哈苏苏[1]的水哟，
滚滚波浪翻。
……

老人感情真挚、动人心弦的歌声博得了雷鸣般的掌声。

从北京回黑龙江哈尔滨的途中，老人在飞机上又编了一首新歌：

赫尼哪——赫尼哪——
我坐上展翅高飞的胡萨[2]鸟，
像阔力[3]在云层中穿行。
是共产党给了我一双眼睛，
让我看到了祖国的锦绣前程！

[1] 拉哈苏苏：赫哲语，同江。
[2] 胡萨：赫哲语，天鹅。
[3] 阔力：赫哲语，神鹰。

从北京回来后，他的歌声更加欢畅了。他的老伴叨咕他：“你也不拿面镜子照照，多大岁数了，还像个孩子似的唱呀，不让人笑话！”

老人笑笑说：“我心里高兴，不光唱，还要带几个徒弟呢！”

吴连贵虽然是“人过七十古来稀”的老人了，但他唱起伊玛堪和嫁令阔，嗓音仍然很洪亮，用那浑厚而有节奏的赫哲语唱起来是那样和谐、动听！

从1980年春天一直到秋天，吴连贵老人的身体一直是好一阵坏一阵。初夏，笔者下乡来到八岔公社。一天，我帮着老人一起修补园子的障条时，老人一边干活一边说：“小黄，你替我给中国民研会写封信，叫他们要抓紧时间抢救赫哲族伊玛堪。现在我们这活着的上岁数的不多了，能讲能唱伊玛堪的更少了，这些日子我的身体也不行了，我心里着急呀！”[1]

笔者照着老人的嘱咐给中国民间文艺研究会写了信，不久这封信刊登在《民间文学工作通讯》上。

这年9月下旬，抢救赫哲族伊玛堪联合调查组来到吴老的家中。那时，吴老正在病中，起不来炕，还要给大家唱。

吴老硬挺着坐在炕上，给大家唱了一个下午《木都力莫日根》。吴老在说唱中，中间休息了一会儿，想不到吴老第二天就病重了。带病演唱了一个下午，这需要用多大的气力呀！可是吴老就这样硬是挺了下来，录了音，表达了他对党对祖国的一片赤诚之心。吴老讲唱的伊玛堪《木都力莫日根》虽不完整，但讲述部分情节清晰，故事进展从容，传统的伊玛堪叙事构架稳固。这个伊玛堪故事讲：木克尼和木都力姐弟俩在渔村里过着渔猎的生活。一日乌鸦捎信说，霍通[2]老头要招婿，姐弟与其他小伙子得信后，便乘船前往看热闹。孤儿昂金十分贫穷，他光着身捕鱼，受到木都力的耻笑。昂金发怒射断船帆绳。木都力上岸与昂金拼打，两人身手相当。木克尼劝两人交友，并送昂金衣服。他们邀昂金一同前往，昂金同意，与木都力等人同行。来到求婚地点，主人宣布成婚条件：在有12个刺的整花鱼肚下找一个金护身神。

[1] 1980年夏天，吴老讲的原话记录。
[2] 霍通：赫哲语，城池或城堡。

一位莫日根刚下到水中就被鱼精刺死。整整三天没人敢再下水。昂金带着木克尼给的刀子下水，代替木都力取来金护身神。老人将女儿嫁给木都力。木都力和众人商量去找杀父母的仇人报仇。他们出征了。一行人来到被鱼刺死的求婚者之弟的霍通。木都力与城主较量，对手之妹变成阔力（神鹰）冲击木都力，木都力妻子和姐姐变成阔力迎战。昂金代木都力上阵，几个回合后，将对手摔死。他们抓来对手妹妹，让她嫁给木都力。

1980 年 10 月下旬，吴老到同江看病，在笔者家住了 7 天。

7 天里，他给笔者讲了自己 70 余年所走过的不平常的道路，他像慈父一样和笔者家人一起生活，给孩子讲有趣的动物故事。

10 月 29 日笔者送吴老乘车回八岔，没过多久吴老病逝。吴老临终前，对他身边的女儿说："你要告诉县委宣传部的黄老师，让他把我讲述的伊玛堪、说胡力、嫁令阔一定要传承下去！"

我遵照吴老的嘱托，记录整理他唱的民歌 50 余首，故事、传说 40 余篇，伊玛堪的片段 10 余部，经过加工整理，已经发表在《诗刊》《民间文学》《黑龙江民间文学》《赫哲族民间故事选》《黑龙江伊玛堪》《黑龙江流域少数民族英雄叙事诗·赫哲族卷》《伊玛堪集成》《中国民间文学大系·史诗·黑龙江卷·伊玛堪分卷》等书刊中。

他于 1980 年 11 月去世，享年 72 岁。吴老为赫哲族留下了珍贵的民族文化遗产，他永远活在我的心中，激励着我在保护少数民族文化遗产的路上前行。

口　述：吴连贵（赫哲族）

记　录：黄任远

时　间：1980 年 10 月

地　点：黑龙江省同江市

# 葛德胜（1911——1998）

1911 年 10月 10日，赫哲族著名故事家葛德胜生于松花江边的富锦市下吉里屯，后来迁居到饶河县四排村。他曾任黑龙江省人大代表、中国民间文艺家协会会员。他的父亲叫葛双印，母亲叫葛毕氏。他们一家人以捕鱼狩猎为生。他从小爱听那迷人动听的特伦固、说胡力，尤其爱听老一辈歌手唱的伊玛堪。他听过的伊玛堪有十多部，他把故事情节记在心中，然后给弟弟、妹妹及邻居讲唱。

他 10岁时，曾上私塾读书。因为家里人口多，生活贫困，只读了9个月就退了学，跟着父亲上山打猎。他的舅舅叫毕富鲁，是个打猎的把头。当时各村都有自己的把头，领着大伙上山打猎。如果第二天出发，头天晚上就要把老人、打猎的人请到家，一起围成圈儿喝酒。有时为喝酒助兴，就唱起伊玛堪、嫁令阔。

过去进山以前，要上供。把头把带来的香点着，插到地上，放上木头筷子。大伙一齐跪下，祈求山神爷保佑，多打猎物。猎人打猎回来，晚上人们又围坐到一起，喝酒、说话。最后，又唱起来了伊玛堪，一唱就半宿一宿的。有个姓尤的赫哲人绰号叫“古驼力”[1]，是大家公认的“伊玛堪奈依”。他嗓子好，声音清亮，张嘴就来，一唱就收不住。他唱的《希尔达鲁莫日根》，要唱好几宿。

---

[1] 古驼力：赫哲族著名歌手，家住八岔村，其子尤德顺是八岔村党支部书记。

葛德胜的姥爷毕长鲁是伊玛堪歌手，高兴时就给孩子们唱一段。他从小就爱听。有时听着听着睡着了，醒来继续听。他是小时候学会唱伊玛堪的。他在30岁左右，会讲的还不少，会唱的只有“星儿迸儿”[1]几首。早年，他跟人打猎，七八十个人一伙，哪一伙都有一个两个会唱伊玛堪的。在大屯，拉龙、吴高利会唱会讲《满都莫日根》《莫土格格》。在嘎尔当，有毕方古、古驼力、尤长有、尤长锁四个人，也都会唱伊玛堪。

唱伊玛堪有时一唱就唱一宿，有时因为喝醉了，嘴不好使了，就倒在炕上睡着了。

哪家有红白喜事，也是这样，不管老的、少的，成宿成宿地唱呀，讲呀，过年过节也唱。那时候，兴拜年，说定了，轮到哪家就在哪家唱伊玛堪庆祝过年。

当年，唱伊玛堪是常事。平常习惯于拿点酒到某一家去，也有不拿酒的，大伙儿转圈儿喝酒，高兴了就唱。讲完了，唱完了，有时还一起摔跤。摔一会儿大伙回来还唱。

葛德胜到16岁时，因家里没人手，父亲给他说了老吴家姑娘。他家卖了两匹马，把婚事办了。偏巧这年，母亲病故了，媳妇也得了病，不几个月，就过世了。

他19岁时，父亲把家里唯一的一匹马卖了，给他说了大屯的姑娘，对付着过穷日子。不久，他父亲也病故了。

他25岁这年春天，他有了大儿子忠厚。日子还是捕鱼、撵皮子。有时候吃了上顿没下顿。在那年月，一片阴云，一片愁云，笑不得，哭不得。笑也笑不出声，哭也哭不出声。

1940年，日本兵组织山林队，把赫哲人的猎枪都收走了，日子就更苦了。

他熬呀熬，总算熬到日本鬼子投降，把家搬到饶河四排，这才开始有了安稳日子。在饶河县，有了解放军，有了老百姓自己的县长，赫哲人再也不受欺负了，彻底结束了忍气吞声的日子。

四排，一边靠大顶子山，一边靠乌苏里江，山高水长，是捕鱼狩猎的好

[1] 星儿迸儿：东北方言，零星之意。

地方。

葛德胜当了村长。他一靠党组织，二靠群众，三靠自己，带头建立互助组、办起四排农业生产合作社。

1951 年春天，他当选为黑龙江省人民代表。1952 年 9 月，他又被选为少数民族代表，到北京参加国庆观礼。10 月 3 日，毛泽东主席和周恩来总理宴请少数民族代表并合影留念，他有幸代表赫哲族给毛泽东主席、周恩来总理敬了酒。

1958—1960 年，他到呼兰干校学习了三年。他学完后回到饶河，被任命为八五九农场的分场副场长。1961 年场社分家，他又回到西林子公社任副社长，分工抓几个村的工作，好不容易度过困难时期，生产有了起色，生活也好了些。

1964 年，开展社会主义教育运动，县领导里把他找去，让他锻炼锻炼，让他参加了社教。

葛德胜退休后还住在他家的三间老屋子。茅屋漏雨粘一粘，泥墙脱皮抹一抹。他早上到乌苏里江担水，白天上大顶子山打猎，晚上到邻居家看电视。只是老伴没过上几天舒心日子就离开了人世，四个子女各有工作不在身边。他有时看书，有时串门，有时还到野地里、林子边，对着白云蓝天，唱上一段伊玛堪。

提起伊玛堪，他如同遇见久别的朋友，已经多年没碰在一块了，现在心一静，它又走来了。他的弟弟葛长胜也是名伊玛堪歌手，过去文化部门来人，都让长胜接待。如今长胜过世，就把他当歌手了。他长久不唱了，不知是谁打听到他会唱伊玛堪，远道赶来找他录音。

1980 年快上冻时，中国社会科学院文学研究所、黑龙江省民间文艺家协会、黑龙江省社会科学院文学研究所组成了一个联合调查组，到四排乡采录伊玛堪。他们对葛德胜说："现在会讲会唱的人不多了，会讲的会唱的全的，也就您老一个了。能把这个瑰宝带到棺材里去吗？"[1] 他们还说要把

[1] 黑龙江省社会科学院文学所老领导李熏风原话。

伊玛堪传下去。不光让这一代人知道，还要让子孙后代知道，不光让这一方人知道，还要让全省、让全国、让国内国外都知道。要没有人讲出来，唱出来，不就绝根了吗？葛老听了这席话，被说动了，他点上一支黄烟，喝几口白酒，当着大伙面唱起来。

第二年2月下旬，他又被专车接到佳木斯宾馆，差不多住了一个月。他把两部长篇伊玛堪《满都莫日根》和《香叟莫日根》录全了，译成了汉文。在采录结束快要分别的日子，葛老在我的笔记本上亲笔写道：“我们相处20多日，黄同志对老年人生活十分关心，我深表敬意。今后希望你为四化建设贡献青春。”同年5月，他又给韩福德唱了一部长篇《阿格弟莫日根》。三部伊玛堪译文同时发表在1981年黑龙江省民间文艺家协会主席王士媛主编的《黑龙江民间文学》刊物上。

1982年4月，黑龙江省文联副主席方行和黑龙江省民间文艺家协会主席王士媛一起来到饶河，看望葛老。他为他们又唱了一部长篇《木都力莫日根》。不久，傅万金又录了他唱的长篇伊玛堪《希尔达鲁莫日根》，发表在《满语研究》杂志上。

1987年11月，葛老又为黑龙江省社会科学院文学所黄任远研究员和民族研究所的张嘉宾研究员分别说唱了长篇伊玛堪《吴胡萨莫日根》和《沙伦莫日根》。

葛老说唱的《满都莫日根》在全国评奖中获优秀民间文学作品三等奖，在黑龙江省评奖他有三部伊玛堪获优秀民间文学作品奖。黑龙江省民间文艺家协会还送给他一个称号——“伊玛堪演唱家”。葛老十分感慨地说：“我这个普普通通的赫哲人竟成了什么家了。要不是在新社会，在党的正确领导下，我能有这个光荣吗？在我这一代人里有一半儿苦，一半儿幸福，在下一代那里，就全是幸福了……我感谢党给了我幸福。我祝福赫哲族、祝愿各民族、祝愿整个中华民族，永远幸福！”[1]

葛德胜于1998年10月18日病逝，享年87岁。

---

[1] 葛德胜原话，李熏风记录。

他讲唱的伊玛堪和传说故事，分别发表在《伊玛堪》《黑龙江伊玛堪》《伊玛堪集成》《赫哲族民间故事选》等书籍中。

葛老为传承民族文化遗产伊玛堪作出了突出贡献，我们永远怀念他！

口　述：葛德胜（赫哲族）
记　录：李熏风、黄任远
时　间：1981 年 3 月
地　点：黑龙江省佳木斯市

## 吴进才（1918——1977）

吴进才是黑龙江省同江市得勒乞村生人，后搬到八岔村，会讲传说故事，唱伊玛堪。他曾是萨满，为村里人治病。

据他自己说，他小时候得过伤寒病，父母为他请萨满治病。那位萨满说，有个“斯俄温”[1]已经附在了这个孩子身上，只有答应当萨满，病才会好，要是不答应，病就好不了。为了治病，父母就答应了。就这样，他的病好了以后，就跟萨满学习跳神治病，后来当了村里的最后一位萨满。

吴进才不仅是个萨满，还是一位出色的民歌手、故事能手和伊玛堪演唱家。

他演唱的情歌，风格清新，形象鲜明，表达了强烈丰富的感情，深受人们喜爱和欢迎。

吴进才唱的《江上情歌》是这样的：

女：我心爱的阿哥呀，
　　我心爱的阿哥呀，
　　我问你听见了吗？
　　我心爱的阿哥呀！
　　你这会打的是什么鱼？
　　是不是那浮起的鱼？
　　是不是那咬尾的鱼？

[1] 斯俄温：赫哲语，神灵。

是不是那顶水的鱼？

男：我心爱的呼那吉[1]呀，

我心爱的呼那吉呀，

你的话儿我听见了。

我心爱的呼那吉呀，

你仔细地听着呀：

我捕的是浮在水面的鳇鱼，

我捕的是雌雄咬尾的鲤鱼，

我捕的是顶水而上的鲑鱼。

吴进才讲唱的伊玛堪，绝大部分是向老萨满学的。如富金嘎鹤特和山福玛发传授给他的伊玛堪有《安徒莫日根》《姑娘和壮士》《杜布秀莫日根》等，也有的是小时候向著名伊玛堪歌手古托力学的。

他讲唱的长篇伊玛堪《安徒莫日根》的故事大意是：安徒莫日根离别故乡，西征复仇。一次，他比武取胜，在结亲的欢宴上，一个叫奇布鸩的莫日根向他挑战，他们连战几回，不分胜负。这时，空中飞来一只神鹰，骂安徒无能。安徒激怒，把两腿用力一站，插入土中。他猛抬一腿，地皮飞散，从他脚后跟飞起一只神鹰，钻进云层，与奇布鸩莫日根的助手迎战。原来，刚刚飞起的那只神鹰是安徒的表妹，从他离开家乡，一直追随左右。安徒靠表妹帮助，战胜奇布鸿，威名远扬。在西征途中，有一次安徒坐轿，被扔进江里，幸亏安徒的妹妹赶来把他从江里救出。还有一次，安徒被敌人打死，灵魂离开了身体，是安徒的妻子把他的灵魂从阴间背回来，又复活了。后来，安徒在途中遇到七兄弟，比赛跑步。安徒靠妻子尼莫内的帮助，坐上会飞的神巾，超过七兄弟，于是他们结拜为兄弟。这七兄弟跟随安徒一直到西征胜利，找到双亲，最后返回故乡重建家园。

[1] 呼那吉：赫哲语，妹妹。

《安徒莫日根》的故事情节基本上是一些固定套路的编排。它的特点是套路紧密，铺张的描写较少，而且套中有套。像攻城就是一个大的情节，由于被占一方要求和表现不同，每一次占领都有不同的套路表现，如解难题，跳神治病，双方打斗等。在难题求婚中，也加入与城主争斗、消灭对手的套路。这样再到下一城池，由于城主已在求婚套路中失败，就出现了无须再战，城民归顺，设宴款待的局面。所有的套路都是按莫日根行程发展进行的。套路变化主要发生在被接纳方式上。基本不变的情节要素是英雄得胜后，都要娶城主妹妹为妻，因为那是他能力和权威的标志。这类败将之妹几乎都是被抓来后被迫应婚的。这篇伊玛堪故事的结构比较单一。从整个故事的叙事风格来看，安徒莫日根远行按时间顺序，采取流畅的情节结构，按照他所设想的主题需求，编排英雄的每一个攻城事件，对英雄性格、命运和功绩的表述，达到了比较和谐的统一。

吴进才善于运用各种形象。他还把握了各种唱段的基本套路，如阔力出世歌包含说明出身、交代萨满师传、出世的目的和任务，像救兄出逃、助兄复仇等。难题歌、动物歌、阔力歌等都有固定程式特点。他的挑战歌、交友歌等常常发挥重要的结构作用，这些歌是情节发展的根，会引起一个又一个新的故事。如难题求婚歌、人物自报家门歌、挑战歌等，都引出下面不同的故事。

吴进才的描述依情节而生，他的细节描绘几乎就是一个情节形式。他遵循情节的特点描绘，使得他的叙事风格从容、洒脱，对人物命运的起伏，随讲随解，表现出民间文学的演绎风格。同时他重形式，重技巧，善于采用、组合人们习惯的情节形式，从而吸引人们的欣赏兴趣。

吴进才演唱的艺术特点既风趣又雅致，既热闹又不庸俗，也善于进行形象的描述，给听众深刻的印象。如比武招婿的情节和“老鼠躲猫”的形象描述。另外，吴进才还善于唱老头调、少女调、小孩调，唱到悲处，满座落泪，唱到喜处，手舞足蹈。

他先后多次到省、地、县参加少数民族文艺会演，跳过舞蹈《哈康布力》，还参加过长春电影制片厂的《赫哲族渔猎生活》纪录片的拍摄。有一次，在演出途中，汽车翻车，他头部受了伤，治愈后留有后遗症。我于1970年夏天到八岔渔村认识了这位老萨满、老渔民和老歌手。他先后给我讲了《松香德都》《天鹅湖》等民间故事，给我唱了《求爱歌》《相会歌》《别离歌》等几十首民歌。他还会唱萨满跳神时唱的《请神歌》《问病歌》《驱魔歌》《谢神歌》等。我采录整理后分别发表在《民间文学》《黑龙江民间文学》和上海文艺出版社出版的《赫哲族民间故事选》中，并于2009年民族出版社出版的《赫哲族萨满文化遗存调查》书上。他讲唱的伊玛堪《安徒莫日根》获1976-1982年全国优秀民间文学三等奖，作品收入《中国新文艺大系民间文学卷（1976-1982）》。

老人于1977年秋天因病去世。他为祖国和民族留下了一份珍贵的民族文化遗产，是后人学习和研究的重要参考资料。

口　述：吴进才（赫哲族）
记　录：黄任远
时　间：1975年11月
地　点：黑龙江省同江市八岔村

## 尤树林（1916——1989）

尤树林是中国民间文艺家协会会员、赫哲族伊玛堪歌手和讲故事能手。他在1916年7月17日出生于黑龙江。他少年时在二部落曾向著名伊玛堪歌手古驼力、尤贵连、芦申等人学唱，学会了好几部伊玛堪。

笔者和尤树林老人是在黑龙江畔街津口相识的。50多年前，笔者作为一名记者专程采访他，听他讲了特伦固，说胡力，采录了他唱的伊玛堪《马尔托莫日根》。

这部伊玛堪作品是笔者特意三次去街津口请尤树林老人陆续说唱、录音完成的。第一次于1979年9月23日下午，在尤树林老人家中的炕上听他一个人说唱，从开头说唱到马尔托战胜了一新额真，历时三个小时，在场采访由笔者一人完成。第二次是在1981年4月26日，将尤树林老人请到街津口公社的食堂，在食堂的饭厅里说唱。从开头说唱到马尔托用箭射天鹅，在场的有笔者和同江市委统战部尤秀珍（赫哲族）部长。第三次为1983年1月，在尤树林老人家中，他陆续说唱了三天，从马尔托射天鹅说唱到马尔托胜利凯旋。第三次说唱是尤树林老人先用赫哲语说唱一段，自己再用汉语把这一段翻译讲述一遍。前两次的说唱，是笔者回同江后请赫哲族老学者尤志贤到家里来由赫哲语录音翻译成汉语整理完成的。

在说唱过程中，讲到主人公马尔托高兴的时候，尤树林老人也高声大笑；讲到马尔托射天鹅，他做手势成射箭的样子；讲到马尔托喝酒时，他也顺手拿过酒瓶，倒上一杯喝一口。

这部作品的唱段接近口语，没有过多的雕琢，唱词多押韵，句式较对称、工整，很有韵味。

据尤树林老人讲，这部《马尔托莫日根》是他8岁时，从村里著名歌手尤贵连那里听来的。听尤贵连说唱，十分热闹，很有意思，不知不觉就是一宿。他听困了，就到屋外吃几口雪，凉快一下，回到屋里炕上继续听。他有时听着听着，就在炕上睡着了。如今相隔60年了，好多地方都忘了，要是有空好好想一想，还能再补充一些。

后来，笔者几次去尤老家中，想补充采录这部伊玛堪，却都因为尤老身体状况不佳而未能完成。

1987年6月，黑龙江省民族文学研讨会在同江市街津口赫哲族民族乡召开，尤老为到会学者讲唱了一段伊玛堪片段，成为了伊玛堪绝唱。

1989年5月，我听说他病重，特意从哈尔滨赶去看他。尤老拉着我的手说："小黄，我看不到你整理的东西出版了，可我信得过你，你一定会为宣传赫哲文化尽力的！"

尤树林老人是一位捕鱼能手。他从小学会看天象、察水情、驾渔船、跟鱼踪。他曾经捕到一条550多公斤的大鳇鱼，每当讲起这次捕鱼经过时，总是满脸笑容。

尤树林老人是一位狩猎能手。他熟悉动物的习性和脚印，冬天上山狩猎，从没有空手而归的时候，家里来了客人，他出去一趟，就会打回来野味。有一次，他堵住了一个貉子洞口，一下就抓了五只貉子。

尤树林老人是一位舞蹈能手。他不仅喜欢说，喜欢唱，还喜欢跳。他会跳萨满舞、狩猎舞、篝火舞，动作优美，脚步轻快，节拍自然，表现着渔猎民族勇武倔强的性格。尤树林老人是一位民间文艺家。他讲唱的长篇伊玛堪《马尔托莫日根》，已发表在《黑龙江民间文学》《伊玛堪》（黑龙江人民出版社，1997年）上，他讲述的传说故事《射太阳》《刺猜和熊》《钓鱼台传说》《人参娃》《奇异的棒槌》《神叉苏布格》《鳇鱼的故事》等，发表在《赫哲族民间故事选》（上海文艺出版社，1986年）中。

1989年6月30日，尤老病逝，享年74岁。

尤老的临终嘱托，我没有忘记。

我今年76岁了，还在为赫哲族文化遗产抢救保护而大声呼号，努力前行。

口　述：尤树林（赫哲族）
记　录：黄任远
时　间：1987年5月
地　点：黑龙江省同江市
　　　　街津口村

## 尤金良（1932——2003）

尤金良祖籍是黑龙江北岸的许尔古[1]，就是现在俄罗斯小城列宁斯阔耶。他的祖辈是赫哲族中的奇楞人，是当地的嘎深达[2]，世代以渔猎为生。后来由于战乱，和当地200多户赫哲人一起搬迁到了黑龙江南岸的哈鱼屯居住。1932年中秋节，他的母亲尤氏为躲避日本人，逃难到街津口南山杨石匠砬子，并在那里生下了他。他的父亲名叫尤贵山，赫哲名叫山湖，是当地有名的渔猎能手，不幸的是在他3岁那年，父亲就病故了。他有3个哥哥、3个姐姐，家中数他最小，受到全家的疼爱。他有个伯父，就是黑龙江边有名的伊玛堪歌手尤贵连，当地人称他“贵连玛发”。

尤金良说唱的伊玛堪《希特莫日根》，就是小时候跟伯父尤贵连学的。他从7岁到13岁，几乎每天都要听伯父唱伊玛堪。据说说唱一部伊玛堪，要用10天到20天。他一遍一遍地反复听，日久天长，有些都让他背诵下来了。他伯父说伊玛堪的特点是根据人物变换腔调，他一个人可以表演多个角色，说唱多种腔调。他伯父唱伊玛堪能整宿整宿地唱，嗓音特别亮，唱得声情并茂。村子周围的人都跑来听，屋里南北大炕，全都坐满了人。有时候听的人哈哈大笑，有时候听的人哇哇大哭。每到惊险动人处，他都暂停一下，周围的人赶紧给他倒水点烟，然后“喀、喀”地催他快点接着唱。

据尤金良讲，他还听过三福玛发、古驼力玛发唱的伊玛堪。

---

［1］许尔古：赫哲语，地名，位于黑龙江北岸俄罗斯境内。
［2］嘎深达：赫哲语，村长。

赫哲族民间文学的沃土，培育了一代又一代伊玛堪歌手，尤金良就是其中的佼佼者。老一辈歌手的说唱，在他童年的记忆里留下深刻的印象，为他后来传唱伊玛堪打下了坚实的基础。

尤金良的一生，充满了传奇色彩，就像他说的伊玛堪一样多彩。

1942年，日本侵略者把沿江居住的赫哲人归并到一、二、三部落居住，防止他们过江投苏。由于疾病和饥饿，村里死了不少人。据1945年8月统计，三个部落一共58户251人，到解放时只剩下168人，当时尤金良一家也失去了4人（母亲、大嫂、二嫂、二侄），而他当时才10岁，幸亏被一位好心的汉族老头李东山收留，认他为义子，把他抚养成人，使他躲过了这一劫。

1950年，抗美援朝战争一打响，他立即报名参加了志愿军，跟随三十九军一一七师警卫营参加了五次战役。1952年年末他光荣复员，回到家乡后，他入了党，先后担任村长、乡长、乡党委书记等职。

他对党和祖国无限热爱，并把这种爱唱进了歌中。

提起过去诉苦难，
心中阵阵好心酸。
日本鬼子并部落，
三年死了一大半。
拨开乌云见晴天，
共产党来天地变。
街津口重建新家园，
毛主席恩情重如山。

1965年5月，他到北京参加五一国际劳动节活动，受到党和国家领导人的亲切接见，登上了天安门观礼台。他在歌中唱道：

心啊，按不住地跳，
嘴呀，止不住地笑！

赫哲人登上观礼台，
你说骄傲不骄傲？

1965年9月，他代表赫哲族参加以贺龙为团长的中央代表团，去参加新疆维吾尔自治区成立十周年庆祝活动。在飞机上，他即兴创作：

我坐飞机飞上天，
好像胡萨[1]空中转，
万里蓝天任我游，
幸福生活比蜜甜。

1978年他被著名电影导演汤晓丹选中，参加了电影《傲蕾·一兰》的拍摄，在剧中扮演一位赫哲部落的头人艾辛，和赫哲姑娘（张瑜饰）一起划着小船，在江上和沙俄侵略者战斗……

他于1954年元旦结的婚。妻子也是赫哲族，叫尤桂芳，生有二男二女，于1979年因病去世。1981年，他经人介绍，与萝北县医院护士严松竹（朝鲜族）结婚。再婚后，两口子生活十余年，感情很深，有诗为证：

一路南行渐渐温，
松竹伴我去长春，
但愿梅花再吐蕊，
岁寒三友常为邻。
——《去长春》

是松竹伴我度冬秋，
是松竹惦记我不冷落，
是松竹常在我的心窝，

[1] 胡萨：赫哲语，天鹅。

我们感情是那样火热。

——《梅语》

白雪铺地的冬天,
你何尝怕那严寒?
挺拔地向上生长,
敢于把重担承担。

——《赞松竹》

后来，严松竹被她与前夫所生儿子接往美国，安度晚年。尤金良退休后，来到哈尔滨定居，专心搞起民族历史、民族风俗、民族故事、抗日史话的搜集创作，编成《赫哲族拾珍》一书。另外，他还撰写了两本诗集《我爱赫哲鱼米乡》和《赫哲心声》。

1999 年 12 月，日本千叶大学教授荻原真子的博士生，原佳木斯广播电台播音员于晓飞到哈尔滨，请我陪同采访赫哲老人，采录伊玛堪。

20 年前，笔者采录过伊玛堪歌手吴连贵的《木竹林莫日根》《木都力莫日根》，尤树林的《马尔托莫曰根》，葛德胜的《香叟莫日根》。如今这些歌手都已相继谢世。于是笔者陪同于晓飞敲开尤金良的家门。

尤金良老人为我们的热心所感动。他说，现在会讲赫哲语的不多了，50 岁以上还会讲一些，50 岁以下的人都不会讲了，快要失传了。伊玛堪也一样，快要消失了。我还是小时候听伯父唱过，一晃快过去 60 年了。现在容我慢慢回忆一下，或许还能唱上几段。接着，他就情不自禁地唱了起来：

赫哩啦——赫哩啦——
得到萨满神庇护,
坎特上山去打猎,
他一天走遍山野,
满山猎物打不完。
……
赫尼哪——赫尼哪——
是谁给渔村百姓

带来了温暖的阳光？
是谁把习习的春风吹进了赫哲人的村庄？
不是传说中的天神，
是各族人民救星共产党！

我们在尤金良家，采录了他说唱的伊玛堪《坎特莫日根》和《希特莫日根》。后来省非遗中心要办伊玛堪传习所，我把《希特莫日根》8盘录音光盘送给传习所，当了录音教材，参加学习传承的有200多名学员。2017年，省级伊玛堪传承人尤秀云传承说唱的《希特莫日根》录像提交给了联合国教科文组织。

2002年8月，日本千叶大学由16名教授和学生组成的“赫哲族地区民居考察团”来到哈尔滨，想拜访尤金良老人，此时尤老因食道癌住进了医院，很遗憾没能访问他。冬天，尤老手术后恢复很好，于是和我一起到报社、出版社向有关部门呼吁，要求有关部门领导重视赫哲族语言和伊玛堪抢救工作，《黑龙江日报》《生活报》和哈尔滨有线电视台专门为此发了新闻报道。

他讲述的传说故事发表在《中国赫哲族故事》（日文版，日本侨报社，2002年），他讲唱的伊玛堪作品发表在《伊玛堪》《黑龙江伊玛堪》《伊玛堪集成》等书中。

2003年5月21日下午，尤金良病故，享年72岁。我到哈尔滨市哈平路殡仪馆为他送行，向他告别。

赫哲族人失去了最后一位伊玛堪歌手，赫哲族民间文学失去了一位伊玛堪传承人。

尤老虽然已故，但他讲述的故事永存，他用赫哲语录下的伊玛堪永存，他永远活在我们的心中。

口　述：尤金良（赫哲族）
记　录：黄任远
时　间：2000年9月
地　点：哈尔滨市尤金良家中

# 后　记

这部《赫哲族莫日根故事》，我们经历了一年多时间的编选整理，现在终于完稿。在成书过程中，我们搜集查阅了 1934 年南京国立中央研究院出版的凌纯声著作《松花江下游的赫哲族》，1986 年上海文艺出版社出版的《赫哲族民间故事选》，2002 年日本侨报社出版的《中国赫哲族的故事》，2012 年黑龙江人民出版社出版的《黑龙江流域少数民族英雄叙事诗·赫哲族卷》，2021 年黑龙江教育出版社出版的《赫哲族传说故事》等。这些莫日根故事在编选中，我们遵循少数民族作品的民族性、地域性、科学性、代表性的原则；坚持少数民族民间文学保持原始面貌和基本风格的原则；实行抢救和保护、传承和研究并重的原则；对所选作品统一体例、进行规范、认真校读，增补注释，最后作为一份抢救和保护黑龙江非物质文化遗产的成果，献给赫哲族同胞，献给广大读者，献给民间文学爱好者。

2021 年 8 月 12 日，中共中央办公厅、国务院办公厅印发了《关于进一步加强非物质文化遗产保护工作的意见》，文件要求保护好、传承好、利用好非物质文化遗产。赫哲族莫日根故事是赫哲族的优秀传统文化遗产，是黑龙江省优秀非物质文化遗产，是我国少数民族民间文学宝库中的精品瑰宝，反映了赫哲族的迁徙史、征战史、渔猎史、信仰史、风俗史、英雄史，是其民族社会生活和渔猎生产的百科全书，具有丰富多彩的艺术魅力。我们有义务、有责任去抢救、去保护、去传承、去研究。

习近平总书记多次讲话强调："让收藏在博物馆里的文物，陈列在广阔大地上的遗产，书写在古籍里的文字都活起来"[1]，"中华优秀传统文化，是中华民族的根和魂"[2]，"扎实做好非物质文化遗产的系统性保护，推动中华文化更好走向世界"[3]。我们希望这本莫日根故事能够为当前抢救和保护非物质文化遗产起到添砖加瓦的作用，能为实现中华民族伟大复兴的中国梦做出贡献，永远鲜活地传承下去！同时也希望赫哲族的年轻一代能守住本民族文化的根与魂，能薪火相传，永久传承，使古老的英雄故事在新时代焕发神韵和风采！

这本书共精选收录49篇英雄故事，主要由赫哲族著名故事家吴连贵、尤树林、尤金良、葛德胜、吴进才等人口述翻译，由刘忠波、马名超、隋书金、姚中嶆、孙玉森、韩福德、黄任远、何苍劲等人采录整理，在此我们要向本书的口述者、采录者、翻译者、整理者致以崇高的敬礼和衷心的感谢！

最后，在本书即将出版之际，我们要感谢国家文化和旅游部非遗司和黑龙江省非遗保护中心领导对本书出版的关心和经费支持！要感谢前辈凌纯声先生和黑龙江省民间文艺家协会原主席王士媛对采录英雄故事所作的贡献！

吴　璇　黄任远

2023年4月于哈尔滨市黑龙江省非遗保护中心

---

[1] 新华通讯社《习近平的文化情怀》，2022年5月12日。

[2] 新华通讯社《习近平的文化情怀》，2022年5月12日。

[3] 新华通讯社2022年12月12日。